锦衣玉食 中

妃锦 著

目录

第十三章　大都督好算计 /001

第十四章　沆瀣一气 /011

第十五章　卖身契 /019

第十六章　出嫁 /030

第十七章　山雨欲来风满楼 /040

第十八章　离京 /050

第十九章　假夫妻 /063

第二十章　裴府诡事 /073

第二十一章　落难王子 /084

第二十二章　我也想做你的狗子 /094

第二十三章　山中饭馆 /105

第二十四章　僭越 /115

第二十五章　十天干 /124

第二十六章　青山镇没有百姓 /136

第二十七章　突围 /147

第二十八章　乌家班命案 /157

第二十九章　客栈风云 /167

第三十章　圣旨到 /178

第三十一章　兵不血刃 /189

第三十二章　黑袍人 /199

第十三章　大都督好算计

"午时二刻。"

有人高声报时，那嗓子尖得人鸡皮疙瘩都冒了出来。屠家的家眷喊着屠勇的名字，情绪激动，兵丁拦着、吆喝着、肃立着，怕最后一刻这些人会受不住刺激乱来。石落梅跪在那里，听着耳朵里的叫喊声，发现黑压压的人群里，没有一张相熟的面孔，不由就想到时雍问她的那句话。在她行刑时，最舍不得她的人是谁？没有人，没有一个人来送她最后一程。既无留恋，是该走了。她想。

"人犯，你还有什么想说的？"

石落梅默默看了看监斩官，将视线落在赵胤身上："幸得大都督成全，能得个好死。我想给大都督磕个头。"她垂下头去，身子尽力往下躬了躬，以表心意。没有骑木驴，而是砍头，对她来说，这是莫大的恩惠。她这一鞠出自真心。可谁也没有想到，就在她头垂下去那一刻，人群里突然掠过一道冲天的火焰，像是有什么东西突然被点燃，一团火焰迅速燃烧起来，落在人群如同投向了马蜂窝。

"啊！"人群里失声惊叫，恐慌蔓延，叫爹叫妈的声音此起彼伏——

"火油！"

"有人劫法场。"

"快跑！"

直接拿浇了火油的东西点燃往人的身上丢，谁受得住？时雍遥遥望了监斩台上的赵胤一眼，示意乌婵带着娴娘闪到一边去。

砰！巨大的爆炸声传入耳膜，炸得好多人这一瞬都耳朵失聪，听不到声音了。

"有火器。快逃啊！"骚乱四起，人群在巨大的恐惧和求生欲的支配下，再也顾不得持枪佩刀的兵丁会不会抓人了。他们不敢往后方退，全部往监斩台前涌。那里的兵丁和锦衣卫最多，戒护最严，也最为安全。

意外发生得猝不及防，先是着火再是火器爆炸，这声浪与哭声喊声交杂一起，把法场衬得像个人间炼狱。

在大晏，百姓可买鞭炮，但火器是禁物。贩卖、私藏火器，都是诛九族的大罪。自永禄帝登基到如今的光启帝，前后几十年，京师城的百姓都不曾见过这么烈性的火器。陡然爆开，浓烟四起，炸飞的碎屑飞得极远，路边摆摊的一个篷顶也燃烧起来。

"这里不安全，我们得赶紧走。"乌婵皱眉看着时雍，拉住娴娘，利落地往安全地带走，想要离开法场。

"走不掉的。"时雍凝视着混乱的人群。

"为什么？"乌婵不解。

时雍道："法场上这么多人，锦衣卫还有伏兵，出事之后，是决计不会让人随便离场的。若是人都涌出去，还往哪里去缉拿凶徒？"

这里已然形成了一个包围圈。说不定，赵胤正在等着凶徒前来呢。

乌婵一听，倒吸一口气："不让人走？是要将大家活活烧死在里面吗？"

"不会。"时雍说完，看向最初爆炸的那一片人群，只见一人胸口中刀突然倒了下去。有几个做普通百姓打扮的男子被同样便服的锦衣卫卸了凶器，反剪双手跪在中间，剩下的人在衙役们的疏导下有序地往两边散开，"开始收网了。这火烧不起的。"

很显然，赵胤早有预期，人群里埋伏了不少的锦衣卫。

乌婵哼了哼，嘲弄地一笑："这位大人还真是草菅人命。"

时雍淡淡说："这也怪不得他吧，是人都喜看热闹，阻止不了。凶徒突然袭击，更是无法预料——"

乌婵偏头，看着她一动不动。

时雍奇怪地回视："干吗这样看我？"

"你竟然为这个刽子手说话？"

锦衣卫名声不好，赵胤更是个手辣心毒的活阎王，在人们嘴里没什么好名声。以前时雍和乌婵在一起，没少骂过他。这怎么突然就转了性？乌婵觉得不对，看向她怀里的小毛孩子。

"不用管我。"赵云圳小眉头挑挑，"我不会说出去的。"

时雍敲小团子的脑门，望向站在监斩台上的赵胤。他在冷眼旁观这场闹剧，离得不远，时雍几乎能看到他冰冷的眼里迸射出的暗光。

火器被缴获，火也被扑灭了，死里逃生的老百姓出得一身虚汗。

"大都督有令。"人群里，魏州横刀而立，"今日在场的人，须得验明身份，核查来历方可离开。擅闯关卡者，斩立决！"

人群嗡的一声炸开。

"午时三刻到！"报时声尖厉地响起，将人群的注意力再次拉回刑台上。凶徒闹事劫场，并没能如愿。伤了几人，已有官府衙役将伤者带了出去，剩下的人们死里逃生，继续心惊胆战地看杀头。

"斩！"令牌落地，又重重地弹起！刚受过凶徒袭击的法场上至少上万之众，刚还喧闹不止，可一声"斩"落，竟忽然寂静下来，人群屏紧了呼吸，一点声音都没有发出，万千目光都盯着刽子手高高扬起的刀——

阳光落在刀柄上，烁烁发光。刀落下，就要饮血要命了。胆子小的闭上了眼睛。

可就在这死一般的寂静里，一道"嘚嘚"的马蹄声却从人群背后清楚地传了过来，人未到，声先至："刀下留人。"

那是一名策马奔来的小太监。人群自动分开一条路，小太监骑马从中而过："传陛下口谕，怀宁公主与兀良汗王阿木尔巴图大婚在即，为感念天下苍生，不宜再生杀戮。"

今日起大赦天下，免人犯死刑——"

　　轰！人群再次变成了马蜂窝。一场刑决，几番波折，如今再来一道陛下口谕，急转直下——人群兴奋激昂，不论是人犯的好运道还是众目睽睽下宣布的怀宁公主大婚，都足够挑动人们的神经。

　　时雍几乎下意识望向台上。赵胤的脸，平静得找不出一丝情绪，冷漠的双眼一如既往让人望之生畏。而白马扶舟站在他的身侧，一张脸似笑非笑。

　　"大都督好算计。"扶舟声音很小，在喧闹的人群掩盖下，除了近处的赵胤无人听得见。赵胤没有回应，淡淡看了白马扶舟片刻，眼眸微凉："扶舟公子又何尝不是？"赵胤冰冷的面容显得比任何时候都要平静，"到明日，就该叫你厂督大人了。"

　　白马扶舟看着台下的热闹场面，眼神里幽光闪过，轻笑一声："大都督算无遗策，我得多谢你成全呢。"

　　人犯都被带走，法场上的硝烟散去。校验和搜身的关卡分了好几个，人群陆续排队往外走。时雍同乌婵和娴娘走在一起，见娴娘又笑又哭，神色却有些凝重。

　　"没事吧？"她这话，好像是在问娴娘。可乌婵知道，她问的是燕穆他们。

　　乌婵在人群里观望一下，皱了皱眉头："应当是没事。"燕穆是个稳重的人，既然来了，定会想好对策。但今日刑场发生的事情，谁也料不准呀！

　　乌婵说得不那么确定，时雍心脏微绷，目光在四周搜索着。人群像一条弯弯曲曲的蛇，慢慢往前移动着。关卡上的兵丁们全身甲胄，满脸警惕，根本就没有一个人能逃过检查。也就是说，燕穆他们必定要从关卡通过。而燕穆、云度、南倾……他们都是时雍一案的通缉犯。时雍的汗毛隐隐竖了起来。

　　"做什么的？"

　　"一起的，我跟前面的一起的。"

　　"你们几个，站住，等一下。"

　　"你，过来！还有你，都到这边来。"

　　前面突然喧闹起来，时雍抬头望过去，那个被兵丁叫住的男子头戴斗笠，身形高大，虽说脸上布满了皱纹，肤色也涂染得黝黑了一些，她还是认出了是燕穆。而他手上推着一个轮椅，坐着个腿脚不便的少年，身侧还站着一个小厮打扮的少爷。

　　是他们。时雍看了乌婵一眼："跟上。"乌婵心里也敲着小鼓，觉得要坏事儿，赶紧扶了娴娘跟上去。大家都在排着队，急着离开，她们三个抱着孩子往前挤，自然引来人群的不满。吼的，叫的，骂咧声四起，引来了官兵的注意。

　　"挤什么挤？赶着投胎啊。"有个兵丁更是展臂横刀，拦在时雍面前，"说你呢！别再靠前了啊，闪边儿上去。"

　　时雍不冷不热地看他一眼，抱着赵云圳越过他就走到正在检查燕穆的兵丁面前，将怀里的赵云圳放地上站好，换了张笑脸："差大哥，我是顺天府衙门的宋阿拾，这位是我朋友家的杂役，年岁大了，耳朵背——"

　　"宋阿拾？"那差爷觉得名字有点耳熟。可法场太忙太乱，他皱了皱眉，上下打量时雍一眼，一时也没想起来，瞋目怒喝道，"我管你是谁，没到你们呢。后面排着去，真是，没点规矩。"

他说着不耐烦地摆摆手，转头又叫燕穆："你！帽子取下来，这脸上涂的什么玩意儿，多少天没洗脸了？也不怕让人看得晦气。"

燕穆低头，手慢吞吞伸向斗笠，正要揭下，就听到一道童稚的声音。

"慢着！"说话的人威严十足，只是声音脆生生的，奶声奶气，正是赵云圳。他不管燕穆是谁，单是因为生气这位兵丁居然敢这么跟他的女人讲话。

兵丁愣愣转头，发现这个小孩儿居然在凶他，嘿一声乐了："小子，你在跟爷说话？走走走，爷忙着呢，没功夫逗弄你。你，赶紧把你家小毛孩儿抱回去吃奶，别在这儿碍事！"

后面这一句是对时雍说的，语气里透露出来的不尊重，把赵云圳气得小脸通红，粉嘟嘟的两片唇抿了起来："放肆！知道少爷是谁吗？"他拉着个小脸，冷冰冰地质问兵丁。

兵丁看这小孩长得好，穿得也好，脾气还这么臭，心知是大户人家的孩子，乐了乐，语气也没刚才那么急躁了。

"是谁？说来爷听听？"

"说出来吓死你。"赵云圳一字一句冷冰冰说完，一只手牵着时雍，一手指着几个兵丁，个子虽小，气势倒十足，"本少爷要出去，赶紧让路。"

兵丁们对视一眼，仿佛被他小小年纪却蛮横无理的样子逗得更乐了，有一个甚至笑得前俯后仰："我说小子，你哪家的？报出名来，让你爹来领人。否则，今儿就甭走了。"

"哼！"赵云圳冷冷看着他，淡淡地道，"我爹来了，我怕把你们吓死。"

兵丁们看时雍的衣着，不会把赵云圳当成她的儿子，只当她是赵云圳的丫头，闻言嘻嘻地笑，故意为难他们："看你们几个就不像是好人，这小子穿得这么好，一看就不是你们家的孩子。差爷怀疑你们是拐子，偷偷拐了别家的小孩子——哥儿几个，抓起来，带回去审一审。"

"你们谁敢？是不想要命了吗？"赵云圳的骄矜，在宫里无人不知，可是民间有几人见过太子真颜？如今瞧着也不过就一个有钱人家的小孩子罢了。再有模有样，也吓不到当差的。更何况，设卡检查也是他们职责所在，这在他们的合理怀疑范围内，也解释得通。

"小子，爷这是为了你好，别被人哄去卖了，到时候哭鼻子。"

赵云圳气到极点，紧紧抓住时雍的手："再不让路，少爷要你们的脑袋！"

"小六子和他废什么话。大都督刚不是说了，擅自离开，斩立决。"那兵丁说着便按腰刀，半唬半吓地瞪着他们，"再啰唆，别怪差爷不留情面。赶紧拿下，后面还有人等着呢。"

大庭广众下动武，肯定会引发冲突。时雍目光在燕穆几人身上停顿了片刻，将赵云圳护在身边，微微一笑："本想好言好语不惹事，你们非得往阎王殿里闯。你们看清楚了，这位是当今——"

"胡闹！"一道低喝打断了时雍的话。时雍心里一窒。转头，就看到从人群里走来的颀长身影。若不是因为燕穆在场,她早搬出赵胤,蹭他的虎皮扯大旗就走了。她为什么不提他,也不敢去找他,就是怕见到他。可是赵胤不仅过来了,还径直走到她的面前。

"皮痒了吗?"冷冷一句话,也不知是训时雍,还是训赵云圳,又或是几个不懂事的兵丁。

兵丁们低头叫大都督,只说正在检查可疑之人。赵云圳瘪着小嘴不吭声,眼皮耷拉着,似乎也有点怕赵胤。时雍一看这情形,索性装死。赵胤看了看她身边这几个人,平静的眼里掠过一抹疑惑,却没有多言,只摆摆手:"让他们走。"

时雍内心暗暗松了一口气,燕穆攥紧的手稍稍松开。可就在这时,人群里有一个人高高挥手,尖叫着大喊起来:"少爷,少爷在这儿。"

时雍转头就看到高高瘦瘦的小丙像根竹竿一样从人群里奔过来,看到时雍身边的赵云圳,单手叉着腰,气都喘不匀:"总算,总算让我找到你了。"

"少爷,你可吓死我了。"

赵胤公务繁忙,没时间看他们胡闹,且赵云圳不宜这么抛头露面。他朝小丙递了个眼色,示意他赶紧带走赵云圳。哪料,小丙一回头就看到了燕穆:"你是?我是不是在哪儿见过你啊?"

燕穆脚下一顿,抬起头来,佝偻着身子如同老翁:"小老儿,不曾见过公子。"

"奇怪!"小丙听他声音,再看他的脸是个老头儿,不解地挠了挠脑袋,又腼腆地朝时雍和娴娘打了个招呼,就去拉赵云圳:"少爷,我们走了。"

不料,赵云圳将手背到身后,往时雍身边躲:"不要。"

"……少爷?"

"叫我少爷就该知道自己主子是谁吧?"赵云圳白他一眼,拉住时雍的袖子,不悦地扫了赵胤一眼,对小丙说,"你回去告诉他们,就说少爷我今儿个不回去了,我要去……宋姐姐家。"

"啊?!"小丙吃惊地瞪大了眼睛。

时雍脑子嗡一声就炸了。她得多大的胆子,才敢把太子带回家?这简直就是要命!带着这么个活祖宗回去,且不说王氏,便是宋香、宋鸿,哪一个都是容易说错话让她掉脑袋的人。赵云圳这臭脾气,说要人脑袋就要人脑袋,她可不想招惹。

"阿胤叔。"赵云圳看赵胤不表态,开始软着嗓子撒娇,"你看看我,脸脏了,衣裳也脏了,头发也乱了,若是这样子回去,怕是得闹出更大的事来。"

刚才混乱,导致赵云圳现在的样子是不整洁。赵胤打量他一眼,仿佛是看不见时雍满脸的拒绝,竟是点头允了:"小丙跟着去,保护好少爷。"

什么?时雍看他说罢转身就走,简直不敢相信自己的耳朵。天底下最尊贵的孩子,说让她带回去就带回去。大都督你想过后果吗?万一出什么事,谁能负责?时雍忙不迭地喊住他:"大人,民女家多有不便。"

赵胤转过头来,瞧着她的脸目光渐暗。时雍被他盯得很不自在,但是带太子回家不是小事,她是绝对不愿意蹚这浑水的。哪怕赵云圳长得再漂亮,她也没这功夫帮皇帝带儿子，惹祸上身。这么一想，时雍赶紧丢开赵云圳紧握的手，老实地回道："民女怕招待不周。"

哪料，赵胤平静地看着她，竟然道："那你带他去无乩馆。"

啥？时雍觉得哪里不对头，隐隐是个圈套的感觉。可是赵胤冷厉的目光里分明只有两个选择：要么带回家，要么去无乩馆。面对这个随时会砍人脑袋的小老虎，又有燕穆他们几个在这里，赵云圳要是一直胡搅歪缠下去，恐生事端。"行。"时雍从牙缝里挤出一个笑。

时雍是勉为其难去的无乩馆，可是赵云圳并不满意。他对时雍刚才扳开他的手，不肯让他去家里，甚至故意与他保持距离感觉到难受、委屈，偏生又不懂得怎么表达，地位也不容许他低头，一路上就气鼓鼓的，将她的褂子蒙在脑袋上，却不给时雍好脸色。

时雍很纳闷。刚还黏着她的小屁孩儿，这会儿怎么看她像仇人似的？

"咳！"时雍清嗓子，走上前，想拿回自己的褂子，"太子殿下，这个你也用不着了，还给民女吧？"

赵云圳冷着脸瞪她："你说用不着就用不着？我偏用得着。"

时雍抬头看向明晃晃的太阳，眯起眼。午后日光当头，正是最热的时候。她低低喊一声道："也不怕捂出痧子来。"

赵云圳道："捂就捂，热死我算了。"

这唱的哪一出？时雍听他声音不对，低头去揭他脑袋上的褂子，却被赵云圳死死拽住，也不说情由，只是跟她置气。若非他是当今太子，像这么作的熊孩子，时雍非得抓起来揍小屁股了。可他偏是太子，惹不起。时雍叹口气："得！你爱捂就捂吧。不管你了。"

赵云圳突然哽咽了一声："你何时管过我？我本就不要你管，你也管不着。你是个让人讨厌的女子，遇上你就没好事，呜呜呜，我讨厌死你了。"

哭了？时雍真不会哄孩子，也不知道哪里惹到这位小少爷了："那好吧，你讨厌我，我便回家去了。"

说着，她对小丙说："回头你替我禀报大都督，我不去无乩馆了。"

"你敢！"赵云圳愤怒又别扭地吼一声，揭下脑袋上的褂子，恶狠狠地丢给她，"不就是一件破褂子。你要，还你你便是了。想走就走，谁惯你的脾气？"

时雍接住衣服，看小家伙黑漆漆的大眼珠子像是被水泡过，清澈水亮，泪汪汪的，看着分明委屈讨嫌，又那么漂亮精致。

她哭笑不得："小少爷，你到底要我如何？"要如何？这死女人不知道哄哄他吗？他还是个孩子啊！

赵云圳扁着嘴不说话，泪珠子生生忍住，想哭又不肯哭出来，那倔强的小模样儿，把时雍看得良心过不去了。算了，就一小毛孩子。时雍软了声音，耐心地说："你不乐意看到我，我自然不敢惹你生气啊。我这不都为了顺你的心意吗？"

赵云圳道："不许不敢。你想敢就敢。"

他才不想时雍和其他人一样惧他畏他，恨不得离他八丈远。他要的是刚才拥挤的人群里那个将他抱在怀里，会捏他的脸，会拍他的头，会怒视他，会骂他训他的死女人。贱不贱啦。赵云圳这么想着，又很生气。

　　"还愣着干什么？难道要让本宫走回去吗？"言下之意，你快点把本宫抱起来。

　　可是时雍一听，转头就叫小丙："少爷的马车呢？你怎么当差的？还不快些。"

　　赵云圳气得脑门儿冲火，又不肯明说，咬着下唇，哼一声丢下她，走到了前面。时雍和小丙对视一眼，哭笑不得地跟了上去："祖宗，你慢点。"

　　今儿的京师有说不完的话题。

　　法场劫囚不成，临死大赦天下，怀宁公主许配兀良汗王巴图，任一桩事情拎出来都能让茶肆酒楼的好事者们谈上几日，说书先生也能编出无数的段子。可想而知，几桩事都凑到一块儿，得有多热闹。

　　法场上的人已经散了。锦衣卫统共抓了两个凶徒和十几个可疑之人回北镇抚司。打大街经过时，又一次引来围观。

　　得月楼，这个刚被时雍带大黑砸过一通的酒楼还没有复业。锦衣卫带疑犯从楼下大街经过时，得月楼二楼的窗边小几上，摆着热腾腾的茶水和一盘残棋，两人对坐，聊天观望。小二在旁添茶倒水伺候，时不时抻脖子看一眼，不敢吭声。

　　"陈掌柜的，这得月楼刚开张不久，侯爷舍得贱价卖掉？"

　　"长史大人，不瞒您说，自打那日被宋阿拾大闹一回，侯爷气得大病一场，差点没有过去。你说这锦衣卫也太欺负人了不是？"

　　庞淞笑道："侯爷是个豁达之人，能被气成这般，想来那赵胤是当真过分了。"

　　"那可不是么？"掌柜的摇了摇头，"侯爷说了，谁让人家姓赵？惹不起，还躲不起吗？这酒楼底子都被人揭了，往后谁不舒坦了都来找事，那还了得？索性贱卖了，了一桩事情。"

　　庞淞端起茶盏，吹了吹浮面，低垂眼皮："这是侯爷心慈，赵胤姓赵如何？不就是一个赐姓？还是先帝爷在世的事了。当今天子早换人了，比起通宁公主和陛下自小长大的姐弟情分，他赵胤又算老几？"

　　"话不能这么说，自打通宁公主——"陈金良是广武侯府的老人了，对陈家的事情知道甚多，可是话到嘴边，又想起庞淞不过是一个外人，侯府的秘辛也不便与他多说，只道，"自打公主一心礼佛，不再过问世事，侯府与宫里那位的联系就少了。说是个侯爷，但当了个闲差，那太仓内库里的大人们钩心斗角不知凡几。侯爷又没个子嗣，少不得被人戳脊梁骨，日子艰难啦。"

　　庞淞只是笑。陈金良压着嗓门，又低低一叹："侯爷说了，往后，广武侯府，怕是还得多多倚仗王爷看顾……"

　　"那是自然。"庞淞说着，抬头朝小二摆了摆手，示意他退下去，这才从怀里掏出一叠厚厚的银票，塞到陈金良的面前，"一家人不说两家话，王爷说了，他虽未与通宁公主一同长大，但从小便听过老广武侯的英勇，早已当成了长辈般看待。如今国难当头，福祸难料，往后，王爷若有个好，是断断不敢忘了广武侯府的。"

陈金良嘶一声："国难当头？"他似是不明白，皱着眉头问，"怀宁公主许了兀良汗王，这仗三五年内是打不起来了吧？"

"哈哈哈。陈兄啊。"庞淞笑吟吟地摇头，"你呐，看问题太简单。这圣旨一下，怕是真的要打起来了呢。"

陈金良大吃一惊，手一抖，茶水都洒身上了。他又慌不迭地去擦："小的愚钝，着实听不明白。"

庞淞盯住他，阴冷冷一笑道："陛下若断然拒绝兀良汗求娶公主，巴图纵有野心，还不得在心里衡量衡量？如今陛下思虑多日，竟是允了，不想开战的心思昭然若揭，长了他人气焰，灭了自己威风，你若是巴图，你会做何想？"

"做何想？"

"大晏之大，无异纸老虎尔！"庞淞站起来，理了理衣袍，在陈金良肩膀上重重一拍，"大祸将至，侯爷想要独善其身怕是行不通了。"

看他要走，陈金良眉头挑了挑，拱手作揖不已："还望长史大人指点一二。"

庞淞哈哈大笑，"指点谈不上，就说目前形势吧。那日锦衣卫大闹得月楼，有恃无恐是为什么？无非是侯爷私下里那点事，早已被他们窥得。如今不动侯爷，当真是念及情分，还是赵胤没有腾出手来？"

陈金良白了脸。在太仓内库做事的官吏，哪个手头没几桩见不得人的事？若锦衣卫当真查到侯府头上，怕是麻烦了。

"厂卫耳目遍天下，侯爷多加小心才是。赵胤此人心狠手辣，娄宝全在朝中根基那般深厚，也被他一夜之间端了老巢，侯爷还是早做打算才是。"说到这里，他低头，看一眼陈金良的脸，"陈兄，透个风给你。我听说锦衣卫已然探得，那个'女鬼'曾出没你得月楼。即使他们没有证据坐实，可'女鬼'只要活着一日，总有招供的一天。你说呢？"

陈金良的脸，一下子白了。

庞淞道："还有今日法场闹事之人。赵胤又拿了这么多回去，难保他不会一兜子砸下来，全让侯爷来背这口黑锅！"陈金良惊出一身冷汗，"那可就是天大的冤枉了呀。"

当夜赵胤没有回无乩馆。

因了赵云圳这个闹事的小霸王，时雍也没有办法回家，托人带了口信给宋长贵，便留了下来。赵云圳人小脾气不小，闹腾到深夜才入睡。时雍累得腰酸背痛，有种突然间多了个大儿子的错觉。痛定思痛，她暗自在心里发誓三十岁前不考虑生育。

疲累之后，一夜好眠。天亮时分她才得知昨晚得月楼出大事了。

看火的厨娘烧火打瞌睡，不小心把得月楼给点着了，一把火烧到天亮方歇，得月楼被烧成了灰烬。掌柜的陈金良也在火中丧生，烧成了焦炭。而赵胤从法场上抓回去的那些凶徒，其中大部分闹事之人，都是街上流浪的混子游侠，拿了几两银子，便帮着在法场上吼闹。

至于烧火油点火的两个凶徒，一个胸口中刀，不治身亡；另一个倒是招了，说是受了得月楼的掌柜陈金良指使，为报复赵胤纵容宋阿拾带狗行凶，陈金良花钱请他这么干的。

至于火器哪儿来的？得月楼掌柜给的。如今陈金良一死，再无对证。而广武侯府的铺面田庄多如牛毛，广武侯府聘请的掌柜先生都有好几十个，总也不能单凭陈金良一人作恶，就牵连到广武侯身上去。

"当真是有意思了。"时雍喃喃一笑，抬头问杨斐："大人呢？"

杨斐昨晚一夜未眠，今早赶回来喂鹦鹉，又管不住嘴这才被时雍问了个一清二楚，见她又来向自己打听爷的行踪，杨斐翻了个白眼："不知道。我喂鸟去了。"

他一走，时雍就开始纳闷，一双筷子在粥碗里戳戳停停，思绪早已飘远。

赵云圳盯着她看半晌，不满地皱起眉头："是饭菜不合口味？"

时雍回神："还行。"

赵云圳问："那你为何不吃？"

时雍看她一眼，一言不发地拿起剥好的鸡蛋往嘴里塞。

赵云圳受不了她的冷落，又不高兴了："你自己碗里也有，为何抢本宫碗里的？"

这小屁孩儿真难伺候。时雍斜他一眼："张嘴！"

赵云圳不明所以，看她说得严肃，听话地张开了小嘴巴，时雍迅速将那颗白白嫩嫩的鸡蛋硬塞到他的嘴里："还给你。"

赵云圳瞪大双眼："唔！"

时雍有点心神不宁。这几桩事情，对她一个女差役来说，算不得大事，便是天塌下来了，她家也只是普通平民，她也仍只是一个女差役。可内心那种不宁安，如附骨之疽，令她坐立不安。她想回家，赵云圳闹着她不放，无奈她只能带了赵云圳去赵胤后院看鹦鹉。

赵胤对鹦鹉多有偏爱，这些个鹦鹉当真是被娇养的，除了他的近卫，旁的人别说碰，连喂养的资格都没有。鹦鹉被调教得很好，时雍觉得比赵云圳和赵胤有礼貌多了。她进去，便听到鹦鹉问安的声音："客人安好，客人安好。"

赵云圳哼声："叫太子殿下安好。"这傲娇劲儿！时雍瞥他一眼。鹦鹉却很上道："太子殿下安好。"

鹦鹉声还没有落下，杨斐转头就看到了时雍以及她脚边摇头摆尾看着鹦鹉流哈喇子的黑煞。

杨斐向赵云圳问了安，防备地注意着大黑，生怕这恶犬乱来。可今儿大黑极乖，趴在地上，乖乖地看着鹦鹉——流口水。杨斐皱了好几次眉头，开始打扫鸟舍。再漂亮的鹦鹉也要拉屎，正在做铲屎官的杨斐表情很是难受，时雍看一眼竟觉得身心愉悦。她带着赵云圳逗了片刻鸟，赵云圳便有些困了。小孩子觉多，昨夜赵云圳睡得太晚，时雍赶紧让小丙带他回房睡觉，然后她自己和杨斐交代两句，准备开溜。

刚出重门就看到赵胤归来。

一夜未眠的大都督，气色比时雍还好些，似乎已回房洗漱过了，脱了官服，只着便衣，黑发如墨，轻袍缓带，与昨日刑场上的样子相比少了冷漠戾气，添了安静悠闲。

他是去后院看他那些心肝宝贝的吧？时雍瞧到他时，下意识想换一条小径出去。

昨儿个兵荒马乱，她来不及多想，今日再见这般俊朗风华的赵胤，时雍很不争气地想到了北镇抚司那"惊鸿一瞥",记忆太过清晰,她的大脑皮层甚至会不受控制地反复重现赵胤腰腹间清晰呈现的人鱼线和肌肉线条。要死了。时雍希望没有被他瞧见。为免秋后算账,她悄悄退回花丛,背后却冷不丁传来一道低喝:"站住。"

时雍脊背微僵,他的声音分明平静得不带喜怒,她却莫名发怵。

转过头,她抬头便撞上赵胤的眼神:"民女给大都督请安。"扮演宋阿拾久了,时雍颇有几分心得,偶尔也会觉得老实孩子有老实孩子的好处,至少没她以前那么锋芒毕露遭人防备。她道了万福,微微一笑,想走。

赵胤打量着她的眉眼,面上没有半分改变,这让时雍很难确定他是什么心思,到底有没有将她昨日的"打扰"记在心上。

"去哪儿?"

时雍老实答:"回家。"

"太子殿下许你走了么?"

时雍内心隐隐生出愤怒。看来扮猪不一定能吃老虎,但一定会让人想宰了她吃猪肉。也罢!时雍站直身子,懒得装了,一本正经地盯住他:"大都督此言差矣。阿拾不是太子宫婢,也非无乩馆的丫头,自是想走便走。"言下之意,姑奶奶要走,谁人还能拦着不成?

赵胤看着她突然变得张牙舞爪的样子,眉梢不经意地扬了下,目光从她脸上挪开,大袖微摆,便顺着那条路继续往后院而去。

时雍惊了下,这就被她唬住了?

她一笑,正待转身离开,便见到赵胤绕过花圃,拐了个弯就朝她走了过来。

时雍心跳突然加快。近了,淡淡的沐浴香熏闯入鼻端,他分明穿着衣服,可她脑子里出现的赵胤居然是没有穿衣服的。见鬼!色即是空,空即是色,色不异空,空不异色……脑子里胡乱冒词,直到赵胤站到她的面前,居高临下打量她红白不匀的脸:"走了。"

"上哪儿?"时雍下意识地问,话落又觉得自己糊涂。

"看鸟。"赵胤轻声回答。

时雍头发一麻,下意识地竖起了汗毛,明知他说的是去看鹦鹉,但纯洁的内心早已崩坏,佯装正经也掩饰不住视线的游离,而她这一刻的僵硬和不自在恰到好处地传递到了赵胤的眼里。

他看时雍的眼神深邃了些许:

"不去?"

"我刚才看过了。"

"可以再看。"

"我要回家了。"

"本座允了么?"

时雍怨恨地抬抬眼皮:"大人为何不许?我又不是你的婢女……"

"你欠我钱。"赵胤面色平静,说得理所当然,语气连一点起伏都没有,"别忘了你画过的押。"

清心露一千两。时雍记得,当然记得。她大眼珠子眨也不眨地盯住他,不尴不尬地笑,有几分暧昧:"大人为何执意留我?"

心思千转,她对赵胤的答案,其实有些期待,甚至觉得他会提及她昨日的"冒犯",甚至要她给说法,让她负责……可惜,赵胤语气淡淡,似乎已把那事忘得一干二净。只道:"针灸。"

针灸针灸,她的利用价值只这一桩了吗?

第十四章 沆瀣一气

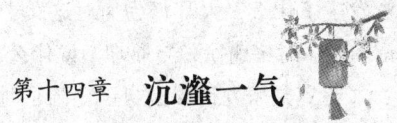

时雍内心的忐忑很快归于平静。赵胤去后院看了他的宝贝爱宠后,便领她回房,让她准备针灸,绝口未提昨日之事,也没有要秋后算账或整治她的意思。

时雍看他如此,放下心来,净手备针。

第二次为赵胤施针,比上一次顺利多了。

那几本针灸的医书没有白看,每当她迟疑,赵胤也会提点。两个人配合十分默契,没有多余的一句话。赵胤神情也是淡淡,但这分随意和散漫却让时雍觉得舒适了许多。

时雍尽心尽力为他做事,寻思他现在挑不出她的毛病了,也不会再留她。哪料,针灸完他便让谢放传膳,没给时雍请辞的由头,又吩咐说:"两副碗筷。"

两副?谢放差点以为听错了。若说大都督这人有什么坏毛病,倒也没有外间传言那么可怕。都说他凶残狠辣,可在无乩馆内,只要不像杨斐那般三不五时地犯事,大都督也不会随便处罚下属,只要差办得好,训斥都很少。可他也从不肯与人亲近。谢放在他跟前当差几年了,从没有见过他同人一道用膳。出门时,谢放抬头看了看天,觉得有妖异。

然而,在谢放看来的天大恩宠,时雍并不想消受:"大人,我吃过了。"

赵胤倚在那里似乎有些倦怠,毕竟一夜未睡,抬头看她的眼睛里有几分血丝,慵懒的冷光却比平常更为凛冽。片刻,时雍被看得不自在了,他方才慢慢收回视线:"站那儿布菜。"

敢情根本就没叫她一起吃呀?自作多情了。时雍不怎么尴尬,就是对自己沦为侍女有点愤恨。要如何把一千两银子还给他,还不让他生疑呢?一千两不是小数目,时雍若是莫名其妙拿出一千两,很难自圆其说。她脑子里想着这个问题,在为赵胤布菜的时候,便有些心不在焉。

"没吃饱?"听到赵胤的声音,时雍低头看去,刚好他望来。这是指责她么?时雍摇头浅笑:"没见过吃得这么好的。"

赵胤指了指对面的椅子:"坐下来。"

"什么?"时雍心里一跳,说话时眼皮有点打颤,"不用坐,站在这里方便。"

赵胤头也不抬，更没有勉强，低低嗯一声，默默吃饭。

对时雍来说，这个过程极是漫长，饭毕，赵胤漱口，她才松了一口气。

朱九进来的时候，赵胤正准备就寝补眠，时雍正在纠结，这个时候自己是不是可以请辞走人了。总不能伺候完吃饭，还要伺候他睡觉吧？

"爷。密报——"时雍觉得朱九简直是个天使，解去了她的烦躁。她想，有密报传来，赵胤必然是不肯让她在旁的。哪料，赵胤抬了抬手，那张脸上半点要让她走的意思都没有。

"讲。"

朱九也有些怔愣。他抬头看了时雍一眼，心里敲着鼓，又拿眼去看谢放，想知道究竟发生了什么，大都督为何对这女子一点都不避讳？谢放站得笔直，只当看不见朱九的询问脸。时雍尴尬，赵胤却不说什么，十分耐心地等着。

终究是朱九说服了自己，瞄了时雍一眼，低头道："和亲圣旨昨日到达天寿山，怀宁公主拒不接旨，当场以死相逼，没得到长公主的回应，晚上服药自尽了。幸亏孙老爷子在那边，折腾一夜，总算是救回来了……"

这赵胤和怀宁的关系果然不一般。怀宁的事情，竟是需要单独禀报的？时雍不由看了赵胤一眼，可是这人冷着一张脸，从容得让人瞧不出半分失态，也没有因为听到怀宁自杀有任何的情绪波动，让她捉摸不透。

朱九也看了看赵胤的表情，接着低下头："得月楼失火之前，楚王府长史庞淞曾去过，约摸待了一盏茶的工夫。"

赵焕？时雍脊背寒了一下，指头微缩。赵胤面不改色，不知是不是察觉到她的异样，他目光扫来，从她脸上掠过，淡淡嗯一声："知道了。"

"还有一事。"朱九看赵胤当真不避讳时雍，这才把最紧要的消息说了出来，"兀良汗来使近日频频与江湖帮派接触，也时常宴请京中要员，还以为怀宁公主置办嫁衣为由，在民间多方打探——"

赵胤沉默片刻道："他们在找什么？"

"寻人。但寻的是什么人，尚且探不出。"

朱九说到这里，又抬头看了时雍一眼，皱着眉头道："不过，探子发现一个趣事。雍人园余孽近日多有活动，似乎也在寻人。寻一个女人。"

雍人园三个字落入耳朵，时雍头皮顿时一麻。她没有去看赵胤，血液却被冻得有些凝固。果然，什么都瞒不住他，锦衣卫强大的情报能力，让赵胤得以一手掌控朝堂江湖，如同为这片江山覆盖了一张黑色的大网，无人逃得过。也许是做贼心虚，时雍甚至觉得赵胤刚才没有让她出去，就是故意让她听见，借机敲打她——

朱九退下去，房间里陷入了短暂的沉寂。赵胤的目光落在了时雍微抿的嘴唇上："在想什么？"

时雍讪讪地笑："在想怎么还大人的银子。"

赵胤问："想到了吗？"

"想到了。"时雍本来还没有想着那么快与他划清界限，可是朱九刚才那一番话如同重锤般砸在了她的头上。即使她不为自己考虑，也得为燕穆他们考虑。没有人愿意再遭一次劫难。赵胤的手虽然伸得长，可是她如果不常在他眼前晃悠，这天下那么多大事，他未必有精力关注到她身上来。赵胤不查她，也就不会发现燕穆他们的存在。再这样纠缠下去就是走钢丝，当断得断。

"大人，我父母为我定了一门亲事。未婚夫婿家世代经商，小有盈余。我在想，兴许找他提前支取些银钱，他会同意。我若拿到钱，便可以还给大人了。"

赵胤正在喝茶。闻言，凑到唇边的茶盏又放了下来："哪户人家？"

时雍原就是为了还钱之事找个合理的理由，随便敷衍着找了个借口，哪料到赵胤居然会继续追问？

"大人不必问了。"时雍低头，"横竖我这几日便会凑够银子还给大人。欠债还钱，如此，便也就心安了。"

赵胤没有说话。时雍偷瞄他一眼，仍然是那张冷冰冰的脸，不见变化。想来他是不缺这一千两银子，只缺一个掣肘她的理由罢了。于是，时雍想想，憋着火气慢慢道："不过大人放心，即便不欠大人的银钱，我还是会尽心尽力为大人针灸，让大人早日摆脱痛苦。"

"那就好。"赵胤面容清淡，回答也寻常，"下去吧。"

呼！时雍如释重负。这一个早上过得太提心吊胆，得了他这句话，时雍整个人都欢悦起来，唇角扬起的笑，让她精致的五官松缓从容，如三月枝头绽放的桃花，浓密的睫毛下，一双忽闪忽闪的大眼睛，极是明媚。"民女告辞。"她离开，房里的空气霎时凝重起来。

谢放抿紧嘴唇，小心翼翼道："爷，你歇会儿，属下去外面。"他转身欲走，背后传来赵胤放茶盏的声音，略重，吓得他心肝一颤，"爷！"

赵胤搁下了的青花茶盏安静地放在小几上，一摊水渍溅在紫檀木的桌面上，缓慢地往下淌，而他一动不动，平静的表情没有半丝波澜。若非谢放了解他，可能不会察觉半点异常。谢放瞄一眼溅出的茶水，赶紧过去收拾，一个字都不敢多讲。

"出去！"房间太过安静，任何一丝声音都能让谢放紧张。

他抬头，看到赵胤深潭似的冷眸："爷。"

赵胤垂着眼皮，并无喜怒，淡淡道："让文经历备好呈送案卷，本座醒来要用。"

谢放道："是。"

"两份。"赵胤不知道想到什么，沉下眉眼，"抄送一份，呈到楚王府。"

谢放一愣，怔了怔，看赵胤说得认真，遂又低下头："属下明白。"

得月楼已烧成废墟。时雍带着大黑专程绕过去看了一眼。焦黑的一片残体，实在难以想象不久前这里还是人声鼎沸的热闹样子。在这个节骨眼儿上，时雍当然不相信这场火是"厨娘"不小心引发的。可是，不烧已经烧了，得月楼掌柜陈金良在这些案子里，到底充当着什么角色，与广武侯府到底有几分相关，如今也是说不清了。时雍暗自感慨。古往今来，有多少真相掩埋在了烟尘里？

"汪汪汪！"大黑对着得月楼狂吠。

时雍摸它的头："回了。"

"呜嗷。"大黑垂下尾巴,欢快地舔她的手心。

次日一大早,城门边的布告牌上,便贴出了布告。官府为了安抚民心,将得月楼的大火和闹得人心惶惶的"女鬼"一案,真相公之于众。

布告上称:

石落梅师从飞天道人,武艺高强,可飞檐走壁,人称"千面红罗"。为了复仇,石落梅杀害张捕快一家和于昌、徐晋原等人,为了脱罪,石落梅几次三番扮成女鬼扰乱人心,故布疑阵。

在得月楼大火后,石落梅招认出她的同伙——得月楼的掌柜陈金良。二人沆瀣一气,陈金良为她行事多次提供庇护和帮助。

石落梅供认,陈金良本名范金良。多年前,范金良上京赶考,曾得石落梅的父亲石康资助,后来范金良屡试不中,在广武侯门下做了一名账房先生。为得东家器重,改名陈金良,昨年得月楼开业,他成了大掌柜,将酒楼干得风生水起。

陈金良得知石家遭难,曾多方寻找石落梅下落。后来石落梅入京寻仇杀人,陈金良在明知她是凶手的情况下,收留她居住,帮她隐藏行迹,还在她被押赴刑场受死时,雇人前往法场,意图劫囚。事败后,陈金良怕被问责,畏罪自杀。经锦衣卫勘验,得月楼的大火并非出于意外,而是陈金良有意为之。

一场大火,烧毁了所有证物。张捕快一家子、于昌、徐晋原的案子,也随这一把火做了个了结。唯一活下来的石落梅,虽受了怀宁公主和亲大赦天下的福泽,但死罪可免,活罪难逃,将要终身囚禁诏狱,至死方休。

时雍一觉醒来,被柴房的亮瓦渗入的阳光刺得睁不开眼。又是一个大晴天。这样的日子,某人腿不会痛,也就不会找她的麻烦了吧?如今的时雍比以前豁达了许多,也想得开。案子还有无数疑点,那个在诏狱杀害她的人,那个携带玉令的男子,那个与她交手的黑衣人……真的是陈金良?时雍不完全相信。只是,锦衣卫已然结案,便是盖棺定论。她不是没有兴趣再继续追查,而是相比燕穆、乌婵、南倾、云度的性命,仇恨就显得没那么重要了。活人远比死人重要。她更希望所有人都活着,捡来的命,也要好好珍惜。就当那是一桩江湖寻仇引发的连环惨案吧。

时雍伸了个懒腰,原本还想再睡片刻,却听到宋老太在院子里大呼小叫。老太太似乎很生气,在数落王氏:"不肯嫁?你就由得了她?刘家米行的二公子能看得上她,就偷着烧高香了吧。她还挑三拣四?春娘我告诉你啊,嫁也得嫁,不嫁也得嫁。我是他祖母,你不肯做主,我来做主。哼,反了她了。我看啊,就是你们惯的。"

王氏说了什么,时雍没有听清。宋老太越说越兴奋:"这事你别管,叫了媒婆来,合了八字,定下婚期便是。她要不肯,便让人绑了上花轿!"

时雍被吵得脑仁痛。她披衣下床,推开窗看一眼房间薄薄的晨雾,太阳从雾中透过来,挺亮敞一个小院子,干干净净,舒舒服服,偏生这苍蝇让人烦躁。

她打了个呵欠走出去:"说人坏话能不能小点声?不怕让邻里听到笑话?"

听到她语气不善,宋老太和王氏转过头来。王氏眼里有责备之意,而宋老太看到她,眉目间的凶色又重了几分："你来得正好，正有事和你说。听说你不想嫁宋家二郎？可有个什么说道？"

"我和你说不着。"时雍白眼珠子看她，"你一个隔壁老太太，大清早跑我家来闹腾，管天管地，骂东骂西，手伸得这么长，能不能先把你自己家那点破事捋明白了？你小儿子说着媳妇儿了吗？大孙子摸王家的鸡蛋，钱赔了么？"

对这个祖母，时雍是没有半分好感的。可往常的阿拾哪里敢像她这样顶嘴，甚至不顾脸面地骂人？宋老太一听变了脸，啐一口唾沫就哎哟连天："我这是作的什么孽哟，老了老了，到儿子家遭孙女儿嫌弃哟。没得孝道的东西，就你这种货色，还这个瞧不上，那个瞧不上，我呸！狗肉包子上不得台面，刘家肯要你那是天大的福分……"

"阿娘！"时雍懒得听她发癫，别开眼看着王氏，"这桩婚事我同意了，不过有个条件。"

王氏没想到她变得这么快，愣一愣，随即绽开了笑脸："你说，我让六姑去和他们谈，定是不能委屈了你。"

时雍懒洋洋地捋一下头发："先付一千两订金。三日内，我就要。"

王氏和宋老太都不敢相信，阿拾会提出这种她们想都不敢想的条件。在她们看来，刘家肯要他们家阿拾，给一笔丰厚的彩礼就是老天庇佑，撞了大运了。

"一千两？"王氏脸都白了，看着时雍满眼惊讶，"你个小蹄子是失心疯了吗？想拒婚也别耍你老娘！"

"一千两不能少。"时雍淡淡看着她，"你明儿就叫六姑去跟他们提。会同意的。"

会同意才有鬼。王氏打死都不相信刘家会同意这么荒唐的请求。可是姑娘说得认真又笃定，王氏犹豫了。她没什么见识，但脑子好使。这姑娘最近邪乎，连得月楼都敢砸，砸完了那位锦衣卫的大人还给她撑腰。能得那位大人的青睐，多少钱不值？平头百姓觉着一千两是大钱，在达官贵人看来，或许就是一百个铜板那么点儿吧？

宋老太挨了时雍一通怼，还是厚着脸皮在宋长贵家里吃了饭。不为别的，就因为他家吃得好。

最近王氏手上银子松活，不肯亏着几个孩子，不说顿顿有肉，但米饭管够，自己腌的小菜、咸鸭蛋，卤好的猪头肉切上一盘子，再煮个小青菜，面上漂着一层猪油，一碗油渣她用糖蒸起来，往桌上一摆，有模有样，又好看又好吃。

这儿媳妇手巧，宋老太是知道的。当年他们怕做仵作的儿子把霉运带给自己一大家子，把他们一家子分了出来，但宋老太仍然和王氏保持着来往，便是图这一点。

没想到，自家三儿子越发出息了，就近来发生的几个案子，外面说法多得很。宋长贵又是开棺验尸，又是智擒女鬼，很得锦衣卫大都督看重，便是昨日为死囚验尸，大都督都派来了那个两匹马拉着的嵌了金边子的马车来接，那叫一个威风……再也没人说她儿子是仵作晦气、丢人，是下贱营生了。

婆娘们河边洗衣街边闲聊，说起来都是艳羡，最紧要的是，儿子家的日子看得见的好呀。这王氏尾巴都翘起来了，米行刘老板、肉铺朱老板、开绸缎庄的、卖胭脂水粉的，个个都想和宋家结亲。

宋老太越琢磨越不是滋味儿。小儿子快三十了也没说着媳妇，大儿子懒惰，考了一辈子也没考上秀才，大孙子原本读书还行，结果为了摸人家几颗鸡蛋，坏了名声。如今年景不好，家景也不好，三个未婚配的孙女，眼看也到了说婆家的年龄……

"王氏。"宋老太越想越糟心。趁着吃饭的工夫，就把在心里琢磨了许久的想法说了出来，"你看啊，你和老三出来也这么些年了，凄风苦雨地拉扯孩子长大也不容易。我这当娘的，看得心里头也怪难受，外头人说法也多。按我说，回头请两个人，把院子中间那堵矮墙掀了，咱们啦，还过回一家子的日子——"

王氏瞪大眼睛，筷子上夹着猪头肉都送不进嘴里。这叫什么话？"阿娘，这个事……"

"就这么定了。等长贵回来，你跟他说。"宋老太不给王氏说话的机会，把碗里米饭扒拉完，又吃了几片猪头肉，剔了剔牙又将肉末放进嘴里嚼巴着，指着桌上的饭菜，"做这么多，太浪费了，剩下的，我端回去给你爹打打牙祭……"

最近家里条件好，宋香和宋鸿吃得好了，嘴里有嚼的，吃东西也慢了些，学着时雍的细嚼慢咽讲规矩。这会儿还没有吃饱呢，就见他们阿奶直接端走了那大半盘卤肉——

时雍没在家里吃饭，看到宋老太她就心烦。她带着大黑在外头转悠了一下，原想去闲云阁蹭个饭，顺便问问娴娘和燕穆他们的情况，结果看到了孙家的马车打街上经过。得，师父回来了。时雍赶紧买了些糖果糕点拎去良医堂。

孙正业刚落屋，还没顾得上喝一口热茶呢，她就赶来了，迎头拱手做了一个长长的揖礼，腰弓下去半天都不抬起来。那虔诚恭顺的样子，瞧得孙老爷子花白的胡子一抖一抖的。

"师父在上，徒儿给您请安了。"

孙正业看了半晌，在孙子端来的藤椅上坐下，捋着胡子问："是杀人了，还是放火了？"

"徒儿在您心里，就是这么不靠谱的人么？"时雍抬头笑盈盈地看着他，佯做嗔怒，走到老爷子面前，眼睛亮晶晶的，"师父，我记起来了。"

孙正业哼声："何事？"

"那事。"

孙正业不解地抬头，时雍冲他做了个"针灸"的口型："师父不是想看吗？"

孙正业下巴沉下去差点抬不起，愣愣看了时雍半晌，满是褶子的脸上一阵狂喜："天怜我也，天怜我也。可算是记起来了……"

"不过我有个条件。"

一听这话，孙正业就敛住了笑脸，哼一声："又来糊弄老儿，当真老儿这么好哄？"

"不哄，不骗，是商量。"时雍笑着蹲身，与他眼对眼平视，认真地笑着道，"我教师父针灸之法，师父帮我一个小忙。"

"何事？"孙正业眼一斜，摆明了不信任她。

时雍也不在意他的态度，眨了眨眼，笑着说："你先答应我。"

孙正业一大把年纪，什么样的人都见过，哪会不知道这姑娘一肚子的花花心肠？他摇头，半眯着眼："你不说，老儿怎能答应？"

时雍严肃脸，"我保证，是师父轻而易举就能办到的事。不伤人，不害人。"

"哼！"

吃过午饭，时雍整个下午都待在良医堂里，孙正业没有教她什么，却让她出去给孙国栋帮忙。

良医堂地处偏僻，可慕名而来问诊看病的人不少。时雍坐在大堂给孙国栋打下手，顺便学些东西。按孙正业的话讲，学一百个方子不如看一百个病人。中医要的是经验，除了天分和勤劳肯吃苦，最好的学习方法就是大量地问诊病人。这也是为什么孙家儿孙资质不高，学不到他的精髓，但也比大多数的民间大夫好上许多，良医堂也才得以经营下去。

"我和我爹，我叔伯，侄子，全是被逼着学的。"孙家人在孙正业的影响下，性情豁达，并没有因为老爷子收了个女徒弟不满，反而对她很是照顾，但凡遇到的病患，都会耐心为她讲解。时雍在良医堂待得很自在，也不拿自己当外人。

"那师侄，咱家这医馆，一年下来有多少进项？"

一声"师侄"，叫得比她大上两轮的孙国栋良久没有吭声。可细想一下，此话也没什么毛病。人家年岁小，辈分高呀！他笑了笑："咱家不富贵，一家老小的吃喝是够的。"

时雍趴在桌上，双眼笑盈盈地看着他："师侄，想不想赚点便宜银子？"

"便宜银子？"孙国栋愣了愣，摇头失笑，"孙家没有别的营生，我也没有别的本事，除了辛苦替人看病问诊，赚点诊金，哪里有便宜银子赚？"

"有。"时雍打个响指，"交给我。"

孙国栋吓住："你要做什么，可别乱来！"

时雍竖起两根手指："医者父母心，保证不乱来。"

不到半盏茶的工夫，良医堂来了位年轻的公子，穿了一身绸衫，外面披个裘皮褂子，一看就是有钱人家的公子。他苦着脸，捂着脸走进来，看了时雍一眼，愣了愣："宋姑娘？"

这便是米行刘家的二公子刘清池了。他以前和张芸儿有婚约，阿拾和张芸儿又是小姐妹，算是见过的。看到时雍，他稍稍有些不自在，侧了侧脸："宋姑娘看病？"

时雍点点头，朝他微微一笑："是的，看病。"

刘清池以为的看病和她表达的看病显然不是一回事："姑娘是哪里不舒服？"

时雍低下头，一脸为难地红着脸："是妇人之症。"

妇人之症？一听这话，刘清池不好多问了，遂礼数周到地向孙国栋拱手道："大夫，你先给宋姑娘看，我在旁边坐着等一会儿。"

他刚要走，孙国栋便道："她不用再看……"

刘清池转过头，就见孙国栋摇头叹息，将脉枕往前挪了挪，摊手示意他坐："小郎君，请。"

刘清池觉得大夫神情古怪，狐疑地坐下，将手腕放在脉枕上。见状，时雍道："大夫，我去抓药。"孙国栋点点头，为刘清池号脉，一双眼半眯着，极为严肃。

刘清池看着时雍的背影，小声问："大夫，这位宋姑娘是哪里不好？"

"唉。"孙国栋没睁眼睛，漫不经心地说，"妇人之症。小郎君还是不要问了。"

"这……"刘清池想了想，用另一只手从袖子里摸出一袋银子放到桌上，"大夫，你看能不能行个方便？"

孙国栋摇头："姑娘家的隐私，不便与人言。"

刘清池暗自咬牙，又解下腰上的玉佩："大夫，在下是读书人，不会往外说起，更不会出卖大夫。"

孙国栋看看那银钱袋，眼皮跳了跳，重重咳嗽一声，将钱袋连玉佩一起塞入抽屉里。"宋家姑娘，邪郁于里，宫寒气滞，阳气不足，怕是不好生养呀，可怜。"

刘清池手一缩，孙国栋眼皮抬了抬："小郎君是哪里不舒服？"

"牙疼。"刘清池捂了下嘴巴，"似是有些上火。"

"不妨事，我给你写个方子，吃上几帖便好了。"

"多谢大夫。"

刘清池从良医堂出来，整个人都是飘的。家里想和宋家结亲的事，他当然知晓。像宋家那样的人家，原本刘家是看不上的，可最近宋家攀上了锦衣卫，他爹有两个做官的老友，悄悄透了风给他，别瞧宋长贵如今是个仵作，大都督很看得上，特地举荐了他，怕是要做官了。大晏自永禄帝以来便有官员举荐制，主要是针对贤能之才，宋仵作在最近几个案子的表现上极为出彩，赵胤举荐属正常流程，不正常的是——举荐的人是赵胤。大都督眼里，何时看得上旁人？总而言之，宋长贵前途不可限量。他家这才想抓住机会，在宋家还没飞黄腾达的时候攀上关系。可这不代表刘清池愿意娶一个不会生养的女子回家……

他头痛，越想脚步越沉，可是刚从良医堂出来，就被时雍堵在了路口上。小娘子福了福身，一脸羞涩地看着他，一张脸儿俏了起来："刘公子安好。"

刘清池一惊，低头还了一礼："宋姑娘是在等在下？"

时雍慢慢走近，似笑非笑："得闻刘公子对小女子情深意重，遣了媒婆来家里提亲，小女子欣喜若狂，有些话便想提前知会一下刘公子，以免将来埋怨。"

刘清池脑门上有些虚汗，觉得这小娘子说话的样子不同寻常，有些阴恻恻的，怪吓人，再想想她和她爹干的营生，刘清池情不自禁地退了一步："何事？你，你但说无妨。"

"想必刘公子也知道，我家后娘是个死缠烂打的妇人，向来把我当成家里的摇钱树。她得闻刘家有钱，明儿便会叫媒婆上门来讨要一千两订银。若是刘家不给，便不让我嫁了。"

这叫什么理？刘清池瞪大眼，一时说不出话。

时雍"娇羞"地抬眼看他："刘公子您别怕。小女子伺候大都督有些日子了。我和大都督……"她故意停顿一下，刘清池能意会到她与赵胤"不正常的关系"，又低头娇媚地道："大都督自是不愿意我受委屈，他说这个银子由他来出，就当为我添嫁妆了。明日若是媒婆上门索要，你便给了她。"说着，她将早就准备好的一千两银票塞到刘清池手上，"就是这些事情呢，大都督不想让人知道。他脾气不好，刘公子还得多担待一二，若有什么闲话传到旁人耳朵里，我怕他为了封口什么都做得出来。"

刘清池的冷汗顺着脊背下来。锦衣卫杀人，何时讲过理？

时雍看他这神情，送完了"绿帽"，又送上安慰："你且放心，等我嫁过来，定会尽心尽力地伺候你，孝敬公婆，生一堆孩儿，我们相亲相爱……大都督那边，想来也会经常看顾我们的。"

王氏是抱着试一试的想法差了六姑去问的。六姑直道说不出口，王氏也觉得理亏，还给六姑塞了几个大钱，这才把人送出了门。没想到，六姑出门不到一个时辰就回来，一脸惊喜地看着她，嘴乐得咧开就合不拢："成了。成了啊三嫂子。"

"做了几十年媒，我还是头一遭遇上这么大方的亲家。恭喜三嫂子，恭喜阿拾，后福不浅啦。"六姑说了一堆吉利话，又得了几个大钱走了。王氏看着一千两银票愣在那里，说不出话。倒是时雍很平静，不待她把钱捏热乎，顺手就抽了过去："我的卖身钱，拿来。"

王氏当即变了脸，叉着腰骂了几句就冲过来抢："要死啦，小蹄子，置办嫁妆不要钱啦。你都拿走，我拿什么给你做嫁妆？"

时雍斜她一眼，看她急眼的样子，十分好笑。她将银票塞入怀里，无论王氏怎么抢，都不让她够着："我要来的钱，凭什么给你？哼！"

王氏跑不过，又打不到，气得丢了扫帚，双手直拍膝盖："挨千刀的小蹄子，气死老娘了。"

第十五章　卖身契

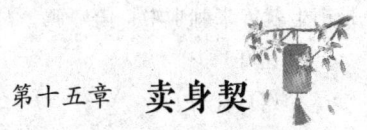

难得算计了别人，时雍心里美美的，吃过夜饭随便洗漱洗漱，倒头就睡。神清气爽一夜好眠，天亮时听到王氏和宋长贵在房间里争吵许久，迷迷糊糊也没有听明白。等她起来问起，宋长贵低着头不吭声，王氏默默垂泪。时雍拿了个大白馒头，笑眯眯地啃起来："阿娘做的馒头越发好吃了。"

天天吃现成，尽管王氏嘴不好，时雍偶尔也嘴甜几句，反正说好话没损失。哪料王氏一听这话就炸了，抬起一张挂着泪水的脸，恶狠狠地瞪着她："吃吃吃，就知道吃，养了一窝白眼狼，没一个省心的，老娘天不见亮起床伺候你们一家老小吃喝涮洗累了半辈子。好不容易盼到孩子大些了，难不成还要让我再去伺候隔壁那一大家子，老娘这辈子还能不能有个出头日子了？"越说越委屈，王氏抹起泪来："宋老三你摸摸你的良心，我春娘自从嫁给你得了些什么，刚成婚还是个什么都不懂的大闺女，就帮你带着个半大不小的拖油瓶，吃喝拉撒哪一样不是我？你爹你娘嫌你做作作晦气，嫌街坊邻里说话难听，砌一面矮墙，把咱一家老小分出来。这些年，有吃有喝的我也没忘了孝道，现在你娘这么说，分明是想逼死我……"

妇人的委屈很多。一辈子吃的苦都在埋怨里。宋长贵脑袋越垂越低，一句话都不说，脸色也难看。时雍没听明白："这是怎么了？哭什么，有事说事不行吗？"

王氏瞪着她："说了有什么用？那是你祖母，你吃了她呀。"

时雍漠然，眉目浅淡带笑，"说不准，我真就吃了她。"

看她是站在自己这边的，王氏总算找到点慰藉，将宋老太后悔分家，想推倒院中间的矮墙，把他们一家五口合过去，一大家子生活的事情说了，越说越委屈。

隔壁那一窝都是懒惰的，宋老太的儿媳妇，嘴最臭是王氏，最勤劳利索也是王氏。她心知一大家子合在一起，她就没得好日子过，死都不同意。可宋长贵拒绝一回，隔壁宋老太今儿就撺掇着了老公公来闹自家儿子，要死要活。孝道大过天，宋长贵两头受气，头都大了一圈。

"这有什么好哭的？"时雍把馒头吃光，洗了个手，朝王氏抬抬眉，"交给我。"

说着就要出门，王氏愣了愣，看到她就窝火："你又要上哪儿野去？老大个姑娘，整天不落屋，你当真是不要名声了吗？"

时雍打个呵欠，一副没睡醒的样子，淡淡看她，"先办我的事，回头再办你的事。别惹我，不然我就怂恿我爹掀了矮墙。"

王氏的骂咧声，卡在喉间："哼！"

时雍淡淡轻笑，叫了声大黑，走人。这种家长里短的事，她真没怎么放在心上，智慧是要用来对付大都督的，也就王氏在乎宋老太的死缠烂打。对时雍来说，毫无压力。

快到中秋了，天气渐短，太阳刚出来，就快到正午了。时雍刚拐入良医堂的巷子，长街上就传来刺啦啦一阵嘶鸣，马蹄"嘚嘚"有声，破空入耳，急促又紧张。

"让开！"

"驾！让开！"

那两人不顾路边摊贩，一前一后催马急行，纵马打从街中经过。

时雍站在巷口，看着那将校装扮的骑马人，眉头微皱。这像是远道而来的传令兵。急着入城，是为什么？时雍心脏微缩，有种不祥的预感。

"汪汪汪！"大黑一身正气，看到有人纵马，吼叫两声，毫无预警地冲了出去。时雍眼皮一跳，赶紧叫住它："大黑！"

大黑听到她的喊声，停了下来，不悦地又汪汪两声，回来坐在时雍腿边。这狗子什么都好，就是太爱打抱不平！曾经，当时雍还不是宋阿拾的时候，黑煞就很爱陪着她招摇过市。看到打孩子的，欺负老人的，或是小偷小摸的，这狗子是绝对不会放过的，被他咬过大腿啃过屁股的大有人在，要不然也不会落一个恶犬的骂名。

时雍听到大黑嘴里不服气的呜呜声，蹲下来摸摸它的头："我们要低调，要不就没命了。走啦。还有更恶的恶人要对付。"

时雍说的更恶的恶人，指的是赵胤。她昨儿让孙正业答应她一件事，今儿就来讨要了。孙老爷子想看她针灸，自然要找来那位需要针灸的大人，而时雍要孙正业帮的小忙确实很简单，只需要孙老做个证人，当面偿还银子，要回那张她亲自画过押的单子，免得赵胤赖账。有孙老在，赵大都督多少得要点脸吧？

时雍走进大堂，就收到孙国栋的眼神示意："大都督来了。"

时雍对这个共同发财的"谋友"非常友善，拱了拱手，小声问："人呢？"

"内堂。"孙国栋看她一眼，又小声道，"脸色不太好，你仔细些。"

脸色不好？时雍差点笑了起来。认识赵胤有些日子，从前到现在，他脸色好过吗？"谢了。"孙国栋的话给时雍提了个醒，而站在内堂门口腰直肩挺的谢放，却像一把重锤实实在在砸在了时雍的心里。谢放的脸，是时雍从未见过的凝重。看到她，一副欲言又止的样子："进去吧。爷在等你。"

见谢放如此紧张，时雍进门前特地整理了衣裳，将走路带风的飒然收敛了些，缩缩脖子，垂垂头，看上去老实巴交地掀了帘子："大都督好，师父好。"

孙正业清清嗓子："过来吧。"

赵胤面无表情地看过来，比时雍想象的样子好很多。时雍情绪松缓了一些。赵胤双腿搭了张绒巾子，搭在浴桶上做中药熏蒸，这是孙正业开的理疗方子，说是可以祛除寒气和湿气，赵胤每次过来，孙老都会帮他药蒸一回。这样药蒸后再针灸，事半功倍。

"大人，有没有感觉好些？"对于时雍近乎温柔的询问，赵胤没有什么反应，半阖眼瞄她一眼，没有生气也没有情绪："听说，你银子筹齐了？"

时雍看了孙正业一眼，老头子捋着白胡子，朝她挤眉弄眼。原本她是准备等赵胤今儿来了，再告诉他这件事的，既然孙老已经说了，那就趁热打铁吧。时雍掏出怀里的几张银票，眉目舒展地递上去："大人您点点数，是不是对着的？"

赵胤不接，不动。

站在他背后的杨斐看了看，走过来帮他接过，不知死活地调侃。

"阿拾有本事啊。还以为你还不上呢，这么快就凑够了？看来你那个未婚夫婿挺好的呀？有福分了！"

时雍尬笑："哪里哪里……"

话没有说完，看赵胤突然沉眼，赶紧闭上嘴，就听到他说："二十军棍。"

杨斐听到"军棍"两个字屁股就疼痛，脑子嗡地一炸，他拿着银票看了看，大概知道是这银票惹的祸，可是爷为什么生气，他不懂。往常别人递什么东西，都是他帮爷接过来的啊？爷从来没有说过他的啊。明明好好办差，怎么又挨打？"爷——"杨斐颓然地哀号一声，将银票全部塞回给时雍："……我错了。我没有拿钱，我没有出现，我不在这里。我，我去方便方便。"

不等赵胤再次发话，杨斐匆匆拱手退下去，走到门口就拽住谢放："哥！我死定了，二十，又二十……"

谢放看着他，眉皱着，发愁。

杨斐指了指里间："我站这儿，你进去伺候爷。"

虽然时雍和杨斐向来不对付，三句话有两句话都是损对方的，但是对赵胤突然处罚杨斐，她还是有几分同情，觉得赵胤此人不可思议，不讲理，心狠手辣，冷酷无情。"大人这是做什么？"她望一眼杨斐的方向，"这银票是我欠着大人的，自然要还给大人，杨大哥也没有做错什么。"

赵胤眉梢轻轻一挑，嘴角抿出一丝冷意："一千两借出，不用利息吗？"

时雍脸上的笑容敛住，就听他喊："谢放。"

谢放低垂眉目地走进来："爷？"

赵胤面不改色，仍然是那一副不温不火的模样："给她算算。"

同是跟在赵胤身边，谢放话不如杨斐多，脑子就比他好使多了，也比他了解赵胤的为人。这位爷明显是不愿意阿拾还钱，甚至还想把人绑在裤腰带上。杨斐那个蠢货为什么就看不出来？不仅看不出来，杨斐每次都不遗余力地帮爷赶人，骂人，凶人……有时候谢放甚至觉得，杨斐不冤。照大都督的性子，杨斐如今还活着算是老天开恩。谢放想也不想，一口气就算出了个巨额数目。

"等等！"时雍不看他，只看着浅啜清茶老神在在的赵胤，"几分利？"

谢放看赵胤头都不抬，赶紧接上："利滚利。"

时雍唇角微扬，一副要笑不笑的样子，冷眉冷眼地看着他："大晏律明文规定，凡私放钱债及典当财物，每银一两，止许月息三分，不得多索及息上增息。违者笞四十，以余利计赃，重者坐赃论罪，止杖一百。哦，大人是要知法犯法吗？"

怼得好呀。谢放愣住没答，孙正业头一个笑了起来。他捋着胡子，对这个送上门来的徒儿突然就满意了。昨日答应了她相帮做证，索性就做了这个人情："大都督，所谓国有国法，阿拾话虽不美，理却也是这个理了。"

赵胤一张清俊的脸凉凉无波，不见半分生气，淡淡道："国有国法，可家也有家规。"

家规？时雍偏偏头，一副耳背的样子："大人此话怎讲？民女愚钝，属实不懂。"

赵胤注视着她："本座和你，不讲国法，只讲家规。"

哈？时雍差点笑起来，眉梢一动："我和大人，为何要讲家规？"

赵胤不答理她，侧目看着孙正业，稍稍拱手施礼："孙老，此前无礼未曾言明，实在不该。阿拾是我的人。"

时雍心里一窒，汗毛都竖了起来："你胡说八道。"她身形本就单薄，因为生气，小脸儿上染满了怒意和红润，揪紧的眉头居然有几分杀气。

谢放真怕她一个忍不住就拿刀捅了大都督，赶紧走上前两步："阿拾！"

赵胤摆摆手，毫不在意她的愤怒，轻轻指向旁边的椅子："坐下说。"

坐个屁啊，气都气死了。

"我好端端一个黄花大闺女，就要许人家了，大人说这话未免太不负责任。若是传出去，让我未来夫家听到，我往后还怎么做人。"

听她一口一句夫家，赵胤慢慢蹙起眉头："你当真忘了？"

时雍心里一紧，这才想起自己其实是个冒牌货，真正的宋阿拾和赵胤之间有什么她还真是不知道。难不成，真有一腿？……激灵一下，时雍吓得够呛，她可不想和这种冷阎王有什么男女之情。

"早前民女就已经告诉过大人，水洗巷那次，我被人打过头，晕过去后再醒来，很多事属实记不得了。但是，大人也不必因此来讹诈我，我若和大人真有什么苟且，大人也不会任由我一个人飘零在外，过得困苦不堪了。"

言词间，如果此事是假的，你是个渣男。如果是真的，你还是个渣男。她那气势硬生生把谢放和孙正业都吓住了。敢在赵胤面前这么又吼又斥的女子，这怕是全天下第一人了吧？

赵胤动也不动一下，等她说完，慢条斯理地道："我的人，不等同我的女人。"说罢他懒洋洋伸手入袖，取出一张纸质文书，递给孙正业，"你既请孙老作人证，便由孙老代为掌眼吧。"

什么东西？时雍梗着脖子看着孙正业接过那张纸。老爷子白眉皱起，久久叹了一声："既如此，老朽也无话可说了。"

赵胤沉默，低头喝茶。

时雍望了他片刻，慢慢去拿过那张纸："卖身契？"这张卖身契签下的时间有点久，远在时雍成为宋阿拾之前。上面清楚地写着，宋阿拾自愿卖身为奴，一生一世忠于赵胤，不背初心。"真的假的？"时雍眯起眼，不敢信。

赵胤不答，给了她一个"自行领悟"的表情。

这王八蛋早有后手啊？怪不得以前的阿拾唯他马首是瞻，还为他在顺天府衙做探子。果然是他的人，没错。他对她使用家法，更是没错。时雍暗自咬牙："既如此，大人为何早不拿出来？"

"本座怎知你忘得如此彻底？"

"不对。"时雍总觉是被算计了。可是她看着那张纸左看右看，也看不出破绽。再看看孙正业，他也只是摇摇头，表示无能为力，"就一张破纸，我怎知你何时写出来的？"

她这回答，显然也在赵胤的意料之中："孙老可证。"

上面有宋阿拾亲自画的押，从那红彤彤的指纹来看，确实没有出入。完蛋！卖身之人只能随主，没有主子给的文书，在一个走到哪里都要通关文牒的封建王朝，她哪儿都去不了。时雍紧紧咬牙，恨得牙根儿痒痒。

赵胤安静地看着她，良久，叫了声谢放，把那张时雍欠钱的字条还给了她："你既为我所用，这一千两，爷便赏你了。"

时雍以为自己听岔了，抬头看他。

赵胤慢吞吞地道："拿回去，免得再生埋怨，说爷让你一人飘零在外。"

时雍心里头莫名地跳了一下。分明是没有情绪的寻常话，可大抵是赵胤的声音太好听了，让她生出一种缠绵悱恻的暧昧感。他说得郑重如同承诺，就好像是告诉她，他以后再也不会不管她了一样。很古怪的感觉，时雍描述不出，可银子总是香的。虽然她很想把银票砸在赵胤脸上，转身就走，但她现在不是家财万贯的时雍，是贫困女孩儿宋阿拾："谢大人赏。"接过钱，时雍无奈一叹，算计别人，又被赵胤算计。在为赵胤针灸时，她一直在思考未来。这是个极度危险的男人，敏锐、能看透人心。与其跟他斗智斗勇，不如保持距离，找到机会远离他，不然怎么死的都不知道。

"梁丘！"赵胤盯着她，目有郁色，"针扎到哪里去了？"

023

扎错了吗？不扎错还是女魔头吗？时雍愕然抬头，装无辜："大人恕罪！民女刚想起，还不熟练，新婚在即，又有些走神。偶尔扎错几针，大人得好好包容着呀！"

赵胤看着她，不发一言。气氛异常诡异。

宋家大院。

时雍还没有进门就听到六姑的大嗓门："这下好了，往后有了这个亲家，我们老宋家再也不愁没米下锅了。"

宋家胡同的人大多姓宋，六姑和阿拾家只是远亲，却也姓宋。今天六姑是来替刘家和宋家换"庚帖"的，嘴里说着一水儿的好话，就盼着多拿几个赏钱。

最近王氏手头也大方起来，她懂事看年庚的窍门，这次给六姑的银钱又多了几个，六姑笑得嘴都合不拢："郎才女貌，一看就是相配的，三嫂子你就放心吧。"

时雍听得纳闷。昨日她特地通过孙国栋的嘴告诉刘清池，自己没有生育能力，刘家怎会不介意，还来互换庚帖呢？奇怪！

王氏把六姑送到门口。宋老太听到动静，也出门来看。因为当初是一个院子，宋长贵几口是单独隔开的。其实两家大门就几步距离，宋老太这会子倒是有做祖母的派头了，走到六姑面前问东问西的。

以前她何曾关心过阿拾？六姑都诧异起来。宋老太笑得一脸褶子："他六姑还不知道吧？我们合一起过啦，这丫头的亲事，我这个做祖母的，自然要看着些。刘家是个好人家，我家老三啊，孝顺，懂事，活该享这丈人福。"这句话的潜台词，不孝顺就没这么好的亲家。王氏双眼珠子一瞪，身子都僵硬了，偏生说不出话来。别看她泼辣，一个孝字能压死她，气得一肚子火，当着六姑的面，愣是说不出来。

时雍都被这婆媳两人给逗乐了。"六姑慢走。"她走过去，客客气气行了礼。

六姑看她这般笑容，心里毛刺刺的。明明这姑娘比以前爱笑大方，可她仍是觉得哪里不对，忙不迭地走了。

王氏一颗心像下油锅似的，被婆母欺负又不好说，六姑一走，黑着脸就指桑骂槐地说阿拾："一天天地往外跑，回头让人挑出错来，又说我的不是。我咋就这么倒霉，遇上你们这一家子，一个个没良心的东西……"

时雍不接这口黑锅，眼皮都懒得抬，叫了一声大黑往屋里走："有冤报冤，有仇报仇，谁惹你找谁去。"

宋老太一听这话不乐意了："你这姑娘怎的没大没小的……"

说着她就跟上来，要训时雍。还没有到门口，就看到一双黑幽幽的眼睛，冷戾戾的，像人一样盯着她，怪吓人的。

宋老太不认识大黑，抬腿就踢过去："走开，哪来的死狗——"

大黑腰身柔软矫健，哪会让她踢中？宋老太这条腿就如同那肉包子一样，有去无回，大黑一口叼住她的裙摆就往外拖。宋老太站立不稳，一只脚颠着，顺着大黑拉拽的力度跟跄了十来步，一边喊一边骂，终是站立不稳，扑通一声栽倒，摔入了路边的臭水沟里。

人下去了，裙子没下去。大黑生生撕掉了宋老太的粗布裙……

臭水沟很浅，淹不死人，但平常有个什么潲水残渣的，总有人往里倒，熏得宋老太差点昏厥过去。偏生裙子被大黑拉掉，这么不体面的样子，又不敢大声喊，只能憋着气叫王氏。

王氏瞪了时雍一眼，想过去拉她。时雍抬了抬眉，将从良医堂带回的银针取出一根扣在手心，趁着赶过去看热闹的工夫，一针扎在王氏的胳膊上。王氏胳膊一麻，没力气了。

宋老太见她不动，急眼了："拉啊，你两个下作娼妇，还站着看什么？"

王氏手麻了，不明所以地看着手心："阿娘，我这不知道怎么的，忽然就没力气了……"

宋老太尝试着往上爬。可是还没冒头，大黑又扑了上去。汪汪几声，让吃过苦头的宋老太不敢动弹了。

时雍看半天热闹，大声喊："不好啦。不好啦。大伯、四叔、街坊邻居，快来救命啊，我阿奶摔沟里去了，快来人啦。"

"小贱人你闭嘴！"宋老太骂着时雍，想要阻止。可是来不及了，这边的动静惊动了邻里。

不过片刻工夫，就都围过来了。街坊邻里的，最喜欢瞧的就是这种热闹了，七嘴八舌，问长问短。

宋老太活了大半辈子，面子大过天，这么丢脸的事还是头一遭。待她衣冠不整地被人拉起来，不仅那只祸害她的黑狗不见踪迹，阿拾也已经扶着王氏走远了："我阿娘刚才受了惊吓，身子都麻了，我扶她回去休息。"

王氏并不知道是时雍搞的鬼，魂不守舍地回到家，以为自己得了什么了不得的绝症，可担惊受怕一会儿，手又莫名好了起来："真是古怪，中邪了？"

时雍倚在门前，听隔壁宋老太的嚎哭和叫骂，笑得一脸灿烂："准是。"

王氏看她不加掩饰的笑意，再看趴在她脚边那条一动不动的狗，虽觉得出了口气，但隐隐还是觉得不妥："这下好了，你阿奶可算抓到我把柄了。说不定过两日就得撺掇你爹休了我。"

"休就休呗，你怕什么？"时雍答得随意，把王氏气得差点没缓过气来。

"没良心的东西，你巴不得老娘被休是吧？"

"不不不。"时雍一脸认真，"你若是被休了，谁给我做饭？这样好了，我爹要是休了你，我跟你走。"

王氏见鬼似的瞪着她。

宋香这时匆匆跑了进来，牵着宋鸿，一脸紧张："娘，阿奶让四叔去找榔头了，说这就要把矮墙敲了。要跟咱们合伙过日子。"

王氏一听，泪珠子都快落下来了。这不是要逼死人吗？在老婆婆屋檐下做媳妇，哪有在自个儿家做当家的舒坦啊。可是，这事宋长贵不出头，她一个做媳妇儿的能怎么办？"我这是什么命哦！"扑通一声，她半软在椅子上，拼命地捶着扶手，"天杀的宋老三，家里都翻天了也不知道回来管管，老娘伺候你们一家子……"

又来了！时雍一听她哭就头大。"起来。"时雍大力将王氏瘫软的身子扶正，从怀里掏出那张从赵胤那里拿回来的"一千两欠条"，塞到王氏手上，"去，给宋老太，让她找个识字的人瞧瞧。合伙过日子？好的呀。那这债务也得一起偿还。银子是欠大都督的，赖不掉。哦，还有这条狗……"

时雍看了一眼大黑："你也说，是大都督赏的狗，大都督脾气不好，这狗脾气也不好。今儿个只是拽坏裙子，明儿个说不准就咬死人了。"

"观音菩萨啊满天神佛，小蹄子你这是惹的什么事儿？怎会欠大都督一千两？"王氏的关注点不同，吓得脸都白了。

时雍唇角微扬："我的事你别管。照我说的去做。"

外面传来乒乒乓乓的声音。王氏出去，时雍径直回了屋。果然，不到片刻，外头就安静了。不仅墙不敲了，宋老太足有三天没到家里来，就连时雍教王氏炒回锅肉，那香味儿满院子飘，传到隔壁，宋老太也生生忍住了。宋老太不来，日子总算安生了许多。

进入八月，京里更热闹了。

这个月有三桩让老百姓津津乐道的事情：八月初八，是楚王赵焕与定国公府嫡小姐陈红玉的大婚之日，大抵这天确实是个顶好的黄道吉日，广武侯府纳女婿进门也选了这一日。而同一天，当今皇帝将送女儿怀宁公主和兀良汗使臣出京和亲，奔赴漠北。

明明都是喜事，可敏锐些的人，开始察觉有些不同：京里似乎更为忙乱，进出城门的时候，侍卫们盘查更为仔细小心，一个个杀气腾腾，稍有不妥就要被带走详细问讯。

时雍这几日也伤脑筋。为什么刘清池宁愿戴绿帽，也要娶她回去？这似乎很不寻常。

时雍寻思要不要再找他说得透一点，乌婵找上门来了："知道八月初八是什么日子吗？"

那时，时雍刚从良医堂打杂出来，准备去无乩馆为大都督例行扎针。闻言她揪着眉头："什么日子？"

乌婵被她这反问搞愣了，一脸复杂地看着她："你不记得？还是不在意了？"

时雍淡然一笑："不在意。"

乌婵一脸错愕地看着她。迟疑片刻，她嘴角微抿："别欺骗自己，你没忘。你也不是这样的人。谁让你不舒服，你就让他祖宗十八代都不舒服，这才是你，时雍。"

她就不能做个好人吗？时雍眼角微斜，正待说话，乌婵又打断了她："我知道，你是怕连累我们，连累燕先生。但这口气，你咽得下，我们咽不下。"

"其实并不是。"时雍叹口气，很难去解释这心里的转变。诚然一开始她是恨透了赵焕，可是，如今的她顶着宋阿拾的名义过活，时间长了，好像当真就成了宋阿拾，一切都改变了似的。性情、经历、人生，所遇的人，都不再按以前的轨道发展，就连对赵焕的恨也都变淡了。不是宽容，是懒得理会。对赵焕这个人，她也不想再去触碰。

时雍揉了揉太阳穴，慢悠悠道："属实是我现在有更棘手的事情，他那点儿破事，就变得不再重要了。"

乌婵问："何事？"

时雍生怕告诉了她，刘清池会被她找人修理一顿，再逼着人家退婚。算了，既然大都督这么好用,何不再用一用? "我已经想到法子了。"时雍看着乌婵狐疑不解的样子,拍拍她的胳膊,"别为我操心。回去吧。"

乌婵不吭声。她还是觉得时雍不对劲儿。这样的态度,像是换了个人似的,让她甚至有些怀疑,自己是不是看走了眼,其实这个宋阿拾,并不是时雍……

"我还得去趟无乩馆。你告诉云度,明日晌午后到良医堂来,我想办法让孙老爷子给他瞧瞧眼睛。"

乌婵皱眉:"你不怕被人发现了生出怀疑吗?"

"寻常人一样来问诊。怕什么?"

时雍去到无乩馆的时候,赵胤端坐在内堂那张太师椅上,肩背挺直,面若寒霜,一袭黑袍缓带,沉稳如渊。他一个人安静地坐在那里,明明什么都没做,却让整个屋子如覆冰霜,这也算是了不得的本事。

"大人。"她进门之前,谢放提醒她,爷今日心情不好,打早上起来就没有一句话,要她小心伺候。时雍进来一看,果然此人周身寒气森森。她进来了好半天,他都纹丝不动,她不得不轻咳一下,提醒他,"咱们可以开始了吗?"

赵胤抬头,见她在挽袖子洗手,眉头蹙了蹙:"今日迟了一刻钟。"

时雍回扫一眼,淡淡哦了声:"遇上个小姐妹,多说了几句。"

赵胤声音极淡:"你真是三教九流,无所不交。"

时雍的手浸在温水里,身子却突然冰凉。她扭头,注视着赵胤面无表情的俊脸:"你还在派人'保护'我?"

赵胤沉默看她。

时雍没有擦手,走到他面前,唇角一扬。冷不丁地手抬起,水便洒到了赵胤身上:"大人,似乎对我的事,很感兴趣?"

赵胤目光深寒却冷静,时雍的咄咄逼人,在他无波的眼眸下如投入湖心的小石头,很快归于平静。

"我身上发生的事情,有什么是大人你不知道的吗?"

赵胤淡淡看她:"有。"

时雍好奇地挑挑眉梢:"什么?"

"你不想说的。"

不想告诉他的那些是她的秘密。不止是他,没有任何一个人真正知道她的身上发生了什么。时雍淡淡看他,看了许久,突然嘴角一扬:"行,既然我的事情,大人都知道。那我就不瞒你了。我眼下有桩十分棘手的事,想找大人帮忙。"

赵胤唇角弯起一分,嗓音格外低哑:"准了。"说罢,他身子往后一仰,懒洋洋地躺在椅子上。这一让,房间里的光线似乎都变亮了。

时雍诧异地看着他,以为自己耳朵有问题:"我还没说是什么事情!"

内室静默了许久。赵胤拿起案上的一卷书,示意她去拿银针:"针灸了。"

时雍突然很想踢他一脚,可是刚刚她洒他水,他已经忍了,再踢一脚,脑袋会不会搬家？

　　见她站着不动，赵胤喟叹一声放下书卷，将玉带解开，脱下外袍丢给她，待她接住，又懒洋洋地将前襟散开，锁骨下露出一片结实的胸膛："不想嫁，便不嫁。你既求我，这点小事，自然帮你。"

　　时雍：……真是什么都瞒不过他？那么他可知道，我利用他来敲打刘清池，甚至说自己跟他有一腿？

　　婧衣进来，熏了香，又把赵胤被时雍洒了水的外袍拿下去了。临走，她回头看一眼，刚好见到时雍撩起一张绒巾子搭在赵胤的身前，连肩膀带腰腹一齐盖住，只露出一条腿，懒懒搭在辅了软垫的杌子上："大人，最近疼痛可好些？"

　　"嗯。"

　　"看来我针灸之术又精进了。"

　　"近日没下雨。"

　　"扫兴！"

　　婧衣在门口看了片刻，暗叹口气，出去了，掩上门。刚听谢放说爷叫她时的满满欢喜，全变成了失望。原本无乩馆的宁静，似乎也随着阿拾那个女子的转变，一点一点慢慢改变。以前死寂一般，如同坟墓，如今坟前开了花，可她反倒怀念以前的死寂。

　　内室只剩时雍和赵胤二人。

　　时雍如今脾气很好。在针灸之事上，又刚好找到点新鲜感和乐趣，治疗时嘴角便一直带着淡淡的微笑。而赵胤坐的姿势依旧端正，背脊挺得笔直，脸色还是那般无喜无怒，如同死水，在时雍为他按压疼痛的关节时，他也没有反应。

　　"这是死肉吗？不会痛？"时雍看不到他的痛苦就很痛苦，"大人？"

　　赵胤撩撩眼皮。

　　时雍又问："大人，不会痛吗？"

　　赵胤抿起嘴角，剜她一眼，不答。

　　"心情果然不好呀！"时雍又想到谢放的叮嘱，想了想，清冷的脸上突然绽放出桃花般动人的光晕，眼里满满的兴趣。

　　"怀宁公主要和亲了，你是不是很不开心？"赵胤气息微沉。时雍感觉到了，认为自己说中了他的心事，将杌子搬近一些，坐得离他更近，声音也低了些，"我记得大人是不主张以公主和亲来避免战事发生的。如今事与愿违，圣旨已下，怀宁公主必得远走漠北，大人，你是不是很痛苦？"

　　赵胤目光冷冷看来："你很开心？"

　　那是自然。时雍心里乐了，脸上却一脸严肃："我都心疼死了。这么一个如花似玉的公主，远嫁异邦多可惜！还得我们大人这样丰神俊逸的神仙人儿才堪匹配嘛。"

　　赵胤弯腰，一把抓住她的手。时雍手腕吃痛，惊讶地抬头看他。赵胤一脸冷然，周围散发着冰冷的戾气，仿佛一个在冷水里浸过的人，不见半分热气。那惊人的冷漠从腕间传来，时雍抬抬眉，明知故问："大人，我是不是说错话了？"

赵胤目光颇凉："扎错穴位。"

"啊？哦。抱歉。"他松了手，时雍微微一笑，"下次民女会注意的。"

"收起你的小心思。"

"我错了，大人别与我计较，气坏了身子不值当。来，我们重新扎一次，重新扎一次。"

本就是学医之人，对于针灸这个刚掌握的技能，时雍莫名喜欢，一旦打开了那扇记忆之门，她很快便融会贯通，渐渐发现这个行当里居然有一个广阔的空间，从此便按捺不住想要各种尝试。赵胤，就是她的试验品："大人，这次扎对了吧？"

赵胤纹丝不动，眼皮微阖。

时雍："大人，睡着了吗？"

赵胤睁眼看她，不说话。

时雍："大人？你当真不痛？"

"大人，我是不是又扎错了？"

"大人恕罪，这一针好像有点偏。"

"大人这腿，真是好腿，承受力极强。"

"大人？"

"大都督！"

时雍不是多话的人，阿拾更不是。可是，她对这个比她更少话的大人充满了好奇。一个人得多强大的内心才能在别人喋喋不休的时候视若无睹？她就想知道，他要多久才能有反应，也想看看，他究竟怎样才会崩溃失态……毕竟是一个让人看光都毫不变脸的男子，时雍很想找出他的"爆破点"，看哪里才是他的逆鳞，会让他这张万年冰山脸彻底崩坏。

"聒噪。"赵胤终于皱了皱眉，收回那条搭在杌子上的腿，"今日到此为止。"

时雍看他脸色，收了银针："我再帮你按按？"

赵胤皱眉："不必。"

时雍将他的裤腿放下去，又好奇地靠近了看他："大人，你睫毛怎么又长又密？"

赵胤冷眼看着近在咫尺观察她的女子："宋阿拾。"

"嗯？"

"死字怎么写，可知？"

"不知道。"时雍摇头，"民女不会写字。"

赵胤严肃地指着门："出去。"

"哦。民女告辞。"时雍嘴上老实，心里早已闷笑不止。快了快了，看来用不了多久就能彻底触怒他了，到那时，这位爷再也不想看见她，恨不得让她离他远远的，再也不要出现才好。那样她就可以拿回卖身契，带着燕穆和乌婵他们远走高飞，岂不快哉？

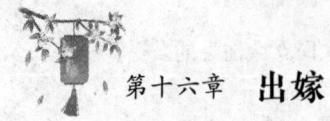

第十六章　出嫁

今儿时雍扎错了赵胤至少十针，道了无数次歉，可她没打算改。如今被撵出无乩馆，心里那叫一个美。她认为赵胤应当许久都不会再叫她去扎针了。不料，此人真是个异类，伤疤没好就忘了痛，第二天、第三天，连续叫她前去，每次扎到一半他又把她撵走。时雍屡屡被警告小命不保，又屡屡毫发无损地走出无乩馆。

不过，时雍不敢大意。狼来了的故事耳熟能详。万一哪天他就说成真的了呢？她得把握好度。

既要让赵胤难受，又确实能缓解他的病情，让他舍不得杀她。

两人的相处十分诡异，这让赵胤身边的人都直呼受不了。整日里冷汗涔涔，小心翼翼，生怕成了阿拾的替罪羊。

杨斐那日挨了二十军棍，虽是谢放执行，给他放了水，没有打出伤来，可他仍是心有余悸，但凡阿拾来就不近前伺候，看上去倒是学乖了。不过，腿不贱了，还是免不了嘴贱。

这日时雍一走，他就凑上去问谢放："你说爷为什么还不宰了她？"

谢放扭头，一言难尽地看着他。

杨斐眯起眼手肘顶他一下："说话啊？你看不出爷不对劲吗？"

谢放松口气，觉得孺子也并非不开窍，总算看出点什么了。

哪料，杨斐神秘地"嘿"了一声，抬起胳膊理理袖子，就慢条斯理地分析道："依我看，爷这心里定然是厌恶极了她，说宰又不宰，也是出于无奈。谁让她会这一套针灸之术呢？等爷的腿好了，或是孙老学会了，阿拾就无用了。到时候……嘿嘿，你说，阿拾会是个什么死法？"

谢放左右看看，生怕他的话让人听去。末了，又咬牙怒其不争地瞪他："你多琢磨琢磨自个儿的死法吧。"

杨斐瞪圆眼，"哥，我当你是亲哥，你却想要我的命？"说罢他揉了揉臀，"你也真下得狠手，二十，二十军棍，说打就打，也不知道帮我求求情。"

求情只怕就不是二十了。谢放嘴皮动了动，到底是没说："去歇着，我替你当值。"

杨斐脸上的笑忍都忍不住："爷知道了，会不会责罚？"

谢放看他一眼："我知道禀告。快滚。"

杨斐拍了拍他的肩膀，伸出手来："哥，借点银子。"

谢放侧头："不是刚发俸禄？"

"我昨日上街看到个讨饭的老爷子，手脚都没了，怪可怜的，便舍给了他。"杨斐摸了摸肚子，"饿了。想去吃碗馄饨。"

谢放闷不作声地把钱袋掏出来递给他："省着花。"

"知道了。"杨斐拿了钱，转头贱贱一笑，眉飞色舞地走了。

今儿八月初六了，还有两日便是楚王大婚。定国公府门庭若市，花轿途经的两侧街上，茶肆酒肆早早被人定下位置，都是为了观礼瞧热闹的。

大晏皇室子嗣单薄，亲王大婚并不常见，都想瞧热闹。

定国公将门之家，对女儿的管束也与别家不同。陈红玉更是个闲不住的，婚期将近，内心本就忐忑，整日憋在家里不许外出，更是让她如坐针毡。这日便叫了丫头，换了男装，偷偷从后门溜了出去。

她早就听说城门边的茶楼最是热闹，三教九流，闲言碎语什么都能听到。出了门，她就直奔那里，吓得丫头春俏白了脸，提着裙子小步跟上。

茶馆人满为患，陈红玉给了银子，小二为她选了个角落坐下。她心满意足地喝着茶，听隔桌的人谈论她和楚王的大婚。每个女儿家对婚事都充满了期许，可是，没听片刻，陈红玉就变了脸色，春俏更是紧张得恨不得把她拖走。

楚王的纨绔浪荡在京师城里不是秘密，他以亲王之尊宿花眠柳，甚至连遮掩都不愿意，也从不在意别人的恶评，活得极是恣意散漫。对楚王的评价，向来是两极。有人羡他如此潇洒风流这才是人世快意，有人骂他不顾体面丢大晏的脸，将会遗臭万年。陈红玉从别人嘴里听到，即将成婚的楚王，昨夜还在醉红楼出现，气得差点把茶杯捏碎。

"谁叫定国公府的小姐没本事，管不住男人？"

"时雍活着时，楚王府有侍妾通房二十人，不全被遣散发卖了？时雍活着时，楚王又何时去过烟花之地？楚王以王爷之尊，被迫接旨，不得不娶一个不喜欢的女子，心里又怎会舒坦？如非那一道圣旨，如今的楚王妃怕早就是时雍了。"

"那是，王爷身份尊贵，不必操心仕途前程，精力自然只能用到女子身上。我看这位陈大小姐，虽求了圣旨，做了正妻，也不过附庸尔。不得男人的心，又怎会把她放在心上？"

"哈哈哈哈。喝茶，喝茶。"

陈红玉指关节捏得咯咯作响，正要发作，她旁边的椅子被拉开。一男一女坐下来，一个身着道袍头戴大帽（道袍不是道士的袍子，是传统服饰），一个身着襦裙、身材丰腴高挑，坐到她旁边，也不说话。男子只是看着她，女子则是毫不客气地端起她的茶壶倒水。

陈红玉大怒："哪来的野物，这般不懂规矩？"

看她生气，女子笑了，双眼秋水盈盈："陈小姐不必动怒。我等是来救你的。"

"救我？"陈红玉冷笑，"我堂堂定国公府千金，用得着谁来救？"

女子端茶水到嘴边，轻轻一抿："陈小姐即将跳入火坑，不用人救吗？陈小姐一门忠烈，高贵毓秀，为何自甘堕落？"

火坑？陈红玉意识到她说的什么，脸色一变，气得双颊涨起一片绯红。怕被人知道身份，她左右看看，压着嗓子低声道："少来胡言乱语，挑拨我与王爷的关系。"说罢，她铁青着脸，示意春俏掏银子结账，起身掀椅子就走人。

乌婵在她背后，摇了摇头："自欺欺人。"

燕穆淡淡说："可怜人。"

乌婵冷笑："那便救她一救好了。"

陈红玉气得浑身发抖，带着春俏冲出茶肆并没有回府，而是在大街上走到了天黑。她知道那些人说的是对的，可兴许是爱得太深，又痛，又苦，又无能为力，到最后，便成了无措。

街上灯火微弱，宵禁了，几无行人。

"什么时辰了？"陈红玉问。

丫头春俏随了她一路，早已是吓得六神无主："怕是快到亥时了。小姐，我们回府吧。"

陈红玉抿了抿嘴，也不知是着了什么魔，内心受到了强烈的震荡，不愿意回去看满府的大红喜字，更不想听到任何人对她说"恭喜"："再走走。"

春俏结结巴巴："很晚了。再一会儿让夫人知道，该着急了。"

陈红玉一言不发，行尸走肉般往前走着。春俏心急火燎，一步一随，前方是个没有灯火的暗巷，春俏吓得拖住陈红玉的袖子，可陈红玉自恃艺高人胆大，抬步就走了进去。

离婚期不过两日，陈家小姐失踪了。一同失踪的，还有她的丫头春俏。定国公府伺候的下人们，谁也说不清小姐什么时候不见的，阖府找遍不见人，吓得魂飞魄散，却又不敢立马报官。

陈红玉随了她父亲，有些随性，以前偷偷溜出府几天不回来的事也曾有过，但是，这次不同，婚期在即，新娘子要是自己跑的，那定国公府的脸和楚王府的脸，就丢尽了。更何况，这是御赐的婚配，事态闹大对谁都没好处。定国公府只能在私下疯了般地寻找，明面上照常办着喜事，不动声色。

时雍这日照常去无乩馆，赵胤没有再让她针灸，而是让她用她的"正骨之法"为他捏腿。

这家伙学聪明了，反过来折腾她。痛恨。时雍暗自咬牙，又不能一刀把他宰了，磨蹭大半日才得脱身出来。

一人一狗走在街上，时雍望着张灯结彩的大街，突然有些茫然。明日就是初八了？王爷大婚，公主出嫁，侯府纳婿。没有一桩事情和她相干，可每一桩事仿佛都与她相干。

时雍甩头笑笑："大黑，我们走走。"

这些日子里，顺天府衙她不常去。她是个没有编制的女差役，平常干的活和稳婆无异。最近京师很平静，没怎么死人，女犯更少，她闲得长蘑菇，除了无乩馆，去得最多的便是良医堂。走到未时，她想去闲云阁看看娴姐，不料，却在玉河桥看到了鬼鬼祟祟的杨斐。

这厮干吗呢？时雍发杨斐极是小心，在钻入一个暗巷前频频回头，反侦察能力极强，在墙角站了许久，不见有人，这才开门进去。有异必有妖。时雍足够耐心，等风平浪静了才摸了摸大黑的头，示意它不要急躁不要出声，然后直起身，准备进巷子里去看个究竟。

"宋姑娘。"一道声音从背后传来。时雍转头，看到对街驶过来一辆不起眼的马车。那个人是从马车上走过来的。青色直身，头发花白，大约五十来岁的模样，说话行事极为端正有礼，"我家主子有请。"

大白天的当街"请人"？时雍轻哼，露出一丝笑："你主子谁啊？"

那人行了个揖礼，面带微笑："姑娘上车就知道了。"

时雍抱臂，斜斜看他："我若不上呢？"

"那恐怕……"那人抬头，眼里平静，说话不见戾气，一句话却意味深长，"只能想别的办法了。姑娘在宋家胡同还有一家子人，我们请不动姑娘，还能请不动他们吗？"

"威胁我。"时雍点点头，眯眼一笑，"实不相瞒，我也不太在意那一家子人的性命。"

那人实是没有想到她会这么说，整个愣住。随即，就见时雍笑了。

"不过我对你主子倒是感兴趣，看看无妨。"说着她径直领了大黑往马车走过去，干脆利索，没有半分拖泥带水。

老者愣住，看着她的背影，露出一丝笑来。

时雍没有上车，而是直接走到马车旁边，拽住垂落的帷帘用力一拉，想看看里面那位"主子"到底是谁。可是，当那张脸露出来的时候，她却意外。请她的老者穿着大晏的衣袍，而这位却不是，那一身异邦服饰与大晏人完全不同。再仔细辨认，分明是兀良汗使者。

兀良汗使臣很年轻，也就十八九岁的年纪，似乎稚气未退，可是与时雍四目相对，他身上却透出一股危险的气息。

时雍退后半步："我们认识？"

使臣沉默片刻，倏地一笑："以前不认识，打今儿起就认识了。"

他大晏话说得很好，甚至是京师腔调，而且，他长得好漂亮。能让时雍用漂亮来形容的男子，不多。这人的漂亮不同于赵胤，不同于白马扶舟，不同于赵焕，这个男子……有着极其精美的五官，一身黝黑的皮肤竟也未损他半分美貌，这种人似乎天生就具有优良的基因。

幸亏他还小，若是再长几岁那还了得？

"看够了吗？"他笑道。

时雍挑了挑眉："你在京师生活过？"

"不曾。"他似乎知道时雍为何发出这个疑问，语气淡然带笑，十分温和斯文，若非这一身异邦装扮和黝黑的皮肤，说他是大晏人也有人信，"我祖上曾在大晏生活过。"

祖上？那是多远的关系。时雍点点头："那你为何找我？"

"我叫乌日苏。"男子似笑非笑。

可这个回答毫无诚意，时雍看他一眼："与我何干？"

乌日苏看着她："你很像一个人。"

"这搭讪……十分唐突。"时雍内心隐隐有些想法，可是面色不显，淡淡看他一眼，无趣地转动着手腕上的镯子，低下眼道，"你若没有别的话说，我走了。"

乌日苏微微地皱起眉，清澈的视线再次落在时雍的脸上："我叫阿木乌日苏。"

"我管你怎么苏。"也不是每个长得好看的男子都有吸引力，时雍对这种刚刚成年的男孩子更是没有兴趣；更何况，明儿怀宁公主出嫁，兀良汗使臣就要随她出京了，这个节骨眼上，使臣找到她面前，有什么意图？不敢猜。她也懒得猜。见他不说话，时雍松开镯子，转身就走。

不料，乌日苏突然问："你有一个傻娘？"

时雍停步，手指微微捏了起来。燕穆说，傻娘被宋长贵带回家前，曾被盗匪劫持，而劫持前她曾跟着一个商队。这个商队来自漠北，更有人指出那批毛皮出自兀良汗。朱九向赵胤汇报说，兀良汗来使频频与江湖帮派接触，还在民间多方打探一个女子下落。那傻娘与兀良汗有什么关系？

时雍平静地看他："是又如何？"

乌日苏淡淡笑："可否告知，她去了哪里？"

这个问题问时雍，可没问对人。"我也想知道。"时雍看他面色发凉，一脸失望，又掀了掀唇，"我娘失踪很多年了。我找不到她，你若有线索，我很愿意倾听。"

乌日苏看着她，目光深邃得近乎热络，让时雍消受不起："我明日就要回兀良汗了。你可以跟我说说，她的事吗？"

时雍头微微偏起："我不知道你是谁，也不知你为何要问我娘。抱歉，无可奉告。"

她脸上轻松，可防备和警惕并没有掩饰。乌日苏看她片刻，清澈的眼睛轻轻一眨，好像整个人都亮开了，竟有几丝调皮的样子："你在怕我？"

奇怪的是，时雍并不怕他，甚至也不是很排斥他。只是觉得在大街上与兀良汗使臣说话会为自己惹来麻烦。她怕麻烦，更怕赵胤找她的麻烦："若使者大人没有旁的话说，我就告辞了。"

乌日苏一脸失望地看着她，张了张嘴，似乎还想说些什么。旁边老者轻轻一咳，他又没有发出声音，瞅了时雍片刻，摆摆手："你去吧。后会有期。"

时雍拱拱手，走人。

那辆马车在原地停留了片刻，时雍躲在暗巷里，待马车走远，这才去找杨斐。巷里的房舍，层层叠叠，那个门院没有匾额，与京师大多数的房舍没有什么两样。时雍看不出异常。

沉默片刻，她正准备想法子进去一探究竟，门就开了。里头走出两个男子，看到门外的时雍，双双愣住。时雍拱手一笑："好巧。"

"好哇。原来是你跟踪我，向大都督告状。"杨斐被一个身着粗布劲装的男子拎着后颈，一脸丧气。时雍对那男子有点面熟，但脑子里又没有印象，猜测是赵胤的侍卫中的一个。隔得这么近，他去抓杨斐，就没看到和乌日苏说话的她吗？

时雍不解释，看着杨斐扬扬眉："你又做什么蠢事了？"

杨斐又气又急："你还装，还装作不知道？若不是你，我怎会被白执逮住？"

原来叫白执？时雍看了那人一眼，笑了笑不说话。

白执皱眉，垂着眼皮道："杨斐装病出来斗蛐蛐，我这便要拿他回去执行家法。姑娘，再会。"

执行家法也犯不着跟她说啊。时雍看了杨斐一眼："活该。"

"死丫头，你说什么？"杨斐气得指着她就要过来，后领子再次被白执揪住："走了。"

有工夫骂人，不如想想怎么跟爷交代吧。"

杨斐苦着脸，整个人蔫儿了。

斗蛐蛐？幼稚。时雍回头看一眼被白执拎走的杨斐，摇头失笑。

无乩馆。

白执将杨斐丢在地上，恭顺地对赵胤道："属下跟踪宋姑娘，藏在那个暗巷里。哪知她会突然过来，属下没地方躲，怕与她撞个正着，索性就翻了进去……刚好碰到杨斐在那儿，就把他拎出来了。"

杨斐刚爬起来，一听自己居然暴露得这么冤枉，当即"啊"了一声："爷，我第一次去，我就是今日闲着——"

赵胤："跪下。"

杨斐扑通一声，跪得很干脆，脑袋垂在地上，一副等候发落的样子："爷你罚我吧，要不，我去自领二十军棍？不，三十……"

赵胤不看他，只问白执："可有发现？"

白执皱眉，将今日看到时雍的事情说了，"马车里的人，是兀良汗王子乌日苏。"

乌日苏是兀良汗王巴图的大儿子，据闻十分不得巴图的喜爱，因此这次派人到大晏，巴图才会派来这个儿子。一旦大晏要与兀良汗翻脸，乌日苏就必然成为质子。若是巴图喜欢的儿子在大晏，自会投鼠忌器。如此一看，传闻不假，乌日苏确实不得巴图的心意。

白执想到这里，冷不丁抬头看着赵胤："爷，乌日苏近日寻找的那个女子，不会就是阿拾吧？"

赵胤目光幽冷，看着他没有说话。白执被盯得汗毛都竖了起来，紧张片刻，想到另一件事："爷，还有一事十分蹊跷。"

"何事？"赵胤问。

"属下等发现，定国公府也在找人，似乎也是找一个女子。"白执是当真觉得纳闷，最近为何到处都在寻找一个女子。这个女子，那个女子，到底是不是同一个女子？"不过，爷吩咐过，对定国公府不必盯得太紧，属下便没有往深了查。"

赵胤眉梢微抬，没有说话，摆摆手，示意他下去。

"是。"白执出去之前，同情地看了一眼杨斐，内心隐隐不安。今日要不是迫于无奈，他不会进去。看到杨斐不带回来，不禀报大都督，也是失职，可是，若是杨斐被惩罚太重，他又不忍心。毕竟是多年兄弟了。

出去的时候，他碰到谢放，脚步停了下："杨斐——这次怕是要遭殃了。"

谢放迟疑："他怎么了？"

白执看一眼他的脸色，叹气摇头："他骗了你。斗蛐蛐输了呢。这次不知道又得挨多少军棍了——"

谢放抿了抿嘴，"嗯"一声，匆匆走了。

谢放没有来得及给杨斐求情。因为这一次，赵胤根本就不见他，执行家法的人也不再是他,而是朱九。这一次对杨斐的惩罚,也远远比以往更重:五十军棍,革职查办,逐出无乩馆。

赵胤身边这些近卫全是从锦衣卫里挑出来的佼佼者,品级不高,但个顶个的强,没有一个是孬货。即使是最不着调的杨斐,也是武举人出身,有一身过硬而扎实的功夫。他们军籍属京卫,投到赵胤门下算是他的私人侍卫。如今革职查办,也就意味着杨斐不再是京卫,再也不能在无乩馆当差。从此以后,便是路人了。

"谢放!哥,你救救我。"挨了五十军棍的杨斐,被打得皮开肉绽,整个人趴在凳子上,几乎去了半条命,但是看到谢放过来,眼睛里还是燃起了希望,"我不怕挨打。爷怎么罚我都行,就是别撵我走。我不离开无乩馆,我不离开锦衣卫,我要跟在爷身边,我愿意为爷做牛做马……"

"哥,你去帮我向爷求求情。爷最信任你了,哥,我求你,最后求你一次。"

杨斐的目光委屈又可怜,堂堂七尺男儿,挨打从来没有哭过,这一次却痛哭流涕,满脸是泪。

谢放慢慢走到他的身边,没有说话。

杨斐哭得更狠了:"只要爷留我下来,我愿意再领受五十军棍。哥,你去啊。去帮我向爷求情!"

谢放低头看他:"痛吗?"

杨斐一怔,点头:"痛。"

谢放一个耳光扇过去:"痛为什么不长记性?"

杨斐被他打蒙,摸了摸脸上,泪水疯狂往外涌,委屈极了:"我哪知道白执会闯进来,我……"

"你还有理了?"谢放失望地看着他,一脸的冷漠,"你输光自己银子,还来骗我?杨斐,你从没悔过。"

"悔,我悔。我真的肠子都悔青了。早知如此,我斗什么蛐蛐啊我。"杨斐伸手就去拉谢放的袖子,却被他狠狠甩开,"哥!你别不管我。"杨斐眼泪一串串下来,哭得鼻涕泡都出来了,"你不管我,我就真的完了。我无父无母,无依无靠,离开锦衣卫,我能去哪里……哥,我不想离开爷,不想离开你。"

谢放站在原地看他片刻。怔忡间,突然扭头,干脆利索地走了。背后是杨斐撕心裂肺的呐喊。谢放脚步微顿,没有回头。

当天晚上,谢放在赵胤门外跪了整整一夜,赵胤没有见他,也没有改变心意。天不亮,杨斐就被丢出去了。

谢放一夜未合眼,得到这个消息赶紧回去,将藏在柜子里的这些年攒下的银子全都翻了出来。可是等他追出去,已经见不着杨斐的人。

地上,有一摊爬行留下的血迹。从血迹的方向看,杨斐曾经爬回无乩馆大门。门上还有几个血指印。谢放在那几条血路子上来去走了几回,抱头蹲了下去,挺拔高瘦的身子生生蜷了起来。

嘎吱——大门开了，赵胤走了出来。

谢放抬头就看到他冷漠的脸，浑身一颤："爷！杨斐……去了哪里？"

赵胤看着他通红的眼："想跟他一起离开？"

谢放喉头一紧，说不出一个字。

赵胤从他身侧走过去，朱九将马车驶过来。他面无表情地上了车，停留片刻，终是撩开了车帷子，看向失魂落魄的谢放："地上清洗干净。"

谢放啜嚅："是。"

今日是怀宁公主出嫁的日子。寿宁宫，天还没亮便已忙碌起来。

赵青菀是前几日被皇帝派人从井庐接回来的。她去井庐原是希望长公主能施以援手，哪料自圣旨下达那一日起，长公主就没有为她说过一句话，任由她要死要活，一概视而不见。对赵青菀而言，这个皇姑母，比外人还要冷血。

自杀未遂，她对长公主死了心，回京就求到张皇后面前。

张皇后倒是比长公主会做人，吃的穿的用的、镯子首饰鞋子送了一堆到寿宁宫，但却以胎象不稳、需要保胎为由，不肯见她。

皇嗣大过天，赵青菀连求她都不敢喊得太大声。

而赵青菀的生母，在皇帝面前比她更不得脸，不仅不肯帮她去向皇帝求情，甚至为了讨皇帝的喜欢，主动来劝说她，让她以大局为重，以大晏江山为重，不要再抗拒和亲，不仅如此，还偷偷教她要怎么讨汗王的欢心。

赵青菀在皇帝殿前也跪了一夜。直到被太监宫女拉去梳妆那一刻，才真真看透这宫中凉寒。公主之尊竟不如民间女子，对自己的婚事，也做不得半分主。

赵青菀哭红了眼，让负责妆容的嬷嬷很是为难，一遍一遍地劝说，可她泪珠子就是止不住，饭也不肯吃。大宫女银盏看她如此，也跟着哭："公主，您好歹吃一口吧，从昨日起，您就没有吃过东西了，这样下去，哪里撑得住？"

"我死了岂不更好？省了心了。"赵青菀声音沙哑，瞥一眼盘中精美的膳食，突然冷笑几声，"他今日会来观礼吧！"

他？哪个他？银盏愣了片刻，才从赵青菀的眼里看出端倪："这般盛大的日子，大都督自然会来。"

"若非不得不来，他会来吗？"

这……银盏无法回答。在银盏看来，怀宁公主为了大都督简直是疯魔了。一直喜欢、一直追逐，丝毫不顾及皇室脸面和名声，在朝野上下和民间市井闹出了不少笑话，而这大概也是陛下厌弃她的原因之一。"公主……"银盏拿起碗，"我喂你吃几口，可好？就几口。"

赵青菀冷冰冰地盯住她。银盏有点怕，不敢看她的眼睛："公主若是不想吃……"

啪！她手上的碗飞了。

摔在地上发出迸裂的破碎声，溅起的汤水湿了她的裙脚。银盏不敢去擦，跪在地上，瑟瑟发抖地看着赵青菀如同疯症般的赤红双眼。

"银盏。"赵青菀阴恻恻地看着她的眼睛,"本宫待你如何?"

"公主待银盏……"银盏咽一口唾沫,忍住想要逃离的恐惧,一字一顿道,"恩重如山。"

"那就好。"怀宁突然恶狠狠地抓住银盏的肩膀,"你听我说,我喜欢赵胤,我真的喜欢他,只喜欢他。"

银盏不知道她要干什么,呆呆地僵硬着跪在地上,肩膀几乎要被她捏碎,一动也不敢动。

"就算是死。我也不会离开大晏,不会离开他。"赵青菀牢牢盯着银盏,赤红的眼睛仿佛要燃烧起来,脸上却没有什么表情,只有冷冽和纠缠不清的疯狂。没有人疼她,没有人帮她。她也没有退路,只能靠自己,靠自己,"银盏你要帮我。"

吉时未到,宫门口便铺上了黄色帷帐。帐前有几个供奉神位和祖先的桌案,摆着各式供品。

仪鸾司也隶属锦衣卫,一个个高大的仪卫着装齐整,在布置华丽的承天门前擎执而立,朱华盖、绛引幡,在秋风中瑟瑟摆动,宫中妃嫔、公主驸马、内外命妇、戚贵之家的小姐无不到场。

两排身着华服的宫女,挽着系了红绸的竹篮,里面装着花瓣彩纸预备着,等待公主鸾轿经过。大红的喜垫铺过长长的街道,浩浩荡荡的送亲队伍,一眼望不到头。

观礼的百姓被重兵隔绝在长安街外,押长了脖子,看着、笑着、谈论着……

公主出嫁,盛世华礼。

而另外一边,与公主同日成婚的楚王府也是铺红挂彩。对皇帝选在同一天嫁女儿,有人替楚王委屈,因为如此一来,勋贵重臣们去参加哪边的婚仪就是一桩头痛的事情。可是,楚王似乎并不在意,还特地派人送了厚礼给皇侄女,因无法到场送嫁而致歉。

有百姓猜测,今上和楚王兄弟不睦,可天家之事,也只是图一个嘴乐,真假犹未可知。至于广武侯府的纳婿之礼,就简单了许多。赘婿本就不受看重,相比公主出嫁和亲王大婚,一个侯爷纳婿,场面更是不值一提。各家各户虽也派人前来送贺礼,但重视程度显然不够。

广武侯陈淮心里也不是太满意,但没等赘婿进门,招待了来宾便匆匆赶到承天门。帝后要莅临承天门,前去送公主是大事;女婿嘛,小门小户的人家,他也用不着在乎。

三桩婚事,三件喜事,闹得京师城热浪滔天,喜气洋洋。王氏和宋香早早准备了新衣服,约了街坊邻里的大姑娘小媳妇要去路边守着看公主婚礼。

时雍不想去,她准备在家好好睡上一觉,养养神。不承想,王氏和宋香还没出门,六姑就来了。接着,时雍就听到王氏在外面大着嗓门哀嚎哭闹:"退婚?刘家这是脸都不要了吗?当初是哪家差了媒人来,死活要与我们家结亲?这才过去几日啊就反悔?不行。这婚不能退。刘家想退婚,没门,逼急了,老娘就死到他们米行去,看他们家还做不做生意做不做人了。"

时雍激灵灵地坐起来。大人,您办事可真会选日子。人家结婚,她却"惨"遭退婚。

王氏不肯退婚,除了舍不得刘家米行这门亲事,主要还怕刘家提出退那一千两银子。

时雍看穿了她那点小心思,走过去拍了拍她的肩膀,王氏见她没大没小,回头瞪了她一眼,越想越气,一巴掌就又拍了过来,生生打在时雍的背上:"野蹄子,这下好了,你是不是开心了?"

"开心。"时雍一脸老实地回答。

王氏一口气上不来,拍着心窝差点背过气去。且不说阿拾今年已经十八,过了议亲最好的年龄,单说她家从事的营生,曾经被谢再衡厌弃,如今又被刘清池退婚,女儿家的名声全毁了。脸面大过天,再想找刘家这么好的亲事,可就没机会了:"不退。老娘就不退。看他老刘家是不是要逼死人。"

看着她从牙缝里挤出来的狠劲,六姑眼珠子望望天,眼神有些复杂:"三嫂子,你也甭急,我话还没有说完呢。刘家说了,那一千两礼金,你们也不必归还。就当是他们家给阿拾赔礼道歉了。"

不用还?赔礼道歉?王氏脸上一喜,想想到底是退婚,又拉下脸来。

再想想,又有点欢喜。白捡一千两,怎会不乐呢?那瞬息万变的表情,让她的脸看上去极是扭曲:"那老刘家有没有说,为何要退婚?我们家阿拾哪里不好?"

这也是时雍的疑问,她想知道赵胤是如何做到的。一个连"绿帽""不能生育"都吓不退的亲事,怎么说退就退了?

王氏道:"他家刘二公子也到年纪了,这一连两桩婚事不成,刘家的脸也难看,他姑,你再回去说说,要不让这两个小的,凑合着过了算了。"

六姑看她揪着眉头,有些为难地道:"这个事儿吧,我不好说。三嫂子,刘家对你家阿拾还是满意的,就是,就是……唉。"她一拍大腿,万般无奈地看着时雍,"阿拾这姑娘还是差点运气。你说怎么就那么巧,刘二公子昨日下学回来,碰到个歹人抢人家姑娘,他上前相帮就帮出事了,人家姑娘的身子也抱了,摸了,还能不认账咋的?"

"我呸!哪家杀千刀的小蹄子,定是撺掇好了歹人来设计……"

六姑打个哈哈,眼神儿突然一瞄,看向站在旁边绞着手绢子垂目低头的宋香:"王嫂子当真不晓得?"

王氏觉得她这话说得蹊跷:"老娘昨儿整天在家腌菜,哪会知晓?我要晓得是谁坏事,揭了她的皮!"

"娘。"宋香慢吞吞走过来,脑袋几乎垂到胸口了,"昨日我约了小姐妹去看胭脂,回来时遇上两个歹人,幸得刘二公子相救……"宋香说得委屈,似乎想挤出几滴泪水,又没有成功,小脸便皱在一起,看上去极是可笑。

六姑心知肚明这家人是什么情况,刚才王氏破口大骂,她还以为是在阿拾面前装相,分明就是这母女俩合着伙设套抢阿拾的姻缘,然后在这儿哄这傻姑娘呢。如今看来,王氏是当真不知情,那就说不清了,是真的巧合,还是宋香这丫头小小年纪就有这样的心机?

王氏愣在那里,说不出话。六姑不便再留下来,讨了口茶喝,便急着出门去瞅公主大婚的热闹了。王氏脚下一晃,愤愤地坐在凳子上,一言不发。宋香从来没见过她娘这个样子。往常王氏泼辣嘴毒,说话做事风风火火,要是她哪里做得不对,要么破口大骂,要么直接就上手打人,从没有这样沉默过。

"娘。"宋香不在乎阿拾怎么想,对她娘却十分紧张,"早上的鸡蛋,我还没吃,给你。"

她摸出一颗煮鸡蛋,塞到王氏手上。以前家里煮鸡蛋,一般只煮一个给宋鸿。近来日子宽裕了许多,可王氏还是很节省,三个孩子一人一个,有时候老宋也能吃上一个,可她自己是从来舍不得吃的。宋香咬着下唇,小意而讨好。

可是,王氏拒了。一把将宋香推开,转身回屋。

"娘。"宋香吓得脸都白了,紧追两步喊她,"咱们不是要去正阳街看送亲吗?时辰差不多了。娘……"

王氏没有回头,进屋,门砰一声从里头合上。家里气氛空前阴冷。

时雍走过去拍了拍门,里头没有动静。"我去正阳街了?"她又拍拍,"你不去吗?"鸦雀无声,一点动静都没有。

时雍叹口气,背懒洋洋地靠在墙上:"我不在乎这个。既然你们喜欢刘家这桩亲事,如今也算两全。你还在气什么?快出来,我们去瞅公主出嫁了。"

宋香听她这么说,长长松了一口气,也扑过来拍门:"娘。你听到了吗?阿拾说她不在乎。她本就不在乎,你就别再怪我了,我也是不小心呀!"

沉默片刻,里面爆发出一阵山崩地裂般的哭声:"滚!"王氏是真生气了。

宋香双眼含泪,眼巴巴地看着时雍:"阿拾,你快劝劝阿娘吧。可别把身子气出个好歹……"

时雍看她一眼,清幽的眼眸里划过一抹笑意,盯她看了片刻,慢慢扳过宋香的身子,伸手抽去她头上的发簪,将她打扮齐整的头发弄乱,又拿发簪在她脸上轻轻一划,然后丢在地上,走了。

这是要做什么?宋香吓得跌坐在地,脸都白了。

第十七章　山雨欲来风满楼

公主出嫁的场面十分盛大,大街上挤满了围观的人群。一会儿轿辇要从这里经过,时雍一眼扫过去,能看到的只是黑压压的人群。

"阿拾,阿拾。"周明生有些日子没见到阿拾了,在人群里挥着手,拼命挤过来,一脸兴奋,"你也来了?我以为你不喜欢瞧这些热闹呢!"

时雍嘴一抿,笑笑,不说话。

周明生看她脸色:"谢再衡也是今日成婚。"

"哦。"

这不咸不淡的回答,让周明生有些吃不准她的想法:"听说你和刘家二公子订婚了?"

"退了。"

"啊？什么时候？"

"刚才。"

"啊？"周明生挠挠腮帮，跟不上她的话，"这么快？"

时雍懒洋洋地看着前面，不置可否地笑了笑："公主嫁辇还没过来？"

"没有。"周明生抬抬眼，踮起了脚尖。他个子高，能比别人看得更远，说话嗓门也大，"我寻思是不是前面出什么事了？按说不该等这么久呀。"

"能出什么事？"时雍说着，没在意。不论是赵焕、谢再衡，还是怀宁公主，他们成婚都与她没有干系。只是他们三个都选在今日成婚，又是阿拾被退婚的日子，让她觉得十分玄妙，就像冥冥中自有的天意。

约摸等了一个多时辰，公主嫁辇才徐徐行来。

打头是两排执伞擎戈的锦衣卫仪卫，兀良汗使臣骑马紧随其后，围拥着一辆黑色马车。车驾上帷布紧闭，看不到里面的人，时雍凭直觉，认为是她见过的那个叫乌日苏的人，他在兀良汗使臣中间，地位应当很高。再然后是身着繁琐宫装的陪嫁宫女，罗衫褶裙，个顶个的纤细水嫩。她们将公主嫁辇围在中间，大红的轿帘将里面的人儿遮了个严严实实。围观的百姓看不到公主真颜，纷纷叹息皇家嫁仪的气派。

"真好。"周明生感慨不已，"我要能娶公主就好了。"

时雍扭头看他："口水，擦擦。"

周明生回神，抹了抹嘴角，哪来的口水？他又是嘻嘻一笑："我这般胸无大志的人，只盼着能娶个媳妇就好，娶公主大抵是不能了。"说到这里，他眉头一皱，像是刚反应过来，"陛下没有别的女儿了吧？"

时雍揪住他胳膊，狠狠一掐："仔细你的皮，什么浑话都敢说？不要命了？"

"嘿嘿。阿拾，你想嫁个什么样的人儿？"

此话问得随意，时雍扭头看他一眼："你抬起头。"

周明生抬高脑袋，嘴巴张着："你想嫁给天老爷？"

时雍重重拍在他的后脑勺上，目光盯着从皇城那边一掠而过的飞鸟："我要嫁，能让我自由自在的人。"

这回答让周明生有些意外："但凡女子，不都想嫁家世优渥、样貌英俊、有才有能的男儿吗？像怀宁公主这般风光大嫁，是天底下所有女子的念想吧！古往今来，有几个女子能得这般尊荣。这么一想，我觉着我得委屈我未来的媳妇了。"

"你先有媳妇再说吧。"时雍哼了声，眼睛微微眯起，"世间婚配大多功利，你若有心，比给她风光更为紧要。"

"不懂你在说什么。"周明生摸着下巴，不知想到什么，黝黑的脸颊有几分羞涩，"我若有个媳妇儿，就像我阿爹疼阿娘那样疼她就是。有一口吃的，尽着她先吃；有一身穿的，尽着她先穿。想一想，小日子倒也甚美。"

时雍扭头："这便是有心。"

车声辘辘，马蹄嘚嘚。两人说话的工夫，公主嫁辇已渐渐走远，再后面便是成箱成箱的嫁妆和着装齐整的兵丁。他们将护送怀宁公主出关，前往兀良汗。

时雍特地注意了一下，这次送嫁的是龙虎将军魏骁龙。这可是赵胤的心腹。时雍没有在人群中看到赵胤，抬了抬眉梢："走了。"

周明生跟上去："去哪儿？"

时雍头也不回直往前走："红袖招吃酒。"

"我要去！"

时雍有好两日没有见到赵胤，他不找她，她乐得清闲，更不会主动去帮他针灸。这两天，刘大娘倒是叫过她，有一个大户人家的媳妇儿要生了，刘大娘想让她一起去讨彩头，时雍拒绝了。这点彩头，她提不起兴趣。

家里气氛太沉重，王氏和宋香母女俩彼此相看就戾气顿生，让人硌硬得慌，时雍懒得在家。每日早早起来，带着大黑去良医堂，打杂一日，蹭吃蹭喝，漏夜方回。

又三日后，六姑再次上门。这次是为宋香议亲的，王氏脸色难看，又不得不出来应付。女儿被人抱了，摸了，这事经了六姑的嘴早已传扬开去，宋香不嫁刘清池也再找不着别的人家。她心里再大的埋怨，也是亲生闺女，该张罗的事，还得张罗。

时雍没眼看这尴尬，早早就溜出了门，不承想，却遇到了谢再衡。他就在宋家胡同口等她，就像撕鸳鸯绣帕那次一样。时雍觉着晦气，本想绕道走，谢再衡却跟上来，拦住她："我有事问你。"

时雍抬头，发现做了侯府上门女婿的谢再衡憔悴了许多，白净的俊脸少了些隽秀，蜡黄苍白，斯文温润的书生气里也夹杂了几分冰冷的戾气。人终是都变了。他面前的人不再是宋阿拾，谢再衡也不再是谢再衡。想想他和宋阿拾青梅竹马的感情，时雍竟笑着感慨一下："谢公子当真是春风得意啊！说吧，何事？"

谢再衡皱起眉头，本不想让她看出尬态，奈何强作欢颜也是不成："张芸儿到底怎么死的？"

张芸儿的事都过去这么久了，他居然又来找她问。时雍笑了："看不出你还是个多情种子。"

谢再衡不理她的嘲弄，眼睛望向别处："子虚粉，便是子虚乌有之事。我打听过了，当日在宁济堂，根本就没有搜出什么子虚粉。你在撒谎，赵胤也在撒谎。"

"谢公子消息滞后了。"时雍淡淡看他，"官府张榜，谢公子从来不看的吗？千面红罗石落梅为了复仇，杀害张捕快一家、于昌、徐晋原……此案已有定论。你若有什么想不过去，当去衙门为你的张小姐鸣冤，而不是背着新婚妻子，来找昔日青梅打探。哼！"

时雍说着径直从他身边走过。谢再衡看着她的背影："阿拾。"时雍停下脚步，"我母亲的仇，我也一定会报。"

啧！这才是他愤愤不平找上门来的理由吧。毕竟他母亲自杀是众目睽睽之下发生的事情，他找不到宋家任何的错处告官定罪。

"报仇还要喊出来，愚蠢。"时雍轻笑，走远。

日子再往后推两天，京师又出了桩大事。

皇帝下旨查抄了娄宝全的家，却厚葬了娄宝全，全了恩义。同时，又一道圣旨，敕封白马楫为新任东厂厂督，即刻上任。

白马扶舟是长公主身边的人，这个圣旨再次让人掂出了长公主在陛下心里的地位，也掂出了白马扶舟在长公主心里的地位。一时间，白马扶舟风头无两。

时雍听得传言的当日，宋家也出了桩大喜事。经锦衣卫指使挥赵胤举荐，顺天府仵作宋长贵因断案有功，免试入仕，领顺天府衙门从八品知事一职，专司断狱。官吏常被合成一词使用，可由"吏"到"官"的这个阶梯，大部分人终生也迈不上去。任令书下达，喜事传遍顺天府衙门，宋长贵的惊人事迹再被人传颂了一遍。无人不知宋知事断案如有神助。但凡是时雍为断案做的事情，全都归功到了宋长贵名下，而宋长贵晕乎乎地接了任令，吓得两股战战，回家还在哆嗦："我觉着我……配不上啊。"

时雍看他这样了，笑得眼都弯了："你当然配得上。你本事大着呢。一个从八品知事算什么，往后你还能做提刑按察使呢。"

"不可不可，不能不能。"宋长贵长吁短叹，"往后为父要小心行事，以报大都督提携之恩。"

时雍笑而不语，王氏也一扫这几日的愁眉不展，惊喜得解了围裙就要上街去买菜割肉，请街坊和亲戚们吃一顿。

看她急躁成这样，时雍连忙阻止："不想为阿爹惹事，你就装聋作哑老实点。"

王氏这几日都没脸见时雍，平常跟她说话也不再像往常那样大声吆喝，正是因为心里有愧，如今被时雍一通数叨，脸红脖子粗，想骂，又骂不出口，生生把自己给憋住了。

宋长贵知道妇人浅薄无知，不怪王氏。只是奇异阿拾这孩子，小小年纪能有这番思量，让他越发刮目相看："阿拾说得对。这世间之人，大多愿人穷不愿人富，哪有人真心盼着咱们好？少出声，别给大都督惹事。"宋长贵领顺天府衙的差事，却自觉地把自己纳入了赵胤麾下，把自己当他的人。

这日，时雍刚去良医堂，就接到了朱九传来的消息："爷让你未时后去无乩馆。"

时雍午时就去了。在良医堂吃了几天饭，有点起腻，无乩馆的伙食好。既然是去做事，为什么不能管一顿饭？

时雍来得太早，无乩馆还没开饭，谢放在后院喂鹦鹉，婧衣、妩衣两个丫头在廊下绣花。

看到她来，谢放双眼通红，只瞄她一眼，点点头，便拿了喂鸟的食盅走了。时雍觉得他很不对劲，但没有多问。婧衣却从背后走过来，声音里藏了几分叹息，"杨斐被爷撵出了无乩馆，连带谢大哥也受了冷落。这几次爷出门，没有带他。"

时雍哦一声，淡淡道："不带便不带呗，在家喂鸟偷闲不好吗？"

婧衣被她呛住，过了片刻才重新笑开："爷走前有过交代，今儿个得未时方回。姑娘有什么需要尽管开口。"

时雍等的就是这句话，一口气点了好几个菜，将她的"需求"说得明明白白，完事还交代:"分量别太多。我食量小,吃不掉怪可惜。"

婧衣愣了愣,微笑道一声好。

妩衣却受不得了,跟惹急了的兔子似的,气冲冲上来就问:"你以为你是谁啊?当自己是无乩馆的女主人吗?一个签了卖身契的丫头而已,跟我们也没什么不同,我们凭什么要伺候你?"

她是个火爆脾气,婧衣递眼色不好使,赶紧去拉她。然而时雍并不生气,看看她,又转头看婧衣:"这位姐姐好生没道理。不是婧衣说,让我有需求就提的吗?"

这是真傻还是装傻?听不懂话,还看不来人家脸色吗?妩衣更气了几分,怎么看时雍就是一个粗鄙没见识的丫头,受不了她这般女子竟能近得了爷的身边,更是口不择言:"不就是会扎几根银针吗?有什么了不起,看把你给得意的。"

时雍憋着一口笑,认真说:"爷说,会扎银针,就真的很了不起。"

"你——"妩衣恶狠狠地着看她,呼吸急促却反驳不了赵胤的话。

婧衣见状,温声道:"妩衣年纪小,姑娘别跟她一般计较。"

时雍看着桌上精致的茶盘:"我有点渴,上一壶好茶,我就不计较。"

这是个什么疯女子?妩衣对时雍与常人不同的脑子给弄得又气又急,偏偏拿她没有办法。她脾气急,当即红着脸就要上去扇时雍。

"定住!"时雍指着她,"警告你,碰我一下,你要倒霉了。"

妩衣不信邪,一个冲动扇了过来。巴掌还没有落下,掌心一阵刺痛,倏而整个手臂都麻了。

时雍慢慢收回那根被扎弯的银针,看了看:"良医堂的银针果然不一样,韧性好。"

"你对我做了什么?"妩衣手抬不起来,大惊失色,小脸瞬间挂上了泪,"婧衣姐姐,我的手,我的手动不得了,她扎我,我是不是中毒了?"

婧衣也变了脸:"姑娘,你对妩衣做了什么?"

时雍漫不经心地说:"去准备午饭吧,等我吃完。心情好了,便解了她的毒。"

"你无耻之尤。"妩衣痛哭流涕,"婧衣姐姐,你快去叫谢侍卫,禀报爷此女心肠歹毒,用毒害人。"

婧衣脸上显出几分悲色,小意道:"姑娘,你行行好,放过妩衣吧。我们这样的丫头,命贱,不比姑娘有本事,但也是人生父母所养。如今同在无乩馆当差,都是爷的人,何苦为点小事睚眦必报,取人性命?"

比起妩衣,婧衣毫无疑问聪明很多。懂得以退为进,还懂得往时雍的头上叠加罪名。时雍一笑,那笑意不达眼里,瘆得让婧衣血液寸寸发冷:"这天底下哪有那么好的事呢?自己打人没打着吃了亏,就有理了?好可惜,我就是睚眦必报。"

婧衣望着她:"姑娘如此冷血?"

时雍一下没有忍住笑:"你赶紧吩咐厨房弄点吃的来,我可能就不冷了。"

婧衣慢慢站起,一副不可思议的样子看着她:"那就恕婧衣无礼,要把此事禀报给爷知晓了。"

"正该，正该如此。"时雍满不在乎。她巴不得赵胤一个不爽就把她撵出无乩馆，从此天宽地阔，不比整天提着脑袋在阎王面前走钢丝强上许多？

婧衣笑了笑，转身出去。时雍一声未吭，懒得理她。

她是真烦内宅女人这种钩心斗角。刚才她同婧衣说的每一句，都是实话。只要吃好了，她都懒得为难妩衣。一个小丫头罢了，嘴臭，手贱，小小惩罚足矣，不会影响她心情。

时雍把银针慢慢收回去，自从那天用银针扎了王氏，她就发现这个东西挺方便，习得认穴施针，关键时候还可以保命。因此，她准备回头找人打一个银针匣，缠在手腕上，方便取带。

她收拾妩衣的样子，落了谢放眼里。在谢放看来，这个阿拾总有什么地方不对劲，她和所有的女子都不一样，感觉有些高深莫测，可看上去又是真的简单。她对所有事情都显得漫不经心，甚至在赵胤面前也能从容无惧，就连生死好像都不曾放在心上。失忆，真的会让一个人连性格都改变吗？

谢放慢慢走近："婧衣和妩衣都跟爷很多年了，比我来无乩馆的时日更长。"

时雍抬起眉梢看他："此话怎讲？"

"婧衣若真去告你的状，你也当心着点。"

时雍看着他的眼神，抿了抿唇，突然就笑了："好。"

不在意。她的表情分明就不在意。谢放认识阿拾其实很久了。可如今的她，真的就是一个他弄不懂的陌生人，除了那张脸，和以前的阿拾没有半点儿相似。

赵胤是未时回来的。这个人循规蹈矩，时辰也准确无误。他见到时雍之前，先听到了对时雍的指责。妩衣哭得肝肠寸断，控制不住委屈，跪在赵胤面前不停磕头："爷，你要为奴婢做主呀。阿拾她欺人太甚，我的手……"她的手已经恢复，摊开掌心，连针眼都看不清楚，反倒显得小题大做。

赵胤眼神一扫过来，她就不敢再看，只低头垂目哭啼道："我的手差一点就废了。"

婧衣看她一眼："阿拾姑娘这般没有规矩，往后是要吃亏的。妩衣再不是，也是爷的丫头，不是谁想罚就罚的。这要是传出去，不知道的人，还以为无乩馆多了个女主人呢。没的坏了爷的名声。"她这话说得极是温婉，一心为赵胤，也为阿拾着想。

赵胤此刻坐在内室临窗的椅子上，闻言轻嗯一声："下去吧。"

婧衣一愣，看着他的表情，低下头："是。"

妩衣却不服，往他身边爬了几步，就瘪了瘪嘴，委屈道："爷，你不为奴婢做主吗？"

赵胤盯着跪在地上的丫头，神情有几分倦怠："谢放。"一般情况下，他叫谢放，便是不想跟旁人说话，而这一声也只是习惯，却让被他冷落了几天的谢放眼睛一亮，整个人精神了许多。

"爷。"谢放近前，拱手行礼。

"无乩馆当差委屈了妩衣，给她找个庄子，换份差事。"

谢放愣了片刻，有点不敢相信自己的耳朵。可是，有了杨斐的前车之鉴，他不敢再多说一个字，应一声，便默默退后，拉上哭得上气不接下气的妩衣："走吧。"

"爷！"妩衣哭得肝胆俱裂，这才真正意识到了可怕，"饶了我，爷，不要送走我。"平常她们不怎么在赵胤跟前当差，无乩馆又没有女主人，几个小丫头少有人管束，吃喝用度堪比大户人家的小姐，把自个儿养得水灵灵的，很得人喜欢，日子过得可叫一个美。日子长了，她们便生出了错觉，认为人生本该如此，这无乩馆就是她们的家，爷这辈子不娶妻纳妾，她们守着规矩不越雷池，那么，就等同于无乩馆半个主子。

婧衣怔在当场，脸色苍白。爷这是杀鸡儆猴吧？

婧衣向来小心，可这次还是低估了阿拾在爷心里的地位。她不敢为妩衣求情，木头桩子似的直挺挺跪下，一声不吭。妩衣见她如此，哭得更是伤心欲绝，抽抽泣泣地道："爷，你要妩衣走，也该给妩衣一个道理。妩衣到底是哪里做错，惹了爷不喜了吗？分明是阿拾欺负了我，爷……"

婧衣头垂得更低了。她觉得妩衣太傻，这时，还问爷要道理。在爷的眼里，道理是什么？无非他的喜好。

谢放去拉抚衣，在她的哀号里，内室冷得令人头皮发麻。

妩衣挣扎着，喉咙都哭喊得嘶哑起来："爷！奴婢不想走，奴婢不想离开无乩馆，不想离开你。奴婢一辈子都是你的奴婢，要一辈子伺候你。爷，求求您，开恩啦，妩衣都伺候你这么多年了。"

赵胤摆手。了解他的人，就知，他已懒得再听。谢放暗自叹气，看着妩衣，想到了那日的杨斐："一个人最可怕的，是认不清自己。"把妩衣从赵胤房里拖出去，这是谢放对她说的唯一一句也是最后一句话。

时雍以为今日赵胤叫她来，是为他针灸。毕竟好几日不见了，这位爷的腿疾想必也不好过。没料到，赵胤竟然让她练字。这是个什么神仙大都督？她不会写字，字写得丑碍着他了？莫名其妙。时雍看到案上的纸笔墨砚，脑仁隐隐作痛："大人，我为何要练字？我一个小小女差役，不是书生，也不考科举，识得几个字，也能写几笔，已是很好。"

赵胤淡淡睨她一眼，拿起一本书，掀开衣袍下摆，端正地坐到她的面前，像一个严格的教书先生："写。"

时雍哭笑不得："大人，到底为什么？"

赵胤抬眉："等你学会，想吃什么就写下来。"

好像是个好主意。可是，这也不是他叫她来练字的理由啊！时雍看了一眼桌上的字帖和纸墨，伸手卷起，"也可。那我便带回去，我爹也能教我，写它个三五月，定有所成。"

赵胤不接这话，眉微微一沉，冷冰冰地道："三五月没有，只有三五个时辰了。"

三五个时辰了？干吗？时雍更听不懂了。捉着笔，她看着赵胤，一脸古怪："民女愚钝，大人可否明言？"

赵胤淡淡道："接到密报，和亲队伍刚入永平府便出事了。"

时雍问："何事？"

赵胤沉默一下，道："死了十几个，全部被拔掉了舌头，没有疑凶。另外，怀宁公主失踪。"

怀宁公主失踪了？十几个人死亡，还被拔了舌？那么多人的送亲队伍，怎会发生这样的事？而且，出了这么大的事情，赵胤居然还有闲心来守着她写字？

时雍纳闷地看着他："大人不用去吗？"

赵胤看她一眼，淡淡道："宫里很快会接到消息。到时，你同我出京。"

敢情宫里目前还不知情？"那大人为何不即刻上报？"

"不差这一会儿。"赵胤垂着眼皮，放下书卷，"不要闲话。写字。"

这哪里是闲话？死了十几个人，他的"老情人"怀宁公主也失踪了，还关系到两国邦交，分明是地动山摇的大事呀。赵胤也未免太淡定了。

时雍把笔搁在笔架上，走到他的面前坐下："大人是不愿陛下猜疑，这才不肯上报？怕皇帝发现，你的手伸得太长，消息先到你手上，才有人传入宫里？传闻陛下身子不好，如今到底是好，还是不好？"

一连三个问题，将赵胤问得皱起了眉头。似乎是嫌她聒噪，赵胤脸微微沉下，声音冰冷："你的话太多。"

时雍点点头，并不反驳他："那我换一个问题，公主出事，大人为何要我一同出京？"

赵胤看她一眼："针灸。"

明白了。把她当成了人形针灸机以及随身携带的止痛药：

"那我会针灸就好，为何要学写字？"

"自是有用。"赵胤冷下脸，不多解释，表情凶了几分，"三个时辰。快去！"

行，练字。三个时辰。哼！时雍万万没有想到都这把岁数了还要临摹毛笔字，她有点后悔，早些年没好好学书法，不然也不至于沦落至此。

一室安静。时雍在案头写字，赵胤在窗前看书。有风吹过，静谧宁安。两人互不干扰，幽静得有些反常。写了半个时辰不到，时雍就开始鸡啄米，眼皮撑了撑，揉了揉，她再也支持不住，打个呵欠，对赵胤说先休息一刻钟，然后便躺椅子上睡着了。袖子沾了墨，手指上也墨色点点，连脸都花了。

赵胤看着案上的沙漏，一刻钟过去不见她醒。他皱眉走过去，抽出她指上的毛笔，来不及放下，就看到了她写的"字"。白纸上统共也没写几个字，倒是有一幅画——一头驴。

为什么能看出它是一头驴，而不是马，也不是骡子？并非时雍画工精湛，出神入化。而是这个依稀长得像四脚动物的东西，脑袋上有一个"驴"字，还有一个"赵"字。合在一起，便是"赵驴"。

赵胤指尖微缩，提起毛笔往时雍的脸上画去。

"呀！"时雍正在做梦，脸上发凉，痒麻麻的难受。她几乎立即被惊醒。猛地睁开眼，先抹掉脸上的"水渍"，冷冷看着赵胤，目光警惕。用了好片刻，终于意识到这不是梦，她的面前，实实在在站了一个满带杀机的活阎王。

"有一刻钟了是吗？我继续写。"时雍低头找毛笔，看到那张"赵驴"，瞄了赵胤一眼，火上浇油，"实不相瞒，我写字是差点，画画还不错。"

哼！赵胤嘴唇微抿，看着她花猫似的小脸。时雍挑挑眉，一双眼睛像熊猫，见他脸颊抽搐，以为他终于要破功了，会愤而撵她。不料，他只是轻轻搁下手上书卷，把桌上的杂物顺开，然后捉了毛笔塞到她的手上："我教你。"

时雍脊背一麻，不敢接笔，也不敢拒绝，由着他把笔塞入手上，再轻轻包住她的手。上次写字的记忆太过深刻，他身子刚挨近些，时雍脑子便条件反射地浮出一些画面。她尴尬地错开身子，刚想说不用，房门就被敲响。朱九进来，一脸凝重："爷，陛下让你进宫议事。"

赵胤松开手，时雍终于有逃过一劫的感觉："大人慢走。"她恭顺地送到门口。

赵胤回头看她："继续写。"

时雍从无乩馆离开的时候，赵胤还没有从宫里回来。

天已黑透，夜色深浓，这个点的京师城，安静得如同一只沉睡的夜鹰。没有人知道它何时醒来，又会掀起多大的惊涛骇浪。

山雨欲来风满楼。时雍心神不宁地想着出京的事情，带着大黑慢慢往家走，刚到宋家胡同，就看到了乌婵的马车。时雍四下看看，不见有人，拍拍大黑的头，走过去，上车就看到乌婵和燕穆。

"青山镇的大老爷钱桢仲七十大寿，请乌家班去唱戏。"

乌婵是时雍的好友，也是乌家班的班主，这是众所周知的事情。只是，很少有人知道，京城赫赫有名的乌家班其实也是雍人园的产业。

燕穆看了乌婵一眼，问时雍："主子可要随我们一道离京？"

时雍沉默。能走自然是好，她如今以什么身份走？而且，赵胤入宫前才说过，要她同他一道离京，这……时雍想到这里，脑子突然一个激灵："青山镇是永平府地界？"

燕穆点头，嗯了一声："怎了？"

时雍精神一振，不答反问："公主和亲可要经过青山镇地界？"

燕穆想了想，再次点头："若走官道，那必经青山。"那么多的陪奁，车马、妆箱，不走官道还能翻山越岭不成？

"巧了。"时雍垂下眼帘，犹豫了片刻，把从赵胤那里得来的消息告诉了他们，"此行务必谨慎。保命为要。"

外面传来大黑的叫声。"汪汪"不止，在暗夜里极是响亮。时雍与乌婵对视一眼，轻轻撩开车帘，看到大黑正冲着巷口的方向在狂吠。

"大黑不会无缘无故地叫。我先走了。"时雍说了一声，又回头看看她和燕穆，静了静，点点头，"兴许我们可以在青山镇见。"

乌婵张了张嘴，欲言又止，没有出声。燕穆却是很平静，只应一声"好"。他从未变过，只要是时雍的决定，他都遵从。只要是时雍的话，他都听。时雍的一切他都不问为什么。

巷子里的人是王氏，提着一盏油灯。火光在风里摇摇摆摆，像鬼火。乍一看去，还有点瘆人。时雍下了马车，大黑便不叫了，跳起来舔她的手。

时雍摸摸它的脑袋，走过去问王氏："你在这里干什么？"

王氏听到她的声音，先是一喜，等提高油灯一看，脸色突变，惊叫一声，油灯啪一声就落到了地上:"鬼啊!"

她捡起油灯:"漏油了。"

王氏最是节省,用油灯时也会把灯芯挑到最小,就为省油。果然一句"漏油"马上把她从惊悚里拉回神,心疼地接过来看,拨了拨灯芯,让它正常燃起,这才仔细借着火花打量时雍,长松一口气,拍拍胸口:"你这脸怎么回事?吓死老娘了。"

时雍拍了拍脸:"我的脸,怎么了?"

可惜没有一面镜子,王氏也跟她说不清,只是捏住她的脸颊,狠狠扯了扯:"一脸乌漆麻黑,眼圈子像鬼一样,一个比两个大,我以为你被人挖了眼睛,满脸是黑血……"

乌婵和燕穆是怎么做到与她淡然说话,都不提醒她的?时雍揉了揉脸:"帮大都督画小像,染墨了。"

王氏吃惊:"你啥时候学会画小像了?"

时雍似笑非笑,不答,转移话题:"我在问你呢,为什么在这儿?"

王氏目光一闪,尴尬地笑笑:"刚听隔壁的三儿说,看到大黑在巷口……我就寻思怎么回事,你是不是又干啥缺德事儿,被人捉走了。"

时雍眉梢挑挑:"不放心我?"

王氏呸了一声:"老娘才懒得管你。就是这狗,是很听话的,老娘怕它出事。"她看了大黑一眼,伸手想摸。

大黑舔舔舌头,警告地看她,一脸"老子不乖"的凶狠,还龇了牙。

时雍不说话,一路随了王氏拎着油灯回家。这个不知道什么时候起,在她心里被称为了"家"的小院,在暗夜里寂静空旷,墙边堆放的柴火,檐下的石磨,院子里王氏腌的一坛坛咸菜摆得整整齐齐。

"愣着干什么?还不去洗吧洗吧睡觉。"王氏走在前面,一边走一边念叨埋怨,"你爹这两日做了个小芝麻官,可让他得意坏了,晚上又喝了二两,东南西北分不清……"

时雍看着她的背影:"我最近可能要出趟远门。"

她是个野丫头,王氏也不在意,回头瞪一眼:"又要上哪儿去?"

时雍含糊着应两句,没说,只是问她。

"如果我有一天走了,不再回来,你会开心吗?"

院子里光线很暗,油灯的火苗更弱了。王氏好久没有说话。时雍摸了摸身上,掏出那辗转来去的一千两银子,走到王氏面前。她比王氏高了半个头,这么比较才发现,凶悍泼辣的王氏其实是个单薄的小妇人:"这些钱你拿着。"

王氏的手有些僵硬,时雍把她手指扳开,银票塞进去。

"这是做什么?"王氏愣了好半响。

一千两银票对一个市井妇人来说,那无异于一笔巨款。王氏心跳得很快,拿着银票的手都在抖,可是,看着时雍一脸平静,再思量她的话,又隐隐有些害怕:"阿拾,你不是借了大都督一千两吗?你不想还这银钱,想偷偷跑路,是不是?"

"这使不得。"王氏把银票往回塞,"你把钱拿去还给他。老娘告诉你,别想那些

049

有的没的歪点子。咱们也不图什么富贵日子,饿不着冻不着就行,这钱拿着……我害怕。"

时雍叹口气:"大都督不让我还了。欠条都给我了。"

"啊?"王氏吃惊地看着她,继而又露出狂喜,"大都督真是个好人呐。"

好人?时雍愣愣,笑了。大概很少有人对赵胤用类似的夸赞吧?谁不说他心狠手辣,无情无义?跟了他几年的侍卫杨斐,说打出去就打出去。跟了他几年的丫头妩衣,说撵去庄子就撵去庄子。赵胤此人,做事全凭喜好。如今纵着她,无非因为她那一手针灸。杨斐和妩衣两人的下场,也是她的下场。这次的永平府之行,她应当打算起来了。远离京师,兴许也能离锦衣卫的耳目远一点。

王氏看她沉默,又捏一把她的胳膊:"不欠钱,你为何要走?走了不回来,又是个什么事情?"

"随口一说。"时雍进屋倒了碗凉茶,入喉清凉,她舒服些,回头望着王氏笑,"你不是最嫌弃我吗?我要是有一天走了就不回来了,你可不快活?再没人碍你的眼了。"

王氏没有吭声。好半晌,时雍刚要转头回屋,她突然跳起脚过来,揪住时雍的耳朵压着嗓子就骂:"你个没良心的小白眼狼,啊?老娘把你拉扯大,少了你吃还是少了你穿,骂你几句怎么了?我是你娘还不能骂了?走啊,你想走哪儿去?还不回来了呢?说得真真儿是好咧,你不回来了,老娘就杀鸡宰羊,好好快活一下。"

王氏骂起人来语速极快,噼里啪啦竹筒倒豆子似的,声音又脆又亮,把时雍听乐了。"行了。"她拉开王氏的手,"我去睡了。"

王氏不接话。看着她进了门,又低骂一句:"明早给你包馄饨,汤用仔鸡熬起来,香喷喷的。"

时雍轻轻关上门,仿佛没有听到她说的话。躺在床上,她望着天花板发呆。这个家什么都不好,但王氏做饭是真的好吃呀。

第十八章　离京

离开京师的日子来得比时雍想象的快。天没亮,朱九就派了马车来接。宋长贵酒刚醒,听到动静,赶紧披衣出来,脸都吓白了:"何事如此匆忙?"

朱九沉默片刻,看了时雍一眼:"大都督有令,此事不得声张,恕在下不能明言。但宋大人也不必紧张,办完事情,大都督定会把令爱全须全尾地送回来。"

宋长贵张了张嘴,想问,又不敢问,一双混沌的眼巴巴地看着时雍:"阿拾,你要当心点。别生反骨,好好听大都督吩咐,办好差事,早日回来。"

时雍点点头,平静地替宋长贵理了理衣领:"阿爹,你好好做官。"说罢,她看一眼站在宋长贵旁边的王氏,莞尔一笑:"对你媳妇儿好点。少让她操心。"

天亮前的京师城,雨雾弥漫,浸润了树梢。时雍看着这样阴冷的天气,觉得赵胤带上她，确实是英明。到了无乩馆，她没有去见赵胤，却被朱九带到了婧衣面前。婧衣身边，还有一个十八九岁的丫头，瓜子脸，丹凤眼，细眉纤长，看上去极是利索，却不怎么说话。婧衣介绍说，她叫娴衣："姑娘，先沐浴吧。"

时雍直到如今尚不知赵胤要怎么去破青山镇的案子。

来就让沐浴更衣？她有些奇怪。今日婧衣和娴衣都不怎么说话，待时雍极是周到，一言一行谨小慎微，看来昨日妩衣的事情，吓到她们了。

时雍没有睡得太清醒，半阖着眼由着她们收拾打扮。等一切妥当，时雍睁开眼，坐到铜镜前看自己，不由愣住。镜中女子身形曼妙，青绿绣金的窄袖上衣，外罩轻裘缦衫，将裙儿高腰束起，一条青绦将她细腰衬得不盈一握，曲线动人。最紧要的是她们将她的头发盘起，梳成了一个妇人的三绺头。

她还是个大姑娘呀，怎能梳这样的头？时雍吃惊地看着镜子里婧衣的脸："婧衣姐姐，这是做什么？"

婧衣一脸漠然，冷言冷语："爷的吩咐。姑娘不必问我。"今儿婧衣也有好生打扮过，脸上敷了胭脂，可是，脸色明显憔悴，眼下青黑。时雍知她与妩衣相处日久，定是为妩衣难过，对她生出了怨恨。

时雍皱眉道："昨日之事，并非所愿。"正是因为知道婧衣和妩衣等人在赵胤身边时间很长，她才认为，会被赵胤处罚的人是她自己。刺妩衣手心那一针，其实也就刺了两个穴位，让她当时手麻而已，很快也就缓解了。

"你不必抱歉。"婧衣唇角微抿。

"我没有抱歉。"时雍轻笑。非她所愿，不是说她很抱歉。妩衣骂人打人，自有她的不是，触怒的也是赵胤，不是她。她只是预料错了结果而已。"我这个头发。"时雍看着这三绺头，很是不习惯，"这头发也是大人吩咐的？"

婧衣眼皮垂下，嗯一声，脸上的情绪几乎快要掩饰不住。爷让她为时雍梳妇人的头发，是什么意思？时雍不懂，可婧衣却在这几个时辰猜测到结果，疼痛难当。一个男人让女人梳妇人头，那不就是要告诉旁人，这是他的妇人？而且，阿拾眼下这身衣服，全是赵胤吩咐她们从昨日开始赶制的，每一样都价值不菲。这不是丫头的服饰，分明就是当家主母啊。

婧衣不敢问，只能在猜测中痛苦煎熬。

时雍瞧她一眼，大概从她脸上猜出了什么。笑了笑，她转过去，坐直身子："婧衣姐姐不要多想，我和大人并无私情。"

婧衣一呆，长长的指甲落在时雍的头上，许久没动："主子的事，婧衣一个丫头不敢多想。"

时雍浅笑，左右端详着铜镜里自己那张变得美艳大方的脸，极不习惯，声音却十分平静："婧衣姐姐是个通透的人，我这么说，只想让你宽心，我不是你的敌人。"默了默，她又道，"我不会抢你的男人。对你家爷也没有什么兴趣。你大可放心。"

婧衣没有回答。房里，突然变得鸦雀无声。时雍看着镜子，忽然觉得不对。猛地转头，

051

钗环脆响间，脑袋微蒙。她看到了站在门口的赵胤。

今儿的赵胤头戴凤翅盔，一身轻甲戎装，腰系长剑，既贵重俊朗，又冷峻肃杀，像个武将，换了一身打扮，与寻常那个锦衣卫大都督有些不一样。这模样看上去倒像时雍初次见他的样子——打马长街而过，英姿飒飒，引百姓欢呼，落少女春心。时雍心脏怦地一跳，只看了一眼，便垂目不再看他。

"大人。"她起身行礼，婧衣和娴衣也赶紧福身，谦卑又小意："爷。"

赵胤站在那里没动，一张脸冷冷淡淡："好了？"

婧衣看一眼时雍，温婉浅笑："爷看看姑娘这身打扮，可还满意？"

赵胤没有说话，也似乎没有听到时雍和婧衣刚才的对话，面无表情地扫来一眼："去花厅候着。"

他转身就走，时雍这时才抬头，只一个背影，却被她看出了寒气森森。这是要做什么去？

花厅里除了侍立的谢放，还有一对男女。

男的看上去约摸三十的年纪，清瘦英俊，唇上和下巴蓄有黑色胡须，一身轻甲戎装，看上去精神奕奕。小妇人二十出头，小鸟依人般坐在男子的身边，一说话便弯起眼角，很是乖巧可爱，温良贤静。

时雍看了谢放一眼："谢大哥，这是做甚？"

谢放小声说："这位是昭毅将军裴赋，这位是裴夫人。你坐一下，等爷来再说。"

那位爷的用意，时雍不好随便揣测，与裴赋夫妻二人对视时，微笑示意，便不再说话。

这一等，就等了约摸两刻钟工夫。

赵胤进来时，唇上和下巴贴上了黑胡须，穿着与裴赋一模一样的衣服，佩一模一样的剑，身形高矮都差不多，乍一看，竟有几分相似。

"大人？"裴赋和裴夫人也惊了惊，从椅子上站起来，久久不动。好一会儿，才惊叹地大声赞着"妙，妙，妙"，然后向赵胤行礼。

"裴将军请坐。"赵胤拱手，看了时雍一眼，在她身侧坐下来，"我离京后，还得委屈裴将军一些时日。"

裴赋赶紧摆手："不委屈不委屈。能为大都督做事，卑职荣幸之至。"

和亲队伍死了人，怀宁公主失踪的消息，被严密封锁，京师城里一点风声都没有传出来，倒是赵胤突染恶疾的事情，为人们津津乐道。

卯时初，城门边的茶楼里，人声鼎沸，好事者议论说，赵胤身染恶疾是恶事做得太多，他那病恐会传人，这才封了无乱馆，不敢见人。

彼时，日头刚刚升起，昭毅将军裴赋携夫人夏初叶，带兵丁若干，打茶楼前经过，从齐化门出，回乡省亲。

裴赋是永平府青山镇人士，其祖父随着永禄爷靖难大军打到金陵城。后永禄爷即帝位迁都顺天，又举家搬迁到顺天府来。其祖父故去时，对故乡山水念念不忘，其父前些年解甲归田，便带妻妾回乡定居。

裴家世代军籍，但品级都不高，裴赋的祖父、父亲最高也只做到正六品千总。到了裴赋这一代，裴家子弟都没落了，但裴赋却很争气，得赵胤赏识，今上也赞赏有加，官拜正三品，封昭毅将军，娶了魏国公府的嫡小姐夏初叶为妻。这次省亲，也算是衣锦还乡了。

车声辘辘入耳，时雍斜坐在马车里的软垫上，怎么换姿势都不舒服。身上的衣服繁琐不堪，颜色也十分老气，让她年龄至少大了五岁，还有那浑身上下的首饰钗环，稍稍动一下就叮叮当当，很是愁人。

"大人。"她掀车帘子往外望。

赵胤没有同她一起坐马车，而是骑马而行。听到她的唤声，赵胤马步稍缓，走到车边，看她一眼："叫官人。夫君也可。"

时雍吸气："将军，大人，顺口。"

赵胤淡淡看她一眼，没有再纠正："出城了。你睡一会儿。"

"这样我怎么睡得着……"时雍扯了扯身上的衣裙看着他，突然叹口气，看着他阳光下的脸，"这便是你叫我练字的原因？"传闻裴夫人琴棋书画无一不通，出嫁前曾是京师四大才女之首。这……她跟人家哪有相似之处？赵胤要找一个替代之人，也不该找她呀。时雍想想有些好笑，"我是不是要把琴棋书画统统都学会？"

赵胤看她一眼："准了。"

青山镇隶属永平府，与顺天府属交界地段，带着女眷得有几日路程。可时雍觉得赵胤并没有把她当女眷甚至女子看待，一路如急行军，快马加鞭，不到两日便已到了永平府地界。

这日，恰逢中秋。再有一日，便可到青山镇。按赵胤的作风，大家都觉得他会马不停蹄，直杀青山。不料，他竟下令留在这个名叫平梁镇的地方："找个地方打尖。"

在之前两天，因为日夜兼程地赶路，别说洗澡换衣服了，便是正常的生理行为都很是"随便"。所以，能住店休整，让时雍松了口气。人群里也爆发出阵阵笑声："将军有令，打尖喽。"众人都很兴奋。

这次随行前往青山镇的人除了谢放、朱九、白执、许煜等几个贴身侍卫以外，赵胤还给时雍分配了一个丫头，便是无乱馆的娴衣。

娴衣不如妩衣那么骄矜气躁，不若婧衣娴静大方，倒有几分像她主子赵胤——沉默寡言，面无表情。她对时雍亦步亦随，只要时雍不问，她便不会主动搭讪。时雍从她的举止动作来看，应当是个练家子。

因此，与其说娴衣是赵胤派来伺候她，假扮她丫头的，不如说是派来监视她的。

马车徐徐驶入小镇。时雍对沿途小镇原本没有抱什么希望，打了帘子也就随便看看，结果入眼的景致，竟让她大为意外。

平梁镇在一个两山的夹缝中，官道从中穿过，小镇便在路边，地方不大，但看上去房舍齐整，街上人来人往，又恰逢中秋节气，很有些繁华热闹。只是，打眼一望，绵延的山上枯黄一片，少有绿意，颇有几分凉寒。

"夫人。到了。"

这是平梁镇上最大的客栈，名叫"有客来"，很随性的一个名字，但营生很好。一行人进去时，客堂坐了七八分满，这让时雍十分怀疑，他们人这么多，店家能不能腾出位置来招呼他们。

谢放身着轻甲，做参将打扮。他上前询问："小二哥，打尖。"

小二看他们一眼，笑吟吟地道："诸位可是从顺天府远道而来的贵客？"

这都知道？时雍坐在马车上，看那小二也就是个普通的小二，不明白为什么这么机灵。

谢放却平静地拱手："正是。"

"里面请。"小二摊手迎客，笑吟吟地叫了伙计过来，帮客人牵马安置，"客房都给你们留着呢，只是没想到，你们会早到一日。路上辛苦了吧？"

原来早有安排？时雍这才由娴衣搀扶着下了马车。尽管她觉得自己没有那么娇弱，但在外面，装样子也得装一装。

小二带谢放上去安排住处，一行人在掌柜的引领下，大堂就座。时雍陪赵胤坐到了有窗的位置。

客堂人多，时雍在马车上闷了两日，突然坐在这么喧哗的地方，略有些不适，她看一眼窗外，赵胤顺手便把窗户推开了。她一怔，看他一眼。有时候她当真觉得赵胤这人会读心。她自恃是一个能管理表情的人，可他总能看透她的心思！

"多谢大人。"

赵胤皱眉，似乎又想纠正她的称呼。

"将军。"时雍抢在了他的前头改口，赵胤便没有再吭声。

两个人相对而坐，一句话都没有。

他们这群人十分打眼，小二刚把人迎进来，老板就亲自去灶上安排伙食了，这么一来，菜上得也快。随从都坐在旁边，这一桌就他们两人。

这是时雍第一次与赵胤同桌吃饭，她怕这位爷毛病多，特地让小二多拿了一双筷子，做"公筷"使用，以免他有意见。这小小的举动，落入了赵胤的眼里。他看一眼，低眉，不动声色。

时雍看向他，拿起公筷："大人喜欢吃什么？"她知道这位爷是被人伺候惯的，认为他在等她布菜。

不料，赵胤比她速度更快，夹了一片脆笋片，便放在她碗里："夫人自便。"

时雍耳朵尖烧了一下。从来没有人这样称呼过她，这感觉很是古怪。时雍清咳一下，找个话题："我们何时启程？"

"明日一早。"

"休息一夜就走？"

"不然，留下过年？"

"过年就不必了。"时雍无语地看着他，轻轻一笑，"能过好这个中秋节就行。"

赵胤面色不变，低头吃饭。时雍不时抬眼看他，发现赵胤吃饭极是斯文，每一个动作都恰到好处的赏心悦目。原来有人吃饭也能吃得这么好看呀！

"我碗里的更好吃？"赵胤突然冷眼看过来，把时雍骇了一跳："不都是一样的啊？"

赵胤："专心吃饭。"

是让她不要一直看他吗？时雍暗暗啧声，为自己刚才的失礼行为找了个借口："将军，既然我们要在镇上住一宿，那吃过饭，我能不能出去转转？"

赵胤抿唇看着她。

时雍道："你看离天黑还早，回房也无事可做，不如看看小镇的风土人情。难得来一趟嘛。"她说罢朝赵胤眨了个眼睛，这举动与她身上贵夫人的打扮格格不入。实际上，即使时雍穿着华丽，可这股子劲儿到底与裴夫人是不同的。裴夫人温良端庄，时雍却如塞上明珠，钟灵毓秀，再怎么装也是不像。只不过，同行随从都是赵胤的人，不可能有人揭穿她罢了。

赵胤看她一眼："带上娴衣。"

在马车里蜷缩了两天，能出来舒活筋骨，走动走动，时雍极是愉悦，哪怕娴衣像个冷面神将似的跟在她身后，也丝毫不影响她的兴致。

小镇街道只有一条，集市也在这里。这会儿刚到申时，两旁有不少卖糕点果子的小贩。最热闹的摊位，要数一个卖螃蟹的商家，螃蟹用草绳拴了，装在几个大桶里，很多人在那里挑选观望。

引起时雍注意的，不是螃蟹，而是卖螃蟹的商家门口，跪着一个小姑娘。乍一看去，不过七八岁的光景，衣衫褴褛，娇小瘦弱，手背上有伤，小脸上也有淤青。在中秋佳节的热闹里，她形单影只，在秋风中瑟瑟发抖。

时雍表情微变，眼眸黯然，不由就想起当年的自己，也不过七八岁的年纪，和这个小姑娘差不多。瘦瘦小小，衣不遮体，食不果腹，在那个由土司掌政的大晏西南边陲的崇山峻岭间，她的日子过得比牲口都不如。也不知该说她是好命，还是烂命，从那个女子比畜生还不堪的大山寨，一步步走到繁华京师，成为了雍人园的大当家。她付出一切走上了人生的巅峰，然后再在众望所归中跌下万丈深渊……

"夫人。"娴衣见她许久未动，走近，"该走了。"

时雍看她一眼："去看看那小姑娘怎么回事！"

娴衣似乎有些意外，目光落在她脸上有几分探究。

"怎么？"时雍问，随即轻笑，"你不去，那我去。"

"我去。"娴衣转身走了过去。

她方才的迟疑是意外。在婧衣和妘衣的叙述里，这位阿拾姑娘"刁蛮任性、为非作歹、毫无同情心、喜欢作践奴婢，心思极其歹毒，仗着爷的宠爱，撵走了妘衣"，娴衣不认为她会对一个小镇丫头的遭遇产生同情。

转瞬，娴衣回来了："卖身葬母。"

娴衣话很少，能少说一个字，绝不多说。时雍看她一眼，又望向小姑娘。这卖身葬母怎么与她想象的画面不一样啊？

"怎么连字都没有写？"她小声咕哝，娴衣听见了："她不会写字。"

时雍没有说话，手伸到怀里掏了掏，尴尬地望向娴衣。从客栈出来的时候，为了不那么打眼，她卸了钗环首饰，换了一身轻便朴素的衣裳，身上也没有带银钱。

娴衣看着她，皱眉。

"有钱吗？"时雍问。

娴衣再皱皱眉："没有。"

"那我回客栈去取。"

时雍说着便要调转身，却被娴衣拉住，小声道："夫人，我们此行的目的，想必你也知道。不宜节外生枝。"

时雍盯着她的眼睛，沉默。两日相处下来，她和娴衣几乎很少说话聊天，更别说交心。但这一刻，时雍觉得娴衣大概是赵胤身边那群丫头里，唯一一个合她心意的人。至少她说话从不拐弯抹角。

时雍道："我就给点钱。"

娴衣沉默片刻，从怀里掏出钱袋。

"谢了。"时雍拿着钱袋走过去。

这个时候，买螃蟹的人似乎更多了，他们对冰冷的地上跪着一个小姑娘似乎不以为意，大家都在热热闹闹过中秋，甚至在讨论螃蟹要怎么蒸才好吃。只有两个妇人在一旁，低低说着什么。

时雍走过去："大婶子，你们要买下这姑娘吗？"

那两个妇人转过头来，看了看时雍身上的衣物，笑着道："是有这打算，这丫头长得挺俊的，条子也顺，带到永平府或是顺天府去，能卖个好价钱。"

好价钱？时雍原本想着她们把小姑娘买回去当闺女养，便把银子给她们，也能待小姑娘好些。哪料，是买来倒卖？会卖到哪里？青楼，妓馆？

时雍目光凉了几分："你们讲好价格了？"

妇人道："嗐！讲好我就把人带走了。这不，小丫头她爹不肯呀。说好了五两银子，转头就要十两，也是狮子大开口了……"

她爹？时雍轻声问："她爹在，还卖身葬母？"

旁边一个瞧热闹的虬髯男子小声接过话："这丫头的娘是他爹买来的，她爹有正妻，本想买个女人生个儿子。哪料，生了个丫头片子，这是非打即骂，丫头也跟着遭罪，她娘被活活打死，她爹也不管埋呀……"

懂了。哪是卖身葬母？分明是卖女儿换钱。

"她爹人呢？"

虬髯男子说："那不是么？坐那儿看螃蟹呢？"他努了努嘴示意时雍看，又好心道。"小娘子是外来的吧？可别出头，这小丫头的爹是镇上有名的泼皮，杀人放火什么都敢，乡邻们都怕他。"

怪不得，除了两个人贩子，没有人理会小姑娘。

"没事，我专治地痞流氓。"

时雍走到小丫头面前："你愿意跟我走吗？"

小姑娘一双眼睛木愣愣的，显然是被她爹打怕了，目光下意识转向人群，寻找她爹。

那泼皮看到又有人来买女儿，大咧咧走过来："你出多少钱啊？"

时雍皱眉："我一毛不拔。"

这种小地方的地痞流氓，平常横行乡里欺负百姓已是早就习惯了，一个个骄横无赖，哪里听得这样的话？

"他娘的，小娘们找事是吧？"这泼皮脏话连天，张嘴一阵唾沫横飞，"给老子有多远滚多远，碍着老子的事儿，老子一脚踹死你——"

听他满嘴喷粪，时雍也懒得再多说："一脚就一脚。"话音未落，时雍一脚踹出去，正中那泼皮的裆部。娴衣在旁也早有准备，手腕一抖，一柄锋利的匕首便朝那泼皮因疼痛张开的大嘴刺了过去。

"啊！"杀猪般叫声响彻街市。人群突然安静，又突然喧哗。紧接着，全都围拢了过来。

那泼皮在地上痛苦地打滚，捂了嘴，捂不了裆，捂了裆，捂不了嘴。可偏偏娴衣那一刀刺中了他的舌头，他呜咽痛呼，却一句话都说不出来。人群大呼快哉。时雍走到小姑娘的面前："我帮你安葬母亲。"娴衣眉头微蹙，暗自叹口气，没有说话。

两个人出去，三个人回。娴衣怕得面孔僵硬，生怕赵胤问罪。时雍倒是坦然，不做已经做了，怕什么？

"我堂堂将军夫人，买个小丫头都做不得主了么？"

她说得一本正经，娴衣怪怪地看她一眼，不出声。

赵胤在楼上客房里，时雍进去之前，已经打好腹稿，就拿"将军夫人"这个名头来呛他，既然要她做他的"夫人"，买个丫头算什么？娴衣也做好了准备，如果爷要怪罪，那她就说是自己看不下去，求夫人带回来的好了。

不料，赵胤认真地听完了时雍的讲述，转头就叫谢放："去，找人安葬了。"

娴衣愣住，看向时雍。时雍也看了她一眼，连忙向赵胤道谢："等此事了去，这丫头的去处我会安排，不会劳大人费心的。还有，安葬她娘的银钱，我也会还给大人。"

赵胤道："我看上去差钱吗？"

小丫头名叫春秀，今年八岁，从街头卖身可怜无助到被贵人带回来，娘也有人帮忙安葬。这翻天覆地的变化，她还没有回过神来。直到这时，她才小心翼翼跪地上，朝赵胤和时雍，端端正正磕了个响头："多谢将军和夫人救命之恩。"

将军和夫人……时雍脑仁有点痛，扶小丫头起来："走，我们先回房洗漱——"话说完，她发现娴衣没动，突然想起来。回房，回哪个房？她如今是将军夫人，在外住店，可以和将军分房而居或者跟侍女同住吗？时雍轻声问："我住哪儿？"

赵胤看她一眼，答得淡定自若："这里。"

气氛突然变得古怪。假扮一下夫妻没有关系，可这同住一屋就演过了吧？有春秀在旁，时雍不好直接反驳，正想让娴衣先把小丫头带下去再同他讲道理，一个不知打哪儿钻出来的赭衣男子就进来了。

他不是兵丁打扮，也不是与赵胤一行从顺天府过来的人，但他身材健硕高大，孔武有力，腋下夹着一个挣扎的孩子，面不改色气不喘："爷，人带来了。"

赵胤看她一眼，朝娴衣递个眼色。娴衣点头，把小丫头带下去了。那男子这才把夹在腋下的小家伙放下来。

"阿胤叔……"一道压抑的抽泣声，听上去可怜巴巴。待那孩子转头，时雍这才看清，这个穿着粗布衣衫，满脸脏污的小孩子，正是当今太子殿下赵云圳。

"太子殿下？"赵云圳看到时雍，猛一把过来抱住她的腰，"帮我一次，等我长大封你做太子妃。"

赵胤皱起眉头，朝那赭衣人摆了摆手："下去吧。"

赭衣人拱手离去，走路一点声响都没有。时雍不动声色地瞄了一眼，内心却涌起了惊涛骇浪。原来除了锦衣卫那些侍卫，赵胤身边还有其他人！这些人是锦衣卫，还是他有别的势力？赵胤朝赵云圳招了招手："过来。"

赵云圳抱住时雍不放："我不。你会打我。"

赵胤："我不打你。"

赵云圳摇头，不信任他："天高皇帝远，我孤身一人，你打了我，也没人为我做主。"

赵胤哼了一声："这会儿倒机灵。小丙呢？"

赵云圳撇嘴："我让他出去给我买粽粑去了，他刚走，我就被你的人发现了。"说罢他像是知道赵胤的想法似的，又扬了扬小眉头，"阿胤叔，你别送我回去。我要跟你去玩。"

"不行！"赵胤想也不想就拒绝。

"你若送我回去，我就拆穿你。"赵云圳可不好惹，脑子好使着呢，跟了一路，怎会不知道他们现在是乔装行事？他目光里露出几分狡黠的笑，"阿胤叔，你得把我带在身边，否则我可就要泄漏你的秘密了。"

赵云圳偷偷跑出京师，横生枝节。这时只能庆幸，是在平梁镇就揪到了他，而不是青山镇。小太子很是固执，好说歹说都不肯走，而且一个九岁的娃，谁也不敢保证让他离开是不是真的会将事情抖出去。赵胤无奈，只得写了个密折，连夜递送京师。

接下来，对赵云圳的安置，又发生了争执。赵胤告诉赵云圳，要留在身边就必须听从安排。赵云圳一开始频频点头。可是，当听赵胤说让他扮成小书童时就不乐意了："我宁愿做你儿子，也不要做书童。"小屁孩儿觉得自己身份高贵，做书童是万万不行的。

赵胤看到他就头痛："我可不敢做你爹。"他是太子，他爹是皇帝。让他扮书童，大不了说他不敬太子，也可辩称让太子体验民间疾苦。可是让太子给他扮儿子，这事要是有一天抖出来，落入有心人的嘴里，说不定就有人参他一个觊觎帝位，要捅大娄子的。

可赵云圳哪是听话的人？"一日为师，终身为父。你为何做不得我爹了？"小家伙又闹又叫，偏要做他儿子。

赵胤头痛，看时雍一眼："我若是你爹，她就是你娘了。"

赵云圳一听，顿时像一只被人踩了尾巴的兔子，小脸倏地拉了下来。这是他将来的太子妃，怎么能做娘？不可不可。赵云圳小脑袋摇得一晃一晃的："那我做你弟弟？"

"书童。"

"那你总不能让我给你做孙子吧？"

"书童。"

"欺人太甚。"

赵云圳执拗了许久，等小丙买回了粽粑，就又高兴起来。第一次离京那么远，他看见什么都新鲜稀奇，心都玩野了，哪肯回去？只要不被送回京师，书童就书童吧，反正有小丙陪着他做书童。他很快就被说服了。

不多会儿，谢放来禀报说，平梁县的县老太爷和几位官员来了，候在外面要给裴将军请安，并在平梁县设了宴，请裴将军赏脸。

地方上的官吏对于京师大员都十分看重和畏惧，尤其今日平梁镇闹的那点事，早已经传遍了。裴夫人出手惩治泼皮刁老三，救出可怜丫头刁春秀的事情，已成为一桩美谈。在老百姓的嘴里，这救人于危的事情，如同话本一样精彩。可传入县老太爷耳朵里，顿觉头上的乌纱重了，脖子也凉了，赶紧慌不迭地赶来示好。

赵胤当然不会见这些人，也不肯收他们的礼："打发他们回去。就说天色已晚，本将与夫人要早些歇息。"

谢放头也不抬，应声"是"，出去了。

时雍注视着他平静的脸，分明这话是正常的推托之词，可她莫名觉得心慌意乱，心跳加速，再次看到了他没穿衣服的样子。"大人。"她指了指外间，"我去看看娴衣和小丫头。要是玩得晚了，我便在那边和她们挤一挤，您这两日赶路，车马劳累，早些歇了吧。"

"站住。"

时雍转头，目光扫了扫："这儿只有一张床。"

"又如何？"

"难不成我当真要跟你一起睡？我还是个黄花——"这话她不免说得大声了些，却被赵胤用严厉的眼神制止了，"大闺女"三个字愣是没说出来。

"你不是。"

不是闺女，她还是妇人不成？

"你是裴夫人。"

赵胤冷冷看着她，指了指他对面的椅子："坐下来。"

时雍觉得他这严肃的样子有些好笑。这客栈到处都是他的人，暗地里还布了眼线，用得着这般谨慎吗？"好好好。我坐。"时雍坐他面前，双眼一眨不眨地看着他，"大人有何吩咐？说吧。"

赵胤看着她，冷冷说："来之前，我是不是已经向你交代清楚了，此行的目的是什么？"

时雍答道："没有。你只说让我配合你。"

赵胤反问："你配合了吗？"

时雍摸着自己的三绺头，斜眼飞向他："这不算配合？"

"不算。"

"那你要我怎么做？"

赵胤冷厉的目光在她脸上游走，像有什么尖锐的东西刺破了肌肤，又是痒，又是不自在，时雍不悦："有事你就说事，不要这么看我。"

不知道会把人看得心慌意乱吗？真是。

她腹诽着，听得赵胤冷声问："你叫什么名字？"

时雍？宋阿拾？两个名字在脑子里交替响起，但她出口的时候在舌头一绕，还是说了他想听的："夏初叶。"

赵胤问："你是我什么人？"

"夫人。"

"我们哪一年成婚？"

"光启十八年。"

"我府中都有哪些人？"

时雍瞪了他一眼："你成婚后开府另住，父亲母亲回老家定居，便没有旁人了。一个姐姐远嫁蓟州，是蓟州总兵齐岱的妻室。还有一个哥哥在开平卫做参军，在当地娶了嫂子，已多年未曾回京。我和你成婚四年，至今没有诞下子嗣，但我娘家魏国公府是皇亲勋戚，当今陛下也要高看几分，你不敢纳妾。光启二十年，你青梅竹马的胡小姐找上门来，你有意纳她，我和你大吵一架，回了魏国公府——"

"可以了。"

那日在无乩馆，因为时间紧迫，裴赋和裴夫人也只是简单交代了一下两人的情况，以免他们出行穿帮。当时阿拾就坐在那儿喝茶，一脸漠然不关心的样子，赵胤原以为她没有听进去多少，哪知，她不仅听进去了，记住了，还加上了自己的看法，把一些裴赋和裴夫人没有说出口的情绪和利害关系都说了出来。

赵胤揉了揉太阳穴："此行干系重大，要极为谨慎。我们既是夫妻，又岂有分室而居的道理？"

"你说的都对。可是——"同睡一张床还是不妥吧？时雍瞄向他，没有说完下一句。两个人认识这么久，也不需要说得太清楚，她相信赵胤知道她的意思。好歹她是个黄花大闺女，"我往后还要嫁人呢。"时雍说着，又瞥了他一眼，"更何况，这里是平梁镇，不是青山镇，大人是不是太过小心了？还是你怀疑，有人监视咱们？"

赵胤没有回答，摸着膝盖起身，叫了谢放进来，让他备水洗漱，末了又吩咐："夫人畏寒，让店家多拿两床被子来。"

谢放看了时雍一眼："是。"

很快，两个小二模样的青衣小厮便抬了一个大木桶进来，点头哈腰地说着好话。谢放掏了两块小碎银赏给他们,便欢天喜地地走了,说一会儿用完水,他们再来收拾屋子。

时雍看着这木桶,皱眉:"干净吗?"

赵胤道:"出门在外,一切从简,夫人随便洗洗就好。"

时雍看着他不说话。那眼神怨乎乎的,看得赵胤目光一闪别开脸:"我出去走走。"他走到门口,又偏头,小声吩咐谢放:"让娴衣过来看着。"

"是。"

时雍就在门后,听到两人的对话,鼻翼里轻哼一声,扶住门闩一推,关好门,走回木桶边,看着那袅袅热气,取出银针插入水里静待片刻,又慢慢收回。

匆匆洗漱,就小半会儿工夫。

可是等了好久,小二把房间清理干净,又抱来了两床被子,赵胤这才慢吞吞回来。额头有点湿,眼神锐利、冷漠,眼睫毛上好像都沾了水,像是褪下了一层皮,英俊依旧,也不显粗犷,深邃的五官却莫名添了几分野性,像一只食肉的猛兽突然踏入了猎场禁区。

时雍心里怦的一声:"你上哪儿去了,这么久?"外面天都黑了。

她看着赵胤,赵胤也看她一眼:"洗了把脸。"说着他弯腰掀开床上的被子,"睡吧。"

一个睡字暴露了时雍的"本性",她脑子不受控制地想起很多画面,导致她眼睛完全不敢往赵胤身上看,那种危险的、紧张的、暧昧的感觉让她简直想要夺路而逃:"睡,睡哪儿?"

赵胤沉默看她。

时雍心跳得太快,思维慢了半拍。这才看清他在抱被子。时雍问:"你要睡地上?地上凉湿,对你腿疾没有益处。"

"你睡。"赵胤说完,一把将两床被子丢给她,然后坐在床边,脱鞋,上床,拉下帐子,陷入了沉默,再不发一声。

让她陪"睡"就算了,还睡地上?时雍很想拉开帐子闯进去,把他拖下床暴打一顿,可是,脑子里有无数翻天覆地的想法,打人的画面都有了,手却很诚实地将被子默默铺在地上。一个垫,一个盖,脱下的外衫用来枕脖子,可怜巴巴地想,明日她可以在马车上补眠,赵胤骑马又有腿疾,是比她要辛苦些。算了,她就做一回好人吧。

"大人。"时雍睡不着,翻了个身对着床的方向,"我们到了青山镇,这样的身份,如何查案呢?"

赵胤没有声音。

时雍不死心地又问:"大人,你睡着了吗?"

依旧无言。

"刚躺下就睡着,你是猪吗?"时雍哼了声,又翻过来望着天花板。

"一个青山镇的案件,即使死的是送亲的使者,丢了公主,直接锦衣亲军前往办案,不是很方便吗?还改头换面,乔装而行,你是不是也太小题大做了一点?"屋子里只有她一个人的声音,"我知道你听得见。"时雍又翻了个身,地上太硬,她睡得很不舒服,对赵胤的怨气又多了点,出口的话就不免有些冷嘲热讽,"是不是事情一旦涉及怀宁公主,你就乱了心思？我不太懂。既然公主心悦于你，你也关心着她，为何你不阻止和亲一事呢？"

帐子突然一动，像是有人在里面扯了一下："再不睡，把你嘴缝起来。"

时雍扬了扬眉，扫他一眼。动不动就放狠话，这人到底有没有同情心啦？一个娇滴滴的小姑娘，睡地上能好好睡吗？还不让人说话转移一下注意力，让她配合破案，却什么都不肯说清楚。时雍看着那帐子已然归于平静，脑子里突然产生了一种微妙的想法："大人，天刚入夜，咱们这屋就再无声响，是不是不妥？"

她说得谨慎，赵胤沉默片刻："你待如何？"

"扮夫妻，自然得扮像一点。"时雍掀开被子，从地上爬起来，慢腾腾走到床边，"大人这般威风，总得有点声响才合适嘛。"

这是一张架子床，床身上架置有四柱、四杆，时雍没去撩帐子，就坐在脚踏板上，打个呵欠，懒洋洋地扶住床柱子，用力摇了起来。客栈的床做工没有那么扎实，这么一摇，那床像要散架了一样，"嘎吱嘎吱"有节奏地晃动起来。房间陷入一种诡异的安静。

只一瞬，帐子突然被人拨开。时雍抬头，看到一张冰霜般的冷脸："你在做什么？"
时雍手上没停，那架子床依旧晃动着，发出古怪的声音："你不是看到了吗？还问？"
"不堪人耳！"赵胤手抬起，指着她，"停下。"
时雍从来没有看过赵胤盛怒的样子，可是这一瞬，她感觉他在隐隐咬牙。
"不可以停。"时雍懒洋洋看着他，"这才刚起头，我若停了，大人可就威风扫地了。"
赵胤冷冷看着她。

时雍绞尽脑汁才想出来对付他的办法，哪能因为他瞪两眼就妥协？她老老实实地看着赵胤，一脸认真地解释："若我此刻停了，大人手下那些人，会不会觉得大人……不太中用？"

"懂得不少！"

时雍看他一眼："市井女子，不比闺阁千金。什么事不知道？"她的笑容里有一种轻松的揶揄，话说得轻飘飘的，听不出真假。

赵胤静默不语，冷冷注视着她的脸，似乎要把她脸上的画皮揭开。

时雍唇角微微一扬，叹口气，从冰冷的脚踏板上坐到了床边，换了个舒服的姿势，手摇酸了，又换另一只手，摇了片刻，还是觉得累，索性拿后背抵上去，身子摇来晃去："大人觉得，监视我们的人是谁？"

赵胤看她一眼，突然下床趿上鞋子。

"大人，您怎么下床了？您膝盖不好，睡地上小心着凉。"时雍一边说一边笑，笑完，舒舒服服地躺在床上，手枕在脑后，拿一只脚有一搭没一搭地蹬着床杆摇，"我是善意提醒大人。你这计划，可以说是漏洞百出。"

赵胤正在整理被她折腾成了狗窝的被子，闻言回头："何来漏洞？"

时雍坐起来盯住他："举一个简单的例子，裴赋是回乡省亲没错吧？可他家里的人都死了吗？就算他从小在京师长大，家乡人从来没有见过他，那他的父亲呢，母亲呢，还有一家子仆役管家？都没见过他吗？"

赵胤沉默片刻，看时雍一直盯住自己，皱眉："摇。"

时雍一愣，好半响才反应过来，认真思考问题忘记摇床了。她唇角抽搐一下，差一点没忍住笑出声。

赵胤表情严肃又冷漠："光启十六年，裴赋家遭了火灾，父母皆在火灾中丧生。当年裴赋外调西南镇压土司，未能回家奔丧，回乡办丧事的是他的哥哥裴政，而其余的管家仆役都是青山镇本地人，无人见过裴赋本人。"

"是吗？"时雍想了想，"那我就没问题了。"

赵胤盯住她："在无乩馆，这些事裴赋都有明言，你——"刚才还想说她记忆尚好没有走神，转头这么大的事都不记得了。赵胤顿了顿，"睡吧。"

时雍缓缓地舒一口气，问他："这床，还摇吗？"

赵胤冷冷扫她一眼，规规矩矩地躺下，一动不动。

时雍好笑地抿了抿嘴，侧头看他睡姿："大人，你这么睡不累吗？"活人睡觉，竟能睡出棺材里死人才有的姿态，赵大人果然不是一般人。美人就在卧榻之侧，此人也能心静如水，看来他不是被高僧点拨过，而是可以成为高僧的人。

"唐僧……"时雍轻轻哼了声。

赵胤睁眼，没有看她，手臂一扬，床头烛火熄灭。

房里陷入了死一般的寂静。

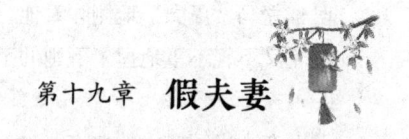

第十九章　假夫妻

次日启程时，天还没亮透。

时雍在赵胤面前偶尔装傻充愣，讨巧卖乖做憨态，可她实则是个警觉的人，一个晚上睡得都不太踏实，地上的人刚有动静，她就已经醒了。不过，她没作声。一直等到娴衣来掀帘子催她，这才打着哈欠懒洋洋地下床穿鞋，满脸不高兴地噘着嘴埋怨："房钱都给了，为何不睡饱了再走？"

娴衣看她一眼，觉得她十分有状态。经了昨日，真像是将军夫人了："将军说，平梁离青山还有一百五十里路，得紧赶慢赶才行。"一百五十里，一天行程，那确实得加紧了。

出了客栈，一行人都已经到齐了，点了人马，上路。

今儿时雍的马车有点挤，不仅小书童赵云圳和小春秀坐了上来，就连前两日骑马的赵胤，也坐上了马车。小太子没有睡饱，天不亮就起程，他小小年纪哪里受得了？上车就趴在时雍腿上睡着了。车内安静片刻。

时雍忽然叫了赵胤一声："娴衣呢？"前两日，都是娴衣陪她坐车的。

赵胤眼皮也没抬："骑马。"

时雍哦一声："大人今儿怎么想起坐车了？"

赵胤睁眼看她，眸底光华流转："昨夜累着了。"

到达青山镇，已是深夜。可是，小镇街口竟是灯火通亮，青砖路面被清水洒扫过，显得纤尘不染。除了裴家的家眷亲属，青山镇所在地的卢龙县，县老太爷和县丞主簿等一干官吏，全数等在这里。

时雍突然明白赵胤为何要乔装。就说一个三品武将回来就已经这样，五军大都督兼锦衣卫指挥使来了，会怎样？只怕是上上下下全都闭了嘴，什么都查不出来。

"裴将军！裴将军到了——"

"恭迎裴将军！"

"这是衣锦还乡啦。"

谢放过去打了马车帘子，赵胤下车，又转过身来，朝时雍伸出手。时雍抿嘴，慢慢将手搭在他的掌心，由他牵着下了马车。好一幅夫妻恩爱的画面。

镇街口围满了看热闹的人。从京城来的大官，对小镇百姓来说，还是极为好奇的。赵胤一直没有松手，厚实的掌心有薄薄的茧。时雍与他相握的手，很快便渗出一层细细的汗来，滑腻腻的很不自在。可她偷偷瞄那男人，他却面不改色，一如既往冷漠淡然，在看她的时候，眼神却满是宠溺怜爱。

官员便迎上来客套寒暄。嘘寒问暖完毕，又是请他们去吃酒席。

时雍觉得赵胤不会应承，没想到，他这次却应了："各位大人，一路上舟车劳累，内子很是吃不消。且先等我把她们送回去稍事休息，再来赴宴？"说罢，他紧了紧时雍的手。

时雍立马"虚弱"地侧眸看他，娇娇一笑："不妨。将军不用顾念妾身……"

赵胤又不轻不重地捏了下她的手："听话。"

裴府在青山镇靠山的地方。

火把在前头照路，后面是无尽的漆黑，耳边有山风和水流的声音，温度好像也比外面更低，阴冷冷的感觉，冻得人手脚冰冷。

"就前面，转个弯就到了。"前头有一簇光线，依稀看到了房舍。

"大人，仔细脚下。"

谢放提着油灯在前面，不时回头为赵胤照路提醒。

时雍觉得冷，拢了下衣服，一滴夜露从树梢滴下来，刚好落到她的衣领里。"嘶。"她条件反射哆嗦一下。

赵胤手一紧："怎么了？"

时雍被冰冷的水激了激，再看黑暗中的裴府便有几分异样。太静了。这么大的府邸，长期没人居住，多可怕？

"到了。到了。"族人们喜气洋洋，簇拥着赵胤等人。门口也等了些族里的亲戚，都是来看京中大官的。

在他们的背后，飞檐吊斗，大门匾额上的"裴府"二字笔走龙蛇，一副大户人家的气派。只是院墙一侧的角落却似乎刚被人拆过，用木头搭起来，还没有来得及修好，在夜色下看不分明，也不知什么情况。

　　不等他们问，族中一个老人便开口了："大郎那年回乡办了父母的丧事便匆匆走了，这几年，你们兄弟二人都没有回来。这么大的宅院，都是你老叔在打理。你们两家是隔壁，你老叔家人丁兴旺，今年又添了孙子，愈发住不开，老叔年纪也大了，来来去去多有不便，这就准备砸开院墙，两边住着，这样也好照看。"

　　时雍望向老人说的隔壁。那一边是低矮的房舍，贫富一眼便知。砸开院墙，将两家围在一起，不就等于他老叔家的人，要住到了裴府来么？

　　这个老叔与裴赋的父亲、爷爷辈是叔伯兄弟。听了老者的话，那个老叔也站了出来，一脸尴尬地说："二郎，前些日子，我差人送信到京师，说了这事，不知二郎你可有收到？"

　　"不曾。"

　　老叔满脸通红："无事无事，现说也是一样。眼下我们只砸了院墙，你若是不肯，我回头让人照常砌回去便是。"

　　赵胤又"嗯"一声，也不知是肯，还是不肯。

　　气氛突然陷入短暂的凝滞。

　　片刻，老叔走到前面，推开了大门："大家都别愣在外面了，进去说，进去说。"

　　"二郎，得知你要回乡省亲，你婶儿早早就把房间洒扫出来了。快进去看看，可还缺什么，短什么，好让你婶儿赶紧去添置。"

　　赵胤一言不发，撩开袍角迈入门槛，走进了院子。

　　裴赋家人丁不旺，裴家的族人却真是不少。院子里，呼啦啦跟进来一群穿着各类服饰的男女老少二十来人，朝着他们大大咧咧地笑。

　　"好些年了，总算瞧到了二郎的样子。"

　　"老裴家出美男，二郎比他大哥更俊几分呢。"

　　"祖宗显灵，又俊又有本事，可算为老裴家长脸了。"

　　"小桃子，快叫二叔。"

　　"虎子，还不快去给二叔端茶。"

　　族人都知道，这个裴二是京中了不得的大官，一个个都想上前来混个眼熟，看将来有没有机会托了他得个好差事。可是，赵胤一进堂屋，谢放和朱九就像两个门神似的挡在左右，腰刀一横，不让人进："夜已深，我们夫人累了，诸位亲眷明日再来拜见。"

　　一群人热脸贴了冷屁股，脸色极是难看，可是裴赋带回来这么多兵丁，门口又有凶神恶煞的侍卫，他们再有怨言，又能如何？老叔走过来打圆场。又哄又劝，族人终于走完了。

　　老叔和老婶告辞回了隔壁，赵胤也出了门，时雍总算清净了下来。闹腾一日，她赶紧换身衣服，洗了把脸，开始安排几个孩子的住处。

　　赵云圳如今是个小书童的模样，可里子装的仍然是那个傲娇的太子爷。受身份所限，他个头又小，走到哪里都被人忽视，小家伙早已是有了怨气，从京师出来的新鲜感也没了，这会子整个人瘫坐在主位上，一脸怨怼："我要吃桂花糕。"

　　时雍看他一眼："没有。"

065

"绿豆酥。"

"没有。"

"豌豆黄。这个总该有了吧？"赵云圳瞪大双眼，一副不可思议的样子。

他已经没有按寻常在宫里的需求来要东西了，居然也没有？看时雍抿着嘴不说话，一脸冷漠地看着自己，他想想是自己赖皮跟上来的，又心虚地往后坐了坐，一脸不耐烦地摆摆手："行吧。看看有什么，给我弄点吃的来。"

已是深夜，冷锅冷灶的，哪有吃的？时雍道："要不，让你阿胤叔回来接你去吃席？"

"好哇！"赵云圳兴奋地直起身子，看时雍一动不动看着自己，那似笑非笑的表情分明就是笃定了阿胤叔不会回来，她也不是真心要让他去，顿时明白过来她说的反话。

"哼！"赵云圳不悦，"不去。但我饿。我饿你总不能不管我吧？"

真是个麻烦的小人儿。闹起脾气来，谁也惹不起。

"我去做饭吧？"八岁的刁春秀洗干净的小脸上，有着寻常孩子没有的成熟，说话也是小心翼翼，生怕得罪了贵人。从平梁到青山的途中，赵云圳一直睡大觉，春秀却半刻未合眼，一直规规矩矩地坐着，不问，不开口，一点儿不敢娇气。这忽然说话，整个人灵动了几分。

时雍笑着问她："你会做饭？"

春秀点点头："会的。"这么小的年纪，已然尝遍了人世冷暖。

时雍好奇地看着她："那你会做什么？"

刁春秀眼睛一下亮开了："我什么都会做。但看灶间有什么。"想了想，又撇撇嘴巴，"这么晚了，夫人可能等不得。我给夫人做个面条吧！夫人尝尝好不好？"

时雍看一眼瘫在椅子上生闷气的赵云圳："好。那就去做碗面条。"

裴府以前的下人早就遣散了，赵胤带回来的这些人，除了兵丁，便只有娴衣一个丫头。娴衣舞刀弄剑是好把式，做饭却不行。如今春秀自告奋勇，时雍倒真想看看小丫头是不是真的会做饭。会点什么，在这个世道也好生存。

她在堂屋等着，只叫娴衣带了她去，便不再管。

刁春秀生火烧水，去隔壁老叔家拿了面条和鸡蛋，打好鸡蛋，放油炒熟，又顺便在院外地头上扯了一把小葱，切成细末，等面条起锅，撒在上面。闻一闻，还真香。利用仅有的食材做出这些，对小小年纪的她来说，实在很不容易。

时雍将她大大地夸赞了一番，春秀腼腆的小脸越发有了笑意："夫人，我还会养鸡养鸭打猪草，捡柴下地挖野菜，我识得菌菇，哪些是有毒的，哪些是没毒的，我看一眼就知晓。我也可以给夫人洗衣服烧水，我什么都可以做……"拼命说自己的优势，是怕被人放弃。

"好孩子。真了不起。"

时雍摸摸她的头，将面条端到赵云圳面前，没想到遭到了嫌弃。小太子看一眼，就偏开了头："不吃。这什么破面，拿开。"

这臭脾气，真是了不得。他要是自己孩子，时雍非得好好收拾一顿不可。然而，他不仅不是她的孩子,还是这天底下最收拾不得的孩子。

"你再这样,我生气了。"

赵云圳扭过头来看她,眼珠子黑黝黝的:"生气便生气,你生气又如何?"

时雍重重哼了声:"行。你不吃是吧?我吃,等我吃光了,那可就没有了,你别后悔。"

赵云圳咽一口唾沫,哼了声,扭开脸。

面条是用一个大海碗装着的,满满当当的一大碗。时雍拿起筷子,看了赵云圳一眼,慢吞吞挑开面条,作势要吃。可是,筷子还没挑到底,她手便停下了。

时雍看着这碗除了鸡蛋和小葱就没有别样东西的清汤挂面,心下突然生出一丝异样。低下头,她面色凝重地将面条挑开,嗅了嗅,突然推开碗,看着愣愣发傻的春秀:"带我去厨房。"

娴衣看她面色凝重,低低问:"怎么了?"

时雍道:"有血腥味儿。"

春秀吓得脸都白了,慌乱地摆手:"夫人。不是我,不是我……"

时雍没有回答,带着她出了正堂,往灶房走去。

裴府原也是大户人家,府中房舍格局很大,从正堂到厨房有一段距离。几年前那一场大火,把裴府烧了大半,裴赋的大哥裴政回来奔丧,花银子托人重新修葺过,现在看到的,便是修葺后的样子,但这几年,裴家没人,老堂叔帮忙照看房子,之前也没敢在这边开火居住,所以,房子一直是空着的。

借着油灯的光线,时雍可以看到门楣上,满是灰尘,檐角还有挂了不知多久的蜘蛛网,显得阴气森森。时雍刚才只去过正堂和卧房,那里面堂叔和堂婶已经打扫过,看上去也算干净规整,乍然出来看到这边的几间偏屋,她身子激灵一下,有一种走入了凶宅的感觉。烧死过那么多人,又多年未曾住人,可不就是凶宅么?

"灶房就在这里?"

春秀做饭的时候,娴衣领她来过,她很熟悉,在前头领路。时雍没说话,慢慢跟了上去。

厨房不太方正,可能因为紧挨堂叔家房子的问题,砌成了一个狭长的形状,走过去,那长长的通道,便让人心生恐惧。

厨房外门堆放着柴火,不知有多少年月,不远处开了一道小门,可以直接通往堂叔家的院子,想来是平常堂叔帮着照管宅子所用,还有一些杂乱的东西堆在檐前,锄头、钉耙、风车和一些别的农具。

时雍伸手去推门。一只小手伸了过来,猛一下拽住她。时雍低头,看到赵云圳的眼睛,黑黝黝的,太子爷也会没有安全感,怕鬼?时雍好笑,拉住他,换另一只手再去推门。没推开。她奇怪地回头看了春秀一眼:"你刚用厨房,怎么进去的?"

春秀道:"娴姐姐就这么一推,就开了呀。"

时雍看她一眼,这次用了更大的力气,门还是推不开。

这时,娴衣回来了,带了两个侍卫。她小声告诉时雍,已经派人去通知赵胤,然后问了下这边的情况,狐疑地看了一眼那门:"夫人退后。"

时雍牵着赵云圳往后退了两步。娴衣抬腿一脚。砰！门开了，一股冷风灌了过来。赵云圳被灶房里的味道一呛，猛地转头抱住时雍。

时雍拍拍他的背，问娴衣："刚才你们过来，可有发现异样？"

娴衣摇头，看春秀。小小的春秀已经吓得说话不利索了："我去那边，那个隔壁，从那个小门出去的，问了叔爷要，要面条，又在外面扯了一把葱，回来便生火，下面，我没有……不知道，什么也不知道。"

时雍道："煮面条的时候，你出去过吗？"

春秀点点头："我把面条捞到了碗里，这时，叔爷在外面叫我，问我面条和作料够不够，还要不要。我就出去拿了——"

时雍问："回来后，你检查过面碗吗？"

春秀快要哭出来了，拼命摇头："我煮好面条后，便端到堂屋……"

时雍深深看了一眼小姑娘，见她紧张得手足无措，又和娴衣交换了个眼神："进去看看。"

久不使用的灶房里，有一种古怪的霉味。"好臭。"赵云圳第一个受不了。

"那你出去。"时雍说。

"不要。"

潮湿的房子里，弥漫着压抑的紧张。走在里面，空气似乎都凝固了。赵云圳紧紧拉住时雍不放，五个人在一盏油灯的照明下，安静地站在黑洞洞的灶房里。一股子不知从哪里吹来的风，拂在脸上，凉幽幽的，油灯的光将每个人的脸都照出了一种幽灵般的冷寂色彩，画面极是惊悚。

"停。"时雍突然扬起手，阻止大家的步伐。

娴衣问："怎么了？"

时雍没有马上回答，安静地站了好一会儿，她长长吐了口气："血腥味儿。这里，有死人。"

"啊！"赵云圳第一个跳起来，像一只受到惊吓的小兔子，又一次抱住时雍的腰，"我们快出去，去找阿胤叔。"

时雍道："我以为你很胆大。"敢带着小丙从京师跑到平梁，哪是胆小的人干的？这位太子爷，是时候遭受一下社会的毒打了。

"谁说我胆小，我又不怕鬼。我就是……"不愿意看到死人而已。赵云圳不好意思地放开了她，双手负在背后："我男子汉大丈夫，岂会怕哉？走。"

"你们站在这儿，不要乱动。"时雍怕他们进去破坏现场，摆了摆手，又叮嘱小丙把赵云圳带出去。

赵云圳看看她的脸色，慢慢退后："我就站在这里，我保证不动。"

娴衣走到时雍的身边："你怎么知道有死人？"这就是一间许久没有人使用的灶房，有点阴森冷清是自然的，她怎么就能断定有死人？

时雍慢慢抬步，往狭长的灶房最深处走去："我闻到了，死人的味道。"她声音低低的，淡淡的，听得娴衣汗毛一竖。死人的味道还能闻出来？娴衣狐疑地跟上时雍，而时雍木然着脸，与平常懒洋洋的样子完全不同，就好像进入另外一种状态。

死人当然是有味道的。只不过，要长期与尸体打交道的人才能感觉出来。对时雍来说，谈不上神奇，只是职业敏感度。但娴衣就觉得她神神叨叨的，极是可怕。时雍不便对娴衣解释，慢慢地往里走去，蹲身，翻开了最里面那一堆存放的柴火。

"喵——"一只野猫从柴堆里钻进来，急促地叫唤一声，迅速跑开。

时雍直起身子，挑开最后一根松枝，抬高油灯。

火光下，一具男尸仰躺在柴堆里，几近赤裸，面部毁损，看不出长相，只依稀能分辨出是一个人，是个男人。他不像被人杀害的，好像是遭到了野兽的袭击。脸被咬烂了，身上的衣服也全都咬成了碎布，散乱地堆放在地上，手、脚、身体到处都有被啃啮的伤痕，最可怕的是他的嘴。或者说，他已经没有嘴了。这个人的嘴唇早已不知去向，嘴的位置像一个血窟窿般大张着。

"天……"娴衣长长抽气一声，"是什么东西咬的？"

时雍没有吭声，低头从柴堆里捡起一块腰牌，脸色倏地一变。

"兀良汗使臣？"发出这句感慨的人是娴衣。她平常的冷静这一刻悉数不见，一张脸变成了紧绷的样子，声音都微微嘶哑，"怎么会这样？"

时雍没有说话，再次弯腰在柴堆里寻找。

"夫人。大人回来了。"灶房外传来侍卫的声音。

刚才他们进来时，时雍让两个侍卫守在门口。这会儿听到侍卫的提醒，她呀一声，像是刚回过神似的，飞快地把令牌塞到娴衣的手上，惊慌失措地跑了出去："将军，不好了。柴堆里有死人。吓，吓死妾身了。"

银白长裙、墨绿缎面小袄将时雍精致的小脸衬得分外白皙，在昏暗的夜灯和沉闷的气氛里，她睁大的眼、惊恐的表情极像一个受到惊吓的小妇人，让人很是生怜。赵胤低头凝视这个奔到自己身前的女子，知道她是装的，表情是骗人的，这张嘴里也是没有几句真话。"不怕。"他微微眯眼，伸臂将她拢到身前，在她后背拍了拍，若有似无，传来一声低哼。

时雍听到了，从他臂弯抬头，看他冷漠的脸，心里忖度，难道演得太过了？这不都是按他的要求来演的吗？一个国公府的小姐，将军府养尊处优的夫人，见到尸体不都是这样的表情？

"将军，我是不是给你丢人了？"她像是想到了什么，恍然大悟般在他身前蹭了蹭，表情娇羞地看一眼同赵胤一起过来的几位大人，咬了咬下唇，似乎刚从惊魂中醒过来，目光楚楚地看着赵胤，"妾身失仪了。"

"傻瓜，你只是吓到了。"赵胤看她一眼，眼神极是深邃，见她一脸惶惶不安的样子，眉尖微蹙，突然低头，安抚一般在她鬓角吻了下，又轻轻抚摸她的头发，然后在她后背拍了拍，转过身来对同行众人说："让诸位见笑了，内子胆小，深宅妇人没见过世面。"

同来这几位都是卢龙县的官员，那位钱大人钱名贵更是永平府卢龙县的县太爷，除了仵作郑丛,剩下这几位刚才都与赵胤在一起吃酒,听说将军老宅死了人,连忙跟了过来。一听这话,众人连忙拱手,笑称将军夫人是真性情,"尊夫人初到青山就遇上这事,惊惧那是自然。将军和夫人伉俪情深,更是让我等看得艳羡不已。"

"哪里哪里。"

赵胤谦虚地摆摆手,正色道:"钱大人,你不进去看看?"

进院子的时候,郑仵作已经和两个捕快进灶房查验尸体去了,之前灶房里的人也都撤了出来。县老太爷原本站这儿没动,闻言擦了擦额头的汗:"正是,正是。下官自是应亲自去看看。"县太老爷一去,其他几个县上官吏便都跟了进去。

赵胤面无表情地看着他们,一只胳膊仍然揽着时雍,一身肃冷,寒袍生凉。时雍身子动了下,稍稍拉开二人的距离:"你不进去看看?"

"没甚好看。"

时雍不解:"你都不看现场,不看尸体,准备如何断案?"

"夫人看了就成。"

娴衣在门边侍立了许久,见状这才走近,把刚才时雍在尸体边上捡到的令牌呈上来:"将军,这是我在尸体边捡到的。"

赵胤看一眼,没接:"交给郑仵作。"

娴衣"嗯"一声,瞭了时雍一眼。

这时,县太爷钱名贵掩着口鼻出来了,走到赵胤面前,深深吸了好几口新鲜空气,一阵摇头叹气,歉声道:"将军才刚落脚青山镇,就发生这样的事,着实晦气,不如将军和夫人今夜随下官返回卢龙县,本县找个院子为将军安置?"

卢龙县城的条件自然比青山镇要好。县太爷自己的辖区内发生凶案,还发生在刚刚回乡省亲的大将军家里,实是一桩不太体面的事,他想要弥补的心情就写在脸上。

可是,赵胤拒绝了:"本将回乡是为省亲,又怎能贪图享乐再次离乡?钱大人不必介怀,死个人而已,还吓不倒本将。"

钱名贵顿时白了脸。这位是真真儿打过仗的将军,哪会怕死人?他尴尬地拱手作揖,道:"是下官思虑不周,有损将军威名。将军和夫人先回屋坐等,下官这便叫人把现场打整出来,不让夫人看了闹心。"

"无妨。"赵胤一动不动。钱名贵再次低头赔笑。

不一会儿,郑仵作出来了。他清了清嗓子,喉头似乎有些干涩:"裴将军,钱大人,从尸体遗留的衣物和令牌来看,身份可以确定,正是兀良汗的和亲使者,这命案与前两日发生的和亲队伍案子类似,死状也是一致。死者疑似被野兽袭击,唯有一处不同,前头死去的人,案发现场都寻不见舌头,这位……"他看了时雍一眼,摇了摇头,"目前,尚且瞧不出是什么野兽作怪。"

钱名贵捋着下巴上的胡须:"不该呀,和亲队伍都被本县安置到了卢龙,怎会有一个死在青山?"

郑仵作道:"死者可能是与怀宁公主一道失踪的那位。"

京师得来的消息，只知怀宁公主失踪，却不知同公主一起失踪的，还有一位使者和一个叫银盏的丫头。

钱名贵点点头，回头看赵胤时目光又亮了下来，满带讨好的笑意："真是不巧，裴将军这次回乡刚好碰上青山发生这等大案。唉，下官近日也是睡不宁安，焦灼不堪啦。公主失踪这么大的事，下官一介小小县令，能耐有限。可如今，朝廷没有派人下来，府台大人又责令下官七日内破案，七日，七日，也就剩三日了……"钱名贵说着正了正脑袋上的帽子，"不瞒将军，下官这顶乌纱怕是要保不住了。"

赵胤平静地看着他："大人不必忧虑。既是野兽作案，照实上报便是。"

钱名贵摇头："将军有所不知。下官已然出动了全县的壮丁捕快上山寻找，奈何这大青山重峦叠嶂，连绵不绝，豺狼虎豹莫不尽有。没有寻到公主，也没有找到尸首，捕快倒是摔死了两人。没凭没据的，下官总也不能随便抓一只畜生去交差吧。"说罢又是叹息，"除非公主能全须全尾地找回来，不然，莫说乌纱，下官这颗脑袋指不定都保不住了。"

赵胤眉头微锁，看他一眼，话锋突然转开："得闻钱大人的父亲，不日将过七十大寿？"

钱名贵是卢龙县县令，但也是青山镇人士，听闻赵胤问起，他愣了愣，一脸尴态："劳烦将军挂念，确有此事。寿宴是青山镇案子发生之前就定下了。如今发生这等大案，本不该再办，可老父年事已高，身子也愈发不利索，身为人子，自当尽孝。再一想，横竖案子已是如此，今日有力为父亲祝寿不祝，来日若下官受此案牵连，怕只能徒留遗憾了。"

赵胤嘴角微牵："钱大人可谓至孝。"

这时，两名捕快把尸体抬了出来。钱大人朝赵胤拱了拱手，和郑忤作过去安排。时雍赶紧转头，脑袋低垂在赵胤肩上，用低得只有他能听到的声音道："他的血还是热的。"

"嗯？"他低头看她一眼，胳膊揽在她腰上。

"为了给将军助兴，现杀的。"时雍声音低沉冰凉，身子似乎还瑟缩一下，打了个寒战。

赵胤拍拍她。在外人眼里就是将军夫人害怕，将军在温柔体贴地安抚。

夜色清冷，天空似乎又飘起了小雨，一群人在院子里忙得热火朝天，却没有阻止这个山间小镇夜晚冰冷刺骨的寒风。

时雍叹了声："那人死得真惨。"

赵胤再次低头。她衣裳有些薄了，脸色青白，嘴唇都褪去了颜色。"吓到了？"他问。

"是呀，好吓人喽。"这话一听就假，比刚才还要假上十分。

赵胤声色不动，却松开她的手，将身上的大氅脱下来披在她身上，又低头为她系上带子，拍了拍，一个字都没有说。

时雍问他："你不冷？"

"不冷。"男人的声音连同他的人，都是硬邦邦的。

时雍轻轻一哼："把手拿来。"

赵胤皱眉："做甚？"

"手拿来。"时雍扬了扬眉梢，见他不动，索性自己拉过他冰冷的手，却不是为了戳破他的谎言，而是将他骨节分明的大手牢牢握住，使劲儿搓了搓，又呵气，"这样暖和了没有。"

赵胤淡淡扫她一眼，没有说话。时雍嘴角牵起，似笑非笑。

"裴将军。"郑忤作走过来，声音哑哑的，一副疲惫不堪的样子，"天快亮了，现下也查不出个究竟，不如将军和夫人先行休歇，待明日再说？"

钱名贵也跟过来，劝说赵胤先去休息。

赵胤问："钱大人，那些人尸首都存放在何处？"

钱名贵道："和亲队伍所有的尸首如今都存放在卢龙县的殓房，下官已上书朝廷和府台大人，等家眷前来认领。"

赵胤点点头："明日我去看看，兴许有办法帮到钱大人。"

钱名贵一听，愣了愣，赶紧低头拱手："多谢将军。"

尸体拖走了，灶房也打扫过了。院门口围满了看热闹的人，都在议论。"喵！"一只猫不知道从哪里蹿出来，几个纵身跳上房顶，往隔壁去了。

时雍问："老叔，这是你家的猫？"

堂叔就站在围观的人群里，听到时雍的声音，赶紧道："是我家的猫。这畜生逮耗子不行，偷吃是顶顶会的。大抵闻到二郎家灶上有香味儿就蹿过来了，等我回去好好收拾一顿。"

时雍微笑："我是想说，这猫油光水滑，一看就养得很好，长得也好看。"

堂叔一听，腻起一脸的笑："侄媳妇儿要是喜欢，我给你送过来？"

时雍仰头看着赵胤，小声问："可以吗？"

赵胤眸色深幽："你既喜欢，有何不可？还不谢谢堂叔？"

时雍娇羞地扭头，朝堂叔微微一笑："那便厚着脸皮夺人所爱了。"

人群终于散去。

裴府关上了院门，灶房旁边那一道小门，谢放也叫人用砖石抵了，再看看那一角被拆除的院墙，拧起了眉头："若真有野兽，单是几块木板怕是抵不住。今夜，你等要加强守卫，轮班值夜，不许偷懒。"

兵丁们齐齐应声："是。"

赵云圳受到了惊吓，不敢一个人睡，闹了一阵要和赵胤同睡，赵胤不肯，最后，让小丙在他的房里陪他，又特地调了白执和许煜，暗地里保护太子爷，这才让他放了心，乖乖去睡了。

卧房里。时雍还没有入睡，在等赵胤。等他洗漱好推门进来，她直接就问："你相信是野兽所为吗？"赵胤默默看她，显然是不信。

"可不是野兽又是什么呢？"时雍想着那尸体的死状，还有那被啃噬得乱七八糟的嘴巴，脊背绷了绷，身子不免发寒，"不可能是人咬人，那就只能是人驱使兽了。"时雍喃喃自语般，说着又摇了摇头，"大人，你说这世上真的有人能驱使野兽，为己所用吗？"

"也许有。也许没有。"

这说了不等于没说？时雍看他一眼："今夜你去赴宴，就没有得出什么线索？"

"这些人口风很紧。"

"唔。"时雍了解地点点头。青山镇发生这么大的案子，又事涉和亲公主，到最后肯定是有人要被问责的。对于京中来的大人，这些人肯定会有避讳，统一战线，能说的说，不能说的打死都不会开口。比起破案，降低自己的仕途风险，比什么都重要。

"那依大人之见，这个案子的突破口在哪里？"

赵胤没有回答，走到她的面前，居高临下地俯视着她，高大的身形仿若一座高山，面孔凝重冷漠，这让时雍极是怀念刚才在人前扮演好丈夫的"裴将军"。褪去温情，他又成了那个冷漠无情的赵胤。

"看着我做什么？"时雍盘起双腿坐在床上，见他一动不动，又在自己身边拍了拍，毫不见外地说，"坐下来讨论讨论。"

赵胤看她一眼，背过身去。房里有一张罗汉榻，上面早已铺好了被褥，赵胤躺到那张罗汉榻上，默默挥手熄了灯。大大的个子，小小的榻。躺上去，一点声音都没有。原来刚才走到她面前，是想让她把床让出来？那最后又是什么心理让这位心狠手辣的大人妥协，把床让给她呢？时雍原是没有委屈他的意思，只是想聊一会儿，就把床让给他。可是他既然这么自觉，她也就不必勉强了。

黑暗的房间，陷入长久的沉默。时雍叹息："大人怎么就没有探讨案件的兴致呢？"案情探讨会，集思广益，还是很有用的啊。

"大人？你不想说话了吗？"

"嗯。"赵胤声音平静，有些困倦，分明不愿多谈。

时雍叹气，也躺下去："今晚，不用摇床了吧？"

没有声音。赵胤没有回答她。时雍朝他的方向虚踢一脚，摸黑放下帐子。算了，看在他自觉让床的分上，再做一回好人吧："行了，别闷着你。明晚你睡床。"

赵胤依旧没有声音。

时雍换了个方向，将枕头摆了个舒服的位置，平躺着看向黑暗的帐顶，眉头不自觉又揪了起来："大人，我有个想法。"

"什么？"

这人终于有了反应？时雍撩开帐子，只看到一片黑暗和寂静。

"大人明日去殓房，带上我。我再告诉你答案。"

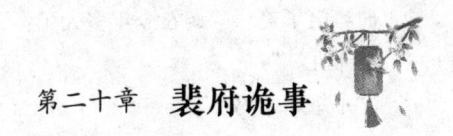

第二十章　裴府诡事

初到异地，又住了个凶宅，时雍睡得不熟，仿佛刚刚入睡，便被瓦上嘀嘀嗒嗒的雨声催醒。睡得晚，醒得早，她嘴里干苦，身子发软，睁开眼觉得眼皮很沉，十分艰涩，躺在床上又心里烦乱睡不着,她找来水喝,双腿像踩在棉花上。

时雍晃了晃沉重的头,没有丫头伺候的日子,很是不惯。再看一眼,罗汉榻上不见人影,走近一摸,被子里尚有余温,人也刚起没有多久。哪里去了?

院子里秋意浓浓,中秋刚过,雨后的竹林芭蕉很是凄寒。

时雍站在院子里,再看这个小院,比昨天夜里看到的样子,更显得破败孤寂。当年大火烧过,有一些外墙还没有来得及修葺,漆黑的墙片剥落,露出夯实的墙体,青砖地面到处坑洼,脚踏上去,便溅出水来。这么大个宅子没有了人气,显得破败不堪,满是诡异苍凉。

"夫人!"娴衣从里屋出来,看她穿得单薄,又为她披了件衣,"你怎么起了?"

时雍打个呵欠:"将军呢?"

娴衣道:"刚出院子,去练剑了。"

裴赋有晨起练剑的习惯,没想到赵胤这么注意细节。

时雍牵牵唇角:"院子这么宽敞,干吗去外面?"

"怕吵着夫人。将军说,夫人这两日没睡好,让不要吵着你。"

娴衣说到这里,看她的眼神格外深邃。前晚在平梁,他们房里的床摇了足有一个时辰,在并不隔音的客栈,许多人都听到那古怪而暧昧的声音,只是谁也不敢开口询问。哪怕娴衣这个一早跟着赵胤又知晓他们关系的丫头,都开始心生怀疑,这到底是作真还是作假?

"将军可有说几时出发?"

"不曾。夫人,回屋梳妆吧,等将军回来开饭。"

时雍脚步一顿:"吃什么?"那个恐怖的厨房和那碗面条,已经在大家心里埋下了阴影,大概一个月之内,谁也不想看到面条。

娴衣知晓她的想法,嘴角不经意扯了扯:"镇上的早餐铺送过来的,谢放特地在镇上找了两个厨娘,晌午就会过来。然后,他一大清早就又带了人在那边砌了几个灶台。省亲这些日子,先凑合着吃。"

兵丁这么多人,那个小厨房是断然不便开火的。

时雍顺着娴衣的视线看过去,果然看到谢放弓着个腰,在那里砌灶:"谢大哥还挺能干啊,这都会?"

娴衣脸色似有动容:"他是很能干的。"

时雍回头:"你咋知道他能干?"

娴衣看到她脸上的笑,狐疑地蹙眉:"夫人的意思是?"

时雍笑了笑:"娴衣今年多大了?"

"十九。"

"不想嫁人吗?"

娴衣沉默。进入无乩馆那一年,她才十三岁。从那个时候开始,她便知道她和婧衣、妩衣、婉衣她们一样,都是属于赵胤的人,或者说,是属于他可要也可不要的女人。不管他要不要,她们都得为主子备着,等着。她们四个人,从来没有想过嫁人。只不过,娴衣和婧衣、妩衣不同。她早已清醒地看到，主子不是她的男人。是奴婢，终生就只是奴婢，不要想飞上枝头。

沉默着进了房间，时雍坐下来，由着娴衣为她梳头换衣服："你就没个喜欢的人吗？"

娴衣看着镜子里女子的脸蛋，垂下眸子不发一言。

"你喜欢赵胤？"时雍飞了一眼，盯着镜子看娴衣的脸色，"不是吧？一群人伺候一个男人，整天为了谁能睡到他钩心斗角，人生岂不凄凉？"

"喜欢。"娴衣垂下眼皮，"爷是主子，不能不喜欢。"

"唔。"时雍点头，"很有道理，可喜欢主子和喜欢男人是不一样的呀。"

娴衣不吭声了。许久，她才轻轻道："我只要能一辈子伺候主子就好。别的，不曾想过。"

真是执着。时雍看她一眼，感慨。也就是刚才一念起，觉得她和谢放、朱九他们，都是成日里待在赵胤身边的人。主子吃不到，英俊的侍卫也是不错的选择，为什么她们就没有退而求其次的想法？找个属于自己一人的男人，不好吗？如今一听娴衣的心思，又掐断了鼓励她挣破束缚的想法。人各有志，她自身难保，还是少管闲事为妙。

赵云圳睡到他们快起身时才起来，闭着眼睛让娴衣帮他洗脸，梳了头，换好衣服，又皱着眉头嫌弃地吃完了早餐，在赵胤冷冰冰的目光下，乖乖做回他的"小书童"。春秀却十分勤快，早早就起来扫地，整理床铺，又去帮娴衣照顾赵云圳。

春秀不知道赵云圳身份，只觉得他是个娇气的小孩子，便说一些乡下的野趣给他听，还劝他要听主子的话，主子是良善的主子，若是当真惹主子生气了，把他们发卖了，就会很惨。她举了许多例子。赵云圳极是嫌弃她，又喜欢听她讲那些她小时候的事儿。这都是深处禁宫的赵云圳不曾接触到的，闻所未闻。

裴府与青山镇的正街隔了一座桥，昨夜来时听到的流水声便是桥下发出来的。

马车刚驶过桥面，就看到裴赋的老叔从薄雾中匆匆走过来，手上抱着个什么东西，到了马车前面，一直点头说着什么。

"将军。裴三伯说有事找您。"

今日赵胤和时雍一道坐车，正端坐着，阖眼假寐。闻言，撩开了车帘。

裴三伯走了过来，看到他，又张望着寻找时雍，将怀里的东西递上来："二郎呀，昨夜老叔答应了侄媳妇儿的事，怕是办不到了。我那死猫不知道在哪里吃到了老鼠药，就那么药死了。"顿了顿，他又换上笑脸，"我便去早市上又买了一只，乖巧的，和那只长得差不多，侄媳妇儿看看，喜不喜欢？"

小奶猫"喵"了两声，可怜巴巴。

赵胤侧目看时雍："喜欢吗？"

堂叔的话，时雍都听见了。

闻言，她侧过身子，从车窗边往外望，看了看堂叔怀里那只小小的奶猫，微微一笑："多谢堂叔美意，可这养猫呢也讲究个缘分。既是那只猫死了，便是我和它没有缘分了。这只猫太小，我怕养不活，平白作践了性命。堂叔还是送回去，让猫娘再奶些日子吧。"

堂叔一脸失望："那，这，这，成，我给送回去。"

时雍笑了笑坐回来,不再搭腔。裴三伯还想寒暄几句,可赵胤不怎么说话,他便悻悻然抱着猫走了。

马车重新启程。驶过青山桥,时雍道:"大人为何不问我,为什么要那猫?"

今日春秀留在了裴府,只有赵云圳死活要跟来,赵胤也怕他在青山镇出事,便带上了。这会儿,车上除了趴在时雍腿上睡觉的小屁孩儿,再没有旁人,时雍说话也便没有忌惮。

赵胤轻轻扬了扬眉:"你要,便给你。为何要问?"

这话就让人很难接了。时雍想了想,也不再卖关子:"裴三伯家的条件你也看到了,一家老小几十口人。便是裴赋和他大哥年年有银子来看护宅院,也是不够。但那只猫,我见毛色光亮,绸缎一般的光泽,眼睛清亮有神,一看便知得到了主人很好的照顾。"

赵胤看她:"有爱猫之人,自己不吃,用来养猫,也不无可能。"

"当然,有这个可能。猫长得漂亮说明不了什么,我只是试他一试罢了。"时雍似笑非笑,"可是欣然答应送人,随即又直接弄死,就很有问题。"

"嗯。"突然就药死了,确实巧合,"你有什么看法?"

时雍皱眉:"一、猫的出现是个意外。二、他心里有鬼。三、这只猫有蹊跷。"

卢龙县衙的殓房在城西东阴村,一条官道直通,四周没有民宅,很是荒凉。

昨日在青山镇见过的县太爷钱名贵、仵作郑从等人都在等候。除此,殓房门口还有一张生面孔,做师爷打扮,跟在钱县令身边,满脸带笑,眼神极是锐利。

稍做寒暄,赵胤便要进殓房。郑仵作拱了拱手,让殓房的主事去开门。钱名贵看时雍紧跟赵胤进去,不免有些狐疑:"裴夫人还是外间等候为妙。殓房秽气重,怕是……"

"无妨。"赵胤抓住时雍的手,轻轻一捏,淡然道,"内子昨夜惊了魂,寸步都不敢离我。"

"那真是为难夫人了。"钱名贵叹口气,"下官的过错,若早日把那吃人的野兽找出来打死,便不会发生这样的事了。"他还在那里说客套话。赵胤已面无表情地走入殓房。

殓房里好似置了香料,还点了几盏香熏灯,一股子古怪的香味儿从阴冷冷的房间里扑面而来,时雍打了个喷嚏。这,殓房熏香?大可不必吧。不仅如此,时雍发现这个殓房被打扫得干干净净,桌椅摆放整齐,摸上去一点灰尘都没有;而且,殓房里除了和亲使者的十几具棺木,居然看不到别的尸体。这样子还能查出什么?

时雍看一眼县太爷眼角下的青黑,又看了看神情疲惫的郑仵作:"二位真是辛苦了。"

钱县令尴尬地笑了笑:"不苦不苦。和亲使节不比普通的死尸,我们衙门早早就选了上好的棺木。"

"早是多早?没死之前吗?"

看着时雍笑吟吟的脸,钱县令突然额头渗汗:"夫人玩笑了。下官胆小,经不住吓啊。从案发到今日,下官就没有睡过一个囫囵觉。"

"这里真是没有半分像殓房的样子。"时雍皱眉对赵胤道,"将军,妾身一点都不怕呢!"

赵胤回头,看向钱县令:"不知大人可否开棺一看?"

钱县令又抬袖子拭额头:"这尸首惨遭野兽啃噬,惨不忍睹。怕污了将军和夫人的眼睛。"

赵胤冷下脸："开棺。"冷冷的两个字，分明就是不容商量的意思。官大一级压死人，何况是京官？

钱县令嘴里"唉唉"不止，又偏偏头，示意郑仵作。很快，棺材板被掀开，即使殓房有浓浓香料香熏，那掩不住的尸臭味儿还是飘了出来。

中秋后的卢龙，气温很低。尸体还没有完全腐败，可是尸身受到啃噬，与昨夜在裴府灶房看到的死状相似，一具具惨不忍睹，乍一去，面部已不成人形，嘴巴成了一个大大的血窟窿，看得人头皮发麻，很是惊悚。

"什么野兽喜欢啃人嘴？"

钱县令答得吭吭哧哧："目前，目前下官还没有抓到那畜生，不知是个何等样的东西。"

赵胤和时雍对视一眼。时雍故作紧张地捂着口鼻："将军，我们快走吧，这里好瘆人。"

"嗯。"

两人都知道，殓房已不必再看了。在他们到来之前，尸体已经被处理过，不会有除了仵作的勘验文书以外的线索了。"这一切都太过完美。"从殓房回去的路上，时雍如此对赵胤说，"大人有没有发现，从我们到达青山开始，我们能看到的，能听到的，都是人家想让我们看，想让我们听的。"

赵胤眯了眯眼："不。"

时雍看他："难道不是？"

赵胤："从平梁就已开始。"

时雍微微一惊，与他对视许久，没有说话。

这时，车外突然传来一道拔高的声音："兄台，请问车上可是从京师回乡省亲的裴将军？"

谢放："正是。"

那人又道："我家使君想邀裴大将军过府一叙。"

时雍撩开帘子，看到那人身上的异族装扮，惊了下放回帘子，对赵胤说："兀良汗人。"

二人对视一眼。赵胤不动声色地打了帘子，露出一张冷漠的侧脸："不知你家使君哪位？"

那人约摸只有十七八岁，黝黑的面孔带着年轻的涩意，似乎有些惧怕，朝马车抱拳拱手，再三作揖："鄙下名叫雅各，是兀良汗使臣乌日苏的近侍。"

赵胤冷脸道："抱歉，今日怕是不行，余昨日回乡仓促，还没来得及祭拜亡父亡母，原已定下今日上山祭拜。"

那人微微怔住，抬起头来："鄙下可否上前几步与将军说话？"

赵胤眼皮微垂："可。"

那人拘着腰走近马车，从袖子里掏出一封火漆封缄的信件，双手呈上。赵胤接过，拆开，里面只有一行字:"与将军京师一别,甚为想念,诚邀一聚,乌日苏。"

赵胤让车夫调转个方向,往卢龙县城方向驶去。时雍咳嗽一声,看向他面无表情的脸,没有说话。赵胤接收到她的眼神,从车厢的暗格里掏出一把匕首,抽出刀刃试了试锋利,再收回鞘中,递给时雍:"拿着。"

能让赵胤这么警惕,必不是小事。

"将军为何拒绝?又为何突然同意?"

赵胤平静地说:"拒绝是因我与兀良汗使臣打过照面。同意是因为——乌日苏不曾见过裴赋。"

"啊?"时雍了然。既不曾见过,又何来"京师一别,甚为想念"的说法?有妖必有异呀。

送亲的将校来自京中,是赵胤亲点,倒也无妨。最紧要的是兀良汗使臣,虽说赵胤现在的样子与在京中极大不同,但凡事小心些总是好的。说罢,赵胤又从暗格里掏出一张面纱,递给时雍:"乌日苏见过你,少说话。"

时雍对他的平静有点意外:"你既然早就知道,为何不问我?"

赵胤将暗格合上,车厢又恢复了寻常的样子。他的声音冷漠如初:"为何要问?"

"信任我?"

赵胤的目光落在她脸上:"你还翻不出天。"

行吧。不是信任,是小瞧。时雍想,哪天非得翻出个天给他看看。想到这里,她忍不住去看那个暗格。坐了几次马车,尚不知他马车里还有这么多机关。时雍好奇,问他:"车上还有什么?有没有藏好吃的?"

赵胤看她一眼,默默再打开另一个暗格,从里面拿出封好的一袋蜜枣和糕点,面无表情地递给她。

时雍唔了声,翘起唇角:"百宝箱啊!"

刚刚醒来的赵云圳躺在马车里面,更是睁大了眼。为什么他要吃的时候,什么都没有?轮到阿拾要吃了,阿胤叔就变戏法似的拿了出来?太子爷的尊严受到了挑战,撇了撇小嘴:"我是不是多余的?你们看不见我,是吗?"

时雍忍俊不禁。这种甜点她不是非吃不可,却能安抚小太子那一颗"受伤的心"。她递过去,全都给了他:"刚你睡着的时候,你阿胤叔特地去给你买的。"

赵云圳委委屈屈地瞄了赵胤一眼,哼一声,傲娇脸:"骗人。这是京里的东西。"

"是吗?嗐,京中的东西,这里也有得卖。"

赵云圳似信非信,刚好有点饿,便拿了东西缩回角落,像只小老鼠似的啃了起来。那小小的个子,又书童打扮,这两日还受了辛苦,看着怪可怜。时雍没忍住,摸了摸他的头。赵云圳身子一僵,不悦地瞪她一眼,那句"死女人,谁准你摸本宫的头"又生生压了下去,继续低头啃糕点。时雍笑了起来。

赵胤不说话,示意她把匕首收起:"到驿馆,小心应变。"

时雍嗯一声把玩着匕首,眼皮飞快抬起瞄他一眼,莞尔:"不是还有你吗?有将军在,轮不到妾身出手。"

这半真半假的恭维，男人一般会比较受用。可赵胤冷着脸没有半分表情，时雍看他这样，又觉得没劲，别开脸，视线从微微荡开的车帘望出去，看着外面的景色。

"这便是卢龙了。"

"嗯。"

"当年卢龙一战，极是有名。"

"嗯。"

时雍看了看这个无趣的男人，不再吭声了。

县令将兀良汗使臣和送亲的大晏将校，一并安置在卢龙县的驿馆。

卢龙驿馆在卢龙县城以西十里外，是一个节制南北的交通要冲，位于驿道旁边。因卢龙辖地内的卢龙塞为战略咽喉之地，因而这个驿馆承担着繁重的公务，整个建筑群也比寻常的驿馆更为庞大。乌日苏等人便住在驿馆内。

"将军。到了。"接他的男子在马车前站立。

赵胤点点头，下车前又回头。阿拾在戴面纱，她不是太熟练，挂了几次没有挂上。赵胤皱了皱眉，反身蹲下，从她手上接过那面纱。马车里空间狭窄，两人这般脸对脸，几乎没有回避的空间。

无人说话，外面的人也在安静地等待，空气寂静得出奇，时雍连他的呼吸都能感受到。赵胤那一双舞刀弄剑的手，并不比她灵活，可是，这般专注为她戴面纱的男子，竟让时雍有些晕眩。

大概是与他靠得太近，缺氧，待时雍戴好面纱起身时，时雍没有站稳，脑袋直接往他身上撞了过去，堪堪撞在他胸前，甲胄硬邦邦的，撞得她有一丝吃痛，还有一种压抑不住的纷乱。怕他觉得她是故意，又觉得这般极是丢人。赵胤伸手揽住她，没有说话，只有一个复杂的眼神。时雍呼吸又是一紧。她不是没有与男子近距离接触过，但从不会这般失魂落魄，只觉得这一刻呼吸都屏紧了，下车的时候，脚步也有点虚浮。

赵胤没有松开她的手，走进驿馆时，低头替她理了理衣裳，顺了顺浮起的头发，回头见一干人都注视着他的"宠妻模样"，轻松扬眉："让诸位见笑了。前头带路吧。"

说罢，他又望向谢放，厉色道："你在外面等候本将。"

谢放跟在他身边多年，一个眼神便已领会。

马车上有太子爷。那是大晏皇帝唯一的儿子。他可以死，马车绝不能出事。

"末将明白。"

驿站在驿丞署的左侧。从大门开始，几乎三五步便有人值守。得知裴将军来，驿丞署官员也过来了，简单寒暄几句，一路陪着他们到了乌日苏的住处，这才告辞离去，态度极是恭顺，看不出异样。

时雍不疾不徐地跟在赵胤身边，目不斜视，余光却扫见了驿馆内的戒备森严。她总觉得有些不对劲，却不知哪里不对劲。等进了乌日苏的住处，终于看出古怪在哪里了。外面守卫森严尚可理解，乌日苏在房里喝酒看书，居然也有十来个人陪侍在旁。这些人全做兀良汗人打扮，按理说，是他的自己人才对。既然有这般严密的防卫，乌日苏为何传信给"裴赋"，神神秘秘地约他相见？

"大皇子，裴将军来了。"

盘腿坐在几边的乌日苏抬起头来，俊秀的面孔上有一双清澈的眼睛。在看到赵胤和时雍的时候，乌日苏眼神亮了亮，随即又平和下来，微笑着起身按大晏的礼节拱手作揖："小王冒昧请将军前来，但愿没有打扰。"转头，又吩咐左右："雅各，还不为将军和夫人看座？"

木桌边加了两张椅子。

赵胤和时雍坐下："不知王子叫本将来有何吩咐？"

乌日苏漂亮的眼里有刹那的戾气，浮起，转瞬便逝，只余一串爽朗的笑声："小王闲在卢龙驿数日，极是无趣。前几日无意得了几坛好酒，得闻裴将军好酒，特地请将军前来，给我品鉴品鉴。"

赵胤扬扬眉："哦？"

乌日苏轻轻一笑，撩起袖子，将桌上玉质的酒壶拿过来，亲自斟了两杯放到赵胤和时雍的面前，介绍道："这酒名曰花令，据闻是用数十种鲜花与粮食精酿而成，巷深十里也挡不住酒香扑面，可谓风雅之极。但酒性极烈，一饮罢，那便是秀眼漫生千媚，鸳帐梦长连晓，美哉妙哉，奇趣哉！"

一个兀良汗王子满嘴之乎者也，听得时雍很是不适。赵胤却不多话。执起那玉杯，看看那清澈艳丽的酒，嗅了嗅，一饮而尽。

"好酒。"赵胤点点头，赞道，"喉清目明，如坠清泉，甚妙。"

乌日苏笑道："将军既是喜欢，那便带回去饮吧。"

赵胤摆手："本将怎能夺人所好？"

乌日苏笑盈盈地道："将军不必客气，小王这里还有几壶，同是爱酒之人，好酒当赠知音。"

"那就敬谢了。"

两人在驿馆坐了两盏茶的工夫，从头到尾谈酒说风月，没有半分正事。临走的时候，赵胤才象征性地询问了公主失踪那一日发生的事情，问乌日苏王子可有受到惊吓。乌日苏满不在乎地摇头，只叹息说，那一日他喝了几杯花令酒，人有些糊涂，待醒来方知出了大事。问不出什么，赵胤便带时雍出来了。

那花令酒原是同行的朱九拿在手上的，可走出驿馆的时候，只见一人一马冲入驿馆，高声叫着"急报"，马蹄子刨起足有三尺，生生闯到朱九面前嘶声。朱九始料不及，为了避祸，生生将手上的"花令"给摔了。一地酒液，汩汩流淌。驿丞署的人听到动静，飞快地跑了出来，大骂那个骑马的驿卒不长眼睛。

"请将军责罚。"那驿卒吓得屁滚尿流，匍匐到赵胤的脚下，脸色青白地磕头。

"罢了。"赵胤肃然而立，"去办正事吧。"既然有急报，自然是公务，耽搁不得。

那驿卒连声道着谢恩，说完捡起地上的信函，站到了旁边。

赵胤带着时雍，头也不回地上了马车。

车行辘辘。

赵胤沉着一张脸，一丝表情都没有，颇有一种风雨欲来的紧张感。赵云圳看着他的样子，撇撇小嘴，一声不吭。时雍也很少见他这么凝重的样子："大人，可觉得蹊跷？"酒刚拿出来，就有驿卒上来横冲直撞，不是太巧合了吗？"这一切，就像有人故意安排好的一般。我觉得很不对劲儿，又说不出哪里不对劲儿——"

赵胤看向她，嘴角往上提了提，又迅速沉下去："乌日苏约我晚上相见。"

约他晚上见？时雍怎么不知？两人相谈的时候，那个乌日苏除了谈酒说风月，压根儿就没有几句正经话。虽说他们到驿站后的事情，都有些古怪，但时雍不信自己的耳朵会走神至此，连这么重要的话都没有听见。

赵胤淡淡道："花令酒。"

时雍问："有何典故？"

赵胤看她一眼："秀眼漫生千媚，鸳帐梦长连晓，出自前朝张先的词。"说罢，看时雍眉头揪紧，一头雾水的样子，大概念及她是个"文盲"，他难得耐心地解释，"张先还有一首词叫《一丛花令》。"

"花令？便是花令酒这个花令吗？"

她虚心请教，赵胤打量她片刻，垂了垂眼：

"传闻张先年轻时，曾与小尼姑相好，庵中老尼得知，便将小尼姑关在池塘中一小岛的阁楼上。为了相见，张先常于夜深人静时，偷偷划船过去。小尼姑则放下梯子，让张先上楼。"

"后来呢？"

花令酒和乌日苏的喻意已经说完，她却想听故事。赵胤沉吟片刻："一丛花令，是二人分手时张先的赠词。"

深更半夜与小尼姑私会的大诗人，这么美好的故事，没想到是一个悲剧。时雍抿嘴："可惜。"

赵胤无声地阖上了眼睛。马车的轱辘徐徐向前。没有人说话。气氛无端地紧张了起来。一个皇子尚且需要小心翼翼地传话，想说的话，不敢明说，卢龙驿到底发生了什么？青山镇的案子里，又隐藏着什么真相？

这一路，赵云圳都很乖巧，不吼不闹不耍脾气，可是回到青山就不得了，要吃这个，要吃那个，还把赵胤藏在暗格里的吃食都翻了出来，全部抱回了自己屋里。

在他们离开青山的时候，娴衣已然准备好了香烛纸钱，赵胤回府，便领了时雍上山祭祖。回乡省亲不去祭祖是说不过去的。

裴家的坟地在背靠的大青山脚弯里，裴赋的父亲当年回乡修房造屋定居之时，把他爷爷的坟地都启了回来安葬。但裴赋还是第一次来，堂叔和几个族中长者以带路为名，一路相陪。赵胤代替裴赋回乡，祭祖之事也没有敷衍，鞭炮放了好几挂，动天彻地地响了许久。祭祖回来，赵胤辞谢了堂叔，领时雍上街赶场。两人换了便装，带着赵云圳和小丙，又领了两三个侍卫，混迹在人群里，无须特别注意言行举止，倒是有几分难得的轻松。

青山镇是个朴实的古镇，依山靠水，风景秀丽。一眼望过去，古镇房屋低矮整齐，宁静优雅，一条小河静静地从镇边流过，微波不兴。这条河是滦水的分支，蜿蜒而深邃，有着古老的风韵。还有那些挑着货担沿街叫卖的小贩，令人目不暇接，很美，很淳朴，很安宁。

"闲情小镇，在此居住，倒是极好的。"时雍话音刚落，街口那边便喧闹起来，生生打了她的脸。不知街口发生了什么，人群都往那边涌了过去。赵云圳拉扯住她的袖口："走，我们去看看。"小孩子处在爱稀奇和热闹的时候，时雍与赵胤交换了个眼神，见他不反对，也就由着太子爷的意思了。

"让一让，让一让了啊！"

"小心挂着您的新衣裳了啊！"

"父老乡亲们，别急这一会子，咱们要在这儿唱七天堂会呢，可有得看了。"

热闹的街口，正是钱家大宅。钱县令要为钱老太爷贺七十大寿，专门从京里请了有名的乌家班，准备在镇上唱七天堂会。钱家乐善好施，极是大方，戏台子就搭在街口，钱家大门外，小镇上的居民都可以免费观看。

一群人正在搭戏台。戏台下的箱子里，戏服、锣鼓放了一地。乌婵就坐在一只锣鼓上，眉开眼笑地和围观的人说话："名角啊？怎么没有？咱们这么大的排场，没几个角儿怎么使得开？"

"您看看我，我便是京城最有名的角儿了。"

听她自吹自擂，围观的人一阵哄笑。乌婵嘴里叼着一根不知道哪儿捡来的稻草，似笑非笑地回头张望："这位是我们戏班新来的名角儿，来，倾爷，给大伙儿打个招呼。"

那人坐在轮椅上，一袭柔软的白衣，披了个同色的裘袍，面容秀丽苍白，如坠烟纱雨雾，不苟言笑的脸上，半分血色都没有，分明就是一个病态的样子，却因长得好看，在这个小镇人的衬托里，如神仙下凡。

"他是瘸子吗？""瘸子怎么做角儿啊？"人群里的质疑声、笑声，落入南倾耳朵里。他没有说话，只是将轮椅转了一个方向。

乌婵笑嘻嘻的："怎么就不能是角儿了，我乌家班什么神仙人物都有——"话音未落，乌婵的视线落到人群，目光不经意掠过时雍的脸，带着一丝笑意，又与大家调侃起来。

"可要上去招呼？"赵胤的话让时雍猝不及防，微微一怔，也就释然了。在京师时她常去闲云阁，她与乌婵有接触，他不可能不知道。"时雍对她有恩"的事情，她也曾禀报过，如今也用不着刻意隐瞒她和乌婵的交情。

横竖他也不可能猜到她就是时雍。

"不必了。"时雍笑笑，"他们也在忙正事，大抵是没时间叙旧的。"

赵胤深深看她一眼，没有说话。

回到裴府，谢放新砌的灶，已然燃起了炊烟。堂叔堂婶过来送了一些自家地里种的菜，堂婶拉着时雍想唠家常。时雍怕穿帮，以昨夜没睡好为名，借故回了房间。这一睡，就睡到天黑。府里的将士早已吃过晚饭，歇了。整个裴府沉浸在寂静里。

娴衣把给时雍留的饭菜热了热，端到了房间里来，全程没有多一句话。这反常的安静，让时雍颇不自在。她并不是那种喜欢太麻烦别人的人，可如今的身份是"将军夫人"，总也不能亲自动手，只能再三对娴衣道谢。

"夫人不必如此，这是娴衣分内之事。"

这话娴衣说得极是平淡，就像她确实是自家主母一样。

时雍望着她的面色，拿起筷子："几时了？"

"亥时。"睡了这么久？时雍惊了惊，问，"将军呢？"

娴衣道："书房。"

还在书房？没去和乌日苏"夜下相会"吗？时雍匆匆吃过饭，在那张罗汉榻上多铺了一层褥子，试了试，觉得尚可，躺了上去。可是左等右等，好久不见赵胤过来，心里有些奇怪。该不会在书房里睡着了吧？他那破身子，着了凉可不好，到时候又得麻烦她针灸——

时雍披衣起来，想去告诉他，今夜那张床是属于他赵大都督的了，可是刚到书房外间，便被谢放挡住了："夫人请回去睡吧，将军还有要务处理。"

这么晚了，处理什么？难道是乌日苏深夜来见？

时雍看一眼书房里的灯火："我就和将军说两句话。"

谢放皱了皱眉，回头望一眼紧闭的房门，还没有说话，里头就传来赵胤的声音："让她进来。"

时雍朝谢放眨一下眼，推门进去，愣住。书房里除了赵胤，还有一个人高马大的男子。他身着一袭黑色劲装，用黑色头巾包住头，蒙面的黑巾被拉到了下颌下方，露出一张英挺端正的面容：

"魏将军？"不是乌日苏，而是负责送公主和亲的龙虎将军魏骁龙。

魏骁龙躬身朝她行礼，不发一言。时雍古怪的视线从他脸上，挪到赵胤的脸上，眼睛里满是疑问。

赵胤打量着她："你要说什么？"

"让你回去睡了。"

当着魏骁龙的面，她不好说"今天晚上你睡床"或者"我今晚把床让给你了"这样的话，毕竟堂堂大都督的颜面还是要维护的。若是让人知道他晚上睡在罗汉榻上，把床让给了她，他那些属下会怎么想？大都督的脸还要不要了？于是，她忽略了，这句话更显暧昧。

魏骁龙一听，那张黑俊的脸上就浮上了某种意味不明的笑意，嘿嘿两声："大都督，若不然我们改明儿……"

赵胤抬眼制止了他。回过头，望着时雍："今夜我有事，你先去睡。"

时雍好奇："去见乌日苏？"

赵胤想了想，没有瞒她，"嗯"一声站起来，从桌上拿起一块今儿在镇上买来的绿豆糕，走到时雍面前，往她嘴里一塞，又拍拍她的头："我去了卢龙，若有人来见，你替我挡了。"

时雍嘴里含着糕点，望着他，眼睛慢慢瞪大。她待大黑，便是如此。

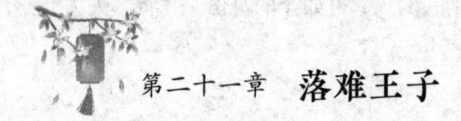

第二十一章　落难王子

驿站的建筑样式几乎一样，分驿、站、铺三个部分，排列整齐，只是卢龙驿南望京师，后有漠北，又毗邻战略要地卢龙塞，这个驿站便修建得更为雄伟威严。单是招待来宾使节的就是一个五进的院子，紧靠着沿山修凿的城墙。垛墙上，有守卫的士兵巡逻，有人来去一眼可以望见，很难藏匿。

魏骁龙在远处望了片刻，回头与赵胤相视一眼，"驾"的一声，打马冲了过去："开门。"

垛墙上守卫厉呼："来者何人？"

魏骁龙扯着粗嗓门骂了句脏话："我乃龙虎将军魏骁龙是也，还不快给老子开门？"

驿馆大门，哐哐打开了。

"让你们驿丞来见，还有那谁，谁……全给老子叫来，老子要训话。"

沉寂的驿馆突然热闹起来。深夜三更，龙虎将军不知打哪儿吃了酒回来，醉醺醺地喧哗、闹事，惊动了整个驿馆。

黑夜里，赵胤冷静地看着这一切。机会稍纵即逝。他身着夜行衣，修长的身子掩在夜色里，绕到城墙右侧靠近乌日苏居住的地方，借着三爪锚轻易翻过夯土墙，躲过夜巡守卫的视线，顺着墙根摸到乌日苏的窗边，轻轻一叩。窗户无声地打开。赵胤纵身跃入——

秋夜深浓，黑暗笼罩着两个人的影子，风从窗户渗入，透骨的凉寒。赵胤站在窗户口，手上紧扣袖箭，高大的身影将从窗户透入的微光挡住，黑漆漆的一个人影。

房里一丝光都不见。黑暗中，乌日苏快速走近他。有风动，他似在施礼，声音极低："事急从权，小王不得已用此不入流的手段请大都督前来。待来日脱困，小王再行请罪。"

赵胤一动不动："你认出我了？"

乌日苏道："大都督风姿容貌与世无双，京师一眼，过目不忘，怎会认不出？"

两人在京师也就见过一次而已。见赵胤不答，乌日苏怕他生疑又赶紧解释："小王今日原以为请来的人是裴将军，尚且忐忑不安。一见大都督，心里便踏实了。这才敢冒昧约了今夜的相见。"

赵胤皱眉："大皇子长话短说。"魏骁龙在外面闹事，暂时引去了驿馆众人的注意力，可是这里耽误的时间若是太长，还是很容易引起旁人的注意。

乌日苏是聪明人，不用点拨，自是知道利害关系。他肃然拱手："不敢相瞒大都督。公主在青山镇失踪那日，死去的十几个兀良汗人，皆是小王的心腹。其中，还有看着我长大的图格鲁。余下诸人，包括你今日在我房中见到的那些侍卫，全是二皇子来桑派来监视小王的。"

赵胤沉声道："兀良汗权力之争，本座不便插手。"乌日苏似是料到他会这么说，走近两步，手指搭在窗棂上，侧身望着赵胤的脸。这样的角度，适应黑暗后，两人都能看清彼此脸上的轮廓以及眼睛里的真诚："大人若是不肯伸出援手，小王必定惨死在南晏，再回不去兀良汗。到时，兀良汗便会落入二皇子之手，来桑此人性情残暴，好战喜功，他若掌权，对南晏并非好事。"

赵胤垂下眼眸，声音冷漠："这不是本座要操心的事。"

见他不为所动，乌日苏低低一叹，无奈地道："大都督可以不管兀良汗内政，不管小王的事，却不能不管南晏百姓，不管怀宁公主生死，不管青山镇这桩大案子吧？若当真不管，大都督也不会出现在此。"

赵胤站在阴影里，有短暂的沉默："是人，是兽？"

"人。"乌日苏说得斩钉截铁，"那夜若非图格鲁以死相救，小王恐已不在人间，或与公主一样消失在人前。图格鲁死前一定见过他们，我看到了他的眼睛，不甘、惊恐、绝望……还有愤怒和仇恨。"

赵胤无声。

乌日苏继续道："那天夜里，和亲队伍到达青山镇，因公主身子不适，我们没有连夜赶路到卢龙驿，一群人在青山镇安顿下来。晚饭时，小王只饮了一杯酒便不省人事。等我再醒过来，已然出事了，整个和亲队伍十几个人遭到了野兽的袭击，浑身被啃噬得不成样子，一个个都被野兽啃去了舌头，而小王只差一点点就命丧黄泉了。"

他声音哽咽，沙哑。微弱的光线从窗户间流泻出来，照见他一脸青灰。

赵胤问："那你为何没事？"

"图格鲁死前，将小王死死压在门板下，护在怀里，而魏将军又恰好赶了回来。"乌日苏说到这里，抬了抬下巴，"我怀疑他们故布疑阵引走魏将军，就是为了对我和我的人下手。野兽袭击，更是无稽之谈。"

"他们是谁？"

赵胤的问题，乌日苏已经想了许久："小王不敢确定。但一定是想杀我的人……"

"你希望本座如何帮你？"

"我身边已无一可用之人，性命岌岌可危。"

"雅各呢？"赵胤记得那个传信的年轻男子。

"死了。"乌日苏说得平静，语气已有掩饰不住的怒意和悲凉，"雅各是二皇子的人，只因受过我的恩惠，这才愿意帮我去传信。他什么都不知情，给你那封信上也没有什么。但他们逼问他，他答不出来，就被杀害了……"

他说着，从桌上重新拿起一瓶"花令酒"，塞到赵胤手上："如今他们每日给我喝这个酒，却不敢让我赠给大人一瓶。今儿大人还没有走出驿馆，就被人打碎了酒壶，您就没有怀疑过，是为什么吗？"

房里十分安静。

赵胤没有声音，乌日苏轻声道："驿卒是南晏的驿卒，他们杀的却是我的人。这个局有多大？布局之人是谁？小王已不敢乱猜。但以小王一人之力，无力回天，不得不求助于大都督……今夜大都督一走，我能活过几日，不得而知。"他的声音越说越小。顿了顿，又是轻轻一笑，"和亲公主失踪，大晏和兀良汗的盟友关系已是濒临瓦解。我再一死，我那个早已屯兵关外的父汗便师出有名。战事一起，生灵涂炭，这真是大都督愿意看到的吗？"

话刚落，门板"咣当"一声，从外面被人推了一下："大皇子殿下，你有事叫臣？"这样直接推皇子的门，哪里是臣下该做的事情？

乌日苏刚才已经用桌子将房门从里面抵住，那人试了几下推不开，有些急躁了："殿下，殿下开门啦。"

突如其来的声音，把乌日苏吓了一跳。他又气又急，猛地挥袖，砰一声摔碎一个茶盏："滚！本王起个夜，也要向你等汇报不成？"

来人十分警惕："殿下起夜为何不亮灯？"

"巴克尔，你未免管得太宽！"

"臣下也是为了大皇子殿下的安危着想。图格鲁等人已然丧生野兽之口，若是殿下再出了什么事，我等难以回兀良汗向大汗交代……今夜有些不宁安，还请殿下开门，让臣看看才好。"

乌日苏深深看了赵胤一眼，掉转头："滚远些。"

"殿下，臣听你声音似有不对，你是不是被人绑架了……"那人开始猛烈地踢门。

赵胤望了一眼，拍拍乌日苏的肩膀："魏将军可信。"说罢，他推开窗户。

夜风灌进来，乌日苏气息一紧，压着声音："小王欠你一个人情。若有来日，必当奉还。"

赵胤背影微顿，没有回答，身子一跃，再次掩入了黑暗。

门恰在这时被外面的人踢开了。巴克尔带着一群人气势汹汹地闯了进来："殿下，殿下！？"

几个灯笼的火光将房间照得如同白日，巴克尔四处看了看，不见有人。又发现乌日苏用桌子抵住了门，而他一个人站在窗边若有所思，不由紧张起来："可是有人进来过？"

乌日苏单手负在身后，冷冷转身："本王连开窗透气的权利也没有了？"

"臣不敢。"巴克尔手抚在胸前，低下头，话说得极为恭敬，可是待乌日苏转过身，他回头对着那两个守卫的侍卫就是一人一脚，愤恨地骂："让你们好生保护殿下，你们竟敢喝酒睡着？这么喜欢睡，那就睡一辈子好了。"

那两个侍卫吓得连忙跪下，求饶命。

乌日苏冷眼看着他，眼神变得沉凝异常："在本王面前，想杀便杀，想打便打。巴克尔，在你眼里还有没有我这个大皇子？"

巴克尔回头，一脸腻笑："臣也是为了殿下的安危着想……"说罢，他阴阴一笑，"来人啦，将大皇子殿下的窗户封死，以免再有野兽出入，伤了殿下。余下的人，跟我四处找找，看看有没有野兽深夜乱窜,跑入驿站来伤人……"

"他娘的,哪个王八羔子!"一声厉吼传来,外面响起重重脚步声,"深更半夜,大呼小叫。是不是不想让老子睡觉了?"这大嗓门震天地响,来人正是魏骁龙。

和亲队伍虽然是一齐上路,可兀良汗使臣是来接亲的,魏骁龙带的人马却是送亲的,双方生活习性皆有不同。这一路上,不论是吃饭,还是行事,都是各自管束各自人马,互不干扰,而大晏的将军自然也管不到兀良汗使者。

一听这话,巴克尔就恼了:"魏将军有喝烂酒闹事的本领,不如上山去抓食人兽,早日把你们的公主救回来。我们兀良汗的事情,你还是少插手为好。"

魏骁龙嘿嘿一笑,锋利的大刀扛在肩膀上,冲他乐:"老子偏要管,如何?"

巴克尔看他借酒装疯,气得满脸通红。

"堂堂大晏朝龙虎将军,竟然耍起了无赖?"

魏骁龙抬抬下巴,挑衅地看他:"是又如何?来人啦,给老子把这儿围起来。谁敢在本将面前咋咋呼呼,给老子拉出去砍脑袋,有一个算一个,别给兀良汗大汗留面子。"

"岂有此理。岂有此理!"巴克尔气得浑身发抖,一脸不可置信地看着魏骁龙,"魏将军可有我国大汗手令,凭什么在我等使臣面前颐指气使?又有何权力软禁我兀良汗的皇子?"

"凭什么?"魏骁龙大刀在半空中挥了挥,冰冷的刀刃发出雪亮的银光,往地上重重一杵,铮——火光溅起,"就凭你脚下站的是我大晏的土地,老子是大晏的龙虎将军。权力嘛,老子是没有,但备不住老子的人比你多,兵比你强,功夫比你高。你他娘的打不过老子。这够不够?"

"你,你……无耻之尤!我要上书大晏皇帝,治你的罪!"

魏骁龙哈哈大笑,一脸得意地看着他:"格老子的,跩得真像那么回事。小老儿,听没听过将在外,君命有所不受?知不知道京师离这儿有多远,等你上书陛下,陛下再下旨问我罪,你他娘的坟头都长草了。"

"匹夫,你敢——"刀光一闪,魏骁龙手上刀锋直直掠过巴克尔的咽喉。风声冰冷入骨。巴克尔吓得瑟瑟发抖,堵在喉头的话,再也说不出来。

魏骁龙冷笑:"还愣着干什么?赶紧的,把这个胡子长眼睛小嘴大如牛的恶心老儿给老子绑起来,还有兀良汗这些王八羔子,全给老子看好了,谁敢乱动,就赏他吃刀头子。这个什么什么乌日苏皇子,好好锁里面,让他反省反省,怎么管教臣下的?"

巴克尔一口老血差点吐出来。什么叫秀才遇到兵,有理说不清,他总算见识到了。这个有勇无谋的匹夫!当真敢绑他?两国交战尚且不斩来使,魏骁龙真敢借着酒意乱来,不怕大晏皇帝治他的罪吗?敢。他真敢。他还真就这么干了。巴克尔的咆哮声响彻夜空,他内心有许多疑问,但都无用。

魏骁龙理都不理他,留下两个人看守乌日苏,伸了个懒腰,走了:"本将回去吃酒了。"

门再次关上。乌日苏长长舒了一口气。

赵胤走后,时雍没有入睡。卧房里点了一盏夜灯,豆大的光晕,将房间照得如同鬼屋。闲来无事又睡不着,时雍盘腿坐在罗汉榻上,翻阅着从长公主那里拿来的几本针灸书,时不时喝口水,安静地等待……夜已经很深,整个裴宅都沉寂下来。山上的松木在冷风中发出呜咽般的呼啸声。狗叫声突然响起,打破了宁静。时雍放下书,竖起耳朵。

"麻烦小将军通传一下,我等有急事求见将军。"是县令钱名贵的声音,听上去十分急促。

谢放冷声拒绝:"钱大人,将军已经睡下,有事明日再说不迟。"

"明,明日就,就晚了呀。"钱名贵大概是慌乱到了极点,说话都结巴了起来,"这位小将军,本县刚得到急报,他们在山上,大青山上找到了一个山洞,里面有,有吃人兽出没……得赶紧让将军派人去抓啊。赶明儿,那食人兽可就跑了。"属实是紧要的事情。

谢放沉吟一下:"这样,我派人跟你去。"

"不是本县信不过小将军,而是,这么大的事情,恐怕还是要惊动一下裴将军才好。那吃人兽能伤这么多人,想来极是凶猛,若出了什么事,再伤了谁,不论是小将军你,还是本县,都担待不起呀。"

谢放本就不是一个嘴皮子利索的人,不论他找什么说辞,这钱县令就是有话可以堵他的嘴,横竖要见到赵胤,方才罢休。三言两语下来,谢放实是找不到借口了;而且,这么大的动静,赵胤如果都听不见,也会引人怀疑。

时雍想到赵胤临行前的叮嘱,披衣走了出来:"谢参将,何事吵闹呀?"

谢放听到阿拾的声音,松了口气:"夫人,是钱县令要见将军,说是山上发现了吃人兽的踪影。"

"呀!真的呀。"时雍尖着嗓子叫了一声,害怕地说,"那你们还不快派人去抓,都堵在这儿干什么呀?"

谢放为难地说:"钱县令说,要先禀报将军,让将军出来拿主意。"

"那可真是不巧。将军昨夜多饮了几杯,早就睡熟了。一时半会儿怕是醒不过来。"时雍说罢,又抱歉地微笑着望向钱县令,道:"将军最是信任谢参将,府里的事,他都做得主。钱大人不必如此紧张,再厉害的野兽,也怕人多。实在不济,让谢参将多带些人马便是。"

"夫人有所不知。我等先后已派了数拨人马前往。这野兽极是凶猛,凡是见到它的人,都死在它的嘴里了,我这是当真不敢再去冒险呀。还望夫人体谅,为下官通传一声,劳烦将军起床主持抓捕事宜。"

时雍眯起眼。大半夜的找到了野兽?非得要赵胤起来不可?一桩桩的巧事,让她越发警惕。可是赵胤这厮,单给了她一个夫人的名头和命令,没有给她这个夫人任何指点。那就别怪她乱来了。"钱大人有所不知。"时雍轻飘飘地笑道,"我家将军有个坏毛病,酒后入睡是不能被人叫醒的,谁敢去叫他,那可就要倒大霉。莫说是旁人,便是我,他也不会轻饶。他发起疯来怪吓人,我可不敢……"

"夫人。"钱县令抹了抹额头的汗,突然挺直了腰,"我不入地狱谁入地狱,为了青山镇百姓的性命,为了早日救回公主,这个恶人,就让下官来当吧。"钱名贵说着就要往里闯,"我去叫醒将军,若是将军因此怪罪下来,要杀要剐,下官认了——"

好一个忠义之士。时雍冷笑一声,示意谢放拦住钱名贵:"钱大人这是要硬闯裴府内宅吗?项上人头当真不想要了?"她把话说得极为冷厉,一字字落地有声。

钱名贵一听,脚下微微一顿,却没有停下,硬生生闯了过来:"夫人恕罪!"

"啧。"时雍眼风一瞄,突然将织锦袄子往肩后一拉,露出一截修长白皙的脖子,挺起胸口倚在门板上似笑非笑地看着他,"钱大人深夜擅闯裴府内宅,冒犯将军女眷,实属无礼之极。谢参将,还不快把人拿下,法办。"

钱名贵看着那白晃晃的脖子和锁骨,愣是没回过神。这夫人当真是厉害啊!一威胁二定罪三抓人,一气呵成——谢放挥手,几名兵丁围上来,反剪了钱名贵的手。

钱名贵当然不是一个人来的,他还带了一群青壮年捕手和卢龙县的捕快。听到动静,这些人纷纷吵嚷着涌进来,吼叫声声:"干什么?你们凭什么抓钱大人?"事态升级,眼看一发不可收拾。

这时,内室的门突然被人从中推开。一个高大的人影慢悠悠从里面踱了出来,一身酒气,言词有醺态:"夫人,发生何事?"

时雍抬头注视赵胤,与他目光撞上,嘴角微微一弯,不满地扬扬下巴示意他看在谢放手里不停挣扎的钱大人,继而又拉了拉衣衫,低头轻伏在他的肩膀上:"他们欺负人。"

少女的馨香扑面而来。赵胤皱了皱眉,低头看着身前这张微微发白的小脸,咬着唇,颔着首,弯下的颈子修长白皙,泛着细腻的光泽,如同上好的羊脂白玉敞开在人前。她看起来无助,美丽弱小,让人怜惜。可低头那一瞬,眸子里分明带着笑,没有把这个当回事。赵胤伸手扶住她的腰,时雍毫无预警地抬头,刚好撞到他下巴上。

她嘶声,没躲,蹭了蹭:"将军,你要替妾身做主呀。"

赵胤动作忽然一僵:"还不快扶夫人进去更衣?"

娴衣看时雍撒娇,已在旁边站了半天,如今听爷的语气有微微恼意,赶紧低头过来,将时雍扶住走向内室。不料,刚走几步,赵胤突然跟上来,将时雍的衣衫往上拉了拉。时雍不解地看着他。赵胤面不改色,掉头出门。时雍不愿错过热闹,换了件厚点的外套裹在身上,又出来了。

院子里,鸦雀无声。从看到赵胤出现那一刻,钱名贵脑仁就大了,那叫嚣的人,也安静下来。赵胤倨傲地审视着钱名贵:"钱大人闯入本将家宅,欺负内子,当真以为本将是死了不成?"

他目光里的阴霾,如同浓重的雾气扩散过来,每一个字都似催命无常。钱名贵刚才夸下海口要为了百姓"入地狱",现在地狱来了总也不能躲。他双臂挣扎几下,没摆脱掉钳制他的兵丁,声音便软了:"裴将军恕罪,事急从权,下官也是迫不得已呀。吃人兽出没,若不禀报将军知晓,一旦让它跑了,下官也是死罪。横竖都是罪,下官,下官实在为难,还望将军体谅。"

"体谅。"赵胤慢吞吞走出来,双目炯炯逼视钱名贵,"钱大人只要告诉本将,谁人派你深夜前来,本将自当体谅你。"

钱名贵猛地抬头,表情有怯意:"将军何出此言?"

赵胤冷冷抿起唇角,微微抬了抬下巴,谢放拎住钱名贵一条反剪的胳膊,狠狠往上一抬,钱名贵嘴里便"啊啊啊"地抖落出一串杀猪似的号叫。

时雍看得认真,一脸正经地道:"钱大人这样,可不像敢下地狱的人。地狱的苦楚可比这强了千百倍不止。钱大人,你尚在人间呢,要是固执不说,将军说不准真就送你去地狱了。"

"下官没有犯法,将军如何治我的罪?"

"没有?闯将军内宅,意图冒犯夫人……"

"你,你敢……"钱大人额头浮着虚汗,"本县乃是朝廷命官,岂是你一介女流可以随意诋毁的!"

"谢放。"赵胤突然道,"让钱大人前头带路,抓食人兽。"

这就算了?谢放一怔:"是。"

赵胤冷眼微眯,看着钱名贵突然变色的脸:"不急。今晚之事,钱大人总归得给本将一个交代!"

谢放丢开钱名贵。他本就站得不直,脚下虚浮,踉跄几步摔在地上,灰头土脸地抬头,目光中满是惧怕。

方才赵胤没有回来,时雍心里像下油锅似的,生怕他出点状况,自己没法交代。她素来信守承诺,答应的事情若没有做到,就像欠了一屁股债似的,如今见他平安回来了,刚刚放下心,便见他又要穿衣服出门。

"大人?"时雍懒洋洋地问,"真要去抓食人兽?"

"嗯。"赵胤转身,看她一眼,"你今夜做得很好。"

表扬她?时雍对上他深邃的眼睛,扬了扬眉梢:"你前脚去了卢龙,钱名贵后脚就过来说找到了食人兽,还要硬闯内宅找你,你不觉蹊跷吗?"

"蹊跷。"何止这一处蹊跷,处处都透露出蹊跷。

赵胤将从卢龙驿带回来的花令酒放在桌上:"你看看。"

时雍走过去,拔开塞子嗅了嗅:"好酒。给我的?"

看着她亮晶晶的眼,赵胤垂下眼皮,将今夜见到乌日苏的事情告诉了她:"他认为这酒有问题。"

"你怎么想?"

赵胤皱眉:"不好说。"

时雍把酒壶挪开,拿了个杯子,倒出一点点酒液在杯子里,反复观看:"谁会这么大胆子,明目张胆地毒害皇子?这位乌日苏殿下或许是被吓破了胆,疑心生暗鬼。"

赵胤没有说话,这时,他已然穿戴整齐,拿起一旁的长剑。

时雍见状,跟着起身就拿外袍:"我也去。"

"不行。"看她冲过来,赵胤横臂一拦,时雍就撞入他的怀里。真是太巧,搞得像投怀送抱似的。时雍一怔,抬头观察赵胤的脸色。他默不做声地看着她,那副冰冷的棺材脸没有丝毫动容,却有一种说不出的俊朗。

"大人是想抱我一下?"时雍揶揄着勾起唇角,双手圈住他的腰,"那我就吃点亏,让你抱一下好了。"

赵胤身子僵硬,解开她的手,丢开,眉头皱紧:"去睡!"

"睡不着。想去看看食人兽长什么样子。"时雍轻松地说着,眨了眨眼睛。

外间众人已经准备好,在问谢放什么时候出发。谢放频频走到卧室门口,听到里面的动静,手几次放到门上,又没有叩下去。

"大人,你就带我去吧!"

时雍紧紧拖住赵胤的胳膊,仰着头,眼圈红红的,似乎极为紧张的样子:"我担惊受怕一夜了。再一个人待在家里,会吓死的。"

赵胤不说话。

"我不拖后腿。我保证。"她平常是不会这么主动的,今夜不知怎么回事,拖住赵胤就是不放。赵胤既觉得古怪,又被她歪缠得难以喘气,胸口一阵说不出的憋闷,情绪异常浮躁。

"松手。"沉下脸,赵胤双臂一揽,索性将她拦腰抱起,直挺挺丢到床上,"看好云圳。"说罢他仓促转身,大步离去,那身软甲在行动间发出坚硬冰冷的摩擦声,渐渐消失在房门。

时雍措手不及,愣了片刻,低头看着自己衣衫散乱的样子,再想想赵胤绷着一张脸抱起她,又像烫手山芋一样丢出去的样子,不由哈哈大笑起来。

赵胤骑马领兵,在钱名贵和他下属众人的带领下进入了大青山。夜间在山间行走,草湿露重,路又不平,战马都走得战战兢兢,极是小心。大青山连绵数百里,从青山镇上山,一路蜿蜒走了十余里路,仍然不见钱名贵说的山洞。

赵胤勒紧马缰绳,扬起手臂:"停。"队伍停下来:"钱大人,食人兽在哪里?"

钱名贵走得脸歪帽斜,闻言扶了扶帽子,示意身边那人来说。

"裴将军,就,就在前面。"说话的是一个猎户打扮的壮年男子,钱名贵说他是大青山上的猎户,食人兽就是他率先发现报告官府的。

见赵胤发问,猎户手指着悬崖边的一个峭壁:"山洞就在那边。前面拐个弯就到了。"

这"拐个弯",一拐又是两三里。山林越发深幽宁静。

赵胤再次叫停队伍,猎户查看一下地形,这才确定位置:"就在那个峭壁下方,那山洞很深,食人兽就躲在里面。"

夜色如墨,山林悠悠。赵胤沉默片刻,道:"朱九,带人去看看。"

"是。"朱九拔剑慢慢往前,一人举着火把走在他的身后。他们离山洞越来越近。

"嗥——"山洞里突然传来一道愤怒的咆哮。

人群随即一阵骚动,随钱县令前来的青壮村民纷纷往后退,嘴里惊慌地大喊:"食人兽。"

"当真是食人兽在山洞里。"

朱九站立片刻，接过火把，手一挥，继续带人往前走。火把在山林里游动，照得众人脸上的表情惊疑不定。

"嗥——嗥——"

又有两声类似于狼的号叫从山洞传出，一声盖过一声，直荡耳膜，送入群山。

接着，寂静的山林里传来窸窣游动的声响，像是大雨打在树叶上发出来的沙沙声。

"下雨了吗？"有人惊声问。

"不。有东西过来了。"

"狼吗？"

一片片绿油油的眼，在黑暗的山间急速蹿动、纵跳。赵胤猛地拔出腰间长剑："朱九回来。弓箭手，准备！"

怔立的众人变色，一个个拔剑将赵胤和弓箭手围在中间，面向四周护卫。

沉默的山林，狼嗥声更多了，一声接一声，像在呼应之前的头狼，狼群密集的嗥声令人头皮发麻，到底有多少狼，无法判断。最恐怖的是，这些狼来自四面八方，山腰上，密林里，山洞里，就像是懂得合围战术似的，将他们围在漆黑的山洞前。四面狼嗥，悲凉得似在唱挽歌。

"将军，好多狼。"朱九走在最前面，也最早看到那一群狼。山洞门口，眼睛绿油油的，一大片冒出来，激得他一身鸡皮疙瘩，"这里怕有一两百头。"

"山上还有，说不定上千头！"

而他们的人，统共也不到一百人。

钱名贵一张老脸在火把的光线里苍白一片，惊恐地看着黑暗的山林，不知是吓到了还是怎的，始终没有说话。

赵胤看他一眼："想办法生火。"面对野兽的时候，生火是最好的办法。可是，这两日青山镇多雨，山林里都湿透了，柴火不好搜集，也不好点燃。他们有的只有火把。

"将军，怎么办？"

"人都不怕，还怕狼？将军，末将愿带人杀进去。"

"杀进去，宰了头狼，看看山洞里有什么！"

众人七嘴八舌商量着对策。

赵胤冷笑一声："这是要给本将一个下马威呀。"被狼合围了。走不掉，除了杀出血路还能如何？

赵胤思索片刻，抬臂，挥剑："杀。"

众人得到命令，喊杀不停，护着赵胤往洞口逼近。那群狼受到刺激，咆哮声越来越大，甚至有几头胆子大的已经气势汹汹地冲了出来，吼叫着对众人发出警告的威胁。钱名贵方才不吭声，见状吓得魂飞魄散，转身就往后退。

"钱大人哪里去？"谢放脚下一绊，钱名贵冷不丁扑倒下去，在地上滚了好几圈，刚好滚到一匹狼的面前。

"啊！"他惨叫。幸亏谢放上前，一刀砍到了狼脖子上。

钱名贵大惊失色，又叫，又吼："裴将军，我们赶紧下山吧，等明日天亮再来，这，这狼太多了，我们杀不过的。"

谢放冷声："不是钱大人半夜来请将军出兵捉拿食人兽的？战斗还没有开始，你就打退堂鼓了？"

"下官，下官上有老，下有小……"

嗥——话没说完，在狼王的咆哮声里，潜藏在山林里和山洞里的狼群得到指令，开始潮水般往前涌，朝人群横冲直撞。它们不怕利剑，不怕火光，甚至不怕死。几十头、上百头……山林里还有窸窣不停的呼应。

朱九被一匹狼撞了个趔趄，手臂被咬了一口，嘶声挥刀斩下狼头："保护将军！"兵丁们边打边退，将赵胤团团围在中间，抡刀就砍。很快，地上便堆满了狼尸，而他们的圈子也被狼群逼得越来越小。和一群无法对话毫不畏死的野兽对峙，不比两军对阵轻松。这战斗，看上去惨烈之极。更可怕的是，狼群越来越多，越来越多，漫山遍野，谁也说不清楚，这大青山上，到底有多少狼。

"朱九。"谢放突然大声喊道，"咱们杀开一条血路，你先护送将军下山，叫人来接应，我负责断后。"

"好！"

"杀。"

"当心——"

"谢放！"赵胤突然驾马俯冲过去，一剑将扑向谢放的一头野狼刺死，目光猩红地盯住他，小声说，"你带一队人马下山。"

谢放眼睛瞪大："为什么？"

"夫人还在裴府。还有——"他没有说。谢放却明白他的意思。这是说，府上还有太子爷呢。要是中了人家的调虎离山计，可怎么办？裴府里剩下的兵丁虽然比上山的人多，小丙、白执和许煜他们也都在。但到底毫无防备，要是这样数量的狼群突然冲入府中，该怎么办？谢放一颗心提到了嗓子眼。

"可是将军你——"

"我没事。"赵胤眉头蹙起，"快去！"

"将军不如你走，我来掩护……"

"快去！"

"是！"

谢放再不多话，翻身上马，转身就走。

赵胤冷声："掩护谢放。"

众人："是。"吼声响彻云霄。

这群人是赵胤的心腹，即使是面临危险的处境，也没有人慌乱，在与狼群的厮杀中，几次被冲乱阵形，又迅速重新集结。而那些跟着钱县令来的捕快和捕兽青壮年就不同了。这么多的狼，密密麻麻的狼，满山遍野的狼，能把勇者吓破胆。他们见状，跟在谢放背后就想下山。

"呜——"这时,一声尖锐的呼哨声透过山林,直贯长空。第一道被狼嗥声掩盖。又是两道呼哨,一长一短,一紧一松。暗夜似被震动,发出回音。接着便传来狗叫,不是"汪汪汪"的吼叫,而是咆哮的、愤怒的嗷声号叫,听上去如同在警告群狼。

头狼高仰脖子,嗥声嘶叫着,吼了回去。你吼一句我吼一句,越来越大声。那声音在山间飘荡,似在比个高下,又像是野兽间的对话,听得人头皮发麻。过了片刻,不知头狼受了什么刺激,突然就冲出了山洞,几个纵跃便往树林里蹦去。在它身后,一群狼仓皇地跟了上去。头狼一走,潮水般的狼群散去了。地上只留一地狼尸。

谢放愣愣地停在原地,似是想到什么,突然回头看人群里的赵胤,只见他面色如冰,看着在呼哨声和狗叫声里渐渐退去的群狼,一丝波动都没有。

"将军,狼退了。"

"退了!"

"退了!"

兵丁们吼声雷动。这晚的经历离奇刺激,又实在惊险。

谢放松了一口气,拭了拭额头的汗,下马走回来:"将军,好像是——大黑。"

"嗯。"赵胤眼里闪过一抹异样的神采,"它来了。"

不仅大黑来了,时雍也来了。穿着束腰的侍卫装,一张瓷白的小脸带着少女的娇憨与清丽,似笑非笑地带着十来个侍从,从山林里钻了出来。在她的脚边,有一条尾巴高高翘起,威风凛凛的大黑狗。

经过一场惊心动魄的群狼围攻,众人都有点惊惧紧张,可是赵胤刚才面无表情,沉着无惧,如今狼群散了,眉头反倒紧紧蹙起,一眨不眨地看着时雍不惊不怕的笑脸:"吹哨的人,是你?"

第二十二章　我也想做你的狗子

时雍看着赵胤冷冰冰的眼,并不奇怪他会有这样的反应。毕竟她出现得实在太让人疑惑了。看了赵胤一眼,时雍老老实实地点头:"是我。我不放心将军的安危,便上山来了。"

她后半句亲昵的话,并没能让赵胤放松警惕。他继续问:"哪里学的?"

"呼哨吗?"时雍抿了抿嘴,低下头轻声答,"我爹教的。"

又是宋长贵?

"我爹什么都会。"

赵胤逼视着她,目光凌厉如刀。

时雍知道这样的借口不容易取信于他,但是也没有更好的理由,阿拾的人生履历太过简单,阿拾与赵胤相交时间多久、赵胤对她了解多少,时雍又是一无所知。要让赵胤相信如今的她和以前的阿拾是一样的人，除非，赵胤傻了。但不要紧。人只要有本事，在哪里都能活命，赵胤此人心狠手辣，但绝对是惜才的人，她会的越多，懂的越多，赵胤越舍不得杀她。

"将军，我是错了么？"时雍小声问，目光里透出笑意。

"来。"赵胤看了那狗一眼，突然朝时雍伸手，低低一个字，压下了他喉间所有的疑问。

时雍看着他深如潭渊的眼，把手放在他掌心。

赵胤宽大的掌心一合："火把。"朱九将火把递上来，赵胤一手举着火把，一手牵着时雍往那个峭壁下的山洞走了过去。时雍松了口气，跟上他的脚步。

大黑背毛竖了起来，亦步亦随。谢放和朱九等认识它的人，心里都满是疑惑，从京师到青山镇的路上，他们可是没有看到阿拾带这狗，这么远的路程，这狗东西难不成是自己跑来的？在场人多，不便相问，众人带着疑惑进了那个漆黑的山洞。

一股腥臭味扑面而来。洞口不大，但狭长深幽，里面也很宽敞。地上除了几处坑洼，大多地方都很平整，临门的角落有山泉淌下，又从石缝里流出去，石头上长满青苔，阴暗、潮湿，地上依稀可见狼的脚印。洞中堆放着干柴，还有一张破旧的桌子和几根木头搭起来的床，上面铺放的干草凌乱不堪，干草上有几块脏污的破布，看不出形状。这里像猎户上山使用的地方。

"张猎户。"时雍问那个发现"食人兽"的猎户，"这里是你的东西吗？"

张猎户愣了愣，一脸是笑："回夫人，是，是我的。"

时雍笑了笑："你有多久没上山打猎了？看这些东西都很旧了。"

张猎户道："大青山闹食人兽，我最近不敢上山了。"

时雍走过去看了一眼木床上的东西，又伸手在木桌上轻轻一抹，唔了声，看了张猎户一眼，没有说话。

"将军！有发现。"在洞内搜索的兵丁突然大喊。众人围上去，在最里面的角落里，有一个平整的石台，上面有血迹，还有女子的衣物。那面料、绣工、款式一看便知来自大晏内宫。

"是陪嫁宫女的衣物。"

"衣衫鞋子都在这儿，人呢？"

"会不会被狼吃了？"

赵胤望了望火光照不到的洞内更深处："找！"

众人徐徐往里面走。不一会儿，前头的朱九叫了起来："在这儿。将军，快来看。"

一具尸体俯卧在地上，背部、臀部、大腿、小腿上满是啃噬的伤痕，凌乱的黑发散乱地垂落在地，身上挂着的几片破布，浸满了鲜血，依稀可辨是具女尸。谢放用剑柄把尸体翻转过来。

"啊！"

"嘶！"

有人低叫，有人抽气。在场的人除了时雍，可全是五大三粗的男儿，算是见多识广，可即便如此，还是被突如其来翻转的女尸那张脸吓住了。更严格说，尸体已经没有脸了，她的脸被啃得不成样子，眉、眼、鼻子都没有了，连耳朵都被咬掉了一只，还有那嘴巴，和裴府灶房里出现的尸体一样，看着极是恐怖。

钱县令和他的人都被拦在外面，进来看尸体的都是赵胤自己的人，时雍也没再装，蹲身伸入女尸的腋下探了探，回头看他。

"死了不足两个时辰。"她说着，又指了指地上的鲜血，"颜色鲜红，看来又是为了将军，现杀的一个。"

为了将军现杀的？众人琢磨着她的话，一脸不解。谢放却突然道："我明白了，是不是为了把将军引出来，或者说，为了找理由闯入裴府内宅，看将军到底在不在裴府，故意杀的？"

时雍没有吭声。

"不对。"朱九反驳，"若是如此，那狼群怎么解释？"

时雍道："狼群只比大人早到一步而已。"

朱九惊愕："你怎么知道？"

时雍微微一笑："狼告诉我的。"

刚才她和大黑一起出现，狼群很快就退走了。到底是大黑的号叫吓跑了狼，还是她的呼哨惊走了狼，大家心里都有疑惑。再听她如此说，众人更是惊疑不定，直拿双眼盯住她："当真？"

"当然是假的。"时雍声音慢悠悠的，"只是，如果这女子死于狼口或说狼群早就在山洞里。试问，她如何才能留得全尸？"

朱九顺着她的话问："如何？"

时雍道："狼不吃肉了，改吃草。"狼会改吃草吗？自然不会。因此，她判断狼刚来，就碰上赵胤他们。

"那狼会拔人舌头吗？"

众人摇头。

时雍看着地上的女尸，道："世上的活物千千万，却只有人，方有如此诡诈的心思。野兽吃人只为果腹，是不会挑肥拣瘦，还专吃舌头的。"

朱九恍然大悟一般，"有人试图把青山镇的案子，嫁祸到野兽身上。"野兽袭击是自然事件，既非人为，当然用不着有人来负责，"会不会是钱县令，为免承担公主失踪、使臣死亡的责任，在故弄玄虚？"

时雍没有吭声，深深望了赵胤几眼。自打进入这个山洞，他就没有说话，比任何时候都要沉默，幽深的眼如同猎人一样巡视山洞，偶尔也凝视她。被这样一个冷漠无情的人盯着，时雍骨子里都泛寒。她知天知地，就是不知赵胤的心思。"大人。"时雍走到他身边，"你怎么看？"

赵胤低头看她："能确定身份吗？"

时雍转头看了看女尸，抬了抬唇角："你是担心怀宁公主吗？目前虽说不能确定死者的身份，但从这具女尸身着的宫装看，应是怀宁公主身边的陪嫁丫头。"说到这儿，她压低声音道，"刚杀一个宫女，看来公主还活着。不过，得尽快。"

赵胤瞥她一眼："死了还好，就怕要死不活。"

什么叫"死了还好"？不是青梅竹马、两小无猜、恩恩爱爱过的人吗？赵胤此人果然冷血。时雍头皮炸了下，还来不及多说，脚边的大黑突然"呜"了两声，站了起来，蠢蠢欲动地朝洞口叫了两声。"怎么了？"时雍立即警觉起来。

这时，洞外值守的一个兵丁冲了进来："将军，不好了，狼群又回来了。"

众人大惊。冲出洞口一听，山峦间传来尖锐凶猛的狼嗥。

"狼群回来了？"

"这个山洞是不是狼的领地？"

众人发散思绪，议论间已开始戒备起来。时雍皱了皱眉，发现大黑极是狂躁，刚想弯腰摸摸它的头。大黑突然朝天嗷呜一声，身子蹿了出去，看方向正是狼嗥的方向。

"大黑！"时雍没有想到大黑会跑，转头大喊。

"回来！"大黑跑得极快，不过转瞬就不见了踪影。时雍叫了它许久，只有远处"汪汪"几声回应。大黑没有回来。

兵丁们殓了尸体，用树木抬下山去。时雍心神不宁地在原地等了许久，眼看天都亮了，大黑仍然没有回来，她有些焦虑。"你们先走。"她对赵胤道，"我去找它。"

赵胤一把扣住她的手腕："不要命了？"

"大黑没有回来。"

"它能从京师追到青山镇，不会走丢。"

理是这个理，但是谁家的狗子走丢了主人能放心？在离开京师之前，时雍是把大黑托付给王氏的，它吃什么，一天吃多少，她都交代得仔细。同时，也向大黑交代好了，让它乖乖在家里等她，不要随便出去乱晃，小心被人打杀了吃狗肉……可狗子就是不听话，算算时间，应当是她刚刚启程，大黑就跟上来了。时雍一想到这个，心里就不宁安："狼群肯定没有走远，它会有危险的……"

"不会。"

"会。"

"当初那么多人围杀它都活了下来。"

"不怕一万，就怕万一。你……呀，你干什么？"

时雍大惊失色，谁能想到，赵胤会突然变脸将她掳到马上，而且，一言不发。时雍无名火起，下意识捻了捻手指，想要抽他。赵胤没有给她这个机会，翻身上马，将她圈在怀里，双腿一夹马肚："驾。"山风拂脸，马行疾快。时雍回望背后的山峦，紧紧揪住赵胤的胳膊。

众人陆续下山。朱九跟在谢放身边，故意吊在后面："我总算知道，杨斐为什么会挨那么多打了。"

谢放看他一眼，眼神复杂地看着远去的一男一女，翻身上马，没有说话。

"哎，兄弟。"朱九抖了抖马缰绳，跟上他，"若非亲眼所见，我都不敢相信，这世上居然有女子能让爷变脸，变色，变……变得不可思议？你看到了吗？爷居然亲自抱阿拾上马？"

谢放不疾不徐地跟着，不吭声。

"那夜客栈的响动，你也听到了吧？"朱九神神秘秘地笑，"你说爷对阿拾，这是当真看重，还是玩玩而已？"

"不知。"

"你跟在爷身边最久，说说呗。"

朱九换了个方向，从谢放的左侧换到他的右侧："这个阿拾姑娘真是不可思议。以前，我等着实小瞧她了，以为她老实又傻气，好像也没什么本事，哪知是个深藏不露的。不鸣则已，一鸣惊人啊，一出手，就掳了个大的。"

谢放放慢马步："好奇心太重，不是好事。"

"怎么？"

"你想步杨斐的后尘？"

说到杨斐，谢放声音重了，朱九也有点叹气："咱们几个跟在爷身边这么多年了，我以为爷不会动真格的。哪料……也怪这杨斐，属实是放肆了些。这人吧，在身边时着实招人烦，就这么没了，又怪难受的。"谢放眼神微暗，朱九看他这样越发难受，"杨斐在咱兄弟几个里，最是可怜，无父无母，也没个去处。离了无乩馆，你说他能去哪里呢？真怕有一天办差，就是替他收尸。"

谢放瞪他一眼，一巴掌用力拍在马背上。

"驾！"

"哎，我还没有说完……呢。"

马蹄嘚嘚，谢放走远。

响午后，大黑仍然没有回来。时雍站在裴府的院子里，望着背后的大青山，实在等不下去，进屋披了身衣服就往外走。

赵胤这时在书房，娴衣见状，赶紧拿了把伞跟上来："夫人，快下雨了，你这是要去哪里？"

时雍头也不回："出去转转。"

娴衣压低声音道："爷有吩咐，不许你上山。"

"不上山，我上街。"时雍头也不回地走在前面，娴衣愣了愣，朝门口的侍卫使个眼神，示意他去通知赵胤，然后跟紧时雍出了裴府。

钱名贵今晨回来就被赵胤放走了。既没有要他给个交代，也没有再询问他半句闯入裴府的真正原因，甚至还安排了马车送他回卢龙。

他的淡然处理，不仅让时雍等人感到意外，就连钱名贵自己都害怕。而赵胤给的理由是，念他一片孝心，不与他计较，等他父亲大寿过后再说。

钱县令的老父寿辰在后日。青山镇街口的戏台已经搭起来了，堂会从明晚就要开始唱。时雍带着娴衣从钱宅的大门走过去，看到乌婵正在跟戏班的几个人说话。她轻咳一声，抿了抿嘴，侧头对娴衣道："我们去对面坐坐，看戏。"

"戏还没开始唱。"娴衣不解。

"前戏更好看。"

娴衣一脸不解，但没反驳。

在钱宅斜对面，就有一个小茶肆，时雍进去就让小二安排了个角落的位置，茶上来，她耐着性子喝了几口，就借口方便，从茶肆后门走了出去。那边临河，有两棵樟树。乌婵就站在那里等她。时雍笑着走近，拍她肩膀："默契。"

乌婵左右看了看："你这么出来，会不会不方便？"

"不会。"时雍沉下眸子，"他都知道。"

乌婵吃惊地看着她："知道什么，知道你是……"

"知道我们有交情而已，不用怕。"时雍莞尔，与她寒暄几句，眸色沉了下来，"到青山镇几日了？感受如何？"

乌婵看着她，表情捉摸不定："感受很奇怪。"

时雍一怔："什么？"

乌婵道："五年前我曾来过青山，也是给钱老太爷祝寿。所以，这次他才又请了我们。这青山镇，我原本极是喜欢的，可这次再来，我却觉得处处不对劲儿。"

她的话，引起了时雍的兴趣："说说看，哪里不对劲儿。"

乌婵看着她，欲言又止，好半晌，摇头："我说不上。就是一种感受，好像什么都变得不一样了。可非得找原因吧，时光易转五年，人都会变，一个小镇有变化倒也是自然。"

这种不对劲儿的感觉，时雍也有。同样，她也说不上来。她想了想，突然对乌婵道："那我们来举例子。"

乌婵又是不解："举例子？"

"嗯。"时雍点点头，半眯起眼道，"我开头。比如，卢龙县殓房里除了使节的尸体，居然没有别的尸首。奇怪吧？"

乌婵微微怔住："这很古怪吗？"

她不接触这个行当，不清楚内情，时雍却很明白："这么大个地方，没有正常死亡，不正常的。"

"也许殓了？"

"总会有存放，总会有案子发生，总会死人的。"这是一个概率问题，是必然会发生的事情。

乌婵摇摇头，表示不太理解，然后说出了她的疑惑："我发现青山镇的老人，好像很少。"

"猎户许久不上山打猎。"

"孩子很少上学堂。"

"田地荒芜，农人不爱务农。"

两人对视，眼底突然生出恐惧。

时雍回去，娴衣还坐在那里："你再不回来，我就要去找你了。"

时雍笑着，将手上的果脯丢到桌子上："给你买的，解解馋。"

娴衣眼里的冷光似乎融化了："我不爱吃这个。"嘴上说不爱，手却是伸了出来，将油纸包里的果脯捡起一颗，往嘴里塞。时雍难得从她脸上看到小姑娘似的神态，抿嘴一乐。

娴衣平日表现太老成了，可认真说来，充其量也就是个不满二十的姑娘，哪会真的不爱漂亮衣裳不爱胭脂不爱零嘴的？

时雍问："甜吗？"

娴衣点点头："甜。"

"那就好。"时雍说着就站了起来，拉椅子要走。

娴衣看着小二刚上的一壶核桃茶，愣了愣："你不喝了吗？"

时雍拉住她的手："外面走走。"

娴衣嘴里含着果脯，瞅着她清丽的笑颜，唔一声，跟上她的脚步。时雍还抓住她的手腕，娴衣低头看了看，很不习惯跟人这么亲昵，可内心并不排斥，于是也没有挣脱，由她拉着出了茶肆。

在无乱馆里，她不爱说话，和婧衣、妩衣、婉衣她们也总是有距离。当年婉衣爬爷的床被打出无乱馆，她没有求情没有表示，妩衣就说她是个冷血的人，可她只是不习惯跟人太过亲近。以前娴衣也见过阿拾，她静悄悄地来，静悄悄地走，两人一句对话都没有，可如今的阿拾不一样了，就连亲近人的方式都很不一样。如今的阿拾做什么出格的事，似乎都理所当然。比如莫名其妙地对她笑，会搂她肩膀，拍她后背，观察她的情绪，并且在意。从来没有人在意过娴衣的情绪，更没有人给她买过零嘴。

"我们买点瓜子回去嗑吧？"时雍突然道，"裴府太冷清太无聊了，咱们买些回去，晚上嗑着瓜子说说话，也能打发时间。"

不待娴衣说话，时雍已经走到了对街的大榕树下。

旁边是商铺，树下有几个货郎在兜售药材、烧饼、果子等货品。卖瓜子的是个姑娘，身材高大，穿了身百姓常穿的粗布衣裳，头发用花布包了起来，浓眉大眼，看年纪不过十五六岁。看到时雍走近摊位，她将嘴里的瓜子壳吐掉，咂了咂舌头："买瓜子吗？"

时雍低头在她的提篮里抓了一包："好吃吗？"

小姑娘嘴巴一扁，还没说话先笑了起来："你尝尝，好吃的。"

时雍真的抓了一把，递了些给娴衣，自个儿闷头嗑了起来，好半晌，再抬抬眼皮，见小姑娘盯住自己不动，又朝她一笑："香。"

小姑娘拢了拢提篮里的瓜子："买吗？"

"怎么卖？"

"一包，五文。"她从下面拿出用纸包好的瓜子，"你要几包？"

"我不要那个。"时雍指了指提篮里的，"这个。"

姑娘愣了愣："一样的。"

"不一样，那个我没尝过。"

"一样的瓜子。"

"没尝过不知道。"

姑娘为难了："那你尝尝这个？"她说着就要去拆纸包，时雍问她："都是你自己称的吗？"

姑娘愣了愣："不是。"

"你不会称秤？不会算？"

姑娘抬头，看着她，眼神里有些畏惧："我不会。"

"谁帮你称好的？"

"阿爹。"

"真是幸福，一家人都住镇上吗？"

"啊，是的。"

"你几岁了？"

"十五了。"

"许人家了吗？"

小姑娘有点不好意思："没，没呢。"

"生意好么？赚的钱能不能养家呀？"

"可以的，青山镇很好呢。"

"你们来青山镇几年了？"

姑娘愣住。

时雍看她神色微微一笑，大方地掏了钱："不用尝了，给我两包吧。"

姑娘开心起来，将两包瓜子塞到她手上。

时雍问："我吃得好了再来，你也在这里卖吗？"

姑娘又想了想："这几日应当是在的，钱家门口唱堂会。"

"那你平常在哪里卖？"

"我家有杂货铺。街口袁记就是。"

"你家开几年铺子了？"

"很多年了。"

"我以前怎么没见过你？"时雍眨了下眼，"袁记我常去，你这么好看的姑娘，我要见过肯定记得。"

小姑娘盯着她的笑容，愣愣地看了好一会儿："夫人以前来过青山镇吗？"

时雍看了看自己身上的衣服。很朴实的一套，不会有明显的身份标识："你认得我？"

"那日你和裴将军一起回来，我看到啦。"

小姑娘话音未落，旁边货担卖果子的汉子过来了，他长得五大三粗，看了小姑娘一眼，不高兴地说："米雅，将军夫人要吃瓜子，你还要收她的钱吗？"

101

米雅看着手上的钱，有点不知所措。那汉子又笑了，从自己摊上装了果子，连同篮子一起递了过来："夫人要是不嫌弃，带回去尝尝？"

时雍笑着将手上的瓜子递给娴衣，摇头："无功不受禄。"

"裴将军英雄盖世，是我们青山镇的荣耀，几个果子算得了什么？"

时雍朝他无声地笑了笑："有瓜子就够了，多谢大叔。"

"这么客气的，夫人这么客气的。"那汉子挠了挠头，一个劲儿地笑，目送时雍和娴衣走远。

娴衣一头雾水地回到裴府，照常将时雍的行为向赵胤汇报。

"出了茶肆，她去见了戏班那个姑娘。两人说了一会儿话，我离得远，听不见两个人说了什么，但看两人应是旧识，很是熟悉。回来后，夫人变得极是奇怪，她去买瓜子，和卖瓜子的小姑娘又扯了好些闲话。"一字一句，娴衣概无遗漏地汇报。但对时雍的称呼，从最早的"阿拾"变成了"夫人"，自然得连她自己都浑然不觉。

赵胤似乎也没有察觉有什么不妥。他垂眸看着面前的一包瓜子，半晌抬头问娴衣："你看她存的是什么心思？"

娴衣愣住，看了主子好半晌才反应过来这是在问她对阿拾行为的看法。她手指微微卷起，思考了片刻，低下头，不敢看赵胤注视的目光："夫人好似在怀疑什么，但奴婢认为，夫人对爷没有异心，很是看重。"

"看重？"赵胤抿起嘴唇，轮廓越发清俊凌厉。

娴衣喉间微微一动，紧张地看向那包瓜子："一共买有两包，夫人就让奴婢拿来一包给爷呢。"

赵胤注视她片刻，嘴角微微扬起，不见阴霾，也没有笑容："你被收买了。"

娴衣一惊，扑通一声跪下："奴婢没有，望爷明察。"她不敢抬头，只觉得头顶的目光像把刀子，要把她看透。同时，又有些后悔多嘴。爷是多睿智敏锐的人物，她以前说什么事从不带主观判断和感情，而这次情不自禁为阿拾说话，爷肯定会察觉。娴衣想到了婉衣和妩衣的下场，心里生出恐惧。

"起来。"那平静清冷的声音，几乎没有起伏，娴衣抬头，不见他眼里有责罚的意思，"出去吧。"

"是。"娴衣松口气，慢慢退出书房，却听赵胤突然又吩咐，"叫谢放来。"赵胤的手上拿着一个用火漆封固的书信，娴衣没有多问，低目应声走了。

谢放就在门外，一动不动，像是一尊门神。这是娴衣眼里他最平常的样子。只要不主动招呼，他便不会说话。娴衣走到他的面前："爷找你。"谢放看她一眼，点点头，一声都没有，径直进了书房。娴衣看着他的背影，不由想到了昨日阿拾说的那些话，静了静，出门。

书房里，赵胤将两封一模一样用火漆密封的书信摆在书案上："急送京师。"

谢放低头走近，双手拿起书信，姿势不变地看了一眼，见赵胤神色凝重："爷，裴府侍卫、兵丁和杂役统共只得一百三十五人。要不，从永平卫调兵？"

赵胤沉眉，半晌不语。谢放安静地等待着。书房里沉寂许久。"不要。"赵胤的目光落在那包瓜子上，手指慢慢伸出去，拆开纸包，从中揪出一颗，看了片刻，又放回去，拧了拧眉头，"送信去吧。"

"是。"谢放不再多话。这位爷向来有他自己的想法，谢放从不认为自己的智慧可以和他一较高下，因此从不对他的决断产生疑惑。赵胤怎么吩咐，他就怎么做，只要把赵胤的命令落到实处，就一定不会有事。

"天黑前，黑煞要是没有回来。派人上山找。"在谢放离开书房前，赵胤又吩咐了一句。谢放有些意外，抬头看他，没有动弹。

"有事？"赵胤挑眉。

"没有。"这个时候人手本就不够，去找一条来无影去无踪的狗，肯定是不合适的。但是既然是主子的交代，谢放也不愿违抗。他数着时辰，等着天黑。晚饭吃罢，黑煞果然还是没有回来。

时雍的焦灼已到了极点。她回房换了身干净利索的衣裳，将长发绾起用头巾包了起来，拿了架子上的长剑，准备上山。出门时，她走到书房，看灯亮着，觉得还是有必要知会赵胤一声。

"将军！"时雍的手指刚叩上房门，那门就打开了。门里是赵胤冷峻异常的脸。两人对视片刻，时雍沉着嗓子，"我必须去找大黑。请你不要拦我。"

赵胤目光一转，看到她手上拎着的长剑，还没开口说话，外头正在整兵准备出发的谢放就急匆匆进来了，满脸兴奋，声音都拔高了许多："回来了。大黑回来了。"

"在哪儿？"时雍按捺不住激动，心脏怦怦跳，话音未落，双脚已经朝外面奔去。

谢放看了赵胤一眼，转身跟上时雍。

"累坏了，瘫在院子里。"

怪不得没有进来找她，时雍兴冲冲地奔出去，在院子里看到黑漆漆的"一坨狗"，趴在地上，吐着舌头，双眼明亮，皮毛几乎与夜色融为一体。

"大黑！"时雍冲过去想把它搂在怀里。大黑挣扎一下，缩回爪子。时雍这才发现它不仅是累坏了，还受伤了。后腿上有一处在淌血，大概是拼着命奔回裴府院子，就没有力气再走了。时雍心疼不已，想把它抱起来，带回屋子里看伤，可这狗子实在太沉，而且它似乎不愿意，爪子刨了刨时雍，舔了舔舌头，嗷嗷叫唤两声。

"怎么了？"时雍纳闷，将它挪开。大黑的胸脯下压着一只大红的绣花鞋子。刚才它往那儿一瘫，把鞋子压住了。

时雍将鞋子捡起，看了一眼："娴衣！"她心跳很快。听到脚步声回头，发现是赵胤站在背后。"看看这个。"时雍说，"是不是怀宁公主的鞋子？"

公主是穿着嫁衣出的京师，鞋面上的绣花，宫中绣娘的绣品与市井人家是不一样的。

赵胤无声地看她一眼："是。"

时雍摸了摸大黑的脑袋，从怀里摸出瓜子塞它嘴里，又看着赵胤笑："公主的脚，将军还真是清楚。"这话说得很是奇怪啊。瞧的是嫁鞋，怎么就扯上脚了？谢放一脸疑问。

103

娴衣默不做声。

赵胤面无表情地看她一眼，低头问大黑："还能走吗？"大黑趴地上没有动，认真地嗑着瓜子，不抬脑袋，只有尾巴甩了甩，表示听见了。大黑叼回了怀宁公主的鞋子。只可惜，它不会说话。公主是死是活，发生了什么，也说不出来。不过，它可以再带他们前往。这简直就是一只狗祖宗了。

"先治伤吧。"

时雍信不过镇上的郎中，亲自为大黑包扎了伤口，还用银针为它止了血。

她使用的银针，正是为赵胤针灸的那一副。在她为大黑施针的过程中，谢放和娴衣死死盯着她，似乎有很多话欲言又止，赵胤却没有什么表情："伤得如何？"

时雍只当看不到他们脸上的异样，平静地道："外伤。没有伤到筋骨。"这也是万幸。大黑的复原能力很强，生命力旺盛。可若是伤了筋骨，便是大罗金仙来了也是无用。大黑若是瘸了，还怎么做让人惧怕的恶犬？时雍不允许这样的事情发生。她为大黑治疗十分小心，至少，她眼神和神态的专注和慎重，是在为赵胤扎针的时候看不见的。

谢放和娴衣的目光渐渐有些变味。即使不想，也忍不住时不时看看主子的表情。他们敢想不敢说，可——赵云圳不管。赵云圳其实非常怕狗，但这并不妨碍他过来凑热闹。小小的身子蹲缩在时雍的背后，他看得十分认真。一时兴起，就口无遮拦了："你对大黑，比对阿胤叔好多了。我看你给阿胤叔扎针，都是这样……扎，扎，扎。你给大黑扎针，是这样子的，扎，扎，扎。"

赵云圳边说边比画。那神态、动作，很是传神。谢放和娴衣瞧着，心都缩紧了。赵云圳也不看他们的表情，更不管赵胤怎么想。只问时雍："阿拾，你为什么对狗比对阿胤叔还好？"

赵胤身子有瞬间的僵硬，很快又恢复了平常的漠然。

时雍没有抬头，一本正经地回答赵云圳："因为它是我的狗子呀。"顿了顿，时雍也不知想到了什么，嘴角轻轻弯了起来，"我对属于自己的东西，总是更为珍惜。"言下之意，不是她自己的东西，就可以随意糟蹋了？

谢放和娴衣的目光又忍不住往赵胤身上瞄了一眼。赵云圳似懂非懂地点点头，小嘴撇了撇，很是羡慕地看着大黑，却不敢去摸："我也想做你的狗子。"

室内突然安静，气氛古怪得令人害怕。等时雍为大黑包扎好，赵胤终于开口："它何时可以行走？"

时雍看一眼他没有表情的冷脸，忍不住哼声："恐怕得将息十天半个月的。"

"不是没伤筋骨？"

"可它伤了心呀！"时雍懒洋洋抬抬眼睛，将大黑的腿轻轻放下去，懒洋洋地收纳银针，洗手，"大人只关心公主安危，不顾惜它的伤痛。狗子就不会伤心吗？"

伤了心的狗子一直在嗑瓜子。也不知吃到了瓜仁没有，在嘴里嚼几下又吐出壳来。

谢放道："原来它不仅喜欢吃肉，还喜欢嗑瓜子。真是奇了怪也。"

时雍摸摸大黑的脑袋："它脾气可古怪了，不喜欢做的事，别人强迫不了。"是说狗，

104

还是说她？谢放看一眼赵胤的脸色，觉得此刻不适合多嘴，于是闭口不言。房间里再次安静下来。

赵胤沉默片刻，微微垂了垂眼帘："那就早些歇了吧。"不找公主了？众人皆怔。谢放和娴衣都看着他。赵胤摆手："备水，伺候夫人沐浴。"

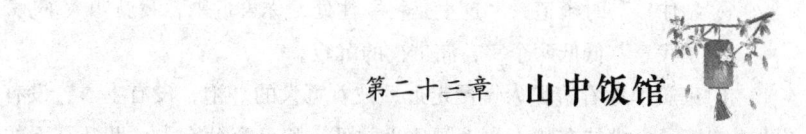

第二十三章　山中饭馆

裴府静悄悄的。时雍盥沐完毕，把赵云圳送回房，又去看了看春秀，再回来就看到一个白色的影子坐在房内的罗汉榻上，单手拿书，看得入神。这个人时雍已看得很是熟悉了。大红的飞鱼服赵胤能穿出一丝冷艳风华，黑色锦衣袍子他也能穿出神秘高贵，这松松垮垮的轻裘白袍，也能让他穿出精致优雅和与众不同的气质。

时雍看一眼，抬抬眉："大人，你睡床吧。"

赵胤头也不抬："不必。"

这不冷不热的语气，与平素没什么不同。时雍却觉得，这是她不愿意叫大黑去救他的公主，这位爷心里不舒服呢。但没关系。他不舒服，不影响她的睡眠。既然他谦让，时雍便不客气了。她上床躺好，大黑就睡在她的床边，将脑袋枕在她的脚踏板上。时雍为了让狗子舒服，还特地抱了一床被子给它。

赵胤看了一眼。这被子正是他昨夜用过的。

他皱了皱眉，看向大黑。大黑也在看他，脑袋没动，就眼睛斜过来，一条黑尾巴像在扇蚊子似的，一晃一晃再一晃，软软的、很有节奏。一人一狗对视片刻，赵胤收回视线，看书。

这一天太累了，时雍什么时候睡过去的完全不知。睡时，房里尚有灯火，半夜里醒来，房里却黑漆漆的。她是被饿醒的。晚饭时太担心大黑，她不记得自己吃了几口饭，这半夜醒来饥饿就有些难受。安静的府邸里，一点声音都没有。睡吧，算了。时雍安慰着自己，可肚子不争气，咕噜一声，唾液分泌也旺盛了许多。饿起来的感觉，太不是滋味。时雍小时候也饿过肚子，可那已经是很多年以前的事了，好久没尝过这感觉，愣是睡不着。

"大黑。"一条狗尾巴闪过来，时雍伸手，就摸到了大黑的脑袋。狗子是最警觉的，她刚醒来的时候，大黑就已然站在那里看她了。时雍略感欣慰，"我饿了。"

房里传来狗子跑动的声音，很快，大黑拱她的手。时雍慢慢摸上去，是那包瓜子："好儿子。"

时雍睡不着，怕吵着赵胤，起来也没有点灯，摸黑走了出去。院子的檐下有灯笼，值夜的兵丁看到她怔了怔："夫人？"

时雍摇摇头，径直去了灶房。这个灶房是谢放叫人新打造的，就在原本灶房外的廊下。可惜时雍把这里翻遍了，也没有找到剩菜剩饭，冷锅冷灶的看着凄凉。她又不喜欢动手做饭，想了想，颓然走回去，准备嗑那半包瓜子充饥。

还没到房间，在与净房相连的甬道，就看到一个人擦着头发走了过来。他背后的净房亮着灯火，而这边是漆黑一片，他的脸便隐在了一片暗光里。

"谁？"时雍警惕地问。

那人微微一顿，接着加快了脚步。

"站住！"时雍道，"这里是将军住处，你再过来，我就叫人了。"

"是我。"低低两个字，满带夜的沉寂。

时雍震惊地看着那人慢慢走近，披着宽大的外袍，没有上衣，没有系带，一条宽脚的棉绸裤子松松挂在腰上。裤腰比平常低，腰身窄劲有力，凹凸往下的腹肌，延伸的人鱼线……他也没有擦干净沐浴的水，头发湿透，那条薄薄的裤子也是半湿，紧贴在身上，腿部的线条隐隐可见……大概是他也饿了吧。

时雍抚额遮眼："大晚上的，大人这是做甚？"

赵胤原地站了片刻，将外袍向里拢了拢："没有热水了，洗的冷水。"

这叫什么回答？怪她热水用得太多，害他没得洗吗？

赵胤推门进去，见时雍没动，转头看来："拿两条干净的巾子进来，擦头发。"

这是把她当丫头使唤了。哼！大半夜的洗头洗澡，又来折磨一个饥肠辘辘的女子，不愧是心狠手辣的指挥使大人。时雍手心很痒，想揍人。想想可能揍不过，只得忍住，一声不吭地去拿了巾子进去为他擦头发。很不争气的是，肚子造反，咕噜咕噜叫个不停。

赵胤听见，抬头看她。时雍同他对视片刻，轻咳："饿了。"

"嗯。"赵胤说着，阖上眼睛由她伺候。

时雍突然觉得这个人在报复她，大半夜不睡，就是为了来折腾她的。"我不是不想救公主。"她觉得有必要解释一下，"大黑的腿虽然没伤到筋骨，可不宜奔走，再怎么也得休息一日。你的公主重要，我的狗也很重要。请大人体谅体谅。"

"晚上没吃饱？"他答非所问，身子转了过来。那件外袍在他转身的时候，便偏向了一侧。

时雍心跳微漏一拍，那不争气的热血又冲上了脑门，一股子热气直冲鼻端。想到上次流鼻血的糗事，她飞快地扑过去，迅速拉起赵胤的衣服，将他遮得严严实实，别开眼："是。没吃饱。"

赵胤对她的行为似有不解，冷冷看她："你紧张什么？"

"我没有紧张。就是怕大人受凉。"时雍脸上微笑，心里咒骂。对赵胤来说，她只是个侍女，同婧衣、娴衣她们是没有区别的，他自然也不会在意在侍女面前衣衫不整。封建男人的意识里，奴婢等于奴隶，就不存在这个男女之防的意识。怪只怪他身材太好，而她眼睛不争气。

赵胤垂目："往后饭点吃饱，没人惯你脾气。"

时雍闷声闷气地嗯一声，随便在他脑袋上糊弄一会儿，丢下巾子："好了，大人早些睡吧。"

赵胤侧目看她："没干透。"

这么长的头发怎么可能干透？时雍瞥他一眼，没有说话，栽倒在床上，摸着肚子闭上眼。

好一会儿，房里没有声音，但依稀能察觉到光线。他没有熄灯。

时雍有点奇怪，猛地睁开眼。面前是赵胤冷漠的面孔，他站在床前，居高临下地看着她。

"你干什么？"时雍吓一跳，坐起来抱紧被子。

赵胤刚走过来，看她这样，皱起眉头，道："镇口有家饭馆。"

他永远只会平静地表述一个问题，比较起来，时雍觉得自己刚才的反应太过激了。时雍看着他棺材板似的脸，打个呵欠："大人何意？"

"想吃，就起来。"赵胤一动不动，连声线都没有变化。

既然是吃宵夜，饥饿如她，实在没有必要反对。时雍都来不及和自己的骨气做斗争，生怕他反悔，立刻披衣起床。在离开房间的时候，大黑不满地吼了她两声。"给你带骨头。"时雍摸摸它的脑袋，"不许乱跑。"大黑呜呜两声，委屈地低头将下巴搁在地上，眼巴巴地看着他们。

镇口确实有家饭馆。老板是个中年人，约摸四十来岁，身形微胖，眼皮耷拉着，整个人看上去蔫蔫的，像是没什么精神。赵胤带着时雍半夜登门，他也只是看一眼："只有面条、牛肉和酒。"

赵胤脸色不变，手指在膝盖上轻叩："那就两碗面条，一盘牛肉，一壶酒。"

时雍摇头："我一个月内不想吃面。来点儿牛肉就好。"

赵胤道："两盘。"

老板看他一眼，转头去了厨房。店里一盏孤灯，只有他两人。时雍听到厨房切肉和烧水的声音，沉默片刻，小声道："他店里就没个打杂的小二？"

"嗯。"赵胤坐着一动不动，面色冷漠得像一座雕像。当然，时雍更愿意把他形容成一具棺材。

"你和老板认识？"

"不认识。"

"那你怎知他家晚上不打烊？"

"打烊。"

打烊还来，这是见鬼了吗？时雍抱了抱双臂，觉得这饭馆阴气森林的，而赵胤的脸，更是布满冷意，她趴过去，隔着一张桌子瞅他的脸："大人，你别吓我。我胆小。"

"好奇？"

"嗯。"时雍重重点头。

赵胤看她一眼："你和大黑，是谁会驭狼？"

这个男人还真是不肯吃亏。好，又到了交换问题的时候了。时雍抿抿嘴唇，思考片刻，给出了目前最合适的标准答案："大黑。至于为什么，我就不知道了。我猜，这狗子大概是狼王的后代？时雍的狗，属实是有点邪乎。"

赵胤深深看她一眼："你为何呼哨？"

"我呼哨是为了让你听到我呀。"时雍说得认真，话落，又朝他眨眨眼，"换你了，回答我刚才的问题。"

赵胤木然着一张脸，抬抬下巴："老板来了。"

时雍瞪他一眼，回头就见老板真的走了过来："面里要不要加肉末？"

赵胤看着时雍，淡淡道："不要。"

老板沉着一张脸，眼皮耷拉着又退回灶间。很快，面条和牛肉都端上来了，时雍将两碗面一齐推到赵胤的面前，拿筷子挑起牛肉，看了看："没有毒吧？"

她笑盈盈地问赵胤。

老板就在旁边，听见这话面无表情地走过来，拿筷子夹起一块就放进嘴里。

见状，时雍笑了起来："这样吃起来就放心了。"

她专心吃东西，赵胤却不动。店里安静得有些古怪。只有时雍一个人是在认真吃东西。最后，还是老板沉不住气了："你不是裴赋，你是谁？"

赵胤面色不改，望着他冷声道："我不是裴赋，但你是青山镇的老亭长，对吗？"

"你——"老板喉间突然哽住。饭馆里的烛光太暗，照不透赵胤的眼，那一片阴霾沉入人心，似钢刀扎入肉中。面馆老板忍不住捂住胸口，像是心脏吃痛一般，大口大口地吸气、吸气，离他远了两步，这才扶住方桌的边沿，勉强没有软倒下去，"我不是，我不是。"这否认，虚弱得不堪一击。

赵胤眉头微蹙，看着他发白的一张脸："这么多年，你那孩子若是还活着，怎会不让你见？"

老板发白的脸在烛光中悠悠转青。

就连坐在赵胤旁边的时雍，都惊住了。原以为他只是随便选了个能填饱肚子的地方，哪知道他把人家老板的过往弄得一清二楚？时雍也怀疑过青山镇有问题，但还没有和赵胤说起过她的怀疑。她原本以为是自己的错觉，如今再看赵胤冷厉的表情和那老板灰败的脸，一颗心渐渐下沉。青山镇的情况，或许比想象中更为严重！

"我不知，我什么都不知情。你不要逼我。"老板的手指几乎将木桌抠出了长长的痕迹，下一瞬，脚突然一软，整个人倒了下去，身子抖动着，像是受到了极大的刺激，眼神涣散，目光没有焦点，只有恐惧。

时雍看了赵胤一眼，走过去扶他："大人既然来了青山，便会为你做主，有什么事，你可向大人明言。"

老板嘴皮颤动，喃喃般道："做不了主，没有人可以做得了主。青山镇，完了，青山镇，早就完了。"他喉间哽咽，眼睛里如一潭死水。

赵胤坐在长凳上，一动不动："我不是裴赋。但裴赋做不了的主，我可以。"

老板抬头看他，许久许久，失神一笑："没有人可以。"

赵胤道："数年前我从卢龙塞回京，途经青山镇。那是三月，饭馆门口有一棵樱桃树，枝条蔓到房顶，叶儿翠绿。树上坐着个小儿，用樱桃砸我，笑得很大声。"

他说话的语气向来是平淡无波的，可是老板听到这里，身体突然抖得更厉害了，似乎想起来了什么，一双瞪大的眼睛里露出刹那的希冀，很快，又归于恐惧："不，不可能。死了，他已经死了。"他喉间发出呜哝般的声音，低哑得近乎空洞，"邪君是掌控这世间的天神，三界生灵，无不攥于他手。就算我那孩子肉身已灭，灵魂也还在他手心里……公主千金之躯，也不可战胜邪君，你自也不能。"老板抖了一下，"你快些走吧，快些走。趁邪君还不想杀了你，快些走，离开青山镇。"他挣扎着爬起来，用力去推赵胤，神情慌乱，语无伦次，"他们还不知你不是裴赋，还不想杀你，你明日天一亮就走。"

赵胤看着他："邪君在哪里？公主在哪里？"

"我，不知。"老板说完话，又颓丧地坐了下去，"我一个行将就木的人，只盼邪君开恩，放了我妻儿老小的阴魂，到了阴间，我们能一家团聚。"他嘴里叨叨，全是古怪的话。

赵胤和时雍对视一眼，将银子放在桌上，走出饭馆。

夜晚的青山镇寂静得没有一点人声。凌晨时分大雾弥漫，如同一座早已死去的鬼镇。走上通往裴府的石桥，一阵寒气夹裹水雾袭来，时雍打了个喷嚏，赵胤伸手将她外袍往里拢了拢，神态极是认真。时雍侧目，望向他夜下的脸："这里只我二人，大人可以回答我了。"

赵胤手执一盏竹编灯笼，白袍在寒风中微微翻动："已经回答了。"

时雍微怔。她问的是"你怎知他家晚上不打烊？"后来赵胤与老板谈话时，说起他多年前途经青山，还记得他家门口的樱桃树，也就是说，他早前曾来过饭馆，所以知道他家不打烊，也算是回答了。

"可是你说，你和老板不认识。"

"当年卖面的人，是他的儿子。"

这么说不认识，确实也没错。时雍一听，笑了起来："大人说话，滴水不漏。小女子佩服之极。那么敢问，你和老板对话里的意思，是不是说这青山镇，已经被人控制？那个所谓邪君，通过控制老板的家人，甚至利用神鬼邪灵之说来控制他的心神？"

赵胤淡淡看过来，目光冰凉："或许。"

"一个曾经的老亭长尚且如此。那青山镇其他人呢？又当如何？"时雍想到了卖瓜子的米雅、卖药材的大汉、神神叨叨的裴三伯和裴家那些七嘴八舌的族亲，还有请了乌家班来唱戏、贺七十大寿的钱老太爷……"和亲使者被拔掉的舌头，吃人的野兽，这一切应当没这么简单。可是，是何人有这么大的本事，能控制这么多的人？甚至让人相信，他是邪君，是掌控三界的天神？"

赵胤沉吟，看向她："你有何见解？"

时雍望着小镇背后那个野兽一般蛰伏在暗夜里的大青山，严肃地道："既然他想把命案归于野兽作恶。那又何须拔人舌头，多此一举，引人怀疑？我先前便觉得这不合理，有漏洞。今晚听了那老亭长的话，茅塞顿开。"

赵胤将灯笼抬高。在饭馆，她就着牛肉吃了些酒，脸颊上晕染上一丝薄红。长桥微雾，冉冉波光，灯下看美人，煞是美艳。

"如何？"赵胤瞧得认真，好半响才问出这两个字。时雍无语，弯了弯唇："我想，拔舌或许是一种仪式，又或是某种邪恶的祭祀。总归，是这个'邪君'用来恐吓人的一种手段。舌是人说话的器官，也可引申为言语。拔舌，便是禁止人言。"她突然眯起眼凑近他的脸，用一种低哑阴冷的声音，神秘地道，"嘘，他不许人说话，要这青山镇沉默下去。"

赵胤冷眼看着她。

时雍收回了目光，再次望向远处黑漆漆的大青山。

"我们入住裴府当晚那具死尸，便是警告，也是他们想要探一探裴将军的虚实。毕竟裴将军突然回乡省亲，又在公主失踪这个节骨眼儿上，很是巧合。裴将军的到来，引起了对方的注意。若是将军祭拜完父母就走，此事便作罢；若是将军不肯相信和亲使者惨死是野兽作祟，一意孤行调查此事，狼群群攻恐怕只是一个开始——"

赵胤目光微冷，神情难以揣测。

时雍又道："如此恶毒的行径，不可能一朝一夕完成。这必然是一个长久的过程，逐渐地控制。我怀疑，光启十六年裴将军父母死于大火，裴府大劫，也不是天灾。大人，这是一个极其凶狠的对手呀，对方谋划许久，埋藏极深。"说到这里，她又仰着脸看赵胤，"大人今夜暴露了身份，是否不妥？"

赵胤眯眼："当年领兵路过青山的人是先帝，亭长记得的人也是先帝，没人知我。先帝已于昨年驾崩。"

时雍怔了怔，突然明白过来，忍俊不禁："怪不得亭长不肯信任你。试想，你若对他直言，你是赵胤，会如何？"

赵胤微微眯眼："拔舌的人，很快就来了。"

晨曦起时，赵胤的人马便出发了。这一百多号人，无法分散行事，为避免被人各个击破，趁机抄了他家"老窝"，赵胤只派了几个人留守裴府，其余人等包括赵云圳，全部一同出行。离府时，裴三伯来问के，赵胤以带夫人出门赏湖光山色为由搪塞了过去。

大黑腿伤未愈，但行走已经没有问题。在时雍看不到的地方，它便行动自如，能蹦能跳，只要时雍看它，它便拖着后腿走路，一瘸一拐，一副疼痛难忍但很坚强的狗样。这操作让队伍里的人叹为观止。幸好，出了青山镇，便一直走官道，大黑坐在车头，只有在发现偏离了路段的时候，它才会跳下去为队伍带路。有条狗的好处，大家都感受到了。可是，当他们发现这条狗带着他们兜了一圈又一圈，从天明走到天黑，还没有到地方的时候，便难以淡定了："大黑，你到底能不能找到地方？"

"该不会它也迷路了吧？"

听到别人的质疑，时雍皱了皱眉，将那只绣花鞋拿出来，放到大黑的鼻尖："乖孩子，你是从哪里叼回这只鞋的？"

大黑仰着脑袋看她，吐着舌头，神情也有些焦躁。嘴里呜呜低吼着，大黑在原地打

110

了几个转儿，突然跑远。时雍一惊："大黑！"大黑跑去的地方，是一座大雾弥漫的山峦，此时已近黄昏，浓雾将整座山遮得瞧不分明，肉眼一看，此山高耸入云，巍然屹立，连绵甚远。

"我去看看。"时雍话落，大黑又从雾气中跑了回来，拉拽时雍的衣袖，"是这里？"

"嗷嗷嗷！"

时雍惊喜地回头看赵胤："大人。"

赵胤望着原地转圈焦躁不已的大黑："白执带一队人留下接应，其余人跟我上山。"

"我也要去，我也要去。"赵云圳自告奋勇，不肯留在原地。

看了看昏暗的天气，赵胤皱了皱眉，没有反对。

赵云圳兴奋不已，走过去牵着时雍的手："大黑会带我们去哪里呢？"

时雍面色凝重："不知。"

"大黑真是世上最聪明的狗。"经过昨夜，赵云圳已经没有那么怕大黑了，但仍然是不肯靠近，时时刻刻抓住时雍，只要大黑回头，他就往时雍身后躲。

"好威风。"赵云圳朝时雍勾勾手指，待时雍低下头，他靠在她耳边，小声说，"怪不得你喜欢狗不喜欢阿胤叔，狗比阿胤叔可爱甚多。"

时雍眼斜向赵胤。山风微拂，他衣袂猎猎，不知听到了没有。时雍警告地刮了刮赵云圳的鼻子："你也不怕被他收拾。"

赵云圳哼声："我才不怕他。"

这崇山峻岭很是险恶，车马都走不通，众人在大黑的带领下披荆斩棘，一路迎山而上，走了不到半个时辰，赵云圳就已精疲力竭，吵嚷着要人背他。报应来得如此之快。赵胤丝毫不理会他的委屈，视若无睹。谢放看不下去，刚弯腰去背，就被赵胤一记冷眼瞪了下去："自己走。"

谢放不敢违抗赵胤的话，看了看赵胤又悻悻退开。

赵云圳皱着小脸，只能把希望寄托在时雍的身上，拖住她的袖子像个小可怜："阿拾背我，等我长大，封你做太子妃。"

时雍哭笑不得，看他脚底都磨破了，终归是不忍心，看了赵胤一眼，把小家伙背了起来："叫你别嘴坏，你偏不听。"

赵云圳在她背上朝赵胤做了个鬼脸："等我长大，再治他的罪。阿拾，我以后会对你很好的，比你的狗子还要好。"

赵胤一言不发，走得更快了。

时雍看着他的背影，拍拍赵云圳的小屁屁："别动来动去！"

花了约摸一个时辰，在深山里发现了一个山洞。天色已暗，火把的光线照不透山洞，也担心洞中有什么凶物，赵胤原想派人先行进去探路，不料，大黑猛一下就扑了进去。洞中传来狗吠，回响阵阵。

"进！"有危险，大黑不会招呼她进去。时雍不再迟疑，冲上去，转眼便消失在洞口。

众人陆续进入山洞，借由火把的光，一看便怔住了。石壁有人工凿开的痕迹，在石

111

壁的上方，凿出了一排排的置物架子，上面是摆放整齐的陶罐，大小一样，每一排数量不同，每个陶罐上都贴有字样。越往里面走，陶罐的数量越多，就像摆放的一个个灵牌，煞是惊人。

"陶罐里是什么？"这是每个人心里的疑问。在这个伸手不见五指的山洞里，是谁摆放了大量的陶罐？上面贴着的字样，写的是什么？时雍脊背泛着凉寒，看了赵胤一眼，没有说话。

"爷，我去取。"石凿的置物槽足有两人多高，只见谢放足尖点地，一个飞跃，踩在一块凸石上，再次弹起，如鹞子般在空中掠过，伸手取下一个陶罐，身子便轻盈地落回地面。陶罐在他手上，罐身有湿滑的水渍和绿苔，散发着陈旧的腐败味儿。

谢放在赵胤的示意下，用剑挑开陶罐上的塞子，将里面的东西倒了出来，抽气声顿起："娘的，我们的敌人到底是人是鬼是妖？"

"这山洞中，为什么没人？"

既然是储物的地方，为什么会没人看守？幽风从洞中拂来，重新陷入沉寂。直到狗叫声再次响起。

"汪汪，汪汪汪！"大黑摇着尾巴，跑到时雍的面前，等时雍注意到它，又往里面跑。

"注意戒备！"

众人小心翼翼地跟上大黑，一路往洞深处走去。甬道深幽狭窄，走过一段便豁然开朗，宽敞了许多。在这里，他们看到了无数废弃的桌椅、被褥和生活设施，有的倾倒在地上，有的被利剑从中劈开。

"这里不久前，有人生活过。"

"是什么妖魔鬼怪，敢在这里生活？"

众人说着话，小心戒备着往里走。声音在洞里荡过幽幽回响，空灵刺耳。"快来看！"朱九突然叫了一声。他在最前面探路，闻言，大家加快脚步朝他走去。

只看了一眼，时雍便飞快地伸出手蒙住赵云圳的眼睛——那地上是尸体，有新鲜的，有腐败的，其中一具尸体身着大红宫装嫁衣，仰面躺在地上，已是面目全非，与之前他们看过的尸体遭到过一模一样的侵害，五官模糊不清，在漆黑的山洞里，极是恐怖。

"呕！"迟了。在时雍蒙上赵云圳眼睛的时候，他已经看见了。恶心感铺天盖地，他一吐，春秀又忍不住开始呕吐，两个孩子完全控制不住，几乎把苦胆都吐出来。赵云圳好不容易缓过那口气："那个人……是大姐姐吗？"

看嫁衣，十有八九是怀宁公主了。若是她死，这亲和不成了，事情就会变得更加复杂。时雍让娴衣过来照顾赵云圳，从一个兵丁手上拿过火把，走向那具女尸，慢慢地蹲身观看。四周众人，都直勾勾地看着她，满脸惊愕。

女子的身子遭到了极大的破坏，面部无法辨认，便是连躯干和手指都被啃噬过了，潮湿的地上不明液体发出腥臭的味道。时雍屏息片刻，突然侧头望向她掉了一只鞋的脚。脱去罗袜，她再次屏息，回头看赵胤。泼墨一样的山洞中，两人借由火把的光线对视一眼，谁也没有说话。可是旁边众人，身上的肌肤却是瞬间收紧，在他们传递的目光中像被针刺了头皮，阵阵发麻。

死者是怀宁公主吗？众人都等着时雍的回答，甚至有人等得脊背都冒出了冷汗，却只听得，她一声叹。轻微得几乎听不到的叹息，像在为这个惨死的女子哀叹："生而微贱，死也微贱。"

一片死寂中，众人琢磨着这句话，仍然望着她。时雍的眼却再次望向赵胤："公主玉足，不会这般粗糙吧？"

女子的面部、手部、身子都几乎被毁损，可是两脚却是完好。上面有厚厚的茧，粗糙可见，脚跟还有一条疤痕，像是被什么东西刺伤，愈合后却没有得到好的护理，留下了丑陋的痕迹。公主身娇体贵，自是呵护得当，可时雍觉得还是应当让赵胤来确认，这到底是不是公主。

赵胤看一眼，平静地道："先带下山。"没有找到真正的证据之前，生死不能下定论。

他是个谨慎的人。时雍默不做声地点点头，起身走向赵云圳。小家伙脸已经吓白了，在火烛的映照下，眼里有掩饰不住的惊恐，却在强装镇定："阿胤叔，我们快快下山，此处不可久留。"对陌生的环境，孩子会比大人更为惧怕。

赵胤示意谢放派人去殓尸，自己走到赵云圳的身边，把手伸向他："来。"

赵云圳怯怯地看着他，小手慢慢放上去："阿胤叔？"

"山洞这么深，里面还没看过。"

赵云圳小脸一变，看着他咬了咬下唇，显然有些不情愿："还要走吗？"

赵胤面色平静，不容置疑地拉着他往前走："这一次，臣牵着你走。下一次，殿下便要学会自己走。"

他用了"臣"和"殿下"这样的称呼，语气也比寻常更为严肃。赵云圳年岁不大，可也是打小在宫中跟着太傅学识知礼的人，心知阿胤叔要告诉他的是什么。然而，小孩子在可以依靠的大人面前，仍是小孩子："阿胤叔，我是未来的天子，是受天之命而来，太傅说我当六邪不侵……可我，还是很怕。"

赵胤示意朱九举火把，前头照路，声音平静低沉："怕什么？"

赵云圳咬咬下唇，不情不愿地说得小声："怕……鬼。"

赵胤问："鬼有什么可怕？"

赵云圳答不上来，下意识地回头寻找时雍。见她牵着春秀走在后头，不高兴地皱了皱小眉头："人人都怕鬼，鬼长得丑。"

"还有呢？"

"鬼没有影子，没有下巴。"

"嗯。然后呢？"

"鬼走路没有声音。宫里嬷嬷说，有些鬼没有脸，还会啃小孩儿的手指。"

赵胤沉吟许久，低头看说得头头是道的赵云圳："鬼道有常而人道无常。殿下记住，这世上最可怕的是人心。"

"人心有什么可怕的？"

"人心呐……"一声叹息，跨过山洞，剩下的话，他终是没有出口。小小的赵云圳还不懂得，比那山洞中尸体和传说中的鬼魂更可怕的是无常的人心。鬼有鬼道，而人，从来无道。

时雍听到了赵胤的叹息，心里随之一颤。微妙的感觉掠过心间，莫名其妙就懂了他的意思。在这一刻，他一定是既希望赵云圳懂，又希望他不要懂，不必跨越年轮挣扎，历沧海桑田去懂得这些寻常之理。

令众人没有想到的是，山洞的另一头，居然是一个巨大的乱葬窟。里面白骨累累，横七竖八的尸骨交杂一起，令人毛骨悚然。时雍大概看了下："这些尸骨有几十年历史了，看样子是死于战争。"战争死亡的尸骨与寻常死亡是不同的，尸骨上的伤痕还有现场的遗留之物，很容易可以辨认出来。

赵胤点头："这里近卢龙塞、滦水，应当是当年卢龙塞一役阵亡的将士。"

时雍问："后来可有人来处理过尸首？"她指了指那一堆尸骨，"这些尸体应当有被搬动的痕迹。"

没事搬尸做什么？众人都惊恐地看着她。

赵胤想了想："先出去再说。"

众人在乱葬窟左侧发现了一条石阶，顺着石阶蜿蜒上去，推开一方石板，就见到了天光。这个出口设计得极是隐秘，藏在一块石碑下方，肉眼几不可察。

外面下着小雨，从地底到人间，清新的空气让众人都长舒了一口气。时雍帮赵云圳正了正帽子，又拍了拍身上的土，侧过头，就见赵胤和谢放等人静静立在那里，看着石碑不动。

"这石碑可有古怪？"时雍牵着赵云圳走到石碑正前方，月光和火把照着上面的碑面和挽联，她微微一怔。只见石碑上写："卢龙塞战役阵亡将士墓。"挽联上书："赴汤蹈火驰千里而卫家国，粉身碎骨遁万骑以砥社稷——洪泰二十五年，赵樽题。"

四周久久沉寂。月光袅袅，滦水呜咽。将士们注视着石碑，肃穆、安静，任由雨下。

赵胤朝赵云圳伸出手："太子殿下，来。"

赵云圳走上去："阿胤叔？"

赵胤扳过他的小身子，让他正对着石碑："行个礼。"

在他背后，一百来号将士，一声不吭，齐齐将刀剑提起，双手抱柄弯腰致礼。雨水淋湿了时雍的头发，从她的额头滴下来，落在脸上痒痒麻麻，她看着这群男子，没有动，也没有去擦拭，内心里的疑惑却又更甚：是何人，胆敢利用先帝为阵亡将士所立的石碑来掩饰洞中的罪恶？又为什么要丢下那些东西弃离？

脚下突然一痒，她低头，看到大黑在她脚边蹲了下来。不期然，又看到了大黑的伤，若有所悟。是大黑的闯入破坏了他们的计划？大黑叼走了鞋，他们想杀大黑，却让它跑了回来，迫不得已弃了老巢而去？那接下来，这些人会善罢甘休吗？这已经不是普通的凶杀案了。时雍隐隐觉得，这一切的恐怖、杀戮，仅仅是一个开始。眼下的青山镇就像一口巨大的油锅，他们都在锅里，等着那一把大火将油烧开。

接下来，燕穆和乌婵还要在钱宅唱七天堂会。时雍似乎能闻到空气里的血腥味儿。

她心头像压了一块大石，回去的路上始终没有说话。翻山越岭，这般心不在焉极是容易擦刮。就在她走神的时候，一根不知从哪里斜弹出来的树丫径直拍向她的脸。黑影一闪，时雍惊觉，条件反射地伸手去挡。那树枝韧性极强，重重拍在她的手背，又弹了回去。手背上的疼痛让她皱起了眉头，伸手就想把那树丫给折了。一只手伸过来，抢在她前面，一声脆响。啪！树丫断了，雨露滴落下来，在她的头顶、脖子激起阵阵寒湿。

时雍皱眉不悦："你做什么？"

赵胤把树丫丢掉，一声不吭。时雍抚了抚脑袋上的水渍，横他一眼，再抬步时那只手又伸过来，横在她面前，挡住路上割人的藤条。这一瞬，他眼睛十分严厉，时雍看他一眼："不用，我没事。"

赵胤眼睫动了动："你不要祸害别人。"在她身后，还有别的人。这种有刺的藤条能割破了衣服，割伤皮肤，若是她生生闯过去，带刺的藤条就会弹回来，打到身后的人身上，就像刚才她无辜挨枝丫打了一下似的。而那枝丫，便是赵胤走过弹回来的。

刚才不提醒她，等她挨打了，却顾着别人。时雍看一眼他几乎没有表情的脸："知道了。"她小心走过去，没有再分神。背后，谢放看到赵胤待她走过，慢慢放开那藤条，却在往下踏步的时候，扶了一下膝盖。夜露潮湿，从山间走过，膝盖几乎湿透，便是他这样康健的膝盖也能感觉到彻骨的寒意，那赵胤的膝盖又当如何？

谢放默默走近，想要扶他一把。赵胤抬手，拒绝，平静地看他一眼，无波无澜地问："递送的信函如何了？"

谢放沉吟一下："按规矩，庚六今夜会来。"庚六便是平梁客栈那个赭衣人。时雍回到裴府，推开门就见到站在黑暗里的高壮男子，吓了一跳。

"书房。"赵胤幽深的眼看她一眼，"早些睡。"前一句是对庚六说的，后一句是对时雍说的。

时雍唔了声，微笑着拉住他的手："等你！"赵胤脊背僵硬，回头望她。"一个人睡，我怕。"时雍低下头，回到裴府她就像换了人似的，十分敬业地扮演她的将军夫人，与山上那个沉着冷静看尸辨尸的冷漠女子截然不同。

赵胤看着她没有动，气氛莫名凝滞。谢放挺直了腰背，脑袋一动不动，眼睛左斜一下，右斜一下，在庚六递来的目光询问中，装死。赵胤缓缓攥了攥手指，"嗯"一声大步走向书房。时雍抬抬眉，没有看到他脸上尴尬，稍稍遗憾。手指上还有他的温度，冷。

第二十四章　僭越

锦衣卫的书信来往一向有自己的通道，可是，如今住在裴府的这个人是昭毅将军裴赋："如大人所料，驿道那封公文，被截留启封了。"

赵胤眉宇冷漠，不见有半分意外："如此甚好。可以发第二封了。"

书案上有备好的纸笔，谢放走到案边将砚台摆正，轻轻为他磨墨。赵胤拂袖抬笔，略一思索，换成了左手下笔。

"大青山野物横行，极是凶险，冠予（裴赋的字）当竭尽全力驱兽。今在滦水河岸山中发现一具女尸，似为兽所侵，尚不确定是否为怀宁公主。"信中悉数讲了青山、狼群和发现女尸的情况。他在信末附言，"望朝廷尽快派熟知公主之人前来辨尸。"左手执笔他也写得一手好字。

谢放看罢，脸上波澜不兴，轻轻抽走信纸，换上另一张。赵胤摊开笔墨。这一次，他换到了右手，用平素常用的字迹，又写了一张纸条："青山不青，滦水不澈。使者被杀，公主罹难，我大晏皇室之尊荣，岂可受辱于山贼匪患？青山之危急，见者揪心。而今冠予受困于此，将少兵寡大为掣肘，望洪兴兄增调援兵，伺时而动，惩戒逆贼，以正宗社，造福百姓。事后冠予必上书朝廷为兄请功。光启二十二年八月十九，裴冠予敬上。"

写罢，他将第一封信交给谢放："走驿站，急送京师。"

第二封信，赵胤亲自用火漆做了封口，交给庚六："你亲自送到永平卫，交给指挥使石洪兴。"永平卫是永平府最大的驻地军卫，也是离青山镇最近的一个卫所。

庚六有几分担心："事态如此严重，大人不如先行离开青山，再谋后计。"

赵胤摆手："不入虎穴，焉得虎子。我自有计较。唯恐——"风拂来，烛火微闪。赵胤皱了皱眉头，想到此刻已然酣睡的赵云圳，捏了捏太阳穴，"为万全策，传我令，十天干庚字旗下即刻前往青山，秘送太子返京。若有异动，凡我锦衣麾下，必当以太子性命为要。赵胤可以死，太子不可以。"

谢放和庚六对视一眼，抱拳行礼："是！属下得令。"

时雍曾经也有过做"神医"的梦想，对医理药经也颇有几分钻研兴趣。这趟出行，旁的行李没带，书却是带了几本，除了长公主给的，便是从孙正业那里来的。打了热水为大黑擦身子，她把狗祖宗伺候好了，关好门窗，懒洋洋躺在床上，翻开了书。房间太安静，大黑的呼吸声呼噜声很响，它大概也累坏了吧。时雍将书放在胸口闭上眼睛冥想起来。她想了许多：青山镇、雍人园、裴府，还有赵胤以及这纠缠不清的案子。似梦似醒间，掩好的门吱呀一声推开。

推门的人很慢很小心，声音缓慢而幽长，但仍是惊醒了时雍。

她直起身子看过去："大人回来了？"

赵胤目光深幽："吵醒你了？"

时雍摇头。梦里那微风夹落花拂到脸上的感觉又回来了。这里也没有旁人，他本也不用伪装。时雍心里突然有些触动。有些人，曾用过无数华丽的词藻来包装对她的喜爱和迁就，却在利益攸关时，一声不响地放弃了她。有些人，什么也不说，细微处却润泽人心。赵胤是哪一种人？

房内只有一盏灯，光线昏暗。赵胤径直走到罗汉榻前，脱下外袍挂在衣架上，着中衣躺下。

"大人。"时雍从床上起来，将灯芯挑亮一些，走近罗汉榻，"你腿如何？"

她身上着装整齐，一看便知没有入睡的打算。赵胤似乎意识到什么："你在等我？"

时雍弯唇："不是说好的？"

一句小声低语，缓慢带笑，灯火适时晃动一下，扰了赵胤的眼："往后不必如此。"

时雍将油灯放到罗汉榻前的几上，坐在榻沿，边去挽赵胤的裤脚，"之前看你裤腿都湿透了，膝盖肯定是好不了的。我看看。"

赵胤唇角紧抿，看着她认真的脸庞，平静地道："我没事。你早些睡。"

时雍抬头："要不要备水泡一下脚，师父说，热水泡脚驱寒祛湿，对你的腿疾有好处。"

赵胤轻轻搭下眼皮："夜深了，不用折腾。"

时雍杏眼乜斜，扫他一眼："你可不是会怜惜下属的人。"

一句半真半假的话，她本没存什么心思，赵胤却沉默了片刻，严肃地回答她："裴赋是。"

做戏做得这么认真周全也是不易。

时雍问："那你现在是裴赋还是赵胤？"

赵胤一怔，时雍脸上笑开，眼睛落在他冰冷的脸上："是裴赋，就听我的。等着！"

灯火渐渐炽亮。

灶间的鼎锅里备有热水，时雍出门叫值夜的侍卫帮忙抬了热水进来，又把赵胤从罗汉榻上揪起，拉着他两条腿塞入木桶里，亲自为他熏蒸，再将早就备好的银针取出来。

赵胤看到那银针的时候，目光不期然瞄了一眼大黑。大黑已经被吵醒了，不知何时挪到了罗汉榻的边上，下巴搁在他的鞋上，两只眼睛亮晶晶的。见他看过来，大黑大尾巴一扫，眼珠子动了动。

时雍看到一人一狗的互动，忍俊不禁："银针，我消过毒了。"下针前，又小声补充一句，"放心吧，大黑比你健康。"

赵胤脊背微微僵硬，没有说话。时雍想了想，又在他的后背塞了个枕头，被子也一并拉过去，将他坐得笔挺的身子按压下去，靠在叠好的枕被上："何必时时保持端正姿态？在家里舒适即可。"说罢她低下头，认真瞧他屈起的膝盖，赵胤脸上没有半点表情，目光里却似乎有一抹灯火的倒影，"上次我问你这膝盖怎么弄的，你不肯明言。如今你既是裴赋，那我便想再问一问，你这腿到底怎么弄的？按说你这么年轻，不该有这么严重的腿疾。"

时雍说到这里，又抬头扫他一眼，"你把我当裴夫人也好，大夫也好，都应当向我直言。"

时雍上次就看出赵胤不愿意说，对这件事似有顾忌，后来再没有问过，借着这个由头，她才又提了一嘴。

夜风悄然荡过，烛火闪烁。没有人声，房内一片沉寂。时雍暗叹一声，果然还是不肯说么？

"我年幼时贪玩，曾将双腿浸入寒冬冰水，严重冻伤，几无知觉。那时这腿就险些废了。"赵胤突然开口，平静地说着，顿了顿，眼皮垂下，"这些年，虽汤药针灸不断，也想了许多法子，但沉疴痼疾，一时好一时坏，实难治愈。如今走路多了，或遇阴雨天气，便又复发。"

时雍吃惊地看着他，不可置信。贪玩？寒冬腊月把双腿浸入冰水？熊孩子时雍见过，可熊孩子一般是熊别人，再熊也不会不知冷暖，不知疼痛，哪怕一开始是为好玩，在尝到苦楚时，就没有求生本能吗？是多傻的人才会将自己的腿冻伤到毫无知觉的地步？时雍注视着他略显苍白的脸："大人轻描淡写揭过的病因里，好像还有别的故事。可是我从大人的脸上，看不到半分怨恨和不甘。大人总是很平静，对任何事情皆是如此。我有时会很好奇，大人冰冷的躯壳下，是否与普通人一样，有一颗火热的心，会随情绪而跳动？"

这句话是僭越的。换往常，时雍不会这么直白问他。可能赵胤主动坦陈过往，给了时雍勇气。许久，不见赵胤说话，时雍笑了笑："大人不想说吗？"赵胤静静看她："嗯。"

等这么久，就等来这一个字。时雍笑了笑，点头。这不是回答的回答，可能对赵胤来说已是不容易了吧？在他身边，怕也没有人会与他谈心，更不会有人胆敢这么问他。他不习惯不愿意回答也是应当："大人身上似乎有许多故事，除了腿上的沉疴痼疾，心里头也有。腿上的痼疾大人愿意治，心里头的大人不愿意治。大人也没有朋友，孤单单一个人，从不与人交心……"时雍说到这里，看赵胤脸色越发暗沉，眨了眨眼，"不说了，一会儿大人又要砍了我的脑袋。"赵胤是一个平静的人，也是一个敏锐而心狠手辣的人。这样的人不会愿意将软弱暴露在别人面前。时雍没有忘记彼此的身份，不会真把自己当裴夫人，适时结束话题。

赵胤看她收起锋芒，又老实起来，微微挑了挑眉："我有没有告诉过你，太过聪明，活不长久？"

时雍抬头，轻声问："大人会杀我吗？"

赵胤不说话，一只手扶在腿上，下意识捻了捻裤腿，那细微的小动作让时雍想到他第一次将绣春刀落在她脖子上的样子，身体绷了绷："我知道大人不会。外面的人都说大人杀人不眨眼，可阿拾觉得，你不是个坏人。你只杀，当杀的人。"

这话似乎让赵胤意外。他不轻不重地哼了一声，眼皮撩起："我是。"

时雍望向他撇了一下嘴巴，似乎不屑或是不信。赵胤唇角扬了扬，低垂着眼，淡淡道："你不听话，爷便宰了你。"

时雍垂下眼眸："我在长公主那里得了几本针灸的书，很有些意思。等我悟透了，说不准能治愈你的腿。"

她这么说，是为了自己的小命着想。毕竟她不是个循规蹈矩的人，万一哪天触怒了赵胤，他也会念及此，留她一命。同时，也是为了给赵胤一些希望，不让他灰心。有时候，强大的心理意志对治疗是有辅助效果的。

赵胤看她一眼，神色淡淡："尽力便可，不必强求。"头顶的目光凉涔涔的，就像看透了她的想法。

时雍没有抬头，暗暗想，往后在他面前还是少些算计好。

针灸完已是一刻钟后，时雍将他枕头扶正，又帮他放下裤腿："休息吧，良好的睡眠对治疗也有益处。"

她转身收拾东西，灯影中的影子纤细娉婷，赵胤坐在原处，许久未动，一身白袍玉带，精致俊朗的面孔上带着一抹浓重的凝重，愈发显得他容貌冷艳，目光幽邃："明日钱府堂会后，你随太子回京。"

时雍正在擦拭银针，一听这话差点扎到了手指："大人何意？"她不解地看过来，"我走了，你怎么办？裴夫人突然消失在青山镇，你不怕引来怀疑吗？"青山镇风雨欲来，这一点时雍自然看得清楚。可是，只要对方没有搞清楚裴将军的虚实，也断断不会贸然出手。太子在裴府是一个小书童，平常不打眼，悄悄送走他，不会引人注意；若是裴夫人在这个节骨眼上也消失不见，那就不一样了。时雍觉得赵胤这么做有点冒险："会打草惊蛇的。大人。"

赵胤道："我自有主张。"

时雍抿唇道："我不会拖累大人，大人也不必担心我的安危。"

赵胤看了一眼她，平静地道："有你看着云圳，我放心。"

原来如此。她还以为是他担心她的安危，这才迫不及待送走她呢。时雍沉默片刻，想到尚在青山镇的乌婵和燕穆等人，摇了摇头："我想与大人共进退。"

赵胤淡淡看她一眼，反身取出一个令牌，递到她的面前："带着，关键时候有用。"

时雍低头。是锦衣卫指挥使的令牌，他们第一次合作对付东厂娄宝全抓"女鬼"的时候，她曾经用这个令牌狐假虎威打砸过得月楼，现下忽然觉得令牌烫手。"大人既然执意如此——"顿了顿，时雍合拢掌心，"好。"

赵胤的声音松缓下来："我都安排好了，你不必忧心。去睡吧。"说罢他躺下去，阖上了眼，睡得规规矩矩，大概是察觉到时雍眼神的注视，眼睑动了动，慢吞吞地吩咐，"记得熄灯。"

同一个深夜。

崇山峻岭间的驿道上，一人一骑纵马疾驰，还未到达驿站，便高声呐喊："六百里加急。速速开门！"

驿站大门在寒风中打开。战马嘶鸣，马蹄嘚嘚而入，刚进驿站，便软倒在地上，哀叫一声。驿丞帽子歪戴，匆匆赶上来："小哥打哪里来？"

驿卒高举封筒，焦急地道："紧急公文，急送五军都督府，天亮前必到，快些换马——"

"天这么冷，小哥先进来喝一杯，暖暖肚子再走？"

"马厩在哪个位置，快些，不得耽误。"

"深夜赶路，极是辛苦。咱们当差的人，自个儿不顾念自个儿，谁来顾念？耽误不了，本驿有最快的马，都早早喂饱了。"

楚王府。

夜灯氤氲昏暗，如同鬼火。

一个身材纤细的女子青布包头，身着民间粗布衣裳，急匆匆上了台阶，环顾四周，叩响门环。片刻，门拉开，她着急地与门童说了几句什么，很快，王府的侧门打开了，女子的身子闪入黑暗中。而王府一角的灯亮开了。

"皇叔救我。"女子入得楚王赵焕的殿内,便直直朝他跪了下去。

楚王衣襟微乱,急匆匆起得床来,只在肩膀上随意披了一件外袍,眉宇间尚有慵懒的睡意。看到面前低垂着头的女子,他似笑非笑的目光里仿佛有一层说不出的凉寒:"怀宁,你这次捅大娄子了。"

赵青菀抬头,唇角青白,几乎快要哭出来了:"皇叔,青菀只是不想远嫁兀良汗,叫银盏替了我。她一个卑贱女子,能做巴图汗王的王妃,原是享用了福分,我哪知会……会发生这么大的事情。皇叔,如今青菀是没得出路了,父皇若知真相,定不会饶我。我无处可去,皇叔,救命,救青菀一命。"

赵焕冷笑一声:"你当真是昏了头,这么大的事情,也敢自作主张。和亲干系两国邦交,兹事体大,一个不慎将引发战事,生灵涂炭,民不聊生。你堂堂大晏公主,不知民间疾苦、不顾百姓安危,满脑子的儿女情长,实在不值得救。"

这话说得极重。赵青菀脸色灰败,双腿瘫软下去:"皇叔,你若不救我,侄女便要万劫不复了。"赵焕忽然轻笑一声,没说话,却仿佛在说她活该,"皇叔,你当真要侄女死在你面前,才肯出手相救吗?"

赵焕看她许久,摆手:"我救不了你,进宫去面圣吧。"

赵青菀身子一抖,想到皇帝威严冷漠的面孔,身子绷紧,说得期期艾艾:"父皇本就不喜欢我,若得知我闯下这等大祸,一定会打杀了我的。"赵青菀突然直起身子,膝行到赵焕身前,拖住他的袍角,"皇叔,求你给侄女指一条明路,我们是亲人,我只有你这个亲人了,皇叔,你要救我……"

赵焕星眸慵懒半垂,许久没有说话。好一会儿,赵青菀的眼泪都淌湿了他的袍角,才听得他一声轻哼:"去无乩馆。如今,只有赵胤救得了你。"

赵青菀吃惊地抬头:"可是无乩病了,无乩馆不许外人进入,我,我也进不得。"

赵焕一听,扯扯唇角,似乎有些好笑:"一个无乩馆,你都进不去。你怎么在这世道活下去?想法子呀,孩子。"

天色刚明。

一辆马车在无乩馆后门停稳,厨房里管事的婆子开门走出来,看了面前的女子一眼:"婧衣姑娘这么快就回来了?不是说去看胭脂吗?"

女子微微一笑,手绢掩了掩脸颊,甩手径直进了门。

管事婆子看一眼她挺拔高傲的背影,一个巴掌轻轻扇在自己的脸上:"叫你嘴碎。"婧衣是主子的大丫头,她一个婆子就不该嘴碎,多问什么。

在耀眼的阳光下,无乩馆沉寂一片,几乎听不到人声,只有后院的鹦鹉在咕咕地叫。

女子回头望了一眼,径直走进去。无乩馆她来过很多次了,知道赵胤住在哪里。走近了,她心跳得有些快,紧张、害怕,又烦躁地扯了扯衣衫。事到如今,只有死马当成活马医了!

门窗紧闭着,空气凝滞。赵青菀心跳如雷,突然觉得有一丝不对。这里不是安静,而是好像里面根本就没有人。

雨后的大青山，云遮雾绕如蒙上了一层轻纱。阳光从云层照射出来，霞光万丈，艳丽异常。

钱家出了个县太爷，在青山镇是有名的富户，不仅请的是京师的戏班子，戏台也搭得高大气派，比起县府里的大户人家来也毫不逊色。大门外面支了棚子，门口设了香案，戏台下方置了桌椅，更远点的地方，摆放着一排排长凳，供人们便坐。

"汉寿亭侯，青龙偃月神鬼皆愁；白马坡前诛文丑，在古城曾斩过老蔡阳的头。他三弟翼德威风有，丈八蛇矛惯取人咽喉；鞭打督邮他气冲牛斗，虎牢关前战温侯；当阳桥前一声吼，喝断了桥梁水倒流。"

戏台上，武生浓眉大眼，黑眸染星，花旦眉黛腮红，扮相妩媚，随口几句唱词，台下便传来阵阵喝彩。

"好功夫！""扮相不错！""有一把好嗓子。"

不管懂不懂戏，总归是得说几句表示自己懂得的话，赞叹几句。既然是钱家请来的戏班子，入得了贵人的眼，平民百姓有福分看到，自要喝个满堂彩，鼓掌越是大声越好，这样方才能助得了钱老太爷的兴。

"他四弟子龙常山将，盖世英雄冠九州；长坂坡救阿斗，杀得曹兵个个愁。这一班武将哪个有？还有诸葛用计谋。你杀刘备不要紧，他弟兄闻知是怎肯罢休！若是兴兵来争斗，曹操坐把渔利收。"

今日县太爷请了不少人，回乡省亲的裴将军和夫人自然也在席位上。

时雍嗑着瓜子，看得似乎很专心。在她的面前，柿饼大枣、桃仁果子和茶水摆得满满当当。裴将军看她吃得爽快，时不时递上巾子伺候，她也是自然地接过，毫不在意旁人的目光。戏到酣处，她指尖轻轻拈一个柿饼，吃罢又将手伸给将军。将军脸上也不见嫌弃，仔细为她擦尽，目露宠爱。

"甜吗？"时雍眼儿微斜，瞄他一眼，"甜。"

"多吃些。"赵胤将果盘挪了挪，一双幽暗的眸子专注地看着她。那一抹深邃惑乱人心，时雍心里一跳，很快又平静，似笑非笑地凑到他的耳边，"你想说甚？"

赵胤侧脸，嘴唇擦过她的耳朵："半个时辰后，你借腹疼离开。"二人对视片刻，时雍一笑，收回目光，捏起一块柿饼放到嘴里，轻轻一咬，味道不错。

阳光挣脱云层，洒在皇城上空。碧蓝的天空下，重檐殿顶，金碧辉煌，琉璃瓦反弹着刺目的光。久病的光启帝十分怕冷，今儿出了太阳，可铜盆里仍然烧着木炭，官员们进宫觐见时穿得不少，一个个热得汗流浃背却不敢吭声。

皇帝今年三十九，正当壮年，本当大展宏图的时候，哪料自永禄爷过世染了疾，吃了这么久的汤药不仅不见好，身子越发虚弱，上朝都是能免则免。今日难得皇帝精神好，臣工们看着他苍白的脸，都拣了开心的话来哄他开心。能站在这个大殿的人，都是当今天下的人上之人，各有各的消息渠道，尽管怀宁公主和青山镇发生的事情朝廷至今没有公布，可在臣工中间已然不是秘密。朝中人心惶惶，在皇帝面前却都只字不提。

君臣见面说着趣事，正开心，一个人突然气喘吁吁地奔进来，跪伏地上："陛下，臣有要事禀报。"

跪在殿中的男子，中年发福略微肥胖，体态拘憨看着老实，见到皇帝头都不敢抬起。

光启帝漫不经心地道："陈爱卿家中办喜事，朕不是免了你上朝觐见吗？怎么又来了？"

来人正是新近纳婿的广武侯陈淮，他似是跑得急了，两腿发软，好半晌没能站起来，抹着脑门上的汗道："多谢陛下体恤。只是此事紧要，微臣须得即刻上奏。"

赵炔没有看他，重重咳嗽两声，侍立的太监立马端了茶水走近。

他浅浅喝了一口，眉宇似有不耐："说吧。"

陈淮弯着腰，一脸愤恨地道："五军大都督、锦衣卫指挥使赵胤谎称有疾，避府不出，实是欺上瞒下之举，金蝉脱壳尔。其人早已不在府中，不在京中。赵胤目无纲纪，去向何方？有何意图？望陛下查实，严惩降罪。"

皇帝听着，一丝反应都没有。等陈淮痛心疾首地说完，他又端起茶盏喝了一口："锦衣卫事务，何时轮到陈爱卿参议了？"

陈淮一怔，看到两侧的大臣都垂着头，没有要帮他伸张的意思，心里慌了慌，又趴下去磕了个头："陛下！臣身为朝廷命官，不能明知此等奸佞欺瞒陛下而闭嘴不谏。微臣得到消息，赵胤不仅离京，还私携太子殿下去了永平府，此等重罪……"

赵炔垂下的眸忽地抬起，看着他。皇帝不说话，殿内便鸦雀无声。陈淮汗如雨下："陛下圣明，赵胤此人素来无情寡义，诡计多端，此举不知有何企图……"

"咳咳——咳咳——"赵炔重重咳了起来。皇帝一咳，打断了陈淮。殿内的臣工们也都用同样的眼神关切地看着他，异口同声"保重龙体"。陈淮说不下去了。看着这些老狐狸，他气咻咻又唤一声："陛下！"

赵炔总算是缓过气了，擦了擦嘴角，说得云淡风轻："赵胤受朕指派，出京另有要务，太子尚在东宫，陈爱卿休得胡言乱语。"说罢他似是无力再继续，摆了摆手，撑着扶手站了起来："诸位臣工都退下吧。"群臣谢恩，纷纷往殿外退去。

陈淮左右看看，再看着被宦官搀扶离去的皇帝，脸色变了变："陛下！"

赵炔没有回头，一声不吭地回到御书房，却是把茶盏砸了。御书房内的小太监慌乱跪下，头都不敢抬起。这边皇帝发了脾气，刚拿起书案上的折子准备看，就又有一个小太监匆匆来报："陛下，楚王殿下觐见。"

楚王是先帝的老幺儿，和当今皇帝差了足有十几岁的年纪，皇帝于他是亦父亦兄的存在，楚王在皇帝面前也素来比旁人更为放肆，皇帝常有规劝责罚。奈何楚王仍然我行我素，乖僻难驯，皇帝管多了，他索性就不在皇帝面前露面。于是，兄弟俩近年便生分了许多。赵焕大婚，皇帝赐下贺礼，赵焕也没有进宫谢恩，甚至都没有带新妇入宫觐见皇兄皇嫂。

做到这般无礼，他不怕皇帝责怪，赵炔也确实没有去挑他的错处。

没想到，楚王今日一进御书房就给皇帝规规矩矩地行了个大礼："臣弟有罪，请皇兄责罚。"

赵炔为人素来清冷，不是那么热络的人，对这个臣弟，即使心中关爱，平常相处也是坚冰一块，看不出有什么情绪。闻言，他往赵焕身上瞄了一眼，咳嗽着叹气："说吧，又闯什么祸了？"

赵焕抬头，脸上没有常见的笑容，而是一脸严肃："臣弟瞒了皇兄两件事，请皇兄宽恕。"

赵炔淡淡问："何事？说来听听。"

赵焕道："其罪一，怀宁昨夜求到臣弟面前，臣弟一时心软，指使她去无乩馆找赵胤。哪知赵胤竟然不在无乩馆，怀宁这丫头也是不省心，不知怎么把这事闹了出去，导致广武侯在大殿上胡言乱语……"

皇帝蹙眉，沉默着看了他片刻。

"怀宁活着？"

"活着。千真万确活着。"

赵焕见皇帝没什么表示，也不知他是喜是怒，顿了顿，声音又沉下些许："其罪二，臣弟大婚那日，娶入府里的定国公小姐非陈红玉，臣弟却瞒了下来，没有告知皇兄。"一席话说得很慢，却极是惊人。

皇帝脸色微微一变，咳得更厉害了："此言何意？"

赵焕看他一眼："臣弟索性都招了吧。反正在皇兄眼里，臣弟也是个不着调的人，只会惹是生非。那陈小姐也不知听了什么闲言碎语，临到出嫁前夜突然离家出走。可这当儿，又恰逢公主和亲，外邦使臣来贺，京师耳目众多，无论是臣弟还是定国公府，都不敢把此事闹大，惹人笑话。成婚当日，国公府当夜向臣弟请罪，臣弟建议先瞒着这事，私下寻找陈小姐……"说到这里，他若有若无地瞄一眼赵炔。

哼！赵炔瞪着他："现在是瞒不下去了吗？"

"皇兄英明。"赵焕拱手道，"这陈小姐武艺高强，行事也是乖张。正因为此，国公府与臣弟才以为她只是赌气，可如今失踪多日寻不着人，臣弟又听说青山镇那边死了不少人，便有些坐不住了。"

"好。好得很。"赵炔指着他，眉头紧蹙着，似是气到了极点，"你们一个个的，翅膀都硬了，都瞒着朕——"怀宁公主逃婚，让宫女替嫁，惹下这等大事，收不了场。赵云圳偷跑出宫追随赵胤而去，再来个赵焕娶个王妃居然是个假的，真身不知去向。"荒谬！实在荒谬之极。"这一桩比一桩离谱的事情，让赵炔气得几乎喘不过气来。

"皇兄息怒。"赵焕上前替他顺着气，温温和和地笑，"皇兄龙体贵重，为了臣弟这点微不足道的事气坏了身子不值当。"

"笑？你还笑得出来？这是微不足道的事？"赵炔气不打一处来，挥开他的手，"滚出去。朕不想看到你。"

"那怀宁，皇兄想怎么处置？再怎么说，也是皇兄的亲生骨肉。"赵焕笑了笑，"依臣弟之见，怀宁公主虽说大胆，但到底保住了一命，没有死在青山镇，对兀良汗也算是交代，将功补过,有何不可?"

赵焮没有说话。赵焕看着他的脸,猜不出他的心思。片刻,方才听到他道:"把怀宁叫来。"

咚!咚!咚!

鼓点渐急,青山镇钱家大宅门口的戏台上,柳眉红腮的花旦如同轻燕凌云,武生手执长枪,在鼓声里步履加急,随声而舞,劈、斩、撩、挑……激烈异常,迎来台下的阵阵叫好声。

时雍吃得差不多了,低头揢了揢小腹,突然无力地将头靠在赵胤身上:"将军,妾身肚子好痛。"她声音不小,奈何四周喧闹不断,无人听见。

坐在不远处的钱县令,正用掌心拍着扶子,随着戏台上的声音打着节拍。回头一看,将军已将夫人打横抱了起来。他一愣,惊了惊,跟着起身走过去:"裴将军,这是怎么了?"

赵胤脸色冷淡:"夫人腹痛,本将带她回府。"

"哎呀,这可怎么了得?"钱县令左右看看,慌忙叫了小厮过来,"还不快去请镇上的王大夫,随了将军去看看夫人这是不是吃坏了肚子。"

"不必。"时雍将头伏在赵胤的肩膀上,手揪住他的胳膊,不拿脸看钱县令,声音有气无力,娇娇软软地道,"夫君,妾身不要看大夫,不要吃药。你抱我回去。"

"嗯。"赵胤不看钱县令,冷着脸抱了时雍,大步从人群中间走过去。人群的视线纷纷落在二人身上。裴将军宠妻如命,夫人娇气,不肯看大夫、不肯吃药,他也就依着她?

戏台幕布旁,乌婵看着远去的男女,唇角弯了弯,与燕穆对视一眼:"准备,下一场戏。"

钱县令摸着下巴,看着赵胤离去的背影,勾勾手指叫小厮过来:"去!告诉乌班主,加两场戏,一直给老爷唱下去,不许停。"

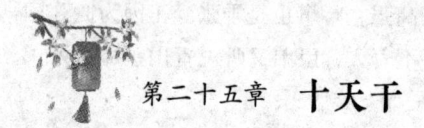

第二十五章　十天干

青山镇一边临水一边靠山,官道就在正中间。钱家的宅子刚好在街口,如今支了这么大一个戏台子,镇上的热闹都在这里,而裴府恰好在街尾。赵胤抱着时雍打街中间经过,相当于横穿整个青山镇。将军气宇轩昂,高大挺拔,夫人婀娜柔婉,娇弱堪怜,背后紧跟几个威风凛凛的侍卫,从街中经过,看上去简直就是郎才女貌天造地设的一双人,惹人眼球。后脑勺被人盯得发热,时雍没敢抬头,脑袋一直搁在赵胤的肩膀上,恰好能听到他的心跳。

"好丢人。"她懒洋洋叹一声,只有他听得见。

赵胤下巴板着不动声色:"闭上嘴会好些。"

"为什么?张嘴会漏风吗?"

赵胤低头看她一眼，没有说话。

如今的裴将军是一副为夫人焦虑的状态，时雍怕再多说两句裴将军就焦虑不下去了，乖乖闭上嘴虚弱地蜷缩着靠近他。男人的身子很硬，胸膛肩膀都像铁铸的一样，硌人，这般紧贴对时雍来说，也不好受。好不容易熬到裴府，时雍腰都酸了。

大黑今儿个没被允许去"听戏"，关在房间里，门一开，可把狗子高兴坏了，嘴里嗷嗷叫唤着，摇头摆尾地冲出来迎接主子。一看时雍被赵胤抱着进来，身子软趴趴的，狗子歪头看了看，突然跳起来，抬起两只前爪去刨时雍，嘴里发出警告的低吼。

"我没死。"时雍扭过头，朝大黑眨了眨眼，"把门关上。"

狗子重新开心起来，哒哒哒地奔过去，前爪灵活得像人的手一样，直接扑上去把房门关好，也把谢放和朱九关在了外面。

两人对视一眼。朱九低声道："我现在信了。这狗真听得懂人话。"

谢放看他一眼不说话。

朱九果然有下文："真想把大黑偷走。"

谢放眼神一别："小心它把你偷走。就我所知，这狗，什么都往家里叼。"

朱九问："它公的母的？"

"公的。"

"那它对我应当没有兴趣。"

房间里，时雍眼看赵胤要把她放到罗汉榻上，手指头伸出去戳了戳他的肩膀，指向床："那边，那边。"

赵胤嘴角微抿，淡淡看她一眼，不为所动。时雍又扯住他的胳膊，想要指挥方向。"再乱动我就丢人了。"赵胤淡淡说着，时雍只觉得他胳膊紧绷，有点危险可怕，她刚准备缩回手，就被丢在了床上。丢人？原来是这样丢人？

时雍看着他轻哼："能不能轻一点？这个姑娘好歹也是眉清目秀的，舍得么？"

赵胤对她的"眉清目秀"似乎没有什么感觉，微微甩了甩胳膊，走到桌几边上，倒了杯凉茶一仰而尽："人不大，挺沉。"

嫌她重？那谁让他抱了？只说让她假装腹痛走人，可没有说要抱啊，她吃了亏还没说话呢，他倒嫌弃上了。话又说回来，她近来吃得好，睡得好，是沉了不少，长成个大胖子就不妙了。时雍突然有点慌。

赵胤抬起眼，看她一眼："长身子的年纪，也属正常。"

时雍脑袋上的问号又多了一个。这么抱着个大活人走一路，胳膊肯定会受不住的，也亏赵胤能忍耐这么久，而且这句话说得深得她心，时雍决定不和他计较，慵懒地坐起来抱住膝盖问他："我们什么时候走，怎么走？"

赵胤淡然道："等该来探病的都探过之后。"

谁会来探病？时雍心里一沉，觉得他话里有话，可是还没来得及问起，背后便传来一声"阿弥陀佛"，一高一矮两个小道士从床后走了出来，脸上画着八卦图，大的腰挂竹如意手拿竹拂尘，小的手拿招妖幡身负宝剑，时雍差点没认出来。

"阿弥陀佛，施主可要算姻缘啦？"

时雍笑了出来："道士不说阿弥陀佛，二位道长，烦请再回道观清修些日子，再出来行骗。"

这两人正是小丙和赵云圳。赵云圳瞎闹着化了个"道士妆"，终于不再是可怜巴巴的小书童了，很是兴奋，被时雍认出，马上就从腰上抽了张符纸出来，往她脑门上一贴："定！"

"啊！"时雍配合地定住，睁大眼睛，僵硬地张嘴看着他。

赵云圳开心极了，又抽出一张符纸，弯腰往大黑脑门上一贴："躺！"大黑咚声倒下，脑袋僵硬着，除了眼珠子扫来扫去，身子一动不动。

"哈哈哈。"赵云圳获得了新的乐趣，再也不怕凶神恶煞的大黑了，伸手去摸摸它的背毛，"是躺，不是死。黑子你为何是一副死状？再来。"

大黑对小孩子很友好，从地上爬起来，抖了抖身上的毛，在赵云圳又贴符叫"四脚朝天"的时候，再次咚声倒下。

"又死了。再来！四脚朝天，朝天。这样！"

一人一狗玩得兴起，小丙侍立在旁，也是看得龇牙咧嘴。这短暂的快乐冲淡了紧张感，若非赵胤那张面无表情的棺材板冷脸，时雍几乎要忘记他们的现状了。

"好玩吗？"赵胤忽然问。

赵云圳重重点头："好玩。"

赵胤捡起掉在地上的"符纸"，面无表情交到赵云圳手上："道家符文，不可随便亵玩。"

"哦。"宅子里紧张的气氛，赵云圳也感觉到了，赵胤一发话，马上变乖。

赵胤问："交代你的事，记住了吗？"

赵云圳点头，做了个出家人手势："贫道记住了。"

赵胤拍了拍他的肩膀："大丈夫一诺千金。"说罢他转头，望向坐在床沿的时雍："青山镇外五里地，有个飞仙观。这两日你且装病，我会借由祈福送你和太子去道观。"

时雍问："道观里是你的人吗？"

赵胤漠然道："很快会是。"

很快就证明如今还不是。时雍不知道他做的什么安排，思考片刻，认真道："大人可做两手准备。我与那乌家班主乌婵同受时雍恩惠，有些交情，若有需要，我或可请她相助一二。"

赵胤目光深了深："不必，叮嘱他们能自保即可。"

就时雍所知，乌家班到青山镇来的人，约摸三十来人。这些人个个训练有素，抵几个兵丁使唤是没有问题的。只是，这青山镇的局势到底会发展到哪一步？时雍心中一动："那我听大人安排。"

赵胤嗯一声，似乎想到什么，沉默一下又吩咐她："你不是锦衣卫，不必拼命，关键时刻，只管逃命。"

看他说得认真，时雍笑了起来："这个你大可放心，我从不为别人拼命。"

"那你躺下睡一会儿。今日之后，怕就不得好睡了。"赵胤淡淡地说着，随意地在窗户边的椅子上坐下来，拔出长剑用布巾慢慢地擦拭。那神态动作，看得时雍暗自心惊。

青山镇街口的戏，一出接一出地唱。人群熙熙攘攘，热闹非常，几乎堵住了那条路。而裴家也十分热闹。

得知裴夫人身子不适，裴家的族中亲眷们也没有闲着，从裴三伯开始，个个都往裴家跑，这家拎一篮鸡蛋，那家拎一篮水果，这个走了，那个又来，看望的人络绎不绝，堂屋里根本就没有断过人，累得娴衣够呛。这情形，别说偷偷离开，想要脱离旁人的视线都不可能。幸好，赵胤都以夫人需要休息不愿见客为由，把这些人给挡在了门外。时雍听着外面的动静，似梦非梦地睡了过去。

不到半个时辰，钱县令来了。带着县令夫人，拎了补品来看望，还带了一个郎中。"王大夫是我们镇上最好的大夫，祖上是做过御医的。府台大人的祖母昨年病重，药石不进，全靠王大夫一把好手艺，生生把人拉了回来。让他给夫人瞧瞧病，总归没有坏处。"钱县令夫妻二人，点头哈腰，你一言我一语，说得头头是道，满是关切。尤其说到裴夫人是在钱家看戏吃了东西才腹泻难忍，更是愧疚不堪，恨不得自扇嘴巴请罪。

伸手不打笑脸人。人家诚意致歉又特地带了郎中过来，若是执意拒绝，那便很难不令人产生怀疑了。赵胤淡淡道："内子心性小，向来忌医，待本将前去问过她可好？"

钱名贵抱拳拱手："应当，应当。将军请便。"

钱夫人扭头看了钱县令一眼，小声道："将军待夫人真是情深义重，羡煞了旁人。"

赵胤拱手告辞，不动声色地进入内室，坐在那张椅子上继续拭剑，眼眸半垂，一声不吭，就像根本就没有答应钱县令的事情一般。这一等，又是半个时辰。

时雍悠悠转醒，看到窗边那个清冷的影子，打个呵欠："几时了？"

"午时。"

"唔，该吃饭了。"

她伸个懒腰，看赵胤坐在那里冷气沉沉的样子，不免有些古怪。问了情由，这才晓得钱县令夫妇和那个郎中还等在外面，而将军大人，在房内"哄"夫人。

"这钱县令很是古怪，上次死活要闯内室请大人，又把大人带入狼群，而今——"时雍说到这里，顿了顿，冷笑一声，"大人，我看这位县令大人分明就是怀疑我在装病，故意带郎中来查实呢。这分明就是不安好心。"

赵胤抬抬眼皮，看她一眼："聪慧。"

简单浅淡的两个字，波澜不兴的一眼，让时雍心里一跳："大人准备怎么应对？"

赵胤手指轻放在膝盖上，叩了叩："让他们等。"总有等不下去的时候。裴夫人不肯看病，裴将军拿裴夫人也没有办法，总不能逼着人要看病吧？

理是这么个理，可时雍不想等。她注视着窗边的男人，唇角勾起一丝浅淡的微笑："我有个法子。大人若信我，或可瞒天过海。"

很快，王大夫被请入了内室。只见将军夫人躺在床上，丫头焦急地站在旁边伺候她

127

喝水。架子床没有挂帐子，一眼可见夫人嘴唇干裂，面色苍白，一副病恹恹的样子，比被将军抱回来时似乎更为严重了。

王大夫行了礼："夫人是哪里感觉不好？"

"哪里都好。"时雍声音微弱，却极是固执地摇头，"我自个儿的身子自个儿知晓，没有那么严重。"说着又看一眼坐在床边沉默不语的赵胤，"是将军看重，当成了大事，大夫随便瞧瞧就好。"

王大夫点头赔笑称是，小心翼翼坐在娴衣搬来的杌子上，撩袖子，抬起手。娴衣在时雍的腕上搭了一条丝巾，王大夫二指搭在丝巾上，默然不语地切脉。房里安静了许久。王大夫表情古怪，一会儿挑眉一会儿抿唇。气氛莫名有些诡异。

看他眉头越皱越紧，时雍有气无力地问："大夫，我到底得的是什么病，你可不要吓我。"

王大夫踌躇再三，转头向赵胤："将军，老儿可否问夫人几个问题？"

赵胤道："但问无妨。"

王大夫点头谢过，问了时雍几个妇人家的私隐问题，癸水何时来，身子哪儿有不适。等时雍一一答过，他猛地站起来，差点把杌子绊倒："恭喜将军，恭喜夫人，这是喜脉呀。"

赵胤眼神幽深地望了时雍一眼："当真？"

时雍心里"咯噔"一声，头皮略微发麻。刚才为了制造出假病的脉象，她照搬针灸书上看来的法子，以毫针刺入穴位，让脉象弦滑，以体现出疟疾痛症的体征。在大夫询问时，她也只是胡乱敷衍。哪承想，这大夫竟给她诊出个喜脉来！

"大夫，此事可不能开玩笑。你没有诊错吧？"

王大夫一脸严肃地看着时雍，摆了摆手："错不了错不了，老儿虽学艺不精，喜脉还是不会诊错的。"他摸着下巴又沉吟片刻，"夫人怀有身孕，还是要少吃凉寒之物，我观夫人脉弦而滑，似有气血郁滞，故而脘腹疼痛，我给夫人开个方子，吃两帖应有缓解。"

时雍轻声叹息："谢大夫。这可真是……意外惊喜。"

赵胤捏了捏太阳穴，低头轻笑一声："给王大夫看赏。"

娴衣拿了银子要塞给王大夫，这大夫似乎有些害怕赵胤，一直摆手称"使不得""当不起"，死活不肯要钱。

赵胤目光微闪，看了时雍一眼，眼神极为复杂："青山镇真是福地，我们夫妻二人渴盼多年未得子嗣，不承想这刚一回来，便有了好消息。这赏钱，王大夫当得起。"

王大夫尴尬地接过钱，又是一番千恩万谢。

时雍顺势而上，轻笑一声，那张婉约清丽的脸上满是娇羞与感动："定是菩萨显灵了。将军，妾身曾对菩萨许过愿，若是有朝一日能得麟儿，必去佛前吃斋念佛七日，回向功德。如今得偿所愿，妾身想去寺庙还愿。"

赵胤看她一眼，问王大夫："这青山镇可有寺庙？"

王大夫没有想太多，随口就道："以前青山镇是有座观音庙的，可前几年断了香火，如今是荒废了。不过，青山镇往平梁的飞仙山上有座道观，听说香火很旺。"

时雍一听，眼斜向赵胤，抿唇含笑。

赵胤微微思考："等过两日你身子好些，我带你去，问问道长腹中胎儿是男是女。"

时雍哼声，噘起嘴巴，一副不高兴的样子："你就想要大儿子，若是个姑娘怎办？你难不成要休弃了我，讨几房小妾回来为你生儿子不成？"这娇憨软糯的声音，听得王大夫头皮发麻，脑袋突突直喊受不住，连忙起身告辞。

娴衣送他出去。二人一走，房里只剩时雍和赵胤两个人。

时雍看他片刻，觉得有些好笑。想笑，嘴皮动了动，看着赵胤又觉得尴尬，舔了舔嘴唇，终是没有笑出来，一本正经躺下去，拉被子一盖："总算打发走了。啊，好困。"

赵胤走近床边，神色渐渐冷了下来："宋阿拾，本座还真是看不出来你有这等本事。"

她有什么本事了？时雍睁眼看着他，睫毛微微颤了下，这才反应过来把王大夫的话当真了："大人以为我真有了身孕？"

赵胤冷着脸扫过她，又别开眼睛："真不真倒也无妨。只是，你别误了本座的正事。"一口一句本座，颇有几分要杀了她祭天的冷意。

时雍懒洋洋挑了下眉头："我学艺不精，没掌握好针灸换脉的法子，闹了个笑话而已。大人不必当真。我成天与大人在一起，若当真有了身孕，孩子爹只可能是——"淡淡笑开，她嘴角窝荡起一丝戏谑，"是大人你。"

赵胤沉默地转过头，看她片刻，忽而淡淡道："如此也好。省得我再找借口。"说罢他转身出去，掩上门。

什么也好？有身子借故送她离开好吗？时雍笑容敛了敛，摇头失笑，高冷美男的心思着实难测。他该不会以为她是故意的吧？

大青山绵延数百里，山中地势复杂，多是无人涉足的原始之地，山峦历经成千上万年挤压变化，形成了无数深浅不一的天然山洞。这些空洞再经人为开凿，交错在雾气缠绕暗无天日的深山老林里，即使是大白天，阳光也透不进来，显得神秘而阴冷。常有误入深山的人死于非命，久而久之，再也无人踏足。

一个身着黑袍、黑帽覆头、脸罩黑色鹰隼面具的修长男子，站在洞中间形若秃鹰的石台上，浑身冰冷如地狱无常，高大修长的黑影背对着洞口，身侧是两排燃烧的火把，左右两侧各置一口大铁锅，锅里燃烧着如同岩浆一般的金红色液体。火把灼热，时不时爆开，噼啪一声。

"钱名贵。"黑袍人声音嘶哑，一张嘴便觉阴森恐怖，"知道本君为何叫你来吗？"黑袍人冷幽的声音荡在山洞，回响声声。钱名贵跪伏在地上，头微微抬起，那溅出的火星仿佛落入了他的眼底，满是恐惧："小，小人不知，还望邪君大人明示。"

黑色身影猛地回头，看着地上瑟瑟发抖的钱名贵，身着黑袍的手指微微一扬，宽大的袍袖中飞过一张白色的纸片，在空中一荡，弹到他的面前："自己看。"

钱名贵颤抖着略显肥胖的身子，往前爬行几步，捡起那张纸。是盖了印戳的公文。他心里有一丝不祥的预感，就着火光展开公文一看，手一哆嗦，公文就掉在地上，他不敢去看头顶那抹黑色的影子，惊恐地磕起头来："邪君明鉴，邪君明鉴，小的没有，没有背叛邪君。"

黑袍人冷笑一声:"你当本君是瞎了死了不成?那日你夜闯裴府,为何他们不罪不责,还派人送你回府?"

钱名贵僵住。那天他闯裴府内宅就是邪君疑心裴赋私下有什么动作,当夜不在宅子里。哪料裴赋不仅在,裴夫人还让他丢了那么大的人。事后,钱名贵觉得裴赋不会放过他,却不承想,他云淡风轻地把事情揭过去,就送走了他。如今想来,他突然觉得不妙,汗如雨下:"小的,小的也不知情。"

黑影阴恻恻看着他,黑色的袍袖垂下,无风而荡,声音冰冷如钢针摩擦在铁锅上,沙哑难听:"如非你指引,他们怎会找到卢龙塞的山洞,害得本君仓促离去,多年基业毁于一旦。如非你背叛,这封六百里加急直报京师的文书,又怎会说消息出自你口?为你请功?"

钱名贵脊背上布满了冷汗,心里咒骂了裴赋一百八十遍,在邪君面前又不敢放肆,只能不停叫屈求饶:"小的,小的,着实不知。小的从来没有、告、告诉过裴赋。是他、是他在胡言乱语,陷害于我……"他说得有些心虚。若说胡言乱语,裴赋确实找到了卢龙塞山洞,毁了邪君积攒的"上灵宝贝",说不定还会影响邪君飞升。若说陷害,那岂不是说裴赋早就知道这封公文会落入邪君手上?难以自圆其说,他只能重重磕头,以表心意,请求邪君不要降罪。

山洞里大片大片的黑暗,邪君近前,走到高台的边沿,居高临下地看着他:"他不是裴赋。"

不是裴赋?钱名贵一头雾水,抬起头去,一张脸被火光映得通红:"邪君大人,那他是谁?"

黑袍人冷笑,袍袖带出一阵冷风:"本君今日刚得到消息,他正是称病不出无乩馆的锦衣卫指挥使——赵胤。"

啊?钱名贵脸色煞白,怔怔看着黑袍人不知所措:"怎,怎么可能呢?这,这赵胤怎会那么大的胆,冒充裴赋前来青山?邪君大人,此事当真与我无关,无关啦。"

黑袍人走到燃烧的铁锅旁边,从中抽出一根烧红的烙铁,走到钱名贵面前,指向他的脸:"县太老爷,你让本君怎么信你?"

钱名贵眼中的火焰渐渐熄灭,变得冰冷。他恐惧地看着面前的黑袍人,双手撑地慢慢往后退:"邪君饶命,饶命……"

黑袍人步步紧逼,面具下幽深的双眼如嗜血般通红:"杀——"那声音又幽幽地道,"留了他,就留不得你了。"

这是个奇异的夜晚。

街口的戏唱到三更方罢。青山镇五里外的飞仙道观,深夜突发大火,烧到天亮方休,观中道士道童居士多人罹难。消息传到青山镇,钱县令痛哭流涕,甚为哀恸,当即派了衙役前往飞仙观查实火情,收殓尸体。可是,痛哭归痛哭,为他爹贺寿的戏还是照唱不误。

130

他家占据着街口，来往官道据口，但凡要往京师，必从这条路过。

得到消息，赵胤脸上没有表情，时雍内心的不安却越发扩大。飞仙观的火烧了一夜，如赵胤所言，当天夜里得到消息，他们也没有睡好。

天未大亮时，几道黑影如闪电般从裴府后门掠入院子，进入书房，推窗轻巧地落在赵胤面前，站直一排，抱剑行礼："大人，庚字旗兄弟晚来一步。"

长夜不安，为护太子和主子安全，谢放、朱九、白执、许煜等人轮番值守，看到突然齐整整落到面前的几个年轻男子，除了常年跟在赵胤身边的谢放，其余几个侍卫都有点心惊："爷，这，这是……"

赵胤修长的指尖撩了撩衣袍，在首位坐下，目光打量着众人："你们自行介绍一下。"

几个年轻男子朝谢放朱九等人抱拳：

"在下十天干庚字卫庚一。"

"在下十天干庚字卫庚二。"

"在下十天干庚字卫庚五。"

"在下十天干庚字卫庚六。"

朱九听得瞠目结舌。

"十天干"他不是第一次听说，前任指挥使也就是他们主子的父亲甲一，就是"十天干"之首。他们以甲、乙、丙、丁、戊、己、庚、辛、壬、癸排序。这些人各领一卫，手底下分别有一支队伍。队长称为甲一、乙一、丙一，以此类推。十天干人数不多，成员可以因各种原因被替代，但组织极为严密，一代代传下来，替换成员的规则却不为外人所知。

传闻，十天干来无影去无踪，个个身负绝技，精挑细选，曾在先帝爷起兵靖难时立下汗马功劳，是先帝爷心腹中的心腹。因此，先帝爷坐上龙椅，重置被洪泰帝废止的锦衣卫时，这会儿把大权交给甲一。

甲一真名叫什么，很少有人知道。便是连他的儿子，也是随了先帝爷姓赵。而眼下，除了为人熟知的甲一，剩下的乙一、丙一、丁一、戊一、己一、庚一、辛一、壬一、癸一和永禄爷时期的他们，还是不是同一人，外人不得而知。因为这些名字，原本就只是一个代号。

如今，这些神龙见首不见尾的人物，突然出现这么多在面前，着实让朱九等人目不暇接。他们知道爷有自己的密探和暗卫，连他们这些贴身侍卫都不能完全知情，而最知情的谢放又是个锯嘴葫芦，是绝对不会往外吐口半句的。朱九蒙了，连忙还礼，不停地抱拳："庚一兄好，庚二兄好，庚三兄好，庚四兄……不，庚四兄没有来哈。庚五兄好，庚六兄好，庚……"

"好了。"赵胤不耐烦地打断他，望向庚一，"说说情况。"

庚一道："我等接到庚六密信，日夜兼程赶过来，准备前往飞仙观，可还是晚了一步。还在几里外，就看到冲天的大火。"

赵胤道："全死了？"

庚一道："全死了。死前醉酒。"

飞云道长好酒，可全观醉酒被烧死，自然不会是意外。

"我们得从长计议了。"

庚一道："我等当誓死护佑太子殿下安全回京。"

赵胤低头喝了点水，淡淡地转头看庚六："石洪兴怎么说？"

庚六恭敬地上前，道："信已传达，石大人表示将全力助将军剿除祸患。"

赵胤眼波微动："人马动了吗？"

庚六皱眉，摇摇头："老家伙请我吃了一顿酒，说明日出发，只等大人一声令下。"

只等一声令下，怎会毫无动静？庚六长得高大挺拔，孔武有力，办事极为妥帖，可到底是年轻，纵有千般本事江湖经验却尚显不足，对石洪兴这种人怎会看得透？庚一看他一眼，转而对赵胤道："飞仙观被毁。属下认为，他们不想让大都督全身而退了——"

话音未落，外面传来侍卫秦洛的声音："夫人，爷在里面有正事。请留步。"夫人叫得恭敬，可横在面前的刀也是冰冷。

这个风平浪静的夜晚，时雍是怎么都睡不着了，这才循着灯火过来的。她看了秦洛一眼，笑了笑："将军，妾身可以进来吗？"

"进！"赵胤的声音淡淡的，听不出什么情绪，因此时雍走进去前，没有想到书房里的气氛会如此凝滞，更没有想到书房里有这么多人。

其中好几个少年郎，相貌虽不是一等一的，可那身材却是一等一的，看精神看气质便知不是凡人。她大为不解，询问的目光望向赵胤。赵胤示意她坐，没有多说，只道："这些人全是我的亲信。他们会护送你和太子回京。"

是吗？时雍连忙行礼："有劳各位了。"

庚字卫几人抱拳朝时雍还礼："我等当尽全力。"

时雍点头微笑，坐下去，看着赵胤道："只是如今，飞仙观也烧了。我等要走，恐怕没有那么容易了。"

朱九纳闷地问："一个小小县令，还能一手遮天不成？难道他就是那个邪君？"

"不是。"赵胤端正而坐，在清晨初升的曦光里，如一个凝固的黑点，"他充其量只是一个小喽啰。"

朱九打了个寒噤。一个七品县令尚且是小喽啰，那青山镇岂非是藏龙卧虎？"爷，与其坐以待毙，我们不如先行离开青山镇，再做打算！飞仙观烧了，暗路走不通，索性咱们就走明路，也不必专程送太子离开，我们大家一起走。"

时雍看他一眼，觉得这侍卫真是单纯："走不了啦。"

朱九微惊："为何？"

时雍道："飞仙观的大火，足以说明对方的态度了——不让我们再走。"

这与庚一方才说的一样。为什么阿拾也知道？朱九看看大家，有些不解："我们要走，谁还能拦住不成？"

时雍看了赵胤一眼，淡淡地拨了拨指甲："走出裴宅，每一个人都可能是眼线。这青山镇，有多少人是对方的人？你可知晓？"

"那又如何？"朱九看到十天干庚字卫前来助阵，浑身都是战斗的热血，恨不能现在就冲出去跟人恶战一回，闻言道，"我们一百多号人，总不能走不出一个小小的青山镇！"就算没有十天干，他们也是训练有素的锦衣卫，一个小镇还能困住他们？朱九不信。青山镇再怎么古怪，也就是一个数百人的镇子。钱县令手底下那些衙役捕快，在锦衣卫面前都不能看，遑论十天干了，"我不信，裴将军要离开青山镇，他们敢拦？"

这次时雍没有开口，只是淡淡一笑。而赵胤的眼里却浮上了一层冰凉："敢。"

朱九一怔："爷，这些人难道是反了不成？"

赵胤眼皮轻轻搭下来："若我们死在青山镇，谁又知，反的是谁呢？"

书房安静下来。气氛幽凉。良久，谢放问："这青山镇背后，到底是什么人？"

没有人回答。时雍想，或许目前也没有人知道吧！若是知道幕后主使，赵胤又何苦乔装查探？这一局，本就是他与那个幕后"邪君"的对阵。

"那我们要怎么走？如今的我们，就像一群被装在套子里的人，裴府之外，皆有可能是敌人。就连裴家那些亲戚，说不准都有异心。那裴三伯就借着关心的由头，整天来院子里转悠。"

"是。我们这么多人要一起离开，绝无可能逃过他们的监视；而且，一旦有任何一个外来人口进入青山镇，都会引起他们的注意——"

"这邪恶的小镇！"

众人七嘴八舌，赵胤轻袍缓带，坐在椅子上，维持着端正的姿态一直没动，直到他们的目光都望了过来。

"爷，下命令吧。"朱九跃跃欲试，抱剑请战，"属下愿打头阵。"

"诸位，青山镇危机四伏，恐有一场恶战。"赵胤稳稳站起，朝众人抱拳，平静地道，"一切当以太子殿下性命为要。"

时雍冷眼旁观，没有吭声。不是所有人都明白他话中的深意，但众人都听令应是，各自下去准备。

天终于亮开了。

裴三伯的咳嗽声从院墙外传进来，一声接一声，令人烦躁不安。

时雍正躺在床上"保胎"，娴衣突然匆匆推门进来："夫人。乌家班的乌班主来探病。"

娴衣的神色有些怪异，眼神有些不宁安。时雍以为她是忌惮乌婵，没有多想，只是微笑着让她把人请进来。不料，随同乌婵一起来的人，居然是本该在京师楚王府做新婚娇妇的陈红玉。

乌婵既然把陈红玉带到面前，很显然，彼此的身份已然不用再掩饰。四目相对，想想楚王府那日的鸡飞狗跳，皆是无言。那日，陈红玉是高高在上的国公府嫡小姐、即将大婚的楚王正妃，而时雍是一个送药的卑贱奴婢。可短短时日，如今陈红玉沦落到戏班，穿着戏班的杂工服，时雍却懒洋洋躺在床上，有丫头伺候着，俨然一副贵夫人的派头。

时雍淡淡地笑："陈小姐，别来无恙？"

陈红玉的目光轻飘飘地落在时雍身上："我是无恙，不过听说你病重了？"一句话说得冷酷无情，没什么温度，与时雍在楚王府见到的那个温婉国公千金似有些不同。

"多谢挂念。"时雍脸上带着笑，眼风掠过陈红玉，与乌婵的视线在空中相撞，"娴衣，还不快给乌班主和陈小姐看座。"

茶水糕点摆好，时雍懒洋洋起床，娴衣为她披了件衣裳，很是小意。她慢条斯理地坐到主位，陈红玉不适地蹙了蹙眉，时雍视而不见，只问乌婵："怎么回事？说说看。"

乌婵将陈红玉带来，原本也是为了向她坦白。见时雍问起，她清了清嗓子："这事还得从楚王大婚说起。"

提到楚王二字，陈红玉清亮的目光便暗淡下来，眸底如若染了一层雾气。乌婵只是注意着时雍，没从她脸上看到半分难受或伤心，遂放松下来："我敬佩定国公府满门忠义，陈小姐又是个直率豪爽的女子，不是那等俗艳的闺阁千金。只是为情所困，一时想不开，误入……"她想说误入歧途，又觉得不合适，伤害陈红玉的感情，"我想拯救陈小姐。"乌婵点点头，说得郑重其事，为她的行为做了合理的解释。

时雍挑了挑眉，不说话，只是又是一笑。两人太熟太了解，不用乌婵多说，她也知道，她想拯救陈红玉是假，想搅黄赵焕的婚事、为时雍报仇是真。

乌婵手背凑到唇边，轻咳掩饰："我找到陈小姐，劝她不要嫁入楚王府那个大火坑，奈何陈小姐想不开，我苦劝无果，只能想了点法子，把陈小姐请到了乌家班。"

陈红玉眼风扫向她，刀子似的："不是请，是绑。"

时雍并不意外，挑挑眉，低头喝一口水，一副愿闻其详的样子。

乌婵道："我和陈小姐打了个赌。"

"赌的是什么？"

"赌楚王在不在意她。"

乌婵说得很委婉，可这么简单一句，却像最利的刀子刮过了陈红玉的脸，赤辣辣的疼痛。她尖俏的下巴别开，神色不悦，却没有说话。

时雍淡淡一笑，并不意外。在今天之前，她都不知道陈红玉被乌婵"请"走了。原以为她嫁入了楚王府，和楚王过起了琴瑟和鸣的日子。这正是因为王府那边半点风声都没有透出来，婚礼照常举行，新妇照样进门，乌婵和陈红玉打赌的结果，不言而喻。

"陈小姐真是巾帼不让须眉，令我等佩服。"时雍轻笑说完，陈红玉的脸便拉了下来："我知你厌恶我，也不必在这个时候说风凉话。"

这哪是风凉话？实在话呐。时雍懒懒地勾了勾嘴唇，笑容简单直接，并不掩饰："敢和乌婵打这样的赌，就不是一般女子的胆量。陈小姐豁达爽快，女子楷模，我所言字字不虚。"

陈红玉哼了一声，斜她一眼："不用客气。我没那么豁达，我跟她赌，只是我非赌不可。"人被乌婵挟持，性命都在人家手里攥着，赌也得赌，不赌也得赌，根本没有别的选择。

"可我看你如今的样子，不是愿赌服输了吗？"从陈红玉踏入房间那一刻起，时雍就觉得这女子神态虽黯然，但行事洒脱，比大多女子都大方豪迈，有几分武将后代的风骨。

陈红玉听罢，嘴角微动，好半响才发出哼声："不服输又如何？他已经娶了别人。"

时雍微惊，望了望乌婵，轻声问："娶了谁？"

陈红玉眼皮低垂，语气难掩那一丝若有似无的落寞和伤怀："我的庶妹，陈紫玉。"她低头喝一口娴衣摆在面前的茶水，似是镇定了片刻，才又抬起头来，朝时雍一笑，眸子里带了几分嘲弄，"郎艳独绝，世无其二。这是我心里的他，这世上，也再没有第二个他。"

楚王绝代风华，如青翠苍松，琴棋书画骑射礼乐，六礼精通，不论是能力、相貌还是地位，属实是能让女子一见倾心的神仙样人物。时雍眉梢动了动，只是一笑。乌婵看着她，闷头喝茶。

陈红玉沉浸在自己的思绪里："我知他素有风流名，可是，哪个男子不风流呢？至少，他曾那么激烈地爱过一个女子，为她做了那么多的荒唐事。那些事，一桩桩，一件件我都让人讲与我听。听来尤觉心酸，听罢却只是感动。

"人间难得是情痴，我见过他在她去后，衣不解带，夜不能眠，借酒消愁的样子……终归是一个爱而不得的忧伤男子罢了，他的孤独和深情，无一不打动我。我以为，他深爱的女子去了，这情痴经了这些磨炼，在成为我的夫君后，将是人世间最好的那个。"

陈红玉黯然垂头。看得出来，她想忍，可泪水仍是染湿了睫毛，红了眼圈："陛下赐婚，他欣然接旨，对我亦是小意温柔，凡事妥帖。我俩虽无海誓山盟，但已算是许了佳期。我是他的妻，御赐的妻。可我大婚前不见，他……国公府换了个小姐出嫁，他竟是什么都没有说，默默接受，与她拜堂、行大礼、入洞房……"似是心疼到了极点，陈红玉终是掩面，"是我，不是我，盖头下的女子究竟是谁，原来他根本不在乎。"

时雍幽冷的双眼凝视着她。

这是个令人悲伤的故事，她听着，除了震惊，只剩一些说不清、道不明的复杂情绪。那日楚王大婚，她去看公主出嫁的仪仗了，对楚王府发生的事情一无所知。如果不是今天乌婵带了陈红玉来，她根本就想不到有这荒唐的事。赵焕娶错了人，也能不动声色地笑纳？不愧是他。

时雍唇角牵了牵，又望向乌婵。乌婵向来是个胆大的，可时雍没有料到她的胆子会这么大。挟持楚王妃，大婚前把人掳走。如今是下不得台了吧？毕竟陈红玉这样的女子，让乌婵昧着良心"撕票"怕也做不到。

"所以今日，二位来我府上，是为何事？"在陈红玉面前，时雍刻意与乌婵划出了距离。而她冷淡的话语，把陈红玉从悲伤中拉了回来。她看时雍面色清冷，对她的遭遇没有兴趣，拭了拭眼睛，抚了抚额际的发，将悲伤隐藏了起来。她是个骄傲的女子，不允许自己恣意。

"你来说吧。"她扭头看乌婵，将尾巴抛给她。

乌婵摸了摸鼻头，浅笑吟吟地看着时雍："钱老太爷的堂会上，陈小姐看到你了。"

时雍看她一眼，抬抬眼皮。那么显目的裴大人和裴夫人，想不看见也难。只是这乌婵不仅胆子大，对陈红玉也太过信任，竟然就这么把人给带来了。

时雍不吭声，乌婵语气却沉凝下来："我们今日来找你，是不得已。"她望了陈红玉一眼："昨夜钱宅唱了一天的大戏，三更方罢，前头那是热闹非常，可后宅……却有些不同寻常。"

时雍挑了挑眉:"怎么说?"

乌婵道:"陈小姐发现,他们偷偷摸摸往内宅库房里搬东西。"

时雍的目光转向了陈红玉:"什么东西?"

陈红玉眯起眼,脑子有些乱,脸色也有些踌躇:"似是火器。"

火器?时雍的眼睛凉了下来:"陈小姐没有看错?"

陈红玉摇头:"我祖父、父亲和叔父皆是军校出身,我自小就常去军营,对火药的味道极为敏感。据我观察,这批火器数量庞大,不是小打小闹。此事非同小可,我认为有必要过来找你们商议。"顿了顿,她皱起眉头,眼睛直视时雍,"还有便是,昨日钱太爷找乌家班加了两场戏,今日又如此,事情极不同寻常。这青山镇也很是古怪。"她敏感地嗅到了气氛,可要用更准确的词来表述又不行。

时雍目光冷了冷:"陈小姐和乌班主带来的消息,非常有用,我马上禀报给将军知晓。"

陈红玉默默看她片刻,突然道:"我能否亲自面见大都督?"

她直呼大都督,显然是认出了赵胤。时雍看向乌婵,后者无奈地抿了抿嘴:"陈小姐性情中人,侠义直爽,值得信任。"她是告诉时雍自己的立场和看法,却换得陈红玉重重一哼:"等回到京师,你的账,我自然会跟你清算。"

乌婵似笑非笑地道:"能救陈小姐于水火,乌婵死而无憾了。"

第二十六章　青山镇没有百姓

赵胤在书房。从陈红玉和乌婵进门,他就得到了消息。时雍让朱九去通传一声,陈红玉就如愿见到了他。两个人是关在书房里谈的事情,说了什么时雍不知道,自赵胤的书房出来,陈红玉就沉着一张脸,同乌婵一道走了。

她们来的时候拎了礼品,走南闯北的戏班子吃着这碗饭,拜访镇上的大户人家也不是稀罕事,何况裴夫人病重,无数人都来探望过,她们来其实也不那么打眼。

出门的时候,裴三伯咳嗽了一声,扛着锄头走了过来:"小娘子这就走了呀!"

乌婵回头看了看这老头子,笑着指了指裴府:"老伯是将军家的管家?"

裴三伯拉下脸,似乎有点不高兴:"裴二郎是我侄子。"略去一个"堂"字,他又威风了许多,望着乌婵和陈红玉这两个戏班的低贱女子,鼻翼里有浓重的哼声,"他们很快就要回京去了,不会请你们唱戏。套什么近乎呢?"

乌婵抿嘴轻笑:"那不是最好了?等回了京师再请我们去将军府唱戏不迟呀。"

裴三伯苍老的脸上露出几分不屑:"裴二郎理你了吗?"

"理呀,怎么不理?裴夫人喜欢听我家的戏,裴将军又最疼夫人,还赏了我银子呢。"乌婵说着掏出钱袋掂了掂,盈盈一笑,"老伯。今儿的堂会再有一刻就要开唱了,你记得来听戏呀。"

裴三伯斜斜地睁一眼,放下锄头,在石头上刮了刮鞋底的泥,一声不吭地扭头回屋去了。

陈红玉默不做声,和乌婵走到通往街口的那座桥上,这才小声道:"这人似乎是想探你口风?"

乌婵看了陈红玉一眼:"陈小姐心细如发。"

陈红玉神色黯然,脸上的阴沉之色并没有因为她的夸赞有所变化:"有个事,我替你应下了。"

"何事?"乌婵怔怔看她,脸上满是疑惑。

"同赵胤的人一起离开青山镇。"

乌婵抿唇看着她:"你怎能替我做决定?"

"我们得离开,马上离开这个鬼地方。"陈红玉偏头看她一眼,望一眼从桥下穿流而过的河水,"和赵胤的人一起走,会更安全。我不想死在这里,不想死得莫名其妙,你知道吗?"陈红玉眼圈红了,"至少,我得回京去,当面问一问他,揭下盖头看到新娘子不是我,心里有没有过一丝丝的抗拒?问问他们,在我失踪这些日子,有没有派人找过我?"

时下女子命如草芥,亲事做不得主,命运做不得主,上至高高在上的公主,下至平民百姓,无一不是如此。可定国公府对女子向来看重,尤其陈红玉是嫡小姐,从小到大都高人一等,她从未想过有朝一日,会被自己的亲人和未来夫婿放弃。他们要的是联姻。只要是定国公府的小姐都可以,而不在乎那个女子是不是她陈红玉……固守了十几年的信念和信任崩塌了。陈红玉神情凛冽,有些激动。

乌婵懂得她的情绪,不想再刺激她,压低了嗓子:"堂会还没唱完,眼下怎么能走?"

"我不管你用什么法子,一定得走,马上走。"陈红玉双眼垂下,凝重的脸上已然平静下来,"我们只有这一次机会,你还没有看出来吗?这个青山镇有问题。如果我们不同赵胤的人马一起离开,就走不了了。"

乌婵今日来见时雍,其实,正有此意。他们要走,不能丢下时雍走。只是没想到,陈红玉轻易就把这个差事揽了下来,而且,要把离开的时间提前。

乌婵二人走后,时雍用了点粥,不太吃得下东西,赵胤却非得让娴衣给她加了碗白米饭。

时雍不悦地瞪他:"妻室在家,还与美人在书房里私会。事后不交代事实,不知心虚,反倒过来迫害妻室……"她说得委屈,就是不想吃那碗饭。

赵胤身子微微后仰,靠在椅子上,神态闲适,语气淡然:"吃饱点,好上路。"

时雍眉头挑了挑,懒洋洋发笑:"大人说得这么严肃,好像这是一碗断头饭似的。"

赵胤皱起眉头:"不得胡说!"

"那你还要不要我吃了?"

"吃完。"

他看也不看她的委屈，时雍不得已，只能硬着头皮吃完。胃里正撑，王大夫就又来请脉了。时雍很是配合，虚弱地躺在床上抚着胃："大夫，今日如何？"

王大夫仔细摸着脉，收回手："夫人可有按我开的方子煎药？"

"有呀。"

"这脉息越发紊乱了。"

"那大夫再给我换换药材？"

时雍庆幸在良医堂跟着孙正业和孙国栋学了些药理，若不然真不能成功忽悠这位小镇大夫。拿了药方，她吩咐人去镇上拣药，然后打个哈欠，说道："今日有些犯困，吃晚饭前，谁也不要来打扰我，知道了吗？"

"知道了，夫人。"

将军夫人的娇气，王大夫之前就见识到了，看她又在那里数落丫头，王大夫头皮发麻，赶紧地告辞退了出去。他一走，将军府的大门就重重合上了。

赵胤领了赵云圳进来，看着时雍，丢了身衣裳给她："换上。"这是普通杂役丫头穿的衣服，粗糙但是便利。

她看了看赵胤："你不跟我一起吗？"

赵胤抿唇不言语。赵云圳看她犹豫的样子，以为她是嫌弃那身衣服，指了指自己，拉着她的手宽慰："你不要怕，长得好看的人，穿什么都好看。你看我就知道了。你且忍耐忍耐，等回到京师，我让他们给你做最漂亮的衣裳，让你做最美的女子……"

时雍哭笑不得。小小年纪就知道哄女孩子了。她摸了摸赵云圳的头，似想起来什么。

"娴衣呢？不跟我们一起走？"

"娴衣留下。"

赵胤说得简洁，却把赵云圳的好奇心勾了出来："阿胤叔，春秀呢？"这几日他常和春秀玩耍，那小丫头虽不爱说话，可也算熟识。

赵胤看了时雍一眼："春秀，走不了了。"

走不了了是什么意思？赵云圳睁着大大的眼睛，似是不解："阿胤叔，春秀可是有别的差事？"

"嗯。"赵胤拍拍他的肩膀，"出去找小丙。"

赵云圳一走，赵胤就在罗汉榻上坐了下来，端起茶浅抿："春秀我交给娴衣看着，你放心。"

时雍叹了口气："大人考虑周全。"

赵胤低目："换衣服吧。"

时雍看他没有要走的意思，转过头来脱了外衫。打底中衣都穿在身上，换个外套而已。时雍不在意地换着衣服，嘴里淡淡地道："春秀那孩子本质不坏，来了这里也老实。小小的年纪，可能是被人吓的，你别太为难了她。"

赵胤淡淡说："你何时知道的？"时雍道："那天晚上，灶房里只有春秀一个人。想要她看不见，除非对方真的来无影去无踪。因此，答案只有一个：春秀知情，或是同伙。"

她笑了笑，感慨，"而且事后这姑娘的反应也太淡定了。太子也算是见过世面的孩子，在京里什么没见过，尚且吓成那样；她一个小姑娘，却是半滴眼泪都没有。"

赵胤沉默。两个人默契地没有说话，也没有深究。到底只是一个孩子。

衣料窸窣，在静室里十分清晰。赵胤安静地喝茶。这一刻，时雍好像悟了些什么。这心狠手辣的大都督，和她这个女魔头一样，也会心软。

天边最后一层霞光收入了云层，远处的大青山渐渐变成了一个黑压压的轮廓。

钱宅大门前的戏台上，灯火耀眼。《还魂记》已唱罢三遍，《木兰替父从军》《女状元辞凰得凤》轮番地上去，台下的观众仍是看得津津有味。

"孤家，突厥王吐利大可汗是也。世世漠北为王，倒也逍遥自在，只是久慕那中原江山广阔，土地丰饶。今当秋高马肥，意欲乘此机会夺取中原，故此来到边界。"

"哈、呼二将听令！"

"在。"

"命你等带领本部人马，攻打左路。"

"得令！"

"么、莫二将听令！"

"在。"

"命你等带领本部人马，攻打右路。"

"得令！"

"突厥来犯境，百姓不聊生。烧杀掳抢尽，残暴不忍闻。那贼兵势如何？那贼人马好不猖獗也！"

咚锵咚锵！咚锵咚锵！这戏似乎要无休无止地唱下去。

"啊！"一声凄厉的惊叫从钱宅后院传来，连前面戏台开锣敲鼓的大戏声音都没法遮掩。乌婵、燕穆和戏班里的几个兄弟，听到喊声冲了进去。钱家少爷的房里，一个十七八岁的少年，光着足被拖在地上，衣衫不整，香肩白生生地刺眼。钱名贵的儿子钱家大少爷光着膀子正将人往帐子里拉。

"混账！胆敢辱我乌家班的人？"乌婵冲上去拖起少年，扬起巴掌扇下去，打得钱大少爷蒙了好半晌才反应过来，指着那少年道："是他，是他勾引我的。"

"放你娘的屁。小茗香是我乌家班台柱子、京中名角儿，有的是达官贵人喜爱，他会瞧得上你这肥头大耳的丑八怪？"乌婵双手叉腰，站在院子里喊，"钱老爷呢，这戏，咱们乌家班是唱不下去了。戏子卖的是戏，不卖身。老娘走南闯北哪里没去过？这么肮脏的地方还是第一回见呢，今儿个真是长见识了。"

小茗香这会子云鬓凌乱，腮泛春红，眼起泪波，朱唇轻咬哭得伤心欲绝，任谁看了也以为他是个苦主。

乌婵这头一闹，前头的戏就唱不下去了。钱大少爷瞠目结舌，直呼冤枉。钱夫人匆匆赶来大呼一声"我的儿"，指着小茗香骂他是妖精。乌婵不跟她对骂，呼天抢地骂钱大少爷，把钱宅看戏的人都吸引了过来。既然跟东家闹翻了，戏自然是唱不下去了。乌婵一脸嫌弃地看着钱家人，赏钱也不要了，直接叫人收拾箱子，临夜走人。

就在这当儿——一条黑影悄悄从人群里蹿出来，进了钱宅的库房。守门的家丁抻长了脖子在看自家少爷的光腚，待回去发现门被打开了，不由纳闷："有人进去了？"

"没瞧到啊。"

"门怎么开了？"

"我看看去！"

家丁刚推开门，一条黑影便从门缝里挤了出去，迅速隐入人群。明明挺大一条狗，身子却软得仿佛可以缩起来，受伤的后腿也丝毫不影响它的行动，众目睽睽之下，叼了东西就跑。

家丁眼花："那狗叼的是什么？"

"好像是咱们库房里的东西？"

钱县令的师爷邹赛刚从房里出来，就看到两个家丁在追狗，连忙跟上去，一看，脸色瞬间变了："快！拦住那条狗。"

"打死它！"

想要打死大黑的人，从以前到现在不知道有多少。可大黑如今还能活得好好的，足见它的机智和敏锐。钱家出动了全府的家丁，撵得鸡飞狗跳。

这头，乌家班的行头也差不多收拾妥当了。乌婵将一口装戏服的大箱子重重合上盖，拍了拍箱面："把东西都看好喽，行头要是少了一件，拿你们是问。"乌家班上上下下三十几人，十几辆没有车篷的马车，上面叠放着二十来口大箱子。临夜离去，很是仓促，今夜本来还排了三场戏，好多人已经化好了装。这会子，来不及卸妆的人，有些还穿着戏服，脸上的油彩和胭脂都没有洗净。放眼一看，戏班子的人脸上花花绿绿，谁是谁也分不清。

小茗香还在抽抽答答地哭，乌婵拍拍他的后背，望一眼戏班里的人："都给我打起精神来。别丢了人，掉了东西。"

"班主放心。"

乌婵绕车队走一圈，走到一辆马车边上，一跃而上，坐在车辕上，看着身后的十几口箱子："出发。"

陈红玉跟在她的身边，有些失魂落魄。从裴府回来，她就这副模样，忽而望天、忽而叹息，一副心事重重的样子。乌婵扭头望她一眼，似笑非笑："到了京师，有仇报仇，有怨报怨，愁什么？"陈红玉与她四目相对，哼了声，不答。

乌婵笑了笑，将马鞭换到左手，轻揽一下陈红玉的肩膀，一副玩笑的样子："要是国公府不肯为你做主，楚王府也不要你，你就跟着我乌家班好了。走南闯北，逍遥自在，可不比你做那笼中鸟快活？"

陈红玉寒着脸，嘴唇紧抿，好半晌突然抬头问她："你有没有闻到什么味儿？"

乌婵屏住呼吸，紧紧吸一口气，再一口，反复几下："什么？"

陈红玉眼中浮起一片冷漠的异彩："杀气。"

乌婵怔怔看着她，唇角勾出一丝笑意："哈哈，你太紧张。等出了这青山镇，天高任鸟飞——"

"你看！"陈红玉忽然打断了她。

乌婵顺着她的视线望过去，脸色微微一冷，讥诮地冷笑："等着，我上去瞧瞧。"

青山镇往京师就一条道。

乌家班刚走出钱宅外的街口，那些在钱宅看戏的百姓，还有不知打哪里来的农人、猎户、小摊小贩，全都朝他们围了过来，将出镇的路口围得水泄不通，放眼一望，黑压压全是人头。

乌婵笑了笑，转身将车辕上的一个褡裢取下，搭在肩膀，朝人群拱手道："各位青山镇的父老乡亲。虽说唱堂会闹出这档子事，但我乌家班行走江湖，属来豁达，就爱结识各路英雄朋友。诸位将来若是来京师，还请到我乌家班来听戏。"她说着，从褡裢里掏出些铜板碎银，手一扬。那铜板像下雨似的撒到了路边。

乌婵以为这些人挡道，是为求财。毕竟没有人不爱钱，只要有人去捡钱，这路就让开了。万万没有想到，钱撒出去，落了一地，人群居然视若无睹。她一愣，嫌少？再抓一把，丢出去。铜板里还夹着一些小的碎银，极具诱惑。

然而，青山镇的男女老少，安安静静地看着她，没有一个人动弹。他们的眼睛空洞荒凉又有几分狠戾，像是突然变了个样子，一言不发，一步不让，将戏班众人堵得严严实实。

乌婵转身，站到高高的车辕上，再次抱拳拱手道："青山不改，绿水长流，各位老少爷们让个路，我们后会有期。"人群依旧不动。赶车的小椿子挥鞭叫了一声："让一让啊，各位，借路费我们班长都给了，麻烦都让一让。"

四周安静得出奇。夜幕已临，这么多人站在一起却不发出半点声音，一张张木然阴冷的脸看着他们，气氛古怪恐惧。乌婵心里一动，眼神扫了扫人群："各位这是做什么？我乌家班干干净净地来，干干净净地走，你们未必还想强行留客不成？"

这时，人群终于动了。一个四十来岁的中年男子走到了黑压压的人群前方。他留着胡子，身形微胖，穿身皂青袍子，神态怏怏，眼里暗淡得几乎无光，可是望着乌婵说话时，却比那些人多了几分气势："戏没唱完，贵客怎么就要走了呢？"

乌婵神色一凛，转而又笑："哟，这不是古老板吗？我还在你家吃过面条和牛肉呢，这么快就不记得了？没错，七天堂会是没有唱完，可我也没拿钱府的酬金。我乌家班为何要走，诸位心知肚明。钱家欺负我们戏班的人，青山镇要是没有说理的地方，我找说理的地方去。"

乌婵口中的古老板，正是时雍和赵胤那夜去拜会过的中年人，青山镇的老亭长。听了乌婵的话，他脸上没有半分动容："青山镇不要你走，你就走不掉。"

乌婵笑道："今儿个真是大开眼界了。青山镇的百姓竟会强行留客，这是什么江湖规矩？"

老亭长眼皮抬抬："青山镇没有百姓。"

乌婵内心微惊。脸上挂出了一抹职业的笑："哟，这话怎么说的？敢情你们都不是我大晏子民，不是青山镇的百姓了么？"

她打个趣，老亭长眼皮翻动一下，肯定地回答了她："不是。"

"什么不是？"

"青山镇，没有百姓。"老亭长幽幽重复。

铮！铁器发出的嗡鸣尖锐刺耳。只见他背后那些着装不一、年纪不一的青山镇百姓，突然亮出了武器，有些是刀，有些是剑，有些甚至只是一把锄头，老弱妇孺一言不发地避让到人群后面，秩序井然，如同受过训练的兵丁，一个个眼露凶光，蠢蠢欲动，目光古怪诡异——就好像他们不是人，而是盘中的食物。

大地静默。云层渐低，夜渐渐袭来。极目一望，远处群山层叠，面前的人，仿佛都变成了鬼。乌婵戒备地后退一步："为什么？你们是疯了吗？我们无冤无仇。"

老亭长："这才是千秋功业！"

千秋功业？一个小小的青山镇谈什么千秋功业？

"你们是图财，还是要命？"

老亭长道："旧的世界已是强弩之末，邪君携上古灵物拯救苍生，将成就万古不朽的功业，只容人亲近它，服从它。谁若是远离、反对、破坏、背叛，必将承受这燎原大火的炙烤，直至毁灭。"

乌婵看着这神神叨叨的人，有片刻的愕然："劳烦，说人话。"

老亭长张开双臂："来者，来者，一个人都不许走。"

长风过街，刮过乌婵的脸颊。她倒吸一口凉气，偏头示意乌家班众将马车和箱子守护起来："这是非打不可了？"噼啪！乌婵手上长鞭猛地一甩，"兄弟们，既然青山镇的百姓舍不得我们走，那我们就再留一留。"

箱子里黑漆漆的一片，留着通风透气的几个小孔。袖子被人拉了拉，时雍回头，看到一双亮晶晶的眼睛。赵云圳的脸正对小孔透出来的光，眼睛眯了眯，双手紧紧抓住时雍的手腕，小声问："他们打起来了，怎么办？"

时雍抓着他的手，在掌心用力一捏："不要怕。我会保护你。"

他俩是趁着钱宅大乱时被安排到箱子里的。乌家班的随从里面，也混入了庚字卫的人，此刻还未出青山，赵胤马上就会得到消息，原以为这场大戏会等他们离开青山镇才开始，如今一看，是要提前开锣了。

赵云圳许久不说话。好一会儿，他又拉了拉时雍的衣衫，用更低的声音问她："阿胤叔在哪里？他会来救我们的对不对？"

时雍低下去，头碰上他的额头，手揉了揉他的后脑勺："对。"

赵云圳点点头，将眼睛凑上箱子留下的小孔，一眨不眨地往外望，小拳头捏得紧紧，时雍这才发现他除了害怕，还有兴奋。

青山镇的灯不亮，昏暗环境里的搏杀，惨烈而惊恐。你砍我一刀，我杀你一剑，我杀不过你，抱住你也要啃下一块肉。时不时传来一声惨叫、满地鲜血，有人缺了耳朵，有人少了胳膊，奔跑、号叫之声不断传入耳朵。可是，害怕鬼邪之物的赵云圳，好似一点都不怕搏斗厮杀："他们就快要输了。"

　　肉眼可见，青山镇的人虽然多，可是远不是混入了庚字卫的"乌家班"对手，黑压压的人群被死死压制着，慢慢往后退，朝左右散开。但是这些人很不怕死，打退再涌上来，打退又涌上来，如同黑压压的潮水一般，打不尽。

　　马车突然动了起来。时雍紧紧抱住赵云圳的身子。庚一的声音："坐稳！我们闯过去。"声音贴着箱子传入，是说给庚字卫的兄弟，也是说给时雍和赵云圳听。

　　赵云圳再次兴奋起来，眼里赤热，时雍不得不紧紧搂住他，唯恐他忍不住尖叫。

　　马车颠簸中徐徐往前推进，庚字卫神勇难拦，乌家班也是走南闯北的人，个个训练有素，若是普通百姓遇上这样的人，根本就不敢与之为敌。可神奇的是这些人根本不惧不怕，他们癫狂呐喊、没有理智，对迎面砍来的钢刀也能不闪不避，悍勇非人，甚至迎上来以命搏命。即便有些人受了伤失去了战斗力，只留得一口气，也要跪在地上，张臂望天大喊："青山之火，不灭不尽，邪君伟业，千秋万代。"

　　激烈的兵戈声和呐喊声震破天际，冷风狂肆地灌入青山镇的长街。乌家班的圈子越缩越小，前方道路上的人却越聚越多。这些人如同蚂蚁一般，密密麻麻，看得人头皮发凉。这么多不怕死的人，这样纠缠的打法，他们会很吃亏，庚一急欲突围："乌家班的兄弟们，撕开口子。"

　　"领命！"

　　"快！快！他们想出去。拦住他们。"

　　"邪君之怒，天神之罚，一个也别想走。"

　　乌烟瘴气，吼声、杀声、叫唤声，乱成一团。这时，长长的街道上铁蹄声奔腾而来，远远传来一道吼声："昭毅将军到！"

　　赵胤身着胄甲，一马当先冲在前面，后面跟了一群锦衣卫的将士，铁骑踏过长街，披风猎猎翻飞，人数不多，但军容肃穆整齐。战马上前，发出凄厉的长嘶。赵胤厉喝一声："住手！"

　　他身长悍勇、冷峻逼人，可是，那群"青山百姓"根本就听不进任何的话，也不怕朝廷的军队，他们如同疯了般，飞蛾扑火般往前涌，在堆积的乌云下，如黑压压的兽群，朝乌家班扑过去。

　　赵胤宝剑出鞘，高举过头："谁再动手，以流匪论处，格杀勿论。"他手上长剑闪烁着森冷的光，乌家班的班众在喊声里靠近箱笼，伺机而动，而青山镇那些人，仍不肯罢休，如同蝗虫一般继续往前拱动。这形势，压根就收不住。

　　他们不怕将军，不怕军队，眼里没有惧意。

　　兵荒马乱间，麻木的人群里有一个人突然抬起了头，正是那个青山镇的老亭长。

　　他回头看着赵胤，突然喊了一声："他们只听县太爷的。"

　　赵胤抿紧嘴唇，眼神环视着涌动的人群，取下背上的弓箭，搭箭挽弓，一箭嗖地飞出去，射中檐下一个人的肩头。那人是钱名贵的护院，就站在钱名贵旁边。突然的惨叫和迸出的血光，把钱名贵吓得哆嗦一下。

143

"钱名贵，你是要造反吗？"

钱名贵看着赵胤，往后退两步，退入人群中这才阴阴一笑："将军息怒。乌家班不讲信诺，七天堂会没唱完就急着要走。青山镇的百姓容不得这样的事情，自发阻止他们，引发殴斗，下官也是没有法子。"

赵胤冷眸微眯："煽动百姓作乱，你这个罪魁祸首，看来是饶不得了。"

钱名贵一声冷笑，沉声说道："我乃是青山镇百姓的父母官，我不纵容百姓，难不成纵容这些低贱的戏匪不成？倒是裴将军你，带兵前来助匪，是想屠戮百姓，与朝廷为敌吗？"

振振有词，颠倒黑白，钱名贵很懂得这一套。

赵胤平静地看着他，声音沉凉："钱县令，当真不肯住手？"

钱名贵道："裴将军不分青红皂白维护戏匪，围剿我青山百姓，还想威胁本县？哼，本县是不会屈服于将军淫威，置青山百姓安危于不顾的，我已决意与青山镇共存亡。"

赵胤看着疯狂的人群，弓箭瞄准钱名贵："那本将成全你。"

钱名贵躲在人群后方，一声冷笑："我谅你不敢。"

赵胤唇角一勾，马步飞扬，往前跑动几步，挽弓瞄准，羽箭飞了出去。

"啊！"钱名贵惊叫一声，抱头蹲下去。而他的顶戴乌纱已然被利箭穿透飞了出去，连箭一起射向檐柱。

"钱名贵，本将再问你，还不肯叫人住手吗？"

"叫、叫、叫不住的！"钱名贵躲在几个家丁背后，吓得屁滚尿流，声音还有颤意。

赵胤一看。疯狂的人群并没有因为钱名贵而住手。他们对这一切，视若无睹。

"众将士听令！"赵胤沉声道，"卢龙县令钱名贵煽动百姓作乱，意图不轨，给本将拿下交由朝廷缉办。其余人等，若有违抗阻挠者，一律诛杀。"

"得令！"

身后将士早已准备多时，得到命令，如猛虎出笼一般冲了上去。他们不是普通将士，而是经过严格挑选的锦衣卫。他们战刀锋利，武艺高强，像赶鸭子一般朝人群围过去，与乌家班众人一个里一个外，配合默契，很快就占据了上风，控制住了局面。

钱名贵看着节节败退的人群，瞪着赵胤，发出一声冷笑：

"裴将军，都这个时候了，还不敢以真面目示人吗？"

赵胤面容冷肃，不言语。

钱名贵摸了摸没有戴帽子，凉飕飕的头顶，目光阴冷："哼！你就要大祸临头了，还有这闲工夫救别人。"

赵胤马头一转。嗖！又一箭从他手中飞出。

"啊！"惨叫声从钱名贵嘴里发出。

赵胤不仅武艺精湛，箭术更是出神入化。但是他显然还不想要钱名贵的命，这一箭只是射穿了钱名贵的肩膀，让他身子歪倒着滚下台阶，痛得大声高呼："师爷！邹赛……你狗娘养的还在等什么？还不赶快搬家伙出来。"

在钱宅库房内存放着一批"天雷之罚"，是邪君用来惩罚悖逆之徒的，钱名贵曾亲眼见过它的威力，引线一拉，砰的一声炸开，如若天雷临世，再厉害的人、再厉害的功夫在"天雷之罚"面前，都不是个玩意儿。那是一种燃烧性的火器，是人肉之躯不可抵抗的"神物"，是钱名贵和邪君麾下信徒们都相信，邪君不可战胜的天降邪物。

"快去取天雷！"受了伤的钱名贵变得暴躁无比。

混乱的人群，一听说"天雷"，一个个都兴奋地大声喊叫起来："天雷之火，烧尽世间悖逆。"

"天雷之罚，炙烤他们，毁灭他们，还我朗朗青山……"

哐哐哐哐哐哐哐哐！

钱宅大门打开，一排排铁轮车将红布覆盖的"天雷之罚"推了出来，人群自动让开一条路，轮子压过满是鲜血的地面，对准了赵胤和乌家班：

"天雷之火，烧尽他们。"

"天雷之火，烧尽世间悖逆。"

"天雷之罚，炙烤他们，毁灭他们，还我朗朗青山……"

红布一揭，一群丧失理智的凶徒疯狂地喊叫起来。鲜血和死亡不能吓退他们，似乎也没有任何一种力量能唤醒他们。

"将军！"谢放和朱九对视一眼，"这是什么火器？"

大晏军中也有火铳、火枪、火蒺藜，甚至威力极大的火炮。但没有人见过眼前的"天雷之罚"，长得像个炸药桶，一个有三尺来长，看上去比大晏军中配备的火器更为骇人。

"哈哈哈哈，怕了吗？"钱名贵大喊着，"说了你要大祸临头了，还不肯悔改。如今你还有一个机会，跪下来向邪君忏悔，效忠邪君，或可饶你一命。"

"是吗？"赵胤声音不高，面色冷然无波，听完钱名贵的话，他坚冰般的脸上，没有半点动容，"私藏火器，罪加一等。给本将把钱名贵拿下，生死勿论！"

在他的命令声里，将士们清醒过来："杀！"

"杀啊！"

肉身在强大的火器面前没有抵抗之力，但上官的命令不可违抗。将士们再次整合队形，朝这群疯狂的"青山百姓"冲了过去。他们是训练有素的帝王亲卫，是大晏最厉害的精锐将士，手上刀剑翻飞，毫不留情，很快杀出一条血路。

"还不点火！"钱名贵浑身浴血地站在檐下，挥舞着双手大叫，"天雷之罚，开火呀！"

长街的厉风轻轻地吹着，家丁手执的火把发出幽幽的光，在钱名贵声嘶力竭的吼声里，全镇的人瞪大双眼，惊恐又兴奋，好像天神布下的恩泽就快降临，伸展双臂，没有畏惧，不知躲闪。

"不要！"电光石火间，一个人突然扑过去，紧紧抱住铁轮车上的"天雷之罚"大声喊叫，"你们逃命去吧，别再来送死了。"

那人披头散发，身上沾满了鲜血，正是刚才告诉他们"青山镇没有百姓"的那个老亭长。家丁拉扯着他的胳膊，他一动不动，胡子被冷风吹得颤抖着，随即整个身子都颤抖了起来，沙哑的声音如同被敲打的破锅，在人群中炸响："快逃呀！再不走就来不及了。"他双眼赤红，回望着赵胤，一声高过一声，字字都像在喘息，"我早就告诉过你，没有人可以为青山镇做主，没有人。你为什么还要来送死？"

"青山镇没有了。早就没有了。

"我，青山镇的亭长，除了我，这里没有人，没有人。"

老亭长的话高昂激烈却又语无伦次，趴在铁轮车上，看着黑压压的人群，他像一个大梦初醒的垂暮老者，颓然的眼睛里迸发出悲凉的光点："你们都疯了。没有新的世界，这只是一个疯子的骗术。没有天神，没有邪君，没有上古灵物，那些死去的人，不会飞升，灵魂也不会得到救赎。他们都死了，他们从活生生的人变成了死去的人，他们是我们的亲人……而你们，有一天也会像他们一样死去……"

"点火！"钱名贵大喊，"这个胡说八道的家伙，让他受天雷的惩罚吧。"

两个家丁把他拉开，老亭长还在呐喊。

"我是青山镇的亭长，要罚就罚我一个吧。"他高喊着，扑过去抱住火把。

扑！一柄钢刀从他的后背贯入。老亭长睁大双目，看着那把刀从胸前穿过。他拧着头，大张的嘴怎么也合不拢，看着那个杀他的人。人群突然安静，所有的嘈杂与呐喊同时停止，画面仿佛被定格，老亭长眼里巨大的悲伤，变成了一滴泪，从眼角滑落下来。

那人手执钢刀，目光坚定而冷漠："叔父，你疯了，你的灵魂已经悖逆了邪君，你的肉身也不再纯净，你必须被毁灭……"

老亭长张了张嘴，想说什么，却一个字都没有说出来。他目光涣散，用尽全部的力气扭过头，看着赵胤，眼窝的泪空洞、绝望，就像这漫长秋夜里的小镇，凄风苦雨，满目疮痍，好似天永远不会亮，永远没有白天。

"我可以为你做主。"赵胤勒住马，目光扫过眼前这群疯狂的人，也看着以死阻止天雷试图唤醒他们的老亭长——他的泪和鲜血，正蜿蜒而下，"那年在你家饭馆门前，你的小孙子爬树摘樱桃掉下来，是我接住了他。"赵胤淡淡的声音随冷风传入老亭长的耳朵，"你看，生死可以改变，这青山镇自然也有人能做得了主。"

长风自黑暗穿街而过，老亭长的眼亮了一下，仿佛升起了希冀的光，手终是慢慢垂了下去。

"以死殉镇，是为忠烈！"赵胤剑身染血，高高举起，"杀！"

将士们怒气升腾，嘶吼着冲了上去。

"点火！快，快点火炸死他们，让天雷之罚惩罚他们！"钱名贵的呼声被掩埋在了长风里。火把点燃了引线，火花冒一下，熄灭了。一个天雷没有用，再一个天雷还是不管用。钱名贵疯了，爬过去从家丁手上接过火把，亲自去点："完了！"

几个用铁轮车推出来的天雷都像是哑了似的，冒一下火花就熄灭了。

朱九高声道："看见了吗？天神不会眷顾恶魔，什么天神之罚，就是个骗局。"

"不，不可能的。绝无可能。"钱名贵爬上铁轮车，打开天雷的盖子，轻轻一拉，那引线松松掉了出来，哪里还能点燃？

"怎么回事？怎么会这样？"他拿着引线大声喊叫，眼睛被恐惧占据，身子瑟瑟发抖着，几乎忘记了疼痛。天雷不燃，邪君的惩罚会比现在的疼，难受一千倍，一万倍。

"是谁，是谁破坏了天雷……"他想找个背锅的羊，眼神落在了师爷邹赛身上，"是不是你，是不是你？"

邹赛一把扳住他的肩膀，将他推开，又亲自查看一眼，再转头，双眼赤红而癫狂："钱名贵，你坏了邪君大计！你死定了。"

"不，不是我，不可能是我。怎么回事？怎么会这样？"钱名贵嘴里喃喃，翻来覆去只这几句话。

邹赛脑子里闪过一条狗的影子，从天雷搬进来，只有那条狗溜入过库房……他很快否认了这个想法：一是他不信这世上有这么聪慧的狗，懂得破坏天雷；二是他不敢把一切责任推到一条狗的身上，毕竟狗不可能背锅，但是钱名贵可以。

"一定是你。"邹赛揪住钱名贵的衣领，"邪君早就怀疑你背叛了他。通风报信的是你，破坏天雷的也是你。"

"放你娘的狗屁。"生死面前，斯文扫地，钱名贵面如死灰地看着邹赛，"是你在邪君面前告我的状，是你想接替我的位置，是你陷害我！我跟你拼啦！"

两个人扭打起来。钱名贵肩膀中了一箭，可肥硕的身子极是灵活。邹赛被他揪住，竟挣扎不得。白执一脚过去，踹翻两人，然后同许煜一起将他们拎了起来，拖到赵胤的面前："爷。这两人怎么处置？"

赵胤望着眼前密密麻麻的人群，冷眼微眯："押下去，留活口。"

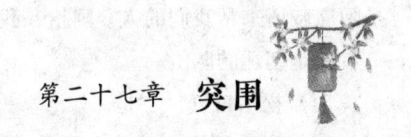

第二十七章　突围

疯狂的青山镇人见证了邪君"天雷之罚"的失败，失去了钱名贵和邹赛的指挥，变得不堪一击。他们人数众多，可武力属实不是锦衣卫的对手，少了天雷之罚，内心的壁垒被推倒，全部成了会喘气的人肉沙袋。

"我们胜利了。"箱子里，赵云圳死死抓住时雍的袖子，"我们胜利了，为什么还不出去？"

时雍在箱子里看了一出惊心动魄的厮杀，此时的心情比赵云圳平静不了多少。但是她的脸上，没有露出半点激动："等等。"

"等什么？"

赵云圳不懂。他身上的血液仿佛在燃烧，被这场激烈的厮杀点着了，他想要去战斗，想像阿胤叔，像谢放，像朱九、像那些男人一样去战斗："我们出去吧，阿拾，我要出去。"

时雍摁下他的脖子，又安抚地拍了拍他的后背，怀里的孩子身子僵硬着有点抗拒，时雍捞他过来抱在怀里，赵云圳终于老实了。

时雍的目光透过小孔看出去，寻找到了那个人影。马上的赵胤全身胄甲，腰系革带，脚踏革靴，整个人修长挺拔，凤翅盔下的脸也十分俊逸好看，但是，他却神色未展，一脸高冷孤寂，紧蹙的眉下，双眼蓄满了肃杀。时雍心里微微一沉。一丝不易察觉的异常爬上心间。

"我们到底在等什么？"赵云圳不耐烦地问。

"等你阿胤叔。"时雍目不转睛地看着赵胤，说出这句话，又垂下眼皮，"等他招呼我们出去。"

赵云圳盯着身边的女子。眼睛早已适应了黑暗，透过小孔的光，赵云圳能看清她的轮廓："你是不是想让我娶你？"

这小子冷不丁的话极是骇人，时雍怔了怔，差点笑出声："殿下何出此言？"

赵云圳哼了声，言语有点羞恼："你与我已经是……是这般亲近。再在箱子里关久一些，我不娶你，你便真的没人敢要了。你说你是不是想赖着我？"

"小屁孩子。"时雍低低笑嗔。战斗还没有结束，这些人虽然愚昧，但身份没有搞清楚之前也不能随便屠杀，兵丁们只能抓头目，驱赶人群。还有零星的一些人，在拼死顽抗。哒哒哒哒哒——可能是箱子里面太过安静，马蹄声还在很远时，时雍就听到了。由远及近，马蹄裹着尘浪滚滚，一听这声音，来的人不少。

"阿拾，有马队！"

时雍搂住赵云圳的胳膊一紧："嘘！"

马蹄声更近了。人未到，声已至："永平卫指挥使石大人到！"

一听这话，赵云圳兴奋不已，抓住时雍的胳膊，大声喊叫："是我们的人，是我们的人！是阿胤叔请来帮我们的人。阿拾，我们可以出去了。"这些人身着甲胄，手执弓弩刀枪，一看就是朝廷的队伍。

时雍松了口气："是。"

赵胤突然回头，隔着人群看过来，那一眼极是微妙。时雍心弦一绷，凭着某种难以描述的直觉，很肯定赵胤是在看她，或者说，提醒她。

时雍心中涌起一种不祥的预感。她一把抓住想要拍打盖子的赵云圳："别动！"

这时，谢放策马过来："乌班主！"

"在。"乌婵刚才参与了混战，这会子脸有点花，抬袖子抹了抹，轻松地问，"永平卫的大人都来了。没事了，是么？"

谢放看她一眼："是的。这里没你们什么事了。"说罢，他转头对身侧的兵丁说："跟这些唱戏的没关系。把路让开，让他们走。"

刚才混战，乌家班一直被那些疯狂的青山人围在中间打，地上横七竖八躺了不少人，现下还有些也不打了，就是不肯散去，围在街口官道上，一个个像垂头丧气的僵尸。谢放派人过去驱赶，这些人不情不愿地散开，让出了中间的路来。乌婵回头看一眼街尾烟尘滚滚般涌入青山镇的永平卫兵马，皱了皱眉头，拱手："多谢大人相助，来日必当报答。"

谢放抱拳还礼，望了一眼乌家班的箱子，眉头锁紧："一路安顺。早到京师。"他话里的深意，几个人都明白。他不放心箱子里的赵云圳，在叮嘱他们，也叮嘱庚字卫的兄弟，要保护太子平安到达京师。

乌婵点点头示意，马鞭高高甩起："兄弟们，赶路了。"

马车动了起来。时雍眼睛贴着小孔，远远地看着人群里的赵胤。

"阿拾。"赵云圳在唤。

时雍忙着看外面，随意地嗯了声。

"你心不在焉。"赵云圳严肃地望着她，"本宫在跟你说话。"

小屁孩最近总说"我"，一句"本宫"拉回了时雍："你想说什么，殿下？"

"你为什么一直看阿胤叔？"赵云圳气鼓鼓地，又提醒她，"在你面前的是本宫，会娶你的也是本宫。阿胤叔是不会娶你的。"

这话很伤自尊，时雍眼睛一眯，不加思索就问了："为什么？"

"他不会娶任何人。我父皇说的。"

就因为道常大和尚的预言吗？时雍哭笑不得，纤眉微挑："他是个人。"

"是人如何？"

是人就会有七情六欲，难不成他真会因为道常和尚的一席话，就终身不娶？一旦遇到喜欢的女子，说不准哪天就想娶了呢？那谁拦得住。时雍腹诽的话，没有说出来。一是和赵云圳这小屁孩儿说不明白，二是车队后面突然传来一声吆喝："唱戏的，停下！"

乌家班的车队已经走出了街口，这声吆喝不是来自赵胤的人，而是来自永平卫新来的一队士兵。他们骑着高大的战马，行动迅速，很快绕到了车队前面，再次拦住了离开的路："石大人有令，今夜任何人不得离开青山镇。"

乌婵高声道："为什么不能离开？石大人让我们留下，是要管饭吗？"

士兵重重一哼，骑马绕着乌婵身边转："箱子里是什么？"

乌婵道："还能是什么？唱戏的行头。"说着，她又从褡裢里掏银子："官爷，拿去吃个茶，听个曲儿。"

咚！银子落地。那士兵挥开了乌婵的手，突然拔刀指着她："打开箱子。"这气势汹汹的样子，一看就是来者不善。

乌婵挑了挑眉："裴将军已经允许我们走了，你们凭什么不让？"

士兵道："这里是永平府青山镇，裴将军说了算，还是我们石大人说了算？打开！"

大晏实行卫所制，在中央一级设前后左右中军都督府，简称五军都督府，地方设都指挥使司，都司下设若干卫所，卫所最高长官为指挥使，也是正三品。论品级，石洪兴与裴赋同级，但裴赋是京官，石洪兴是地方官，一个是强龙一个是地头蛇。这些人有些仗势欺人，似乎没有把裴赋看在眼里。

赵云圳在箱子里蠢蠢欲动，哼了声："那是个什么狗官？本宫这就出去，让他们睁大狗眼好好看看，这里到底谁最大。"

"不可！"时雍小声阻止。今夜形势风云变幻，早已不可预料。赵胤既然没有暴露赵云圳的身份，自然有他的打算。

"装在箱子里的太子,还是太子吗?"时雍的话,让赵云圳愣了愣,"你这话是何意?"

时雍目光炯炯有神,盯住他:"殿下,如今除了我们,没有任何人能证明你是太子,你可明白?"

赵云圳不懂:"那你们帮我证明便是。"

时雍深吸一口气:"如果我们都死了呢?"

赵云圳人虽小,却也不笨。从小在深宫中长大,多少知道一些算计:"你是说,这个什么狗指挥使,敢不认我?"

时雍嘘了一下,示意他小声点:"别侮辱狗。"

那永平卫指挥使早来,晚不来,当真是为赵胤解困来的?时雍不敢冒这个险。毕竟这天下,只有一个太子,皇帝只有一个儿子。若有人图谋不轨,太子便是很好的筹码。这青山镇,这卢龙县,甚至永平府的水,都太深了。石洪兴的人越过赵胤拦乌家班的路,分明没安好心。这石洪兴的屁股说不准早就歪了,早就与他们沆瀣一气。若不然,钱名贵这些人,又怎敢在这儿肆无忌惮,毫无约束?

"查就查吧。"乌婵懒洋洋地哼了声,扭头:"小北,开箱给各位兵爷看看。"

一口口箱子被打开了。士兵一个个看过,走向了队伍的中间:"这里面装的是什么?"

站在马车边上的庚一淡淡道:"一样,班子里的戏服。"

"打开看看。"

庚一的手微微攥起,眼神示意庚二:"钥匙呢?开箱。"

庚二低着头,慢吞吞地将钥匙插入锁眼。那士兵看他这么慢的速度,不耐烦地催促了一声,庚二突然打了个喷嚏,喷了那人一脸。盖子也在这时打开了。那士兵飞快地掩面,擦拭着脸上的口水:"我肏你老娘,找死是不是?"

庚二连忙低声道歉,他长得清俊,脸上画着戏班里的油彩,做花旦打扮。那士兵撩眼看他一下,斜眼看了看箱子里堆放的花花绿绿的戏服,视线又被他吸引了回来,笑得有些邪肆:"你唱戏就穿这些个?"

庚二小声道:"唱什么戏,就穿什么衣。"

那士兵伸手要往他脸上捏:"看看这小脸,涂的是什么?"

庚二手攥成了拳,那人却转了身,因为背后的小茗香突然娇滴滴地唤了一声:"兵爷快来嘛,人家都打开等你好久了。"

那士兵嘿嘿乐着,走开了。他发现娇软软的小茗香比硬邦邦的庚二更美。

车队检查完毕,一个校尉策马走到石洪兴面前,高声道:"大人,戏班的箱子没有异样!"

石洪兴年岁不小,是个四十来岁的老将了,骑在马上,他一双浑浊的老眼盯着赵胤,目光炯炯有神:"裴将军,你传信让本将前来相助,本将如今带了人来,你得给我交个底吧?"

赵胤眉头一皱:"石大人想知道什么?"

石洪兴骑马绕着赵胤走了两圈,打量他,笑着说道:"不瞒裴将军,我来之前得了个京师来的密令。说五军都督赵胤勾结卢龙县令钱名贵，谋害和亲使臣，挟持怀宁公主，便私自携太子殿下出京，欲行不轨，让我协助捉拿……"说到这里，他故意停顿一下，眼神再次在赵胤身上打量，"不知裴将军可知情？"

赵胤眉目不动："不知。"

"是吗？"石洪兴冷声反问，"我以为裴将军无故派兵镇压青山百姓，致我青山镇血流成河，死伤无数，正是得了赵胤的指派呢！"

赵胤冷冷看着他，平静地道："看来石大人不仅屁股歪了，脸也换了。"

石洪兴怔了怔，长笑出声："你我皆是旁人局中的一颗棋罢了，多说无益。听闻裴将军好功夫，石某倒是真想见识见识——以裴将军一百多人的队伍，怎么来打我这五千人？"

五千人，这是把永平卫的兵都调过来了吗？赵胤放眼一望，四处皆兵。弓箭手早已拉好弓弦，只等石洪兴一声令下。他突然冷哼："石大人这是醉翁之意不在酒吧？"

石洪兴笑了笑，打马走近，用极低的声音道："还请大都督原谅，我这也是迫于无奈呀。天子要杀你，谁人拦得住？再说了，你便死在青山，死的也是裴赋，你赵胤是病死的，病死在无乩馆。你说，这可气不可气？哈哈哈。"

赵胤冷冷看他："挑拨离间，你还嫩了点。"

石洪兴似笑非笑地看着他，目光又放眼望向长街上的尸体与痛苦哀叫的伤者，冷声道："大都督莫不是以为，这么多无辜百姓枉死，此事能得善了吧？即便他们有错，你也无权未审先杀。《大晏律》没有给你这个权力。"哼了哼，石洪兴眼里闪出一抹幸灾乐祸的冷光，"大都督说你做得了主。啧啧，这么多条人命啊，你要怎么向陛下交代？陛下又怎么向天下人交代？大都督，你说，到时候身首异处，第一个被用来祭天的人会是谁？"

赵胤手伸到腰间，唰地抽出一张帕子，长剑铮声响过，他低垂眼，眼含坚冰，慢慢擦拭："石大人可看清楚了，本座手上的是御赐宝剑。陛下令我，可便宜行事。石大人可知，何为便宜？"

石洪兴脸色一变："尚方剑？"尚方剑为大晏皇帝御用之剑，是至高无上的极权象征。持有此剑的人，可先斩后奏便宜行事。

何为便宜？如今他石洪兴就是个便宜。

赵胤道："我刚好就有宰杀你的权力。你说，这可气不可气？"

石洪兴咳嗽一声，嘴角反复抽搐几次，脸色已变。

他们骗了他。在赵胤着人传信请他出兵的时候，他是犹豫过的，但是那时局势不明朗，他还想坐山观虎斗。结果他们说赵胤私自出师，已触怒天颜，皇帝要暗中办了赵胤。他才义无反顾顺势而为，出来露露脸。哪知赵胤是拿着尚方剑出京的！中了人家的计，兵已经派出来了，这锅也背定了。事到如今，他也无路可退。

"裴将军可真会说笑。尚方剑长啥样儿，石某人也没见过。我只知听命行事，拿你问责。"石洪兴说罢，握拳转头，大声命令道："众将听令，裴赋勾结逆匪，无故屠杀青山镇百姓，致我青山血流成河，百姓不安。给我拿下，全军缴械。"

151

在石洪兴身后有一群亲兵,这些人也是营里的精锐,精挑细选,他这才敢打马上前同赵胤耍横斗狠。哪料,就在他扭头这一瞬,赵胤突然提剑纵马,如鹞子掠梁,一个跃起,已跨于他的马上,将剑架上了他的脖子。掉转马头,在马儿的嘶鸣声中,厉色喝道:"石大人,让你的兵退下。"

石洪兴目露惊惧。他身后一群亲兵也都愣住。赵胤身边统共就一百来号人,而他们有数千之众,单是弓箭手就有上百人,早已将青山镇长街围得水泄不通,哪知道,还未开打就被人擒了"王"!

再勇猛的人在死亡面前都会有犹豫。脖子上的刺痛,让石洪兴脑子有刹那的空白,过了片刻,他战战兢兢地摆摆手:"退,退下!"

赖千总名叫赖安,是同石洪兴一起前来青山镇的卫所千户,也算是石洪兴的心腹,今日撺掇他领兵青山的时候,说得忠心耿耿,一副要为他肝脑涂地的样子。可如今,眼看石洪兴落入赵胤手中,赖安却铮的一声拔刀在手:"石大人为全忠义,临死不退,我等见大人高义,悲痛欲绝,必为大人……复仇!"说罢,他举刀大喝,"得石大人令,捉拿叛将裴赋及其部众,若有反抗者,杀无赦!"

石洪兴不敢置信地盯着赖安,再看看赖安身后那些他以为的"心腹",不顾他的性命齐声呐喊着扑上来,额头上青筋都鼓胀了起来:"赖安,你反了不成?"

赖安脸上浮起一丝奸笑:"反的是石大人。末将只是听令行事。杀啊!"

"竖子诓我!"石洪兴大吼着,心中那根弦断了,脑子里的线索却连了起来。

这个赖安,给他献计献策献美人,让他放心把卫所的大事小事交由他去办,哪承想,他把赖安当兄弟,而赖安只是在算计他。事情清清楚楚摆在那里,石洪兴也不傻。这卢龙,这青山发生了什么,他并非一无所知。只是他被蒙蔽得久了,相信了赖安的话,认为宫中和朝堂要变天了,将在外,守一方,得有两全准备,哪知会有这样的下场?石洪兴急促地喘息着,虚弱又懊恼地道:"大都督,我看错了人。"

"退兵!"赵胤面无表情,剑身往前一寸。

石洪兴脖子上滴出一串血珠。他手腕一垂,刀身滑落,伴着一声苦笑:"大都督莫非以为我在做戏吗?你都看到了。你杀了我,这逆贼也不会退兵。你我皆是套中之人罢了。"他微微扭头,僵硬着脖子看赵胤,"非是石某看你笑话,时势所趋,大都督若想保命,还是早些交出太子投降了吧;否则,这大青山就是你的埋骨之地。"

赵胤手上长剑一紧,剑身入肉,石洪兴身子抖了起来:"你杀了我,也是插翅难飞。不是我小瞧大都督,纵你锦衣卫个个武艺高强,又如何以一百之众敌五千?这不是以卵击石又是什么?"

赵胤冷声问:"陛下令你戍守永平,你就守成了这模样?石洪兴,你该死。"

石洪兴用一种悲伤的目光看着他,幽幽地叹:"这卢龙县,早已不是大人以为的那个卢龙县了。"他眼一斜,望向远处的士兵和青山镇的百姓,长叹,"你赵胤有三头六臂,也改不了这局。"石洪兴气若游丝,一脸无奈、恐惧,双眼里仍有挣扎的求生欲望,"今夜,他们要诛杀太子。"

天下皆知大晏皇帝仅有一个儿子，那就是九岁的赵云圳。若是太子死在青山镇，死在这乱军之中，身子本就不好的光启帝还能活几年？

肃杀的冷风自青山长街吹拂过来。永平卫的兵丁们在赖安的指挥下潮水般涌了过来，月黑风高杀人夜。这一仗千古难遇，没有人会相信，也没有人敢相信，一个地方卫所会围攻远道而来的京军，而理由是他们"屠杀百姓"。

乌泱泱的人群像扑火而来的蛾子，圈子越打越小。满地伤兵残尸，有些人累得筋疲力尽，有些人因为杀人太多，手臂都杀得脱了力。

"杀啊！"

"杀！"

凄厉的吼叫声响彻了云霄。街口狭窄，乌家班被包围在里面寸步难行，刀剑砍杀，利箭离弦，声音一道比一道刺耳，嗜血的杀戮如同野兽在撕咬弱小的动物，彼此不留一丝余地。

赵云圳小手握成了拳头："我想出去！"今夜他已经说很多次这句话了。之前，时雍没有允许，而如今这情形，躲在箱子里已是毫无意义。一百多人怎么打五千人，结果可以预见。不突围出去，早晚是一个死字。

"我陪你。"箱子轰的一声掀开，时雍拔剑跃出，"保护少班主突围！"她一手牵着小小的赵云圳，一手挥剑，面色冷厉。

庚一回头看她一眼，大吼一声："保护少班主突围！"他们叫喊的少班主，众人皆知，那是当今太子。长剑闪烁着刺眼的光。

星空不见，箭雨破空而来。一群人将时雍和赵云圳围在中间，且打且走。呼啸而来的箭支，被将士们围拢的身体拦在了外面，有的人倒下了，鲜血喷溅到赵云圳的身上，鲜红刺目；有的人呐喊着又挡在他面前，在呐喊声中重重地跌倒在地……

赵云圳瞪大双眼，看着，看着，他甚至看不清他们谁是谁。"给我刀！"赵云圳先是小声喊，继而，大声叫，声音凄厉，"给我刀！我会武。"越发大声，"给我刀，我要杀了他们！！"

年幼的孩子从未见过这等惨烈的场面，一双明亮的眼睛已经烧得通红。他看到了，很多人在为他拼命，为他去死。而他，身为太子，人人都说他尊贵聪慧，是天权授意的未来之主；可如今，他只能躲在他们的身后，像只灰溜溜逃命的老鼠。他不要。他是赵家人，是帝王骨血，不是个窝囊废："本宫要杀了这些逆贼！"

赵云圳大吼一声，趁时雍不备，捡起一把长刀，瞪着一双眼睛就要杀出去。

"你干什么？"时雍厉吼，一把抓住他，"回来！"

赵云圳手上的刀挥舞着，小小的身子有些畏惧地颤抖着，可紧咬的牙、愤怒的眼，气势看来却十分凶悍勇敢，力气也颇大。他从小习武，却从无实战经验，这是第一次。鲜血烧红了他的大脑、眼睛，怎么挣脱时雍的手，他毫无察觉，只知道，当钢刀捅入敌军的腰腹时那种畅快淋漓的亢奋和复仇的快感，与平常练武砍沙袋竟是完全不同。"父皇，我做到了。我做到了！"孩子握紧钢刀，手在颤抖。

一个兵丁没有察觉人群里的孩子，被他一刀捅入腹中，到死才看到杀他的人："太子……杀了我？"咚！他倒下去，鲜血溅了赵云圳一脸。

"是你该死。是你该死。"

赵云圳看着倒下的人，小声重复喃喃不休，"是你该死！"这位太子殿下在京师横行霸道，可从未杀过人，伤过命，他眼里矛盾、惊恐、兴奋复杂地交错，只迟疑片刻后，转身再次举刀欲冲——

"回来！"时雍一把抓过他，护在自己的身后，怒声道："乌婵，燕穆，掩护我。"

乌婵和燕穆齐齐回头，看她一眼，什么也没有说，一左一右护在她身侧。时雍牵过马绳，翻身跨上马背，再一把捞起赵云圳死死护在自己身前："坐好了！"

人群里的陈红玉意识到她要做什么，厉声怒吼："你不要命了？太子若有闪失，你九个脑袋都不够砍的！"

时雍大吼："掩护！"

合围青山镇的是永平卫赖安指挥下的五千人马，还有青山镇那些丧尸般被蛊惑的疯狂百姓，不走只有死路一条。他们要杀赵云圳，哪怕是拼尽最后一兵一卒，也一定要赵云圳的命。时雍清醒地判断着局势："冲出去，才有一线生机。"

"掩护她！"赵胤被一群人围在中间，几次想要策马过来都被人拦住。那些人如蜂蚁一般，用人肉、用身体、用尸体来阻拦他，用羽箭、用钢刀、用长枪来刺杀他。高踞马上的他，是靶子，吸引了敌人；也是悍将，刀都砍出了豁口。

"爷！"谢放靠在他马后，寸步不离，"属下掩护你杀出去。"

赵胤冷声："保护太子。"

谢放一咬牙："是！"

赵胤劈开飞来的一箭，突然紧紧勒住马缰绳，"驾"一声，那马儿踩过地上尸体，长声嘶叫着从几个兵丁头顶掠过，疾驰而至，将时雍身侧几个冲上来的永平卫兵丁砍下马去。

时雍回头看他一眼，双臂拥住赵云圳："你来护我！"

"我来护你。"赵胤双脚一夹马腹，丢掉没有箭支的弓，一剑挥开飞来的箭矢，抢过一个兵丁手上的长枪，"跟我来！"他在前头开路，时雍一言不发跟了上去。

两侧，谢放、朱九、白执、许煜和庚字卫、乌家班众人，紧紧相护。他们如拧成的一把钢刀，杀得围堵的兵丁直直后退。

乱兵中，赖安疯了似的呐喊："杀啊！冲上去围死他们。"

"不能让他们跑了。"

"他们要是跑了，我们一个都活不成，统统都得死！"

兵丁们已经杀晕了头，杀红了眼，闻言一个个高声呐喊："杀——杀啊！"

天地暗沉一片，青山镇长街上的景物模糊在厮杀声里。时雍的眼前，只得见赵胤身着甲胄的背影和他挥舞的长枪。前方是黑压压的人群，地上是密密麻麻的尸体。赵云圳在她怀里僵硬地绷住身子，一张小脸也绷得紧紧。

"阿拾来！跟上我。"赵胤突然回头，看向时雍。

时雍蹙了蹙眉头，将怀里的赵云圳抱紧："人太多了。危险！"

"别怕。"赵胤劈断迎面飞来的一支利箭，疾冲出去，一支长枪接连挑翻几人，谢放朱九等人适时跟上，活生生在人群撕开一条血路。

赵胤突然回头看时雍："冲！"

时机稍纵即逝，时雍来不及多想，紧紧抱着赵云圳往前跑，两侧不时有人提着刀枪涌上来。密集如蚁，杀声不断。

"不要怕！我在你身后。"

冷风送来赵胤的声音，激起时雍一身热血。"驾"一声！她一抖缰绳，策马冲出人群，两人一骑朝官道飞驰而去。背后有马蹄声和喊杀声，她没有回头，知道赵胤就在她身后。风声呼啸，战马嘶鸣。马蹄带出了一路的鲜血。

若放太子离去，这些人……都得死。赖安的号叫响彻云霄。

"不能让他们走！"

"追上去！！"

青山镇街口围堵的人群冲了出来，被断后的锦衣卫拦在街口。

"阿拾！"赵胤的声音在风中传来。时雍一手抱住赵云圳，回头看他，"走官道往蓟州，撑到半个时辰，有人接应。"马蹄声中飞沙起，赵胤浑身浴血，时雍看不清他的脸，只觉刚毅英俊，直戳心窝。

时雍咬了咬牙："好。"

"护太子平安，你，活着。"赵胤说完，调转马头，挥起长枪杀向扑上来的人群，姿态利落有力，带着无与伦比的慑人气势。

"保重！"时雍低喃一声，猛夹马肚，马儿引颈嘶鸣，冲了出去。

赵胤一枪斩杀追上去的一个校尉："庚一，你们跟上。"

"谢放、朱九，保护陈小姐和乌家班撤离！"

轰隆隆，天边响起惊雷，一群浑身是血的人自官道而去。两侧青山模糊不清，被天边那一轮暗淡的远月映成了一个起伏的轮廓。

"驾！""驾！"马儿也疲劳，但生物皆有灵，为了逃命，它们仍是撒开蹄子往前跑。

咀！一个鸣镝直冲天际，在远空炸开。赵云圳抱住时雍的胳膊："你在做什么？"

时雍纵马狂奔："鸣镝。"

赵云圳小眉头紧锁："给谁传信？"

"大黑。"

赵云圳沉默不语。良久，在过耳的冷风中，传来他沉沉的声音："我们不管阿胤叔吗？"

时雍心里微沉："闭上嘴巴，别吃风。"

赵云圳声音低低的，郁气极重，不是时雍记忆中的样子："我们不救阿胤叔，他会死。"再往下，孩子的声音有了哽咽，"我不想他死。"他的眼泪被风吹到了时雍的手背上。

她沉默不语，孩子抽泣着，紧绷的情绪被撕裂："以前讨厌他管我，像父皇一样，老是管我。他们说大人的话，我不想听。我讨厌大人，嘴上说的是这个，做的却是那个。他们盼我长大，我却不想长大。我只想做太子，不想长大了做皇帝。"顿了顿，抽泣，"可我今日，想长大了，我要长大，我不要阿胤叔叔死。"一句句低低的话语从孩子嘴里传出来，随即成了呜呜的哭声，被官道上的冷风吹散。

人群静默无语。时雍没有安慰，没有阻止，任由他哭。背后的庚一等人默默跟随护卫，除了马蹄声，连呼吸都听不见。

长风远去，远月无声。一行人不知走了多久，庚四突然大喊一声："老大，前方有人过来。"

庚一凝眉："多少人？"

庚四仔细听了听："不知。但人数不少。"

时雍耳朵动了一下，勒住缰绳，回头看了一眼黑漆漆的官道："避让！"

他们已经离青山镇很远，追兵暂时也追不上来。在未知前面的人是敌是友的情况下，不如先隐藏避开。

庚一迟疑片刻，道："大都督说有人接应，这些应当是接应的人。"

时雍冷哼："石洪兴方才也是来接应的。"

庚一看她一眼，眼眸深了深，挥手指挥庚字卫兄弟："听夫人的。"

这声夫人让时雍头皮微紧，脑子里莫名想到赵胤挥舞长枪掩护他们突围的身影，随即甩头："左侧。"

夜空高远、苍凉，风声灌耳。从官道上传来的马蹄声越发地近了，为首一人，身上的银白盔甲反射着淡淡的月光，俊美的面容被暗夜笼在阴暗里，似明似暗，看不分明，但时雍还是一眼就认出了他。

白马扶舟放缓马步，队伍也就停了下来。

"督公，怎么了？"随从不解地打马上前，见他盯着官道一旁的树林，沉声道，"属下去看看……"

白马扶舟抬手制止他，唇角勾出一抹笑："出来吧。"

"白马大哥！"赵云圳稚气的声音带着几分惊喜，从山林里传来。白马扶舟一扭头，就看到孩子飞奔而来。

在他的印象里，赵云圳从没有唤过"白马大哥"，更没有这般亲近他的时候。这孩子变了。他轻声一笑，目光越过赵云圳，看到了他背后的时雍等人："赵胤人呢？"

青山镇敌友难辨的遭遇太过深刻，在看到白马扶舟的那一刻，时雍仍然不敢确定他到底是敌是友，一听这话，心里的石头方才稍稍落下。"在青山镇。"来不及叙旧，她几句话说了下情况。

"白马大哥——"赵云圳扯住白马扶舟的衣衫，小眉头紧紧锁着，仰头望他，"快！快去救人，阿胤叔还在青山镇。"

哼！怪不得叫得这么亲热。白马扶舟看一眼赵云圳，目光扫向时雍，见她一脸平静，又是一笑，懒洋洋地转头叫身侧的人："慕漓，你带一队人马，护送太子殿下先去蓟州，余下的人跟我去青山镇。"

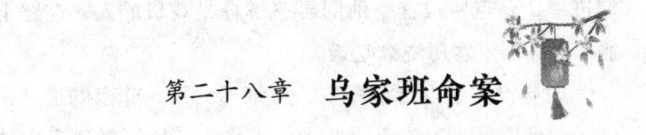

第二十八章　乌家班命案

一百多人打五千人怎么打，白马扶舟长了见识。

青山镇血流成河，尸横遍野。暗夜里的风吹过来，似乎都带着血腥味儿。赵胤率一群锦衣卫士背靠大青山，占据了一个"一夫当关，万夫莫开"的狭险之地，永宁卫五千军队合围居然杀不散他的阵形，攻不进去，直到白马扶舟带人来接应。

白马扶舟从来没有见过这般惨烈的战事。青山如铁，秋风萧索，地上的鲜血淌成了小溪。赵胤一马当先挡在前面，脸上沾染了鲜血，眉目是凛冽杀气，一身黑青色的披风在冷风肆虐的谷口猎猎翻飞。他就像一堵防风御寒的墙，面孔冻结成冰，一声不吭如恶魔临世，将狭隘谷口变成了鬼门关，令人不寒而栗。

白马扶舟声音低低，眉间带笑："扶舟幸不辱命，来得及时。"

赵胤冷哼："及时？厂公是来收尸的吧？"

白马扶舟似笑非笑："来得早了，看不到大都督神勇。来得再晚一些，怕是人都被大都督杀光了。所以，刚刚好。"

二人面对面站着，头顶的夜空上繁星点点，有夜鹰在凄厉地哀啼。白马扶舟半是玩笑半认真，赵胤看着他，眼里是戾气，也是刚杀过人饮过血才有的杀气："他们如何？"

他们？白马扶舟知他指的是谁。轻笑，唇角弯起，狭长的眼角似有一抹促狭："太子一行，此时应当已经到达蓟州镇。"

赵胤道："那就好。"

白马扶舟继续道："怀宁公主已回宫，自言是从野兽嘴里侥幸逃脱……眼下，公主是不必再找了，兀良汗使者被杀一案，也随着青山镇被踏平，有了交代。大都督可以回京交差了。"

邪君不除，怎算是有了交代？赵胤眯起眼，望着大青山："厂公倒是为我想得周到。"

"同为大晏臣公，自是应当。"白马扶舟声音轻缓，说罢顿了顿，望向那遍地的尸体，眼角噙了笑意，"大都督接下去有什么打算？"

声音刚落，远处，有马蹄声传来。不过片刻工夫，一匹四脚踏花的骏马冲入兵阵，停在赵胤前面一丈处："大人！"

马声嘶吼，一个人从马上滚落下来，重重摔在地上。谢放冲过去想要扶他，却不知从哪儿下手。这人浑身是伤，衣裳破烂，背心插着一支箭矢，一张开嘴，鲜血就从嘴角溢出来："快……禀报大都督，兀良汗王巴，巴图……领兵，夜袭松亭关，占领宽城……直逼永平府而来。"

奔波一夜，时雍等人到达蓟州镇时，天已经亮开了。

一行人衣衫不整，脸上挂着油彩去叫客栈的门，很是骇人。小二犹豫好久不敢领他们进屋，差点要报官。他们再三解释是戏班的人，在路上遭遇山匪抢劫，好不容易才说服小二，要了客房洗漱吃饭。

时雍没少遇过奇事怪事，可细思一下，昨夜的遭遇最为恐惧。以前的对手不管多么厉害，到底是人。昨夜那些人，不像人。她不知道青山镇的情形如何，只能顾得眼前。见官是万万不敢见官的，带着一个小太子，就像带了一颗炸弹。钱名贵、石洪兴这些人的背叛，让时雍不敢再相信任何人，进了房门，又再三叮嘱赵云圳，不可暴露身份。

赵云圳很反常。他比任何时候都要听话，让他做什么就做什么，那一身骄横的嚣张棱角仿佛都被磨平了，往椅子上端端正正一坐，看得时雍害怕。这规矩板正的样子，倒是学得了赵胤七八分像。

娴衣不在身边，时雍不得不亲自照顾赵云圳："累了吧？"

赵云圳吸了吸鼻子："不累。"孩子面色苍白，嘴巴紧抿着，脸色很是糟糕。

"怎么了？"时雍弓下腰，眼神与他平视，摸他的肩膀和腰，"可是哪里伤到了，疼痛？"

赵云圳再次摇摇头："不疼。你别碰我。"

时雍歪头："那你是怎么了？"

赵云圳眼圈红，看她一眼，也不知想了些什么，突然抬起双手："你抱抱我吧。"

时雍一愣，没有说话，将小小的孩子轻轻揽在怀里，又拿自己的额头贴了贴他的，没感觉到发烧，稍稍放松一点，试探地问："你吓到了吗？"

"才没有。"

嘴硬，逞强。时雍挑了挑眉梢："那是看到有人为了保护你而死，难过了？"

"才不会。"赵云圳依旧嘴犟，可是脑袋却垂了下去，嘴巴撇了起来。小孩子的心思单纯直接，有时候却难以捉摸。

时雍挑了挑眉，坐下揽住他的肩膀，把他拧巴的身子扳过来，认真看着他的眼睛道："你要是想哭，就哭出来吧。"

赵云圳哭够了，红着眼好半晌，才问："阿拾你说，什么样的大晏，才是最好的大晏，什么样的皇帝，才是最好的皇帝？"

时雍一愣，笑了："殿下，这是杀头的问题。"

"本宫恕你无罪。"

时雍想了一下："百姓有家可归，有衣御寒，有米吃饭、老有所依，幼有所养、风调雨顺，国泰民安，这就是最好的大晏。能做到上面这些事情的皇帝，就是好皇帝。"

赵云圳抬起头，眼巴巴看着她问："那青山镇的百姓是无家可归，无衣御寒，无米吃饭，这才变成那样的吗？我的父皇，不是一个好皇帝吗？"

时雍意识到有什么东西刺中了孩子的心，脑子里有一个模糊的概念，却又难以用言语去劝教。这一刻，她突然明白了为太子传道授业解惑的太子太傅肩膀上的担子有多么重大了。时雍觉得脖子很凉："老亭长不是说了吗？青山镇没有百姓。那些都不是百姓。

158

你父皇当然是好皇帝。天灾人祸,纵是盛世也不可避免。"

赵云圳双手攥成小拳头,坚定地看着她:"我要杀了他,一定要杀了他。杀了那个邪君,为民除害。"

时雍斜他一眼,抬手敲在他的额头上:"早些歇息,就是你眼下要做的头等大事。"

赵云圳愣住,随即小脸涨红,怒视着她,带着隐隐的羞涩与笑意,看上去可爱又粉嫩:"死女人,本宫的头岂是能随便敲的?若是被人瞧见,你十颗脑袋都不够砍!"

总有人说她十颗脑袋不够砍,可她还活得好好的。时雍淡淡道:"我大概有二十颗脑袋吧。"

赵云圳一口气卡在喉咙里,翻个白眼:"等我回京,第一个要了你的命。"

听他发着狠话,时雍心里绷着的那根弦反倒是松开了:"好孩子。总算是正常了些。"

时雍站起来在他后脑勺上摸了摸,朝门外喊小丙:"我回房休息,你来照顾太子殿下。"

说完就走,腿还没迈出去,就被赵云圳一把拖住了袖子:"我想跟你一起睡。"

时雍哼了声,甩袖:"我可不敢,怕你赖上我。回头又要砍我的头。小丙!"

赵云圳看着她走出去的背影,蹙眉问小丙:"她怎么突然就生气了?"

小丙看他一眼,眉头皱了起来。他也只是一个大孩子,费劲儿地想了片刻,面无表情地说:"可能因为她喜欢阿胤叔,不喜欢你。"

"胡说八道!"赵云圳怒斥一声,转头看到小丙无辜的样子,哼了声,"她喜欢我。"

"她拍你头了。"

小丙说了实话。

"那也是喜欢。不然她为何不拍你的头?"

问题难倒了小丙。他挠挠头:"也是。"

赵云圳颓丧地倒到床上,不停地叹息:"我什么时候才能长大,有阿胤叔那么高啊!"

天彻底亮开的时候,乌婵、燕穆和乌家班众以及陈红玉一行,都到达了蓟州镇的客栈。时雍刚合上眼,得了消息又披衣起来。劫后相逢,大家脸色都有些憔悴。乌婵看到好端端站在面前的时雍,眼眶蕴满了泪,燕穆和南倾、云起也是眼巴巴地看着她。她没有受伤,眼中有喜悦,但表情淡淡,那脸、那眉、那眼,没有一处与以前的时雍相似,可是此刻那平静微喜的表情,却依稀有时雍的影子。

"真好。"乌婵搂住她的肩膀,紧紧地一抱。

燕穆也忍不住对她笑:"你没事就好。"

他是很少笑的,时雍喉头一紧:"辛苦你们了。"想了想,她又道,"青山镇如何?"

燕穆嘴唇抿了抿,道:"我们走时,他们还在与追兵纠缠。不过,我们离开青山镇不久,就遇到了东厂厂公带了援兵过去,想来应是无碍。"说到这里,燕穆叹了声,"不承想有一日,能看到厂卫合作。"

时雍眉头轻轻蹙了一下,似乎没听到他后面这句,小声道:

"也就是说,你们走的时候,战斗还没有结束。那等白马扶舟赶到,还得有多少伤亡?"

燕穆一怔,知道她担心的是什么,却无法给她一颗定心丸,只能安抚几句,转身安排班众入住客栈。等众人都进去了，见时雍和乌婵还站在门外叙话，燕穆沉默片刻走过去，问时雍："接下来，你有什么打算？"

时雍看了乌婵一眼。乌婵道："那日在茶馆见过，我回去便把你的想法告诉了燕穆。有些事情，还得他拿主意的。"

那日时雍同娴衣一起从裴府出去，娴衣亦步亦随，她为了见乌婵，还得偷偷跑到茶肆后的河边，只觉身不由己，做什么都受限制，很是不愉。那会儿她便决定，等此间事了，寻个好时机，神不知鬼不觉地离开赵胤，脱离他的掌控和视线范围。

乌婵看她眉头微蹙，又道："你若是下定了决心，这次便是个好机会。赵胤在青山镇一时半会儿脱不开手，他手底虽跟了些人过来，但……得顾着那位小祖宗，也不可能时时刻刻盯住你。咱们要走，谁也拦不住。"

燕穆点头认同："我会安排妥当。"

两人都关切地看着时雍，想得到她的回答。

时雍轻吸口气。天刚亮开，晨雾浓重，她只觉鼻端有浓重的雾气，呼吸不畅，在二人的视线里，脑子不清楚。"此事先容我再思量思量。"她将将头发，转身四处观望，避开了燕穆的视线，仿佛刚想起什么似的，"你们怎知我在这个客栈？"

乌婵噗一声笑了，回头看："还不快下来？"

马车的篷子下面钻出一颗狗头，看了时雍一眼，跃下来，甩了甩身上的毛，欢天喜地朝她身上蹭。时雍以为的狗子感天动地千里寻主没有出现，它竟然是坐车来的，不由得哭笑不得。

"你竟然懂得找马车来坐，可把你得意坏了吧？"

大黑摇尾巴，表示赞同。

乌婵笑道："它累坏了，我们进去吧。"

时雍点点头，拍拍大黑的尾巴往里走。

"稍等。"燕穆从背后叫住了她。时雍回头，便见他漠然道，"你可是因为昨夜在青山镇，赵胤全力助我等突围心有触动，不忍离去，或抹不开脸面了？"

时雍摇头："青山镇一案，还未了却。"邪君是谁，犹未可知，更何况兀良汗使者被杀，一定不会善罢甘休。顿了顿，她又道，"若是两国开战，这天底下哪里能有安生之处？我又能走到哪里？"

燕穆目光深了深，没有回答。乌婵看他一眼，轻揽时雍的肩膀："走吧，我们进去再说。"

"嗯。"大黑摇头摆尾走在前面，把小二吓了一跳。时雍紧跟上去，叫住它。燕穆在门口站了片刻，看着她的背影无奈地一叹，在冷空气中呵出一口白雾，转身安排行李去了。

暂时放弃离开的计划，时雍倒没有燕穆想的那么复杂，就是觉得还不是最合适的时机。

等乌婵他们填饱了肚子，时雍回房补眠。这一觉睡得有些沉，等她恢复意识的时候，只觉得嘴里干涩发苦，好不难受。迷迷糊糊睁开眼，屋子里黑沉沉一片，天都已经黑了。她觉得渴，想起来倒盏凉茶喝，身子刚从床上坐起来，还没有寻到鞋子下地，只觉床前

160

有一道浓重的黑影，给人极大的压迫感。

"谁？"时雍条件反射地轻叫一声，伸手抽出枕头下的匕首，只听那人"嘘"一声："是我。"

哐当，匕首落地。时雍心里悬着的大石头落了下去。可转眼想到他的可恶，又恨不得捡起来捅他一刀："你站在这里做什么？会吓死人的知道吗？"

"我刚来。"赵胤声音有些沙哑，一听便知是没有休息好的样子。

时雍皱眉："为何不点灯？"

"不想被人察觉。"

这么说，庚一他们都不知道他到了蓟州？时雍将床头一盏油灯点亮，再偏头，吓了一跳，他身着甲胄，没戴头盔，黑发束了起来，那张俊朗的脸上肉眼可见的憔悴，似乎瘦了许多，下颔上冒出了短短的胡须，少了艳美的容色，更添英武和男子气概。见他不动声色地站着，时雍皱眉："你受伤了吗？"

赵胤摇头，垂下眼眸，一言不发。

时雍上下打量他，有些奇怪了："那你来这里做什么？"

赵胤想了想，慢声道："外头下雨了。"

时雍看他一眼，扶他在床边坐了，解下他肩上那件寒气逼人的披风，又低头看了看他身上坚硬的甲胄："脱了吧。"

"嗯。"赵胤起身。

甲胄沉重，穿脱不便，时雍自然地站起来帮他。两人沉默不语，只有衣服发出的声音。客房里暖气不足，有些冰冷，没了那层厚重冰冷的将军甲胄，赵胤一身白色的里衣，褪去了凌厉，整个人气质都变得温和了不少。

"我叫人传水，先给你泡个脚？"

赵胤皱眉："不必惊扰旁人。"

不想让人看见？时雍不解地看着他："可你进出客栈，总会被人瞧到……"说到这里，她看了看紧闭的房门，像是突然意识到什么似的，抬抬眉，"你是怎么进来的？"

赵胤望向窗户，一声未吭。时雍立在他面前，默默看着他端正的坐姿，不知该说什么。

"去备针。"赵胤径直往那张她刚刚睡过的床上躺下去，被子里的温热熨帖，让他舒服地叹了口气，阖上眼，"我小睡片刻。"

时雍走到近前，低头看他片刻，弯腰帮他脱了革靴，把他的双腿抬上去，又替他盖上被子。

他一动不动，仿佛已经睡着。时雍半蹲下来，手肘搭在床边，低头看他。

他睡得很沉，双手放在胸口，眉间写满了疲累，但神态极是放松，好像一个赶了千里路回家的旅人找到了舒适地。听说双手放在胸口会做噩梦？时雍轻轻将他的手拉开，动作很轻。他眉头几不可察地皱了皱，没有醒来。

睡着了还这么严肃？时雍嘴角不由自主地往上扬起，手指从他饱满的额头慢慢滑上去，解开他束发的玉冠，想让他睡得更舒服点。头发散开，铺了一枕头，越发衬得他鼻

161

梁高挺，棱角分明，嘴唇十分性感……噌！时雍心里一跳，迅速站起来，拉上帐子转身就走。

外面的雨似乎下得更大，敲在瓦上噼啪作响。时雍想去找小二，拉开门走出去，一个人背对着她站在廊前的支摘窗边，修长的身影挡住了风，肩膀覆了一身冷寂。"燕穆？"时雍走过去，"你怎么不去睡一会儿？"

"睡不着。"燕穆掉过头来，青襟长袍在风中摆动，"阿拾，跟我们走吧。"

时雍看了他一眼。风从窗户的方向吹过来，刮得脸痛。燕穆不着痕迹地挪了挪位置，时雍脸上的凉意没有了。她沉默片刻，道："再等等，此事须从长计议。要走，就不能拖泥带水，惹来麻烦。"

燕穆轻轻"嗯"一声，眼神里是难言的复杂："你很像她。"说完，他袖袍微摆，与时雍擦肩而过，走向他自己的房间。房门阖上，廊上空荡荡。时雍站了片刻，窗外的雨下得更密了。

赵胤醒来，房里生了个小炭炉，上面支了口热腾腾的锅，不知道里面煮了什么珍馐美味，氤氲间全是食物的香味，小几上还摆了一壶酒，两个杯子。女子背对他而坐，低垂着头在做什么，一身衣裙素净而单薄，显得小腰窄瘦。赵胤掀被子坐起来："你在做什么？"

时雍在给她的银针消毒，听得声音，转头看到赵胤容光焕发的样子，不由佩服。不过就睡了一个时辰不到，就恢复了过来。"大人先吃点东西吧？我这里马上就好。"说完，见他抿着嘴不说话，一脸严肃的样子，时雍想了想又说，"还是你的腿痛得厉害了，想要现在就行针止痛？"

"不急。"赵胤看她一眼，坐到桌边的条凳上，犹豫片刻，自己去把小炭炉上支的锅端到桌上，揭开锅盖，里面煮了五花肉、菌子、白菜、萝卜，都是寻常的东西。他不明白为什么会这么香。坐了片刻，拿起筷子，他扭头看时雍还在将银针一根一根认真地消毒，皱了皱眉，"你也来吃。"

时雍愣了愣，回头看着他："我吃过了。"

赵胤看她手上拈着银针，"嗯"一声低头吃起来。

"那酒也是你的。"时雍随意地瞟了他一眼，"不在饭点，店里的东西都是凉的。天冷了，你这破身子最好吃点热乎的东西，我便找小二拿了肉和菜，又要了小炭炉，把锅子支在上面，又能取暖，又能煮东西。"

赵胤定定看她一眼，嘴里蹦出两个字："多谢。"

这么客气有礼，时雍有点不习惯。直接命令她才是大都督的风格不是吗？看来青山镇一役，不仅小太子爷变了，大都督也被改变了。时雍笑盈盈地放好消毒完的银针："不客气，你得付账。"

赵胤一怔，看着她默默不语。

"看我做什么？"时雍眉梢扬了扬，说得理所当然，"我身上又没有银子，总不能我在房里开小灶，让乌家班付账吧？"

赵胤道："我付。"说完，他低下头默默吃。

时雍不远不近地看着他，只觉得眼前男子令人赏心悦目。战场上手起刀落都是人命，杀伐决断不皱眉头，可坐在那里吃东西的赵胤，姿态端正，吃相斯文，竟是芝兰玉树、贵气逼人。客栈的窗户不严密，明明合上了，还是有风从缝里漏进来，吹得桌上的油灯一晃一晃，两个人的脸也在灯火中明明暗暗。

赵胤是个沉默的人，吃饭一点声音都没有。吃完，他便坐到床边准备让时雍行针。时雍搬了张条凳到他面前，又要了些热水，先给他泡脚。赵胤由着她折腾，一言不发。时雍僵坐片刻，有些无聊，便问起他青山镇的事情："那些人可有招出邪君是谁？"

赵胤眉头微皱："不曾。"

白马扶舟赶到那夜，抓了数百人，连夜审讯，却无所获。

这些百姓是邪君麾下最低等尚未入流的"修炼人"，他们听从"执事者"也就是钱名贵的命令。这些修炼人和执事者一样，他们见过的邪君，无一不是"黑袍黑发黑面罩"，没有人见过邪君的脸，邪君长什么样子更是无人知晓。钱名贵被捕后，倒是把事情招得彻彻底底，只是等他带着赵胤进入大青山的山洞，那里早已人去楼空。山洞低矮潮湿，如原始之初，哪有什么邪君？

时雍听罢，微微出神："那永平卫呢？永平卫的人，大人准备怎么处理？"那么多的人，虽说都是听上官的命令行事，但犯下这么大的罪行，必定得有处罚，可正因为人数众多，处理起来肯定棘手。

赵胤修长的指节绷得发白："死罪可免，活罪难逃。"这个回答可以说相当于没有回答了。

时雍看他一眼，弯腰试了试水温，替他卷高裤腿，又加了点热水："那这案子你还准备追查下去吗？"

赵胤没有告诉他兀良汗领兵南下的事情。沉默片刻，他道："查。"

时雍眉梢扬了扬，盯着他："也是。怀宁公主还不知是生是死。"

赵胤避开她的目光注视："她还活着。"

"活着？找到了？"时雍脸上的意外，都不能用惊讶来形容了，"是怎么找到的？"

"她在京中。"

"那山洞中穿着嫁衣死去的女子是谁？"

"宫女银盏。"

油灯昏暗的光晕里，时雍清楚地看到赵胤眼里浮上的一片阴霾，但他向来喜怒不形于色，时雍看不透他那张冰冷的面孔下，对"宫女替嫁枉死"这事怎么看。她想了想，笑道："公主活着就好。"赵胤面无表情地"嗯"了一声。时雍喉头一卡，觉得这个话题终结了。她瞄了一眼赵胤，见他仍然一脸平静，没有心情再让他美美泡脚了："差不多了。我给大人施针，然后大人可以早些去办正事。"

时雍说着，便弯腰端开了脚盆，拉近条凳，坐好，低头帮他卷裤腿。赵胤不知是过意不去，还是觉得她脸色不好看想自己来，也弯下腰来。拉扯裤腿时，他的手不经意抓

163

到了她的。时雍仰头望着他。赵胤松手，低低说："我来。"

矫情！时雍心里暗骂。平常又不是没有帮他做过，提到他的公主便要为她守身啦？"好。"时雍没有多话，坐端正，等他把裤腿卷好，这才开始行针。有过几次经验，如今的她，对这一套行针之法，已是熟练。只是赵胤的膝盖比上次更为肿胀，指头摁下去，能摁出一个小窝，半晌弹不回来。"大人这条腿还没有废掉，真是老天眷顾。"时雍没有发现，自己的语气不太友善。

赵胤看了她一眼，没有多说。

"这么严重，以后便不要逞能。"时雍又说了一句。

这语气，仿佛在训赵云圳。赵胤皱了皱眉头，垂下眼睑，却只能看到她饱满的额头："没事。死不了。"

时雍冷声道："死有什么可怕，就怕活受罪。"这种疼痛她没有经历过，但是可以想象"如万千蚂蚁啃噬骨髓"是一种怎样的煎熬。

她的气恼，来得很莫名其妙，按说又不是她疼，关她何事？时雍眉头皱了起来，将油灯拉近，又把他的腿抬起，想将他的膝盖拉近一些，没想到一个小小的动作，却被赵胤拒绝了。他那条腿僵硬如石头一般，固执地屈着，不肯张开。

"这样就可。"他的视线落在时雍不悦的脸上，"我还有急事，很快得走。"

"有急事大人何苦走这一趟？"

时雍不动声色地瞄他一眼，突然起身按住他的腰，一把将他别别扭扭想要掩饰的裤腿拉高，拉得更高，刚好看到了大腿上延伸出来的一条伤痕……那是新伤，上面还有渗出的血迹，只是草草包扎过，没有仔细处理。

"不痛？"时雍低头，与他的视线对上。

赵胤道："无妨。包扎过了。"

时雍莫名有点动气："包扎过了就不会痛吗？"

"不痛。"赵胤看她一眼，眉头紧拧，"你不必担心。"

时雍心窝蕴了一股子火，冷着脸笑："大人以为我是在担心你吗？不是。我只是可怜我的时间。我一天天为大人扎针，想早日把大人治好，可大人一点都不爱惜自己的身子，这不是祸害我吗？我得何年何月才能治好大人，获得自由？"

赵胤无言以对，他从未被人这么训过。好半晌，才轻轻拉开她的手："你给我治伤，好不好？"

时雍闷闷地看了他一眼。明明就是盼咐她做事，可他的表情却像是他低了头，小意依从了她似的。哼！时雍一脸苦大仇深地坐下来："好。你要再这么折腾自己，我要管你，我就是狗。"

"呜！"床底下探出一颗大黑的脑袋，两只眼睛无辜地望着她。

时雍低头："没说你。"

大黑懒洋洋地走出来，伸了伸两条前腿，又展了展两条后腿，然后摇摇尾巴，慵懒地趴好，下巴搁在赵胤的另一只脚上，瞪着眼睛看他。

164

"唉！"赵胤叹了一声。不知在叹息什么，那只脚僵着没动。

时雍也没理他，径直出门了，就大黑看着他。一人一狗，大眼瞪小眼。

花了两刻钟的工夫，时雍才找来治伤的金疮药和绷带。她知道赵胤不吭声是因为不想让人知道，便没有声张，只拿了东西回房，走到他面前："是我帮你脱，还是你自己脱？"

赵胤皱了皱眉头。他从小习武，又在军营里长大，更随永禄爷多次出征，受伤已是家常便饭，根本没有把这些伤口当回事。实在是看她很不高兴了，这才答应了让她来治，如今时雍拉着脸逼问，他锁眉半天，仍然只剩一叹："我来。"

时雍盯住他。赵胤道："你背过身去。"

有什么可看的，她还稀奇不成？时雍暗自哼了声："还是我来伺候大人吧。"

除了腿上那一处伤，他腰腹和后背其实还有多处，只是都不及要害，伤口也不深，还有一些陈旧的伤痕，他并不想让时雍看见。可是时雍根本就不在乎，见他一个大男人这么忸怩，弯腰就要自己动手。

"别动。"赵胤额头有一层浮汗。

时雍看到了："疼吗？"

"不是。"赵胤看她一眼，冷漠的眼睛微微阖着，终是将衣服褪去，只剩腰下一条半短的小衣，将那身新旧伤痕和那身健硕的肉都露了出来。

时雍呆呆看着他。

"怕吗？"赵胤浓眉紧锁，睫毛颤动很快。

"不。"时雍仔细看了片刻，"只是触目惊心。"横七竖八的小伤不少，但不够吓人，唯有腰腹间那一处已经愈合的疤痕很长、很深。

"怎么弄的？"她问完，忽而忆起怀宁公主曾问过这伤是不是为她留下的，又觉得自己的话不妥，于是换了话题，"大人真是猫命。"她不再问，他果然也没有回答刚才那个问题："猫命是什么？"

"传说猫有九条命。"

"唔！"赵胤哼了声，没有多话。

时雍将金疮药撒在他的伤口上，自己身上肌肤麻了一层，觉得肉痛，可是再看赵胤，神色不变，竟像是没事人一般，哼了声，拿起一张布巾子，在他脑门上擦了擦："猫命也不经祸害，大人往后还是少逞英雄的好。"

赵胤看她一眼，嘴皮动了动。半晌，蹦出三个字："知道了。"

时雍嘴硬心软，手脚很是小心，等把赵胤身上的伤收拾好，为他披上衣服，额头和鼻翼两端都渗出了热汗。小炭炉里的火已熄了大半，她也想洗一洗："大人接下来是跟我们回京师，还是去青山镇？"

赵胤道："永平府。"

去永平府干什么？时雍有些意外。

赵胤的目光移向了凳子上的银针，时雍从他眼里看出了不舍，可他什么也没有说，在身上掏了掏，没有找出半个铜板，又转头看向时雍："我让人带给你。"

"什么？"

"银子。"

时雍深吸一口气："好。"

赵胤再看她一眼，拿起自己来时的甲胄。时雍默不做声走过去，怎么帮他脱下来的，又怎么帮他一件一件穿回去，一边穿，一边在心里骂自己是个傻子，找了个大爷来伺候。

"那我，走了。"黑发束成冠，甲胄再上身，赵胤身上的冷漠与棱角回来了，又成了那个冷气森森的锦衣卫指挥使，杀人如麻的活阎王。

时雍"嗯"一声，看着他走向窗户："走大门吧。"

赵胤转过头来看她。

时雍道："庚一说不定知道了。"不仅庚一，燕穆也知道他来了。时雍看他皱起了眉头，双眼无辜地看着他，"怪我动静太大。"

"不怪你。"赵胤返转回来，"此去京师路途遥远，你多保重。"

时雍嘴角抿了抿，终于问出了心里的疑问："这次你为何不带我一同前去？"难道她身上"移动针灸机"和"行走的止痛药"作用消失？

赵胤脚步刚迈出去，闻言停下来，看着时雍垂在裙边的一截纤细手指，淡淡地道："休整一日，你速速回京。"说罢，他没有再说什么，掉头走了。

时雍收回手慢慢交握在身前："不需要了，便不需要吧。"

"急报！"宫墙深深，红漆木门重重拉开，传出声声回响。小椿子还没走到御书房，就摔了一跤，爬起来扶了扶帽子，又跌跌撞撞地爬进了殿内，重重跪下，"陛下！永平府急报！兀良汗王巴图南下。兀良汗王巴图南下了！"

赵炔翻书的手一顿，好半晌才从椅子上站起来："信使何在？"

小太监结结巴巴，回头指着外面："在，在殿外候着。"

赵炔拉下脸，手上的书飞了出去，啪的一声打在小椿子的脸上："还不快传！"

大门吱呀一声。一股冷风吹进来，带出来人一身的风尘仆仆。小椿子下意识地爬到旁边，把这个挨打的位置让给了传令的信使。

赵炔一动不动，一身冷冽的威压之气："前方战事如何？"

传令信使脸上布满了汗水，肩膀紧绷，提起一口气："回禀陛下，兀良汗王巴图带兵五十万，已过松亭关，夜袭了宽城，直逼永平府而来。"

赵炔慢慢地坐回去，握拳到嘴边，剧烈地咳嗽几声，李公公赶紧为皇帝递上绢子。绢子拿开，上面凝着一丝鲜血。

李公公大惊失色："陛下？"

赵炔叹息一声："李泉，传朕旨意……"

兀良汗与大晏渊源极深，近几十年来，睦邻友好，来往频繁。老汗王也一直遵循承诺，不曾踏足大晏一步，但在漠北疯狂扩充版图，曾与北狄、孟拉等国多次交锋，未尝败绩，军力极为强盛。几十年来，两国"将战、即战"的消息传谣过很多次，每次都无疾而终。

这一次变故前，老汗王薨逝，新汗王巴图上位，民间也曾闹了一阵就要打仗了。可是，随着兀良汗使团入京，光启帝赐嫁怀宁公主，这个谣言便不攻自破。很多人甚至认为大晏破天荒地第一次将公主和亲，必将换来两国更为长久的和平。谁知世事难料，青山镇一案、兀良汗使者的死亡和怀宁公主的失踪，让兀良汗彻底撕毁盟约，起兵南下。

青山镇是毗邻卢龙塞的第一要镇，节制南北，临山踞水。会拔人舌头且拥有火器的"邪君"还没有铲除，彼时的青山又迎来了战争的阴影。烽火狼烟处，鬼魅闹人心。蓟州镇毗邻青山镇，东起山海关，西经永平（卢龙）、迁安、遵化等州县境内的关口，青山镇发生这么大的争斗，死伤这么多人，又受到巴图南下的波及，怎么可能独善其身？

时雍和乌婵等人在蓟州休整了一日，返京途中便见到有流民从青山镇方向而来，扶妻携子，如同逃荒一般，有一些胆子大的，甚至当街抢夺财物。沿途所见的景象，皆与来时不同。时雍问乌婵："你不觉得古怪吗？"

乌婵点头："是很古怪。"

燕穆道："我派人前去问问。"

大家一致赞同去找流民了解一下情况，不料庚一却出声阻止："此时不宜多生事端，我们要尽快护送太子返京才好。"

时雍淡淡扫他一眼，笑了笑："行。听你的。"这笑容，有些不同寻常。庚一脊背瞬间浮出了冷汗。

第二十九章　客栈风云

为免赵云圳身份暴露，众人没有选择入住条件更为便利的驿馆，而是继续以乌家班众的身份隐藏行踪。

这日午后，一行人到达了一个叫宁义的小镇。镇口有一个叫"归园田居"的客栈，单独的一幢，与镇街不相连，干净、整洁，客栈门外还支了一个大棚子，露天摆放着许多的桌椅板凳。众人商议一下，决定在这里打个尖，顺便在镇上补充些干粮再出发。

一行人走近，就有小二出来安排座位。时雍望了望四周，随意问："小二哥，你们家店面这么大，为何还要在外面支一个露天棚子？"

小二瞥她一眼，将热茶端上来，一边倒茶水一边笑道：

"客官有所不知，北边好像要打仗了，这几日往南边逃难的人多，我们老板便支了这个摊，每日里煮上三锅粥，有拖家带口、没钱住店吃饭的逃难者，也可行行善。"

时雍低头吹了吹水面："你们老板真是个大善人。"

"唉！世道不太平，谁家的日子又能过得好？"小二说着，那边有人吆喝，他歉意地笑笑，走了。

时雍琢磨这句话，觉得有道理。行善施粥，损失的就是钱财；不行善施粥，说不定就会被抢被杀……宁做太平犬，不做乱离人。战争阴影下的人，为了生存，又有什么做不出来的呢？

　　一路上走过来，可能见了太多，赵云圳越发沉默，听了小二的话，他那双黑白分明的大眼睛红了红，别开了头。小小的孩儿身上背负了太多。时雍有点心疼他。明明他那么小，这一切与他更是没有关系，时雍摸了摸他冰凉的小手："少班主，想要吃些什么？"

　　赵云圳："一碗面。"

　　时雍抬抬眉："这样就够了吗？"

　　赵云圳："我小，吃不了那么多。"

　　时雍与小丙对视一眼，小丙沉默。

　　以前的太子爷可不是这样子的，有什么新鲜的东西都要尝一下，最近竟是懂得节俭了。

　　时雍笑了笑："要加牛肉吗？"

　　赵云圳摇了摇头，不吭声。时雍冲乌婵抬了抬下巴，示意她去安排。乌婵本想切几斤牛肉给班子里这些兄弟，去问了问，却都只吃素面，她也就作罢。太子爷吃面，谁也不好意思吃肉。时雍看赵云圳身子侧向外面，在看宁义的街道，不由又揽了揽他的肩膀："在想什么？"

　　赵云圳扭过头问："这个镇子为何这般热闹？"

　　时雍往外看了一眼："今儿可能是赶集，所以人比寻常多一些。"

　　话落，被送面过来的小二听见，他马上接了话："姑娘说得没错，宁义三日一小集，一月一次大集。今日恰逢大集，诸位客官远道而来，倒是可以去逛一逛，采买采买。"

　　吃过饭，乌婵带人出街去采买了。回房间之前，时雍找店家买了些生肉喂大黑。这家伙如今被她养得又膘肥体壮起来，走在路上常常会吓到路人。时雍本想将它留在客栈，可大黑很不情愿，身子拖在地上，嘴叼着她的裙摆就不肯放。时雍无奈，敲敲它的脑门："癞皮狗，起来吧，带上你。"大黑这才乖乖起来抖毛，耀武扬威地走在赵云圳前面。时雍哭笑不得。人人都认赵云圳是太子，畏他，惧他，大黑眼里却没有高低贵贱。

　　宁义的市集和大晏别处的市集没有什么区别，时雍陪着赵云圳和小丙走在前头，庚一等人默默跟在后面，小心翼翼。一路走走停停，赵云圳小眉头深锁。时雍不知道他在看什么，想什么，只是贴身跟着："想不想买点什么？"

　　赵云圳摇头。

　　"你看那里有人卖糖葫芦，你想不想尝尝？"

　　赵云圳再次摇头，突然停下脚步："回吧。"

　　时雍诧异地问："不逛了？"

　　"没有什么可逛。"赵云圳垂下眼，莫名其妙说了一句，"为什么一定要开战呢？"

　　前方即将开战的消息像长了翅膀一样飞入了宁义，在这座小镇，有太多道听途说的消息，以谣传谣的话更是数不胜数。天高皇帝远的小镇百姓，对朝廷，对皇帝也颇有微词，没得好话。庚一原本不想时雍和赵云圳知晓战事，如今要瞒也瞒不住了。于是，走这一趟，哪怕他不情愿，有的没的也听得不少。

时雍看着沉默的小太子："回去也好，我买点小零嘴带回去。"

赵云圳看她一眼："小孩子才吃零嘴。"

一行人回到客栈，就见官府的捕快腰挎大刀气势汹汹地进来了，看热闹的人群将客栈围得水泄不通。时雍与庚一交换了个眼神，紧紧牵着赵云圳的手，带着大黑从人群中走过去。

捕头在问掌柜："客栈今日是几点开门的？"

"与往常一样，杂役寅正起来洒扫，辰初开门。"

"几时得知客人出事？"

"今儿午后来了个戏班投宿，人多，客房不好安排，我便寻思去问问那一家五口今日还住不住。哪知敲门不应。门从里面反闩住了。小二说一天没见他们出门，我便破门进去……"说到这里，掌柜的脸色白了白，差点呕出来，"一地是血，吓坏了我。"

捕快问："你说这一家是五口人，是昨日申时投店的？"

"是。"

"报案的人，是你吧？"

"是。"

"第一个见到死者的人，也是你？"

"不不不，是本店的小二黄四。"

客栈出了血案，住店的人都怕沾上晦气。一时间，退房的退房，走人的走人。乌婵刚刚采买回来，正在房里急得团团转，见到时雍进门，赶紧上前拉住她的手："趁天还没黑，我们赶紧走吧，另外寻个地方住宿。"

时雍抬了抬眉："你还怕死人？"

乌婵哼声："我不怕死人，可若是我们不怕，别人就该怕我们了。"

是这个理儿。时雍沉默一下，问她："你可曾见过尸体？"

乌婵摇头："据说死得挺惨。"一家五口无一幸免，自然是惨。

时雍将赵云圳交到她手上："我去看看。"

店家生怕客栈死人的事情影响他的营生，主动给乌家班一行人减了住店费用，又偷偷往捕头手上塞银子，想让他们赶紧把尸体抬走，以便打扫和恢复。时雍去的时候，仵作刚刚赶到，正在里头验尸。

一群捕快堵在死者的门外，闲杂人等不允许进入。隔着一群人，时雍远远地站在外面，依稀能看到地板上的血迹。人群闹哄哄的，好半晌，传来仵作的一句话："一家五口的舌头，都被人拔了去。"

时雍没有吭声。又有人议论："听说青山镇前阵子出了一种会吃人舌的野兽，该不会是这野兽跑到宁义来了吧？"

"青山镇的事儿邪门得很，我听说那不是野兽，而是妖魔鬼怪作祟。永平卫派兵五千都镇压不了，朝廷还特地派了东厂厂公带兵围剿，听说死去的人，尸体都堆成了山……"

"唉！世道一乱，什么妖魔鬼怪都出来了。"

"这闲话说不得。"捕快突然喝了一声，厉色制止了众人，又吩咐手下，"赶紧把尸首殓了，抬回殓房。"

尸体一具具从房里抬出来，脸部和身子被殓尸布遮住，看不清长相。时雍默默退到一旁，转头回房。众人都集中在赵云圳的房里。

庚一道："今夜要加强防备，大家好好歇一宿，明日一早，马不停蹄地回京，再耽误不得了。"

众人赞同，除了警戒之人，各自回房休息。

时雍将赵胤给她的匕首拿出来，看了看，放入枕头下，没有脱衣服，和衣躺在床上，默默思考着这个从青山到宁义都阴云不散的"拔舌邪君"，不知什么时候睡着了。没有做梦。

半夜里，她是被敲门声吵醒的。时雍晕乎乎地起身，拉开门，就看到乌婵苍白的脸："怎么了？"

走廊里没有灯，乌婵手上的油灯幽暗昏暗，一晃一晃，将她的脸照得如若纸片："小茗香不见了。"

一个活生生的人，怎会不见了？众人都被惊醒，帮着寻找。可是，客栈里找遍，也没有寻到人。乌家班入住的几间客房，防守严密，不可能有人进来。不过，由于重点护卫都在太子赵云圳的房间，庚一和燕穆的人手，都没有太关注小茗香和乌家班的普通班众：一是因为他们本就有些身手，几人又同住一间，出事的可能性不大；二是因为他们不会成为目标。因此，睡得也踏实，即便是小茗香同屋的班众，也说不清小茗香是什么时候不在房里的。

时雍拿了小茗香使用过的东西出来，让大黑嗅。然而，大黑在客栈团团转，就是找不到人。

月落星稀，天空黑沉沉一片，"归园田居"仿佛被夜幕掩埋。燕穆提剑走到时雍房间，"我有话跟你说。"

时雍看他神色不对，皱了皱眉："说呀。"

燕穆没有说话，从怀里掏出一张用油布包着的白纸，摊在时雍面前的桌子上。

时雍走近看一眼，吃惊不已："有线索了？"那张白纸上的图案，正是出自她自己之手。当日她从小丙身上偷了玉令，用墨条拓印到白纸上，再交给燕穆和乌婵，让他们帮着查找线索的。

燕穆沉下嘴角，压低的声音有些紧绷："我在庚一身上，发现有类似的玉令。只是，他十分谨慎，我看不分明。"

从小丙到庚一，全是赵胤身边的人，而且是赵胤的心腹。那就不会再是凑巧了。难道，在诏狱里杀她的人，果然是赵胤的身边人？那……

时雍脑子里一团乱麻。

这时，门外廊下传来脚步声，大黑叫了起来。燕穆大袖一摆，将那张纸收入袖中，回头一看，是乌婵回来了。她与乌家班众的感情最深，而对小茗香更是如此。那日小茗香为了让众人顺利从青山镇脱险，不顾名声去勾引钱名贵的儿子，又为护着时雍和赵云圳，几次三番涉险。他如今失踪，让乌婵极是难过："找不到他。大半夜的，他会去哪里？"

时雍扫了燕穆一眼，没有再继续刚才的话题，就着洗脸架上的凉水洗了一把脸，清醒清醒头脑，突然提了一把剑："大黑没有出客栈，他一定还在店里。"

乌婵一脸焦灼："可客栈我们已经找遍了，还有哪里能藏人吗？"

这话提醒了时雍。她脸色一凛："我去茅房看看。"

客栈为了方便客人的方便，一般都会在客房里放上便桶，不需要去茅房也可行方便之事。茅房是附着在客栈左侧的一个偏僻小间，可以从客栈灶房边的小门过去，但三面透风且建造简陋，只为处理污物，不那么方便冲洗。时雍还没走近，就闻到一股子刺鼻的粪便味道，茅房四周黑漆漆的，一点声音都没有。

地上似乎有水渍，鞋子踩在上面，声音十分清晰。时雍将手上油灯提高，推开门。砰一声！哗啦啦水响！一股子冰冷的水流从头顶泼下来，将时雍手上的油灯浇灭。时雍横剑在前，退后两步："出来！"

没有人应声。燕穆随后跟进来，借着他手上的火光，发现是头顶安放的一个蓄水木桶倒了下来。水虽泼了时雍一身，幸好没有砸到人。那蓄水的木桶是为了冲便池使用，水是干净水，可是流淌到地上，就变成了一摊血水。

时雍的视线慢慢移动。她看到了角落里的衣服、裤子，还有一双鞋……

水继续往前流动，淌入出水的粪坑。时雍慢慢走近，脚步变慢，最终站在了坑边。一张人脸卡在蹲坑的两根横干上，双眼大睁着，满是恐惧和绝望，浮肿的脸已然变了形状，嘴部只剩一个大大的血窟窿，但是下意识的熟悉感，还是让时雍一眼就认了出来。

他就是小茗香。

乌家班出了命案，暂时走不成了，得等衙门派人过来。但太子赵云圳不能长久在宁义逗留，而且，戏班死了人，免不得要将随同的每一个班众都查验一番。赵云圳身上没有文牒，没有路引，更没有一个合适的身份，总不能说是太子殿下到了宁义吧？多方思量下，众人决定兵分两路：庚一和庚字卫的侍卫们带上小丙和陈红玉先行离开，乌婵又将班里功夫好的十来名班众给了他们，她和时雍、燕穆、云度、南倾，还有几名亲近的班众留了下来。

庚一原本要带时雍一起离开，可时雍不肯，赵胤又不在这里，他拿时雍没办法，只得由得她，独自带人上路。毕竟相比于时雍，于他而言，还是赵云圳更为紧要。

天还没有亮开，时雍就将他们送走了。赵云圳还在熟睡中，对夜里发生的事情浑然不知，是庚一将他从床上抱起来放到马车上的。睡着了的赵云圳眉头紧蹙着，似是睡得不踏实，时雍生怕把他吵醒，不肯乖乖离开，一再叮嘱庚一小心。

庚一等人刚走不久，官府就来人了。乌婵舍不得小茗香在粪坑里受罪，早已经将人捞了上来，就停在客栈的大堂里。掌柜的唉声叹气，乌婵也哭红了眼睛。来的捕快还是昨日的捕快，看到这情形，问出的第一句话便是："昨日客栈里就出了人命案，你们是不知情吗？"

时雍看了乌婵一眼，道："知情。"

捕快道："那你们为何不走？"

时雍看他一眼，大致明白了他的想法："因为掌柜。"

她看向掌柜，"掌柜为我们减了房费，我们也不想看到这么乐善好施的店家，因为一桩命案做不成生意，就留了下来。"

捕快眯起眼打量着他们一行人，示意仵作去验尸，又接着问："你们打哪里来，准备去哪里？"

时雍如实说："打青山镇而来，准备回京。"

捕快眼眸一凛，脸色严肃了几分："青山镇的事情，你们可知晓？"

现场突然安静了下来。

时雍看了他一眼，又在几个捕快脸上捕捉到了他们的好奇，于是淡淡道："我们是去唱堂会的，走的那日未见异常。不知官爷指的是什么？"

这位捕头姓周，对青山镇的事情好奇已久，只是那边消息封锁得厉害，衙门里也打听不到。闻言，他眼里有明显的失望，可大庭广众下，他不好再多说什么，只得又将乌婵和燕穆等人都审问了一遍："你们谁是班主？"

乌婵道："我是。"

周捕头："你跟我去一趟。"

小茗香是个孤儿，流浪到京师跟了个师父学唱戏，受了很多打骂。前几年师父去了，辗转到乌家班，日子渐渐好了起来。他没有亲眷，后事和官府的手续都得乌婵去办理。仵作查验了尸体，和之前一家五口的尸体一样，没有给出具体的结论："入室作案，未留半分痕迹。作案手段异常诡异，凶手非人非兽，王某以为，莫非是妖魔作祟？"

时雍听他说了半晌，听到这里终是忍不住了："这位仵作大人，把凶手归为妖魔，便可以推卸查验不出凶手的责任了，是吗？"

仵作对她的顶撞很不悦，不屑地看她一眼："这位姑娘不信王某之言，是另有高见？"

"高见谈不上。只是没有听过如此荒谬的断词。"

仵作哼声，皱着眉头道："若是人为，为何会有类同于兽的啃噬痕？若是兽为，客栈门窗关闭，那一家五口反闩在客房，野兽如何得进？纵是进了屋，又怎会没留下半点痕迹？非人非兽，岂不等同于妖魔，有何荒谬之处？"

时雍见众人朝她看过来，从容反问："人就不能啃噬同类了吗？"

众人看傻子一样看她。

"哼！"王仵作嘲弄地看她一眼，甩袖，"妇人少见识，愚昧不堪！"

闻言乌婵拉下脸就要骂人，被时雍伸手拦住："小女子不才，但也生在仵作之家，承蒙家父教导过几日，得知一些常识。"时雍淡定地说着，见众人朝她看过来，慢慢往前走了两步，坦然地掀开盖在小茗香身上的殓尸布，指着他身上的伤和脸部那个硕大的血窟窿道，"劳烦仵作大人再仔细看看这些伤口的断面。"

仵作一脸不耐烦，眼里满是轻视之意："伤口形状皆不相同，断面不齐整，尸身口眼张开，有齿咬之伤，如同兽啮；但无爪痕损痕，无舌舐之迹，又不像兽物作怪。是以王某得出凶手非人非兽的结论。"

　　时雍轻轻一笑："非人非兽，也未必是妖。"

　　仵作恼了，怒视着她："那你说是什么？"

　　时雍道："是械，是器物。"其实这个想法，时雍早就有了。她第一次接触到这类尸体是在裴府，当时还没得及细看，钱名贵就叫人抬走了。为了扮演"娇弱胆小"的裴夫人，她没有机会多看。再去卢龙殓房的时候，尸体又已经被处理过，什么都没得看了。后来，在大青山的山洞和卢龙的山洞她才有机会反复查看尸身，就王仵作刚才的说法，她也曾因此产生过怀疑。不像是人，又不能是兽，那到底是什么东西伤的？那只能是一种器物，人手持器物，在刺入人的身体时，类同于兽牙啃噬一般。

　　"一派胡言。"王仵作冷哼，讥嘲地看着她，"王某在仵作行十五年，从未见过这等器物。"

　　时雍一笑："仵作没有见过，这世上就没有了吗？那你没有见过的东西，可太多了。"

　　王仵作被她一句话堵住，急眼了："那你且说说看，是什么样的器物，可致人身上有这般不齐整的伤口？"

　　不齐整的伤，除非是野兽，随意下口所致。周捕头也皱着眉头看了过来："这位姑娘，你这话可有凭证？"

　　时雍："没有。"

　　王仵作："那你不懂就不要信口开河。"

　　要制造出类同于兽牙咬人的器物不是容易的事情，但也不能代表世上就没有人能做到，至少那个邪君不是等闲之人。

　　时雍怀疑，那次她在天寿山遇到白衣女鬼，突然失控的情绪和青山镇那些失控的百姓有些类似，与这个邪君拥有的某种控制人心的东西有关。这么可怕的人，还拥有火器，那么，他能做出这种变态的伤人器物，不是不可能。时雍道："我没有凭证，但我可以找到凭证。"

　　这话说得新鲜，众人大惊。客栈掌柜和小二则是合起双手，一副求姑奶奶的表情看着她，只盼她少说几句，免得事情再拖延下去，影响店里的生意。

　　周捕头眼前一亮："姑娘是说，你有办法找出凶手？"

　　"我没有这么说。"时雍撩了撩眼皮，淡淡道，"我只是说，我能证明此事是人为，而不是像王仵作说的一般，有妖魔作祟。"

　　周捕头叹息："那姑娘准备如何证明？"

　　时雍道："我需要一些香灰。"

　　周捕头有些意外："多少？"

　　"越多越好。越快越好。"时雍说完，又看着众人补充一句，"此事须得保密，从现在开始，这个客栈里的人，包括掌柜的你，全都不能出去，否则，就不灵了。到时候，我可不负责任。"

遇上这个事情，本就够倒霉了，时雍再揽下这个活，众人心里都隐隐有些担心，毕竟人在异乡，就怕惹祸上身。可她却坦然地坐了下来："既来之，则安之。"

衙门里的捕快又从"归园田居"抬出了一具尸体，这个地方无疑成了一座凶宅。因此，掌柜的大白天将大门紧闭，也没有引起人们的怀疑。时雍安心在房里补了个觉。不料，未时不到，就有人来敲客栈的门。

秋意深浓，客栈外的两株银杏早已落了满地黄叶。

白马扶舟就站在这一片萧瑟里，脸上含笑，双目含情："有客房吗？"

有人不怕死送上门来住店，又是这般英俊倜傥的神仙人物，掌柜都快感动得哭了。他飞快地把白马扶舟一行人迎了进去，吆喝着叫小二安排客房。

时雍被吵醒，走出来一看，皱起了眉头："周捕头不是叫店家关门吗？"

掌柜的一脸无辜："只说店里的人不能出去，也没说不让人进来呀！"

时雍看他一眼，有点头痛。

白马扶舟见状却是笑了："姑姑就这般不欢迎我？"

时雍淡淡道："如果是你，不会感到奇怪吗？有人不肯住开着门的客栈，偏偏来敲一个歇业的客栈大门？"

白马扶舟捏着下巴，撩她一眼，眼神渐渐染上春日冰雪融化般的浓浓春意，迷离带笑："姑姑是想让我承认，特地为你而来？"说罢，见时雍拉下脸，他轻笑，漫不经心地走上前来，低头凝视着她，"姑姑猜对了。我正是为姑姑而来。"

空气里陡然升起了几分暧昧。掌柜的看得一愣一愣的，恨不得抠瞎双眼。又叫姑姑，又这般亲密，这两人是什么关系？

时雍双手抱臂，与他隔开距离，懒洋洋地道："我不是自作多情的人。你别卖关子了。"

白马扶舟唇角上扬，露出一个古怪的笑容："烦请姑姑准我入屋详谈？"

时雍与他目光撞上，心头一寒，忽而笑开："有何不可？请。"

她将白马扶舟请到房间，倒了茶水放他面前，还特地反身关上了房门，这才坐下来，神色肃穆地问他："是不是赵胤的消息？"

看她肩膀绷紧，一脸严肃，白马扶舟阴凉凉地一笑："聪明。"说话间，他从怀里掏出一个信封，递到时雍的面前。信上有火漆，是保密的级别。

时雍古怪地拆开，从里面掏出几张银票。是顺天府大通钱庄的联号票证，足有几千两。对一顿饭钱来说，是有点多了。她没有吭声，也没有细数，放下银票，将信封口打开，在桌子上倒了倒。没有信函，只字片语都没有。

白马扶舟瞄着她，轻笑出声："姑姑在找什么？"

时雍缓缓坐下："没什么。"

白马扶舟眼里暗色更深："没看到赵胤的信，姑姑好像很失望？"

时雍似没看到他的讥弄，认真点了点头："聪明。"她抬抬下巴，落落大方地笑，"感谢厂公传信。若是您没有别的吩咐，我要休息了。"

这是撑他？白马扶舟眼里闪过兴味的光芒："你为何不找我打听打听？"

"打听什么？"

"赵胤的事情。"

时雍想了想，瞥他一眼："我若想知道，自己会去找他。他若想告诉我什么，会自己来告诉我。倒也不必劳烦厂公。"

白马扶舟叹息，声音极为悦耳，可仔细辨别，却有一种森冷冷的味道："兀良汗巴图南下，青山镇又闹出那么大的事，总得有个人出来背这过失。你就不怕皇上办了他？"

"与我何干？"时雍一脸困惑地笑着反问。看他不说话，她又掀开嘴角，神色淡然地笑，"厂公真拿我当傻子了。兀良汗南下，皇上才舍不得办他。"

白马扶舟哦一声，抿茶而笑："此话怎讲？"

时雍说得淡然："大晏有领兵经验的将领，老的老，死的死，早已是青黄不接的尴尬境地。赵胤是五军大都督，又是永禄爷亲手培养出来的将领，皇上只要不傻，就不会临阵杀他，否则会民心不稳，军心涣散。"

白马扶舟一征，很快，悠悠笑开："你可知，你这番话大逆不道？"

时雍笑着反问："厂公要治我的罪吗？"

白马扶舟把那个冰冷的茶盏都握得温热了，这才慢慢放到桌上，朝时雍淡淡地一笑："这世上八面玲珑的女子，扶舟见过不少。有印象的不过两人。"

时雍抬抬眉，不说话。

白马扶舟勾唇一笑，自顾自地道：

"一是死去的时雍，此女貌美心慧，芳姿玉润，又长袖善舞，有惊世之大才。如非早逝，恐能有一番作为，在她生前，开矿山，凿盐井，通商路，做成了许多大事。这胸襟气魄，便是男子都自叹弗如。可惜，可惜。"

见他摇头，时雍道："还有一位呢？"

白马扶舟缓缓眯起眼，含笑道："远在天边，近在眼前。"

"呵！"时雍但笑不语，懒洋洋地低头喝水。

白马扶舟很满意她的反应，轻笑道："你不问我为何这么说？"

时雍眼皮都不抬："拿我和女魔头相比，厂公居心叵测。"她站起来，福身行礼，送客，"孤男寡女共处一室多有不便。请吧！"

白马扶舟一动不动地看着她，似笑非笑："你和赵胤孤男寡女共处一室可是时日不短，我看姑姑没有不便？"

啧。拿话呛她。若如今的阿拾还是以前的阿拾，可能得因为名节不保而羞愤交加，恨不得在他面前以死谢罪了吧？

时雍嘴角微牵，平静地看着他："厂公说笑了。你和大都督，自是不同。"

白马扶舟挑起俊眉："有何不同？"

时雍轻笑，低头抚了一下眉梢，再懒洋洋抬起眼时，凌厉的目光里有几分笑意："大都督是真男人，说不准也是能对我负责的。厂公您……"她上下打量白马扶舟，"可开不得玩笑。"

掌灯的时候，客栈飘出了饭菜香味。白马扶舟这次轻装简从，随从也就五六个人，加上乌家班一起，也不足二十个。大堂里热闹了一阵。时雍没有下去，而是嘱咐小二把饭菜送到房里，不料，房间敲响，送膳来的人是白马扶舟："小二哥忙着招呼客人，腾不出手。姑姑先凑合着用用我。"把饭菜在桌上摆好，他负手而立，见时雍抿唇看着他，又是一笑，"还有什么吩咐？"

时雍淡淡道："厂公亲自伺候膳食，这岂不是皇帝待遇……我若消受了，是不是大逆不道，要诛九族的啊？"明里暗里嘲弄他是太监。

白马扶舟却不见动气，顺势就坐她面前："消受不起，我便陪你用膳。"拿碗，摆筷，盛汤盛饭，他做得行云流水，优雅又熟稔，姿态十分好看，"猪肉炖粉条，豆皮千子、白菜豆卷，还有个鱼汤……如此丰盛，姑姑吃得不错呀。"

时雍看着他："你都看到了，我是有人养的人。"赵胤给的那些银子确实足够她吃香喝辣，过一阵好日子。

白马扶舟笑了起来："那我便不客气了。"他蹭得理所当然，一脸"谁让你是我姑姑"的表情。

时雍不多话，看他一眼，默默喝汤。

白马扶舟凑近些，低声问："好喝吗？"

时雍道："你尝尝不就知道了？"

白马扶舟望向她的碗："姑姑碗里的想来更香。"

时雍挑起唇角："厂公是来找不自在的，还是来找事的？"

白马扶舟低低一笑，声音压得更轻："我是来保护姑姑的，你今夜不是有行动？"

呵！时雍抬起下巴看他："知道得还不少。"

白马扶舟眸子阴凉凉带笑："姑姑莫不是以为能缉拿人犯、掌理情报的只有一个锦衣卫吧？"

"你是在自荐东厂为我所用吗？"

白马扶舟嗤笑一声："姑姑想怎么用，就怎么用。"

时雍又打量他，眼神怪怪地有些损，等她看完了才展眉一笑："我若不用你呢？"

白马扶舟坐直身子，为自己盛了碗汤，慢悠悠喝起来："那就别怪我捣乱了。"

日落西山，天地间一片静寂。小镇不比京城，人丁本就稀少，近来又有流民侵扰，刚入夜便家家户户关门闭窗，早早歇下了。街道上一个人都没有，静悄悄一片。客栈里也是如此。时雍张望一眼阴沉沉的天空，便合上窗户，熄了灯。夜渐深浓，宁义镇在天寒地冻的夜风中死寂沉沉，不见半盏灯火。

嘎吱——门被风吹开。一个人走了进来，轻轻的脚步声像招魂的无常。时雍扭头望他一眼，微微眯起眼。夜风带起那人身上的衣袍，带着浅淡而靡丽的香味："你确定那个人会来？"

时雍没有入睡，就坐在靠窗的椅子上："八成把握。"

白马扶舟慢慢走近，手撑在窗橼上，低头来看她："可有解释？"

时雍皱了皱鼻子。这位厂公大人似乎刚刚沐浴过，一头半干的长发没有束起，自然如瀑布般垂落在身后，夜风一荡，带出混合着薄荷和皂角的清冽香味，让他整个人看上去温润而多情。呼！时雍挪开椅子，放松了些，不被他蛊惑，声音平淡："杀人凶手有八成会再返回犯罪现场。"

白马扶舟站在她面前，仍然要低头才能在这暗淡的光线里看清她的脸："为何会有这样的结论？"

时雍眼皮动了动，没有说话。

其实这个更准确的表述是：罪犯会在案发后通过他们能够使用的各种渠道去了解侦破的进程，案发了没有？查到了什么？可有留下什么痕迹？甚至有人会十分在意旁观者对他的看法。若是没有被人发现，或庆幸或沾沾自喜，或者兴奋得恨不能再杀一个练练手。但这些事情，时雍没有办法给白马扶舟解释。

她只是道："我爹告诉我的。"

白马扶舟眼睛微眯："你爹又为何知晓？"

时雍发觉这厂公比大都督更为难缠。一般赵胤到这里就打住了，白马扶舟却穷追不舍。时雍不得不继续编，悠悠地道："我爹说，这叫经验之谈。他做了二十多年的仵作，什么没有见识过？"说罢，她扭头望向桌几，打乱白马扶舟的谈话节奏，"厂公不累？坐下喝点水，慢慢等。"

白马扶舟轻笑，撩袍坐下，慢吞吞端杯喝水。

时雍道："打个比方，厂公你见的太监多了，哪怕那个人不穿内侍的制衣，你也定能一眼认出他，就是个太监。"

噗！白马扶舟刚喝到嘴的水，喷了出来。时雍微笑，一脸无辜："怎么了？水温不合适吗？"

咳！白马扶舟拿巾子拭拭嘴角，不着痕迹地翘了下唇角，慢慢侧身望向时雍，一双阴凉的眸子波光荡漾，在幽暗的房间里仿佛泛了一丝光："姑姑——"

他正要开口，时雍突然伸手捂住他的嘴："嘘！"白马扶舟视线往下，看她俏丽的脸，一双狭长的眼渐渐弯起。他没动，保持着那个姿势，任由时雍捂住他。不料，时雍突然松手，提剑疾冲出去。"汪！"大黑也跟着蹿向房门，把椅子带了出去。白马扶舟前倾的身子不稳，往前栽去，若非及时抓住扶手，怕是要丢人了。"呵。"他轻笑一声，整理一下衣袍，跟了上去。

第三十章　圣旨到

外面已然杀将起来。一个黑衣袍的面具人正与燕穆交手。

云度、南倾和乌家班几人正从各个埋伏的关口围上来。大黑勇猛地冲上去，大声咆哮着。等在楼下的周捕快听到动静，也领着几个捕快冲了上来，将楼板踩得噔噔作响。只有时雍提剑站在不远处，一动没动，看燕穆和那人交手。

"快！抓住他。"周捕头上来拔刀一挥，衙役们便扑上去，哪料黑衣人袍袖一摆，最前面的衙役连人家衣角都没有碰上，就倒了下去，口吐鲜血。

燕穆："你们退开！"

云度眼睛蒙着白条，一袭白衣从房梁飘然而落，长剑直刺黑衣人。南倾的轮椅在走廊上划出一道刺耳的声音，夜鹰般朝黑衣人俯冲过去。黑衣人脸上狰狞的面具，遮住了他的表情，但他的双眼在面具下烁烁有光，动作矫健，对燕穆一人游刃有余。眼看云度和南倾杀来，黑袍大袖突然翻飞，一道疾风悄无声息地带出白色的粉末，漫天飘散。

"退后！"燕穆大声叫着，身子却往前扑过去，披风和袖袍翻动着，用身子挡住粉末朝众人的飞溅。

时雍微微颦眉，提剑鬼魅般靠近，却没有出剑，而是将窗台上剩余的香灰劈头盖脸朝那人撒了过去。以其人之道，还治其人之身。黑袍人却没有想到她会有此举动，下意识地抬袖拂脸，被逼得脚步跟跄着倒退几步，剑身撑着窗台，破窗疾掠出去，落在窗外的大树上，几个起纵间，已掩于夜色中。

白马扶舟勾出个耐人寻味的笑，吹了个唿哨："追！"话音未落，他已从窗台掠了出去。而燕穆刚被黑衣人的粉末撒中，面色苍白把剑撑在地上，一只膝盖重重跪了下去，黑色的披风垂落在地，让他整个人摇摇欲坠。

"燕穆。"乌婵和时雍同时冲了上去。时雍的手就要挽到燕穆的腋下时，无意抬头，看到了乌婵焦急的脸色和眼里的痛切。她也关心燕穆，可是，无论是她眼前的立场还是焦灼都比乌婵短了那么一些。时雍缩回手，蹲在旁边："你怎么样？"

燕穆没有说话，直挺挺地半跪在那里，握剑的手微微颤抖，额头青筋迸出，一张脸浮出汗意，却有种莫名的麻木和僵硬。他试图站起来，可是身上的软麻和莫名兴奋让他难以自控。燕穆是个冷静自持的人，从没有不能控制自己的时刻。这种可怕的驱使感，让他恨不得捅穿自己的胸口，挖出自己的心脏，任由鲜血横流……

乌婵将燕穆半搂在怀里，掐他人中："怎么样？是哪里痛，哪里不舒服？"

扑通一声，燕穆瞪大双眼，大张着嘴巴，倒了下去。

乌婵大喊一声："来人，把他抬到床上去。"

"别动他！"时雍制止了乌婵，飞快扯开燕穆的衣领，让他透气，再解开他的衣袍，取出银针，灸其水沟、百会二督脉穴，醒脑开窍，再灸其内关穴，醒神宁心。最后以毫针连刺通关、通山、通天穴，为他护心保脉。一番操作下来，她额头也渗了汗，脑子一片空茫却又空灵清净。为救人的下意识动作，她甚至不知道自己为什么这么做。众人惊诧地看着她又快又熟练的动作。

直到燕穆幽幽醒转，时雍才松了口气："抬他进去，喝些生姜水，注意保暖。"

说着她提剑起身，燕穆嘴皮一动，望着她："别去。"

时雍回头："没事。我带大黑。"

燕穆眨了眨眼皮，眼神涣散但坚持："此人武艺过人，善用毒物，奸邪诡诈……"他不放心她。

时雍却很平静："我有办法自保，你好好休息。"

时雍刚才撒的香灰，伤到了黑衣人的眼，他不可能和白马扶舟缠斗，肯定急于逃窜。时雍带着大黑出去，顺着他们追踪的路线，很快赶上了周捕头一行。

"人呢？"时雍走近问。

周捕头手叉在腰上，喘着粗气："前，前面。我老了，跑，跑不动了。"

时雍看他一眼："官爷别追了，回去提取脚印吧。"

她的身影飞快地消失在眼前，周捕头看得暗自心惊。昨日她说有办法证明凶手是人非妖的时候，大家都以为这姑娘在逞能，没想到那人今夜果然来了。而在这之前，整个客栈但凡可以下脚的地方都铺上了一层薄薄的香灰，只要有足印踏上去，就必然会显出形状。小小女子有这等心计，很不简单。更让周捕头感到可怕的是这个戏班。虽说戏班的武生大多武艺不错，但从今晚交手来看，那不是不错，简直就是江湖豪侠中的高手，即使是这个小姑娘，身手也是了得。周捕头犹豫，这事要不要报与县太爷知晓。

时雍在宁义镇的旷野上看到了白马扶舟。夜风肆虐，他一人站在风中任由长发飞舞，似乎在判断该往哪个方向。"厂督。"时雍大声喊他，"跟我走。"白马扶舟看一眼她身边的大黑狗，眉梢扬了扬，略一点头跟上来。

有大黑带路，二人在旷野上追了约摸两刻钟，找到了一个破旧的农家。黑漆漆的房间里，有一个铁铸的大笼子，里面有铁链拴住的几个人，其中还有两个孩子。笼子像一个大型的狗窝，里面放了一条破被子，几个人挤在里面冻得瑟瑟发抖，在他们的脚边，有打翻的破碗，里面光生生的，连一点残羹剩饭都没有。

看到突然闯入的陌生人，禁锢在笼子里的几个人睁大双眼，一动不动。他们没有说话，呆呆地看着闯入者，不知所措。时雍看了看手上的剑，背到身后："关押你们的人呢？"没有人回答。她仿佛在和空气说话。而这时，白马扶舟已经将破旧的三间屋子找了一遍，朝她摇了摇头。

时雍弯下腰，再次问："那个人呢？我们知道他回来了。"她的眼在几个人脸上巡视着。片刻后，才有一个孩子细声细气地说："他走了。"时雍从兜里掏出一颗买来哄赵云圳的糖果，递给他，鼓励地问："什么时候走的？往哪里走的？"

孩子接过糖，刚想张嘴，就被旁边的大人捂住了嘴巴。那人戒备地看着时雍，那双干瘦的手死死搂住孩子，死死盯住她："我们不知道，我们什么都不知道。你不要问我们了。"

时雍点点头："那我可以问，你们是谁吗？"

那人嘴皮轻动："我们是修炼人。"

"修炼人？"这个名词时雍从赵胤嘴里听过。那些信奉邪君的人，妄想飞升成仙，都称自己为修炼人，而带领修炼人的小头目被称为"执事者"。时雍看着这个眼含戒备的干瘦女子，眼里流露出几分讥诮，"这破碗破被子铁笼子，就能让你们修炼成仙？"

本就岌岌可危的信仰如泡沫般被无情戳破，那人恼羞成怒："先受万般苦，方享万般福，你懂什么？"

时雍淡淡道："我是不懂，世上怎会有如此狠心的父母，甘愿将孩子幼小的身子和灵魂献祭给恶魔，自己身受万般苦尚且忍不得，却忍心让自己的孩儿受万般苦，将嫡亲的血脉置于魔窟，沦为恶魔控制人心的工具人。"时雍的视线缓缓移动，落在被女子勒在怀里的孩子身上，"你看看他，多瘦。多像一条可怜巴巴的小狗。不，他活得连我的狗都不如。"

大黑摇了摇尾巴，展示了一下它健硕的身体，又"汪汪"了两声，威风凛凛。

一听拿她的孩子和狗来比，那女子原本麻木的双眼突然迸现了生机，原本就清瘦的脸，因为突然瞪大的双眼显得狰狞异常，套在身上的铁链在她的愤怒里铮铮作响："你闭嘴！你们这些高高在上吃人肉喝人血的贵人！你们压榨我们剥削我们，把我们当成畜生来奴役，来使唤，你们凭什么还要来羞辱我们？只有邪君可以拯救我们，待我们剥除肮脏的肉体，净化邪恶的灵魂，就可以彻底脱离苦海，永享福寿。"她愤怒地咆哮，满是不甘和激烈的抗争，只可惜，用错了地方。

时雍不理她，看向那个孩子："你愿意吗？"

孩子不吭声，眼神畏惧。

时雍又道："你愿意被人关在笼子，像猪狗一样舔食腐败的食物，见不到天日，见不到伙伴，见不到春天的桃花绽放，见不到夏天的烈阳炙热，见不到秋天的黄叶飞舞，见不到冬天的雪花纷扬……你愿意你的身体永远在这暗无天日的冰冷笼子里，像一个被人豢养的家畜，等待死亡的到来。而那个天外飞仙的梦想，是假的，是骗局，永不会实现。"

"我不……"孩子张嘴说了两个字，就被他的母亲捂住了嘴。

孩子瞪大一双无辜的眼，看着时雍，眼里充满了祈求。时雍懂了。只有大人才有那么多的欲望，想要福禄双全、成仙成佛、长生不老，而小孩子往往简单而直接，他的眼神澄澈干净，黑白分明，这是一个还没有被污染过的孩子。这笼子里的生活，于他只是噩梦。

"不怕。姐姐救你。"

时雍站起来，挥剑砍开笼子的锁。不料，里面的几个人却躁动了起来。他们不愿被解救，那个搂住孩子的干瘦母亲，在铁链就要被时雍拉开的时候，甚至疯了一般，死死掐住自己孩子的脖子，双眼濒临绝望般大吼着，发出一种怪异而尖厉的叫声："不——邪君赐我永生。我的孩子,不洁的孩子,愿死亡能拯救你肮脏的灵魂。"

在那个孩子眼神被母亲掐得涣散之前,时雍和白马扶舟终于制住了这几个疯狂的"修炼人",将孩子从那个母亲手上抢了回来。"哇!"当时雍将孩子搂入怀里那一刹,惊恐颤抖的孩子,终于大哭出声。

时雍拍他后背,温柔地道:"不怕。你得救了。"又拿眼瞄向白马扶舟,微微一笑,"你看到没有,这个大哥哥是从京城里来的大公公。他能帮你解决一切困难。"

白马扶舟清冽绝艳的脸,当即冷了三分,可是看到孩子天真无邪地望着自己,又不得不换上一副温和的脸,朝他点头。

时雍瞄了白马扶舟一眼:"你告诉我们,那个囚禁你的人,去了哪里?你们又是哪里的人,为什么会在这里?"

"青山。"孩子抽抽泣泣,"我们是青山镇人。那个坏蛋,方才回来一趟,不知拿了什么,又走了。就在你们进门前不久……"

回来拿了东西就走。时雍望向这个冰冷的土夯房,似乎在空气里嗅到一股浓重的阴魅味道,这里晦暗、阴森,自然不能将孩子留在这里。

白马扶舟发出鸣镝,很快几个东厂番役赶了过来:"把这里收拾了。"

笼子里的人,还在叫喊,发出尖厉而诡异的叫声,仿佛地狱来的恶鬼。白马扶舟回望一眼,又看了看时雍怀里的那个孩子,轻描淡写地道:"拿本座印信,通知官府。"

时雍带着大黑在这座郊外的民房转了好几圈,奇异的是,那个人身上的嗅源仿佛从这里消失了。大黑把他们带到这里,焦灼地走来走去,却再也找不出那个人的痕迹。

遇到高手了。

归园田居客栈,已被官府的人围住了。时雍兑现了承诺,确实向周捕头和王仵作证明了是人非妖。周捕头亲眼看到了黑衣人,也从黑衣人夜袭时踩踏的香灰上提取到了鞋印:"八寸的鞋,足有七尺的身高。身量颀长、健硕。"

听周捕头说完,时雍补充了一句:"右手无名指曾受钝器所伤或断裂。"

周捕头一惊,狐疑地看着她:"你怎么看到的?"

时雍:"用眼睛。"

当然是用眼睛,不然用脑子吗?

周捕头:"那人分明戴了个护手,手掌和指节都包裹了起来,你怎会看得见?"

时雍想了想:"用脑子。"

众人一言不发地看着她。

时雍道:"他左手用剑,右手似有不便。在翻窗的时候,我曾见他试图用手去扶,手指卷曲时,单单无名指卷不起来——"说到这里,她冷不丁看了乌婵一眼,"或许,是被小茗香所伤。"

小茗香是个机灵的人,武艺不错。那人能神不知鬼不觉地杀了他,必然是使用了些手段,而小茗香但凡有一丝清醒,就不可能不自救不挣扎,那么在凶手身上留点什么印迹,也不是不可能。

乌婵点点头:"他为何要杀小茗香?"戏班这么多人,为何独独挑了小茗香来杀?是碰巧撞上,还是故意为之?没有人能回答这个问题。

天亮时,等衙门里的人都走了,时雍告诉乌婵:"这一切的根源,还在青山镇。想要找出答案,我还得返回青山。"

乌婵脸上的表情有些复杂:"你想回青山,是为了案子,还是为了……"

时雍沉默,等着她说下去。乌婵却没有说,而是白马扶舟接上了这句话:"若是为了赵胤,我劝你不必去了。"

时雍莫名其妙,望了望周围看着她的人:"我看上去不像是为了案子?"众人不答。

白马扶舟轻笑,昏暗的天光里,他温和艳美的面容带了一丝浅浅的嘲笑,像是对时雍,又像是对自己,然后自言自语一般,悠悠地道:"青山镇,值得一去。"

燕穆今年二十有九,与时雍结识多年。时雍已经有些忘了第一次见他的情形,但两人是不打不相识。

当年,时雍为了救几个被山匪劫持上山的姑娘,单枪匹马闯到山寨,纵火烧了山寨的土楼,而燕穆与她目标一致。两人互相以为对方是山匪,就那么真刀真枪地打了起来。后来,那件事成了时雍的一宗大罪,为她"女魔头"的名号添上了浓墨重彩的一笔。

纵火烧土楼,致山匪死伤二十余人。这些"靠山吃山"的山匪,大多来自山下的几个村子,常有些青壮男子为了逃避兵役或因为娶不上媳妇儿甚至单单为了补贴家用而上山。农忙务农,农闲为匪。山上山下的人,亲戚的亲戚的亲戚,多少有些勾缠不清的关系。事发后,那几个被山匪糟蹋的姑娘得救了,又不堪世俗的眼光和羞辱自尽了。该死的死了,不该死的也死了。孰是孰非,对错难论,只有时雍成了人人喊打的过街老鼠。村民齐齐告官要治她的罪,几户死了姑娘的人家也要她承担责任……

那次,是楚王赵焕出面,力挽狂澜,平息了事端,也为此背上了一个"骄淫无状、色令智昏"的骂名。英雄救美人,美人爱英雄,时雍与赵焕在这样一个背景下相恋,似乎是顺理成章的一段良缘。

燕穆是事件的参与者,也是时雍与赵焕的见证者。他陪了时雍很多年。他从不多言语,也不曾离去。即便是雍人园屠杀事件后,时雍身陷牢狱,他带着剩下的人默默潜藏下来,也是一心为她复仇。这样的一个人,说是时雍的属下,不如说是兄弟,是朋友。时雍推门进去的时候,看到燕穆面色苍白地躺在床上,站了许久没有吭声。以前雍人园事情多,燕穆繁忙,两人每次对话都是正事,或许出于对彼此的保护,直到如今,他们互相都不曾问过对方,从哪里来,要往哪里去。可这样的兄弟,是可以托付性命的交情。

乌婵伏在燕穆的床边,似乎睡着了。时雍有些犹豫,不知道该不该打扰他们。也罢,就这么辞别吧。时雍转头,正要离去,燕穆睁开了眼睛:"你来了?"

乌婵也闻声醒来,看了燕穆一眼,又回头看时雍,笑骂:"怎么不出声的?吓死个人。"

时雍道:"看你睡得香,不忍心打扰。"她犹豫了一下,又道,"我准备返回青山。你这身子不宜奔波,让乌婵陪你回京。"

燕穆一听，手肘撑床就要直起身来，却被乌婵按了下去，瞋他一眼："你还没有大好，逞什么能？"

"这就要走？"燕穆没有挣扎，头却僵硬地抬起，暗淡的天光下，他的脸苍白得没有血色，而目光更为黯然。

"嗯。"时雍道，"我得去，这是一块心病。案子、玉令，都令我寝食难安。"令她难安的仅仅是案子和玉令吗？

燕穆沉默片刻，眉头皱了起来："你真像她。"只不过，以前的时雍是为了赵焕。而阿拾，是为了赵胤。

这是他第二次说这个话了。时雍与乌婵对视一眼，心知她并没有对燕穆透露过她的真实身份，又笑盈盈地道："要不我怎么能和她做朋友呢？"她在床边的杌子上坐下来，"我再帮你把把脉吧。"以前的时雍是不会这个的，更不会针灸。燕穆看着她熟练的动作，再一想她今日为他施针急救的事情，双眼里的阴影越发浓郁，渐渐变成了一种无解的怅然。再像她又如何？终归不是她。

时雍静心把脉片刻，收回手，脸上的忧色松动了些："恢复得很好。回京再静养几日，也就大好了。"

燕穆踌躇了片刻，微蹙眉头，无奈地道："我拖累你了。"

时雍笑开："这是说的什么话？"

燕穆神色有些颓然，想说什么，喉头似是犯堵："说好要认你为主，可眼下，你正是用人之际，我却不能陪伴护佑。"

时雍摇头，严肃道："我们一行人目标太大。分开行事，说不准更为好些。"

燕穆"嗯"了一声，再抬头，眼神固执："我还是不放心。邪君行事毒辣诡诈，你独身一人实难应付。"

"我还有大黑。"

"大黑再聪慧，也不能人言，到底只是一条狗。"

燕穆迟疑了一下，重新直起身坐起来，望向乌婵道："我们去收拾收拾，一起走。"

乌婵惊讶地看着他："你这样子怎么走？不要命了是吗？"

"我已经大好了。"

"躺下！"乌婵脾气也是个暴的，说罢直接上手把燕穆推回去。换往常，这般她绝对得不了手，可今日燕穆身子不适，轻而易举被她推了下去。乌婵哼声，噘了下嘴，"就这样子，你还想去保护旁人？你能保护好自己就不错了。乖乖跟我回京，莫要为阿拾添乱。"

燕穆喉咙一紧，眸底的固执渐渐软化："那你好走。"

时雍微微一笑，手在乌婵的肩膀上捏了捏："你们保重。"

去衙门办差的东厂番役回来了。令时雍意外的是，死在"归园田居"的一家五口，竟然是从青山镇逃出来的钱名贵家人。从青山镇到宁义镇，这是一个人都不放过么？包括小茗香，还有他们这一行人，都是青山镇出来的呀。时雍突然想到，若不是她昨夜率先设计了对方，设计一出请君入瓮计，对方是不是也准备来杀她，或者杀他们一行人？

宁义镇口，一行人分道扬镳。时雍再三叮嘱乌婵，要小心行事。而乌婵原本想派两个人跟她去，被时雍拒绝。她骑走一匹马，驮了个行囊，背一壶水，带着大黑就上路了。为了行事方便，她在宁义买了几套男装换上。此时，着儿郎打扮的她，骑马带狗，行在初升的朝阳下，颇有几分潇洒。

往青山镇的路时雍走过一次，可与上次不同，越临近青山，路上越发不太平，从北边逃出来的人越来越多。人员越是混乱，路匪劫夺之事也就越多。时雍不再像从前那般好管闲事，可是看着这些在兵荒马乱里逃难的人，还是免不了会施以援手。

离青山镇十里地，是一个叫江泊的小村。近江靠水，又在官道边，便有人支了摊子卖些茶水，做来往路商的生意。时雍下马给马儿喂草，顺便为自己和大黑要了碗茶水喝。"小郎君生得真是俊俏。"卖茶水的大娘头上包了个花布巾子，笑眯眯看着时雍，夸赞她几句，又热络地问，"这年景，一个人是准备去哪儿啊？"

时雍言笑浅浅："青山镇。"

大娘手一抖，茶碗差点滑落。隔桌的几个人也朝她看了过来，表情满是探究。时雍笑问："怎么了，莫非青山镇去不得么？"

大娘长纳一口气："去不得，去不得了。"顿了顿，她瞥了一眼那几个明显是从北边来的客人，压着嗓子说，"小郎君，你这一路走来，就没有听说点什么？"

"什么？"时雍笑问。

"哎哟我的老天爷！"大娘是个热心人，叉着腰瞪她一眼，在围裙上擦了擦，坐下来再次打量时雍的眉眼，在确认这当真是一个清俊不谙世事的少年郎后，用一种略带疼惜的眼神看着她道，"青山镇，一个人也没有。那就是一座鬼镇啊！你去做甚？寻亲，还是访友？"

时雍一怔，装作一无所知的样子："我有个友人在青山镇，原是约好今年中秋过后来探望的，怎会如此？"

"作孽哦！"大娘说不清楚事情，只道，"我劝小郎君还是莫去了，喝完这碗茶，就往回走吧。你有马，天黑前就能赶到蓟州落脚……"

时雍皱眉："那不成，我和友人约好，怎能失约？好歹也得去看看。"

那大娘怒其不争地瞪着她："你是有几颗脑袋吃饭么？青山再往北便是卢龙塞了。你不知道，那兀良汗大军已经过了松亭关，眼看就要打到永平府。永平府若是守不住，接下去的大仗指定又要在卢龙开打……"一个"又"字，说得辛酸，"我还记得当年卢龙塞打仗的时候，我还是个大闺女……"

"咳！老太婆，水开了！"她当家的男人坐在摊子后面，闻言重重咳嗽一声，阻止她多话，"还不快来，嚼什么舌根子？你又有几颗脑袋吃饭喽？"

"水开了你是没长手吗？来了来了。"大娘对这个青涩的小郎君很是怜惜，去倒水前还再三叮嘱她赶紧原路回去。

哪料，等她倒好水过来，就见矮桌上放了一块碎银，那小郎君已经骑着马走远。大娘拿起桌上的碎银，凑到嘴里咬了一口，放心地收入掌心，看着那一人一狗的背影，又不免叹息摇头："又一个找死去的。"她把时雍给的小碎银放入银袋里，晃了晃。里头，除了铜板，还有一块小银子，也是一位长相俊美的郎君给的。

那天他骑马匆匆赶路，也在她的茶水摊前吃了碗水，大娘也劝他不要再去。他比这个小郎君要长几岁，不说话，也不听劝，吃完茶，留了个小碎银子就走了，一模一样的倔。

"驾！"一个锦衣缇骑在夜色里飞奔，马蹄激起一路尘土。他一路疾驰，闯入永平卫的晏军大营，远远地高扬手上的信筒："圣旨到！大都督赵胤接旨。"

永平卫刚从石洪兴手上夺回来，军中将校是人是"鬼"，难以甄别。赵胤临时将驿馆里的魏骁龙调过来，扯了个大旗，将永平府附近屯卫的领兵将领召集起来，准备抵御外敌入侵。

已是子时，营中灯火大炽。得闻圣旨到，营中将校纷纷整理盔甲，齐齐迎出来接旨。前来永平传旨的人不是别人，正是锦衣卫千户魏州。看到赵胤，他眼神激动，但还是四平八稳地慢声宣旨："奉天承运皇帝，诏曰——自皇考与兀良汗结盟，已三十九年有余。我大晏遵法度、守要约，概无懈怠，与兀良汗睦邻而居，世代友好。为表永结秦晋的心意，朕日前忍痛将怀宁公主远嫁，许与兀良汗王巴图为妃。岂料，兀良汗狼子野心，犯我国境，进入松亭关，夜袭宽城，略城扰民，现晓谕四海周知……着令五军大都督赵胤，原地集结开平中屯卫、兴州左屯卫、兴州右屯卫、兴州前屯卫、东胜左卫等部，代朕剿贼，为国戍边。卿等应同心同德，拒敌于卢龙塞外……"

"臣领旨！"众将身着甲胄，不便下跪，齐刷刷行礼躬身。

魏州一手拿圣旨，一手将背上的朱漆宝盒取下来，高声喊道："校验虎符！"

赵胤上前，恭领虎符。

魏州大声喊道："奉上谕——五军大都督赵胤坐镇永平府，敕封抚北大将军，龙虎将军魏骁龙着任抚北军总兵。以上各军政卫所，一应听从抚北大将军指挥调度，有违此令者，按贻误战机罪论处，杀无赦！"

"微臣领旨。"众人山呼万岁，齐刷刷行礼。

魏州宣完皇帝旨意，热情地走近赵胤，解下行囊："大都督，别来无恙。"

赵胤看他脸色："还走吗？"

"来了，就不走了。"

魏州按住腰刀，扫一眼众人："大都督，借一步说话。"

赵胤一言未发，将魏州领到内室。

"多日不见，大人清减了。"魏州看着赵胤，叹一声，从行囊里掏出一封书信，"圣上密函。"

赵胤沉眉拆开信件。"无乩：见字如晤。此战，干系大晏国运。永平若失守，敌军将直入京师，一马平川。永平不可丢，卢龙塞更不可败。祖宗基业，皇考威仪，俱在卢龙。卿为五军之首，领虎狼之师，受皇考亲传，必定战无不胜，定将敌师赶回松亭关外。朕在京师，盼无乩凯旋。"书信出自赵焌之手，落款处的指印，是鲜血的颜色。

到青山镇时，天色更晚了一些，夜雾弥漫，能见处不过一两丈。时雍骑的那匹是乌家班的老马，也算是跟着乌家班走南闯北的功臣了。大概马儿走的地方多了，吃的草料杂了，也有了几分灵性，还在青山镇街口，它便不愿再往里走。老马犟起来脾气大，比大黑还不好哄。时雍扯了几次缰绳，拍不动它，只得下来牵它："马祖宗，走啊。"

马儿脖子固执地拧着，就是不肯。

大黑汪汪两声，冲上去往马屁股上就是一口，不轻不重，刚好能让马痛。马儿长嘶一声，蹄子终是迈出去了。时雍看了大黑一眼："你倒厉害。"大黑受了表扬，甩甩尾巴，跑到了老马的前面。

青山镇还是那日时雍离开时的模样，一侧是水，两岸夹山，早晚雾气重，多雨，长街风大。街口的血迹似乎还没有冲刷干净，除了檐下那些凝固成了黑褐色的血，长风送来的空气里似乎都弥漫着血腥的味道，令人呼吸不畅，恨不能把毛孔都紧闭起来。街上空荡荡的，没有人，如同鬼镇。

一个人走在长街，两侧是影影绰绰的房舍。有些门关着，有些开着，露出里面的桌椅与摆设。外墙、木柱上到处是弓箭刀枪的砍痕、洞孔，还有附着的血迹。这座历经数百年的古镇在一片死寂中，仿似一个巨大的鬼片拍摄场，一瞬间就将时雍拉回了那个浴血突围的夜晚。

恐怖的杀戮后，小镇比杀戮时更为可怕，每一个洞开的大门里，仿佛都有一双眼睛，都有一些枉死的冤魂，以致时雍听不清风里夹杂的是飞沙树木的呼啸还是惨死的人发出的凄厉呼喊。

她明白卖茶水的大娘，为何要她原路返回了。这里实在不适合正常人来。

时雍不知不觉走到青山镇那座桥。桥那一头，就是裴府。

桥上满是雾气，时雍牵着马，带着狗，点燃一个火把，听着桥下流淌的河水，慢慢走过去。

不过几日没有人，裴府就似荒芜了，大门口写着"裴府"两个字的匾额上，插着一支利箭。箭头破匾而入，匾额的一侧裂开，倾斜下来，看上去极是落败。裴府旁的低矮房屋是裴三伯的家。时雍还记得那夜前来，他们家人声鼎沸，很多人来接，还有几个小孩子，穿插在人群里吵吵嚷嚷，闹得人头痛。如今这些人都不在了。时雍不知道他们去了哪里，这一切，就像经历了一场幻术。

在这个幻术里，她和赵胤如同恩爱的夫妻。他是裴赋，她是夏初叶。幻术终，他是赵胤，她是时雍，而幻术里的所有人都被魔法收回，不见踪迹。若非青山镇还在，她会有大梦一场的错觉。

门没有上锁，时雍一推就开了。寂静里的吱呀声鼓噪耳膜。"你回来啦。"黑漆漆的门里，有一个声音在对她说话。时雍吃惊，将火把举高，这才从余光里看到面色苍白的小女孩。她好像一个鬼啊！一动不动，站在角落里看她，火光根本照不到。若非时雍胆大，能当场被她吓晕过去。

"春秀。你怎么在这里？"

春秀朝她笑："我一直在这里。"

时雍往后望了一眼，背后是滔滔的河水，前方是巍峨的大青山，门里是春秀苍白瘦削的小脸。她举起火把走近，弯下腰来看春秀。眼对眼，小姑娘瘦了些，两只眼睛更大更亮，虽然面带微笑，可是在这个寂静的深夜，在空无一人的青山镇，还是很挑战人的胆子。时雍重复问了一句："你为什么会在这里？"刚才春秀的回答没在点子上，闻言愣了愣，又道："我和婆婆留下来了。"

"婆婆？"

春秀点点头："你跟我来。"

春秀拎了盏油灯，带着时雍过了桥，走过长街，转过一个三岔路，指着前方偏暗角落的店面说："婆婆就住那里。"

时雍在青山镇住了几天，完全不知道这里有一个店铺。店面的门紧闭着，春秀过去敲门，叫了几声婆婆。里面响起一阵窸窸窣窣的声音，忽隐忽现，从远及近，门吱呀开了，时雍看到门后的老人。头发花白，佝偻着背，看上去年岁不小了，但双眼极为有神。她看着时雍不说话，脸上几乎没有什么表情。

春秀说："婆婆，这是裴夫人。"

再次听到裴夫人，时雍微微有些尴尬。毕竟很多人都已经知道，裴赋是假的，那么她这个裴夫人自然也是假的。可是，老婆婆没有什么表情，把门让开："进来坐吧。"

春秀走在前面，时雍跟着迈入门槛。随着屋里的灯火大亮，她步子有片刻的凝滞。

店面不是很大，除了纸钱、香烛、挂在墙上的寿衣，还有一个个纸扎的人。它们有丫头，有小童，有美人，有俊郎，活灵活现地充斥在店里面。店铺有一扇通往里面的门，就掩在那些纸扎的纸人后面。门开着，黑洞洞的，仿佛有一双眼看着外面的人。时雍头皮发麻，看了春秀一眼。小丫头面色平静，似乎已经习惯了。

"夫人，这是符婆婆。我的亲姑婆。"

时雍微微一笑："婆婆一个人住？"

春秀点头："嗯。我也会来陪婆婆。"

时雍眉心一蹙，朝老婆婆看过去，美艳双眼里的几分锐利在油灯下被放大，显得肃穆而冷漠。

符婆婆花白的眉微微沉下："我有个外侄来青山镇看我，住了两日。"

春秀瞪大眼："我怎么没有看到？"

符婆婆看她一眼，道："说来跟你，还是本家呢。年轻人，不爱见人，你自是见不着。"

符婆婆是青山镇人，祖上世代都在镇上卖寿衣、香烛、纸钱等丧葬用品，大抵是干这个营生，和阴间用物及死人打交道多，反而没有被邪君那一套修炼升仙的说辞影响。只是那时的青山镇已然疯魔，她一个老太婆人微言轻，只能随众，少言寡语保平安。

赵胤率众离去时，春秀便成了个大问题。一个小女孩儿，他们不可能带在身边。这时符婆婆站了出来，说是春秀母亲娘家的亲姑婆，愿意代为照管春秀，赵胤便把裴府那座宅子和春秀托付给了她。

187

时雍听完，又问："青山镇的人都到哪里去了，为什么你们没有离开？"

春秀咬着下唇，看着符婆婆不说话。老人颤巍巍地拨了拨灯芯，平静地告诉她："青山镇的人都死了。我们无处可去，留了下来。"

"都死了？"时雍大为不解。都说赵胤心狠手辣杀人如麻，但是不至于把整个青山镇都杀光啊。

"早就死了。"符婆婆双手似是闲不住，一边说话，又拿起纸人来扎，说话时也不抬眼皮，语气淡淡的，"你看到的青山镇人，要么不是青山人，要么已然不是人。在你们没来以前，那些不听话的人，早就都被杀了，换成了他们的修炼人。剩下的人，除了我老婆子和老亭长假意归顺，其他都是当真入魔的修炼者，又哪里算得上人？"

想到老亭长，时雍内心黯然片刻："那这些人后来去了哪里？"

"官府带走了。怎么处置老婆子就不知了。"符婆婆摇头叹口气，突然扫了时雍一眼，"你吃饭了吗？我让春秀给你下碗面？"

不提面还好，一提，时雍就不饿了。看她摇头，春秀懂事地说："夫人不爱吃面，我给你拿糕点，是娴衣姐姐走的时候留给我的。我舍不得吃，都给夫人。"

晚上，时雍和春秀一起回裴府睡。春秀怕她害怕，主动睡在罗汉榻上陪她。时雍有些哭笑不得。夜深了，时雍躺在熟悉的床上，听着屋外呼啸的风声从大青山吹过，难以入眠："春秀。"

春秀"嗯"一声，果然没有睡着。时雍问："你一个人留在这里，不怕吗？"

"不怕。"

"为什么？"

春秀沉默。好一会儿，黑暗里才传来她的声音："我喜欢这里。"

为什么喜欢，春秀没说，时雍也没问。她更为好奇的是，赵胤为什么如此放心？

"春秀，我们刚回裴府的那晚，厨房里的尸体，是你掩护他们放进去的吧？"

春秀好半响没有说话。空寂的房间里，气氛仿似凝固了。又过了许久的时间，才传来春秀诡异的笑声："夫人，你猜到了。"其实，这不难猜。

屋外开始下雨，敲在瓦上动静不小。房里静谧了片刻。春秀起身，亮了油灯走到时雍的床前："我可以到床上来和你一起吗？"

时雍撩开帐子，看着她："可以。"

春秀慢吞吞地将油灯在柜子上放好，脱了鞋子摆放得整整齐齐地靠在时雍身边的床头上，只拿被子搭着腿，不敢靠时雍太近，借着微弱的光，时雍看到她的脸越发地白。

"他们杀了很多人，我爹娘和我弟弟都死了。"春秀特意朝时雍笑了笑，表情有些抱歉，"平梁那个不是我爹。卖身葬母是假的，我骗了夫人。"

时雍点头："我知道。"赵胤也曾说过，针对他们的骗局，从平梁就已经开始了。他们假扮裴赋到青山镇来，没想到，整个青山镇都是假的。

春秀主动握住时雍的手，仿佛是为了获得力气一般，握得紧紧的。她的手有些粗糙，完全不像一个小孩子稚嫩的肌肤："裴将军回乡省亲，他们很害怕。他们给了我一个身份，卖身葬母是为吸引夫人注意,让夫人怜惜我。他们想让我跟在夫人身边,探知将军心意。"

时雍问:"若是我那天没有把你带回来呢?"

春秀目光微微涣散:"他们还会有别的法子。不过,我想跟夫人走。"

"为什么?"

春秀呼吸略重,也是这时,时雍才从她的眼里看见了一丝属于小姑娘的恐惧:"他们把我和其他孩子关在笼子里驯养,打、骂,不给吃的,要我们听从训导。我不得不假意服从,我要比他们都乖,我要活着。我娘死前对我说,要活下去才有机会……我就活着,等啊等,等来了这个任务,等来了夫人。跟着夫人走是我唯一的机会,是我摆脱魔窟的唯一机会。"那日在平梁,小姑娘渴望的眼神,是驱使时雍带走她的动力。

"你成功了。"时雍怜惜地摸了摸她的头,像摸赵云圳一样,"你把这些事情,告诉将军了吗?"下意识地,时雍称赵胤为将军,是为了让春秀理解,却在无形中延续了某种关系。

春秀点点头,俏皮地朝她眨了眨眼:"我没有告诉过他们你和将军的事情。我知道,将军不是将军,夫人不是夫人,但我没说。"

时雍的脸莫名有点臊。

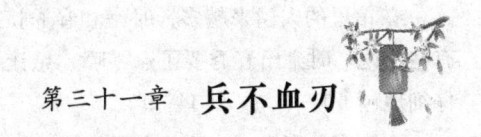

第三十一章　兵不血刃

官府准备在青山镇外,建个大坟场。

符婆婆每天都在扎纸人,她收了官府的银两,为青山镇的亡魂祭祀,需要大量的祭祀用品。她很认真在做,好像不知疲惫。时雍第二日又去探望了她,却没能见到她嘴里那个外侄。青山镇都没有人了,符婆婆却坚信,有一天青山镇会回到那个热闹的样子。而她,似乎成了青山镇的守墓人。

临走之前,时雍留了封银子给春秀,不料,春秀却背了个小包裹出来,扑通一声,跪在她面前:"夫人,你能带我走吗?"

时雍静寂半晌,与她对视。浓雾里,瘦瘦小小的春秀眼睛里充满了渴望,像冬日枝头的蜡梅,倔强坚毅:"我不知要去哪里,此行或许凶险。"

"我不怕。"春秀轻轻抓住时雍的袖口,"我会做饭洗衣,我给夫人做丫头,我会照顾夫人。若是夫人不放心,我自愿签卖身契,做夫人的奴婢……"

这浓浓的无助,轻易勾起时雍的记忆。不愿屈服于命运的人性,坚韧得让人不忍拒绝。正是因为这样,以前时雍的雍人园才捡回了许多人。燕穆、云度、南倾甚至乌婵,还有许多许多人,都是时雍在机缘巧合下一个个"捡"回雍人园的。时雍带走了春秀,符婆婆为她们装了些干粮,叮嘱春秀以后要回青山镇看她。于是,时雍把原本给春秀的那封银子留给了符婆婆。

离开青山镇，时雍没有走回头路，而是顺着官道继续往卢龙县。春秀不问为什么，只是沉默地跟着她，不多话，但很机灵，喂马喂狗，端茶倒水，抢着做一切奴婢做的事情。

卢龙县是永平府的治所。受战事影响，街道很是冷清，上次见到的车水马龙和商铺林立的景象不见了，好多商家关门避祸，这座府城萧条得触目惊心。倒是茶楼酒肆不打烊，成为了人群聚集地，热闹非常。时雍带着春秀，牵着马，遛着狗，好不容易才找了个客栈住下。为了行事方便，时雍也将春秀扮成了小书童。填饱肚子，二人穿过清清冷冷的大街，钻入了卢龙最大的茶馆。

茶馆的空气里似乎都带着硝烟味。时雍没费什么事，就灌了满耳朵消息。

赵胤如今就在永平卫，卫所离卢龙县城不过二十来里地。不过，相对于赵胤到来给予百姓的信心，这些人对兀良汗的战力似乎更为惧怕。

有人说："兀良汗人长得个个身高八尺，长得像野兽一般，凶猛彪悍。"

有人说："他们不建房舍，形若野人，走到哪里宿到哪里，生啖肉，渴饮血。"

有人说："他们剥了动物的皮，都是直接围在腰间，男男女女混杂乱媾。"

有人说："若是女子被他们俘去，都是丢到大营里头，人人都可享用。"

甭管见没见过兀良汗人，有些人张口就来，描述得绘声绘色。对平民百姓而言，这些话无异于增加了战争的恐慌，却又怕，又想听。

茶馆里的人越来越多，时雍和春秀挤在角落里，不太引人注意。说是卖茶，茶馆也有些小吃。时雍给春秀要了点零嘴，想让她打发时间，可是小二把东西送上来，春秀却仔细地包了起来，放入口袋里。

时雍有些奇怪："放起来干什么？"

春秀说："少爷现在就要吃吗？"

看她慌乱去拿，时雍哭笑不得："给你吃的。"

春秀摇头："我不饿。"

零嘴不是饿才吃的呀。时雍知道一时半会儿改变不了小丫头的观念，笑了笑，没有说话，就见茶肆又来人了。看衣着打扮，不像是普通人家，身着锦袍腰佩武器，与茶楼里的众人格格不入。

"老板，来两壶好茶！"银子往桌子上一丢，财大气粗。佩刀明晃晃的，更是吓人。

时雍看了春秀一眼，见她表情平静，赞许地笑了笑。那桌人就坐在她们旁边，坐下来，就唉声叹气："这兵荒马乱的，上哪儿找人去？"

"唉，眼看日子就要到了，可怎么向邪君交差才好？"

两个人的埋怨，换来另一人的低喝："闭嘴！"左右看了看，他压低嗓子，"喝完茶，赶紧走。"这伙人来去匆匆，坐了半壶茶的工夫，就又匆匆离去了。

时雍看着他们的背影，凉凉一笑："春秀，我们走。"

出了茶馆，春秀见时雍往客栈去，难得问了一句："夫人，我们要去找将军吗？"

时雍低头看她："不。"春秀眉头皱了皱，似乎有些不解，却没有多话。时雍眯了眯眼，"我先送你回客栈，你在客栈等我。"

春秀心惊,仰起头:"夫人你不带我吗?"

"带着你就危险了。"

黄昏的天际,细雨绵绵。永平卫大营里,商讨完军情,人都散去了,赵胤仍然坐在那里没有动。谢放刚才就注意到了他的不适,关上房门,靠近过来:"爷,可是腿疾又犯了?"连下两天雨,对赵胤来说,就是煎熬。

闻言,赵胤没动,摆摆手表示无妨:"魏将军那边可有消息?"魏骁龙自请带人打头阵,前天夜里便领兵十万出了永平卫。

谢放看一眼他平静的脸,摇了摇头:"此去孤山有些远,想来没有这么快。魏将军一到,定有捷报传来。"顿了顿,他担忧看着赵胤的腿,"倒是爷的腿……唉,当初就应当把阿拾带上。"

赵胤蹙了蹙眉头:"没有她,我还不能活了么?"

谢放连忙低头,不敢多话。这位爷的脾气他多少是了解的,最不喜被人质疑他的决定。既然他把阿拾放回京师,就已然做好了打算,旁人再说什么也是多余。

好半晌,赵胤终于从椅子上站了起来,若无其事地走了出去:"去营里看看。"

谢放看一眼他的腿:"是。"

二人刚出门,朱九就匆匆从营外跑了进来,走到赵胤跟前,低声禀报道:"爷,乌日苏王子求见。"

自打兀良汗向大晏宣战伊始,乌日苏就一直待在驿馆,足不出户。赵胤从驿馆撤走了魏骁龙,又派了旁人去保护他,没有限制他的自由,也没有以他为人质去找巴图谈判,就好像他这个兀良汗大皇子不存在一样。乌日苏低垂着头,从校场穿过,看到许多晏军身着单衣在场上练兵,喊杀声声,心里微微一震,没有多看,在侍卫的带领下匆匆走入营内。

赵胤安静地坐在案后的椅子上,从容悠然,微微眯起的眼睛看不出情绪,不当他是敌人,也不是友人。没有杀气,却冷漠得让人望一眼都生出寒意。

乌日苏眼圈当即一红,冲赵胤深深行了一个大礼:"大都督恕罪,小王人微言轻,对兀良汗南下之事,实在是有心无力。在父汗眼里,小王只是个愚昧不堪的呆头鹅,即便上书奏对,也是无力回天。只如今,眼看两国争端再起,百姓数十年安宁不在,小王实在痛心,负疚不已……"他的声音越来越低,到最后几不成言。

赵胤望着他道:"大皇子不必忧心,也无须致歉,此事与你无关,你且安心在驿馆住下。"

"唉,如何能安心!"乌日苏长长一叹,又朝赵胤作了个揖,低着头道:"小王此次前来,有一事相请。"

赵胤抬抬袖,示意谢放为他看座:"大皇子请说。"

乌日苏神色忧郁,眼里却满是坚定:"小王自愿为质,望大都督成全。"

赵胤看着他,表情没有意外,"皇子大义。"

乌日苏摇头:"我父汗筹谋多年,这一战势在必得。恕我直言,大晏仓促应战,援军未达,魏将军此去孤山顶多拖延些时日,恐不能阻止我父汗马步南下,打到卢龙早迟而已。"看得出来，他对兀良汗的战力极为自信，对他的父汗巴图，也有崇拜。

赵胤点点头，不动声色。

乌日苏说着，低头从袖中取出一柄用绸布包裹的匕首，看得出来，他极是爱惜。匕首光洁如新，上面雕琢着繁复而精美的云蟒兽纹，这不仅是大晏之物，更是出于大晏皇室之物，被保护得极好："这匕首原是大晏之物。我父汗从祖父那里继承而来。我十四岁那年，猎得草原头狼，父汗将它赐予我。"

铮的一声，乌日苏拔出匕首。刀刃轻薄，锋利异常。他的手指游走锋刃，慢慢划过去，有血珠冒出来。乌日苏眉目不动，从怀里掏出手书一封，将血迹滴上，摁了印，连同匕首一起呈给赵胤："大都督可将此物和书信一起，交由我父汗，勒令他退兵！"

赵胤看着他，一言不发，冰冷的身姿纹丝不动，俊朗的脸上不见表情，却给了乌日苏无端的压力。

乌日苏又道："父汗若是还顾念我是他的儿子，必会领兵退回松亭关外。"

"皇子心意，本座明白。"赵胤许久方道，"可本座素来不喜以人为质；况且，汗王既亲自领兵，没有照会大皇子，想必是已然想明白了。"巴图南下之时就知道乌日苏还在大晏，他义无反顾地起兵，又有几分可能会顾惜亲生儿子的安危呢？

乌日苏脸上的笑容苦涩而无奈。"大都督说得极是。"他慢慢坐下来，抬头看赵胤那一眼，目光极是锐利，"但我，还是想试试。父汗不肯退兵，那乌日苏便以死谢罪。以我之血肉，祭奠枉死苍生。"

赵胤抿唇不语，全身气息冷淡之极。乌日苏微微一笑，语气轻快起来："我想知道，他是不是真的可以为了野心，眼睁睁看到亲生儿子死在面前。"

乌日苏也是有备而来，除了表明心迹，又向赵胤献上一计："即便我父汗不肯就范，小王在兀良汗也是有些追随者，眼看小王惨死，必会兔死狐悲。如此一来，难免动摇军心。我死前会向大都督提供这些人的名字，大都督离间他们内乱，坐收渔人之利，兵不血刃，岂不快哉？"

一个杀人不眨眼野心勃勃的枭雄，一个看似软弱斯文却满是算计的儿子。一个谋划大晏江山，一个谋划父子亲情。

赵胤亲自送乌日苏出营，待他远去，召集心腹将领商议："大都督，末将以为此计甚妙，不论成败与否，对大晏而言，都无损失。"

"事不宜迟，大都督应当马上派人知会巴图，令他不得轻举妄动。"

"大都督，目前各路援军尚未到达，按俺们事先定计，孤山必失，决战在卢龙塞。既然乌日苏愿意配合，巴图又不顾亲生儿子死活，俺们也不必讲什么仁义了！"

赵胤坐在案后，一声不吭地听着众人热烈讨论："此事没这么简单。"他声音不大，将领们却安静下来，都拿眼看着他。赵胤平静地道："兀良汗骑兵悍勇，巴图又谋划多年，断不会为了乌日苏一人退兵。只怕适得其反，激起兀良汗人的血性。"

"大都督，我等并非贪生怕死之辈，激起血性又如何？我大晏将士难道还怕他漠北蛮子不成？"

"哀兵必胜，王将军可曾听过？"赵胤看了那人一眼，"如今兀良汗攻城略地一鼓作气，如大堤泄洪，势不可挡。这是他们蜗居漠北凝集许久的一股气，与其面对面撞其锋芒，不如疏导……我且看他排山倒海，推宽城，过孤山。待他气泄，再围而歼之，不好？"

众人争论得不可开交。白执匆匆进来，看了一眼营中众将，走到赵胤跟前，朝他耳语几句。不消片刻，就看到一条黑狗，飞快地掠过，摇头摆尾，勇猛地扑向赵胤的脚边。

"大胆！"一个参将离得近，见状拔刀就砍。

赵胤看他一眼，波澜不兴："我的狗。"

刀都拔出来了，怎么办？那参将一脸震惊，掉转刀锋深深撞向地面，摩擦出耀眼的火花。

众将退下，白执朝赵胤行过礼，看了大黑一眼，低声道："爷，这狗是自己跑来的。"

赵胤看了他一眼，平静的眼里有阴冷的光芒。

白执连忙低头，皱眉道："经属下查实，是有一个小郎君带走了春秀，直奔卢龙而来。其人骑一匹老马，带一条黑狗……"

赵胤抬眼："人去了哪里？"

白执低声道："属下得知消息就马上派人去查了。二人落脚在卢龙'和义客栈'，可现下只有春秀一人，那小郎君不知去向。倒是有人从大青山出来，发现那里的阴沟里，有一具女尸，疑似被野兽啃噬，还被、被拔去了舌头。"

赵胤蓦地拍案站起："为何现在才来报？"

白执脊背一寒，立马单膝跪下："爷军务繁忙，属下未知全貌，不敢滋扰。"

赵胤冷冷扫他一眼，视线落在吐舌头的大黑身上："你来，是想告诉我什么？"

大黑歪歪头，嘴里嗷呜两声，在他面前转了几个圈，神情有些焦灼，但它又能说出什么来？赵胤试探着去摸它的头。大黑退了一步，"汪汪"吼他，又往前拖他裤腿。赵胤站起身，一言不发地取过架上的头盔，握紧绣春刀，大步出营。大黑见状，嗖一声跑在了前面。

"爷——"白执喊了一声，脸上迅速褪去血色。他这种常年跟在赵胤身边的人，对他的言行有一定的了解。这是一种极为危险的信号。非死生，难以收场。

时雍后背倚在城门边的石墩上，看到那几个佩刀的壮汉走出来，直起身子，大声喊："站住！"

那几个人瞳孔微微一缩，转头看来。前方城门口就有守军，几人交换眼神，手扶腰刀盯住她，一动不动。时雍不慌不忙地走过去，从怀里掏出银子，塞到领头那人手上："兄弟，行个方便。"

那人低头看看手上的银子，一脸震惊地看着她："你待做甚？"

时雍道："兀良汗人打进来了，小弟家破人亡，妻离子散，无处可去，想跟着几位大哥去落草为寇。"

寇？几个人相视一眼。领头那人翻了翻眼皮："我们哪里像寇？"

时雍给他个"我都懂"的眼神，懒洋洋地道："这世道，不做寇，不为匪，如何能活得像几位大哥这般光鲜？行了，有饭赏一口，行善积德。"

那人咽了咽唾沫，又回眼看看自己的手下，见他们也一脸费解，直接就笑了出声："我若是不肯带你去呢？"

时雍板着脸道："那我就要大喊报官了！实不相瞒，各位兄台在茶馆里说的话，我都听到了，邪君是吧？"

几个人又是面面相觑，似乎是不明白为何会有人送上门来找死。时雍看着他们，也是一脸问号："适才在茶楼里，听各位大哥说要找什么东西。走吧，你们想找什么，我去帮你们找，包在我身上。"

为首那人上下打量她瘦弱不堪的身子骨，阴冷冷一笑："我们已然找到，这就要回去复命了。"

时雍连忙揖手："那敢情好，发财带一个，带一个。小弟想跟着各位大哥干，混口饭吃。"

那人看她干净的脸上满是真诚，忽而一笑，拍了拍她的肩膀："成！走吧。"

时雍跟着他们出了城，一路欢天喜地："各位大哥，敢问怎么称呼？"众人都拿不好的眼神看她。时雍只当未见，一脸真诚地道，"小弟姓祖，单名一个宗字。各位大哥可以叫我小祖宗。"

一人怒了："小子，你在耍弄大爷是不是？"

时雍赔笑道："大哥不要误会，开个玩笑，活跃一下气氛。对了，咱们是要走多久？有没有马车可坐？没有马车，有匹马儿也好呀。难不成，走路去吗？我看那寇匪都威风得紧，为何到了我们这里，就……"

"闭嘴！"大家终是受不了她了。眼下看四下无人，他们索性也不装了，"执事者，这小子话多，绑回去吧。"

时雍与那个执事者不约而同地蹙起眉头："绑着多不好看？"

时雍摆摆手："走吧，走吧，我自己能走。"

一行六人，兜兜转转，没有想到又回到了大青山中。只是，大青山绵延数百里，这一段山不再是青山镇背后的大青山而已。大青山中盛产石洞，各有不同，实在很难辨别哪一个洞是哪一个洞。时雍在几个人的带领下，于崇山峻岭间，钻入一个石洞。

令她感到意外的是，山洞外面没有人值守，看上去与普通的山洞没有区别。石洞里黑漆漆的，需点亮火折子方能照明，走了很长一段路，一点声音都没有，寂静得如同一座大型的坟场。路上有些绕，好几个岔洞似乎通往别处，洞里的风幽凉刺骨，鼓噪在耳边有一种嗡嗡的回响，像有无数人在说话，偏偏又不见人。在那个执事者的催促下，时雍没法仔细看，只能亦步亦趋地跟着他，以免走错。看得出来，这个执事者地位颇高，他拥有进入邪君主洞的权限。

七弯八拐终于到了。这是一个面积最大的山洞，四壁似乎都被涂上了黑漆的颜色，燃放的火把发出令人憋闷的桐油气味，几口大锅中流淌着熔铁一样的火红液体。邪君宝座位于正中，石凿的鹰隼形状，利喙正对洞口。

"邪君大人，弟子回来复命。"

时雍望了一眼。邪君正如旁人所说，黑衣、黑袍、黑帽、黑色的鹰隼面具，除了身形高大颀长外，看不出他身上的任何特征。火光下，他浑身上下袒露在外的只有一截古铜色的脖子还有面具后阴冷冷的双眼。他侧头时，时雍发现，这人的脸有些瘦削，但一出声，便阴冷诡魅："谁让你们把他带回来的？"

带她回来的执事者和几个修炼人扑通跪在地上，困惑地望着邪君，不敢说话。

时雍笑道："不是邪君人请我回来的吗？"

那几个齐齐扭头，看着她，一脸不解。

时雍不理他们，只是看着石台上的黑袍男子："能得邪君这么看重，亲自派人到茶馆相请，鄙人十分荣幸。"

黑袍人双眼藏在面具后，看她时，眼神格外冰冷狠戾。过了很久，他阴冷冷笑了声："该说你聪明，还是该说你傻？"

时雍想了想，自嘲道："该说我不怕死。"在茶馆里，那几个人故意坐到她的旁边来，又故意言语不慎地提到邪君，就是为了引起她的注意。只不过，他们没有料到时雍会主动找到他们，挑明了说要跟他们一起，这完全打乱了他们的计划。可是，邪君没说杀的人，他们不敢杀，左思右想，只得把人带了回来，等候邪君发落。

黑袍人沉默片刻，道："你的目的是什么？"

时雍反问："邪君诱捕我的目的，又是什么？"

"抓你。威胁赵胤。"

爽快！时雍抬了抬眉梢，也给出自己的答案："不入虎穴，焉得虎子。"

两个人相视片刻，黑袍人笑了："小小女子，大言不惭。你凭什么认为入得虎穴，还可以带着虎子全身而退？"

"没仔细想过。"时雍懒洋洋地道，"能退就退，不能退，就留下来跟邪君一起干喽。邪君家大业大，不会连我一个弱女子都养不起吧？"

洞中寂静片刻。两侧弟子都看傻了。黑袍人轻哼，声音隐隐有一丝笑意："你属实大胆。难怪是赵胤看中的人。"

"邪君错了。"时雍道，"我对赵胤而言，没有邪君以为的那么重要。赵胤此人，心机深，最不喜受人要挟。他要做什么事，没有任何人、任何事可以阻挡，邪君以一个女子来要挟他，恕我直言，不仅不光彩，还不易得手。"

黑袍人笑道："你倒是实在。"

时雍眉梢微扬："我还有一事不明，特来请教邪君，杀人割舌，当真能得道成仙？若是可以，邪君修炼多年，还在混沌人世辗转，岂非是修错了门道？若是不可以，邪君又何苦杀人取舌，犯下这等三界不容的罪过？"

隔了片刻，黑袍人才森冷冷地笑："信则灵，不信则不灵。"

"明白了。敢情邪君自己都不信，这才还未得飞升。"

黑袍人死死盯住她，戴着面具的面孔看不出任何情绪，只是语气却低沉了几分："你既送上门来，那本君就笑纳了。来人，把她给本君押到刑台。"说罢，他打量时雍一眼，双瞳冒出一束幽冷的光，手指忽地一转，又指向领时雍回来的几个人："还有他们五个，一起绑了，家法伺候。"

一听家法，几个人齐刷刷瘫软下去。他们不懂。明明是奉命去诱捕这个人的，为何他们做到了，反而还要遭受家法。可是，他们不敢问缘由，因为邪君行事从来没有缘由，只有喜好。几个人大惊失色，脑门重重撞在地上，在山洞中撞出一种诡异的回响："邪君饶命！"

"邪君饶命啦！"

黑袍人没有说话，安静地看着他们，沙哑的声音森冷如阴魅："安排下去，转移。"

他想诱捕时雍，这和时雍自投罗网是不同的。前者，掌控全局的人是他，每一步是在他的策划算计；后者，是时雍在算计，谁也不知她在自投罗网之前做过什么。

"邪君饶了弟子吧！"

"邪君饶命！"

山洞中充斥着那几个人撕心裂肺的呐喊。

时雍顺手抽出一人腰上的钢刀，冷声怒喝："死到临头，还不知悔改。求救不如自救啊，蠢货！"她大喝一声，挥刀砍向冲上来绑她的修炼人。

那几个憨货见状，愣了愣，再看一眼阴冷冷的邪君宝座，身子颤抖着，一咬牙，也拔了刀："别过来！谁也别过来。"这几个都是习武之人，这才成了为邪君办事的心腹。平常他们耀武扬威，享受着修炼人崇拜的眼光，假装自己"与神接近"，扮得久了，渐渐就真的相信，他们是修炼人中的佼佼者，高人一等，与这些愚蠢的修炼人是不一样的。可是，时雍那一声怒斥，叫醒了他们。家法处置，是要拔舌祭天的，哪里还有活路？他们见过太多的人，死于家法，甚至他们都曾经做过执行人，自己是万万不想那么残忍死去的。这些人比普通修炼人更清醒，一旦反应过来，马上就开始了自救反击，想要逃命。

"早知如此，何必当初。"说时迟那时快，时雍一脚踹在一个修炼人的屁股上，将他踹得跟跄往前扑，脑袋又往后一仰，弯腰倒下，躲过迎面刺来的一柄钢刀，冷飕飕看他一眼，反捅回去。那人睁大眼倒下去。时雍顺手拉过一人挡在身前，再猛地推向追过来的人，转身就退。

"抓住她！"

"邪君有令，抓到逃匿者，赏灵水一壶。"

一群修炼人奋不顾身地扑上去，时雍左闪右躲，突然回头扬起手臂，只见一片白光闪过，不知道是什么粉末扑面而来，众人被浇了个劈头盖脸，呛得咳嗽不止。时雍的声音在山洞里回响："跟邪君学的。"

"哈哈哈哈！"跟在她旁边逃跑的那个修炼人看到那些人的惨样，朗声笑了起来，"姑娘很是聪慧……"话未说完，黑暗的角落，一把钢刀飞过来，在空中打旋着，唰一声，从他的脖子掠过去。呀！他只是轻微地惊叫一声，脖子上一条血线飞出。他人已倒地。

时雍身形掠起,一个鱼跃,三两步退至山洞石壁,横刀身前:"卑鄙!"

邪君走下神座,在中间站定,看了看那个被他斩于刀下的修炼人,诡声发笑:"叛退者,杀无赦。"

时雍冷笑一声,望向他幽冷的黑色面具:"我看今日,谁能拦住姑奶奶——"

"砰!"巨响声从洞外传来。守在洞口的几个修炼人突然重重倒地。事发突然,一群走卒纷纷退后。时雍心里一喜,回眸看去。从洞口慢慢走进来的人,是身着云蟒纹样的御赐蟒衣,一张美眸半开半合,似笑非笑的东厂厂公白马扶舟。自从时雍得知他是太监后,这个人在她眼里更添了几分阴柔之气,此刻看来,那张笑脸,更是让人莫名发寒。

"是你?"时雍没有想到,来人会是白马扶舟,但很快就反应过来,"你跟踪我?从宁义,就一路跟踪我?"

白马扶舟轻轻一笑:"螳螂捕蝉,黄雀在后而已。"说罢,他手臂高高抬起,"抓活的!"他一声令下,外面的东厂番役扑了进来,与洞中的修炼者杀成一团。

"哼!"黑衣人突然长笑一声,尖厉的笑狂妄邪肆,不屑又张扬:"你们当真以为本君的地盘,是谁都来得的吗?好,今日就叫你等有来无回。"

"当心!"时雍厉喝一声,突然扯过白马扶舟的肩膀,往面前一带,恰好躲过了邪君的飞刃。她刚才正好看到邪君出其不意地杀那个修炼人,这才有了提前预警。若不然,纵是白马扶舟功夫了得,怕也是防不住这种阴冷诡诈的手段。时雍脊背一片湿冷,小声道,"厂公,退后包抄,别让他跑了。"她身入虎穴,等的就是这个抓捕邪君的机会,若是让他跑掉,连人家长什么样子都不知道,又上哪里再去找人?

一时间,洞内刀光剑影,呐喊阵阵,刀剑相击发出的"铮铮"声发出骇人的回响。

听她急喝,白马扶舟偏头看她一眼,一身袍服微微荡起,犹如飞花拂柳般掠过,身姿优雅而矫健:"我来捉他。你退后。"

"这人阴险奸诈,厂公小心……"时雍话还没落,白马扶舟就与黑袍人缠斗在了一起。两个人交手三五个回合,黑袍人便开始往后退,退至石台。他一个鱼跃飞身而上,白马扶舟举剑跟上去,石台突然升起浓烟,被风吹散迷了人眼,又响起刺拉刺拉的声音。时雍抬袖掩鼻遮眼,待她再睁开眼,石台空无一人,白烟渐散,白马扶舟和黑袍人齐齐消失在洞中。

天际大雨纷飞,日暮渐沉。纷飞的雨点打在盔甲上,赵胤一骑当先,飞奔而来。谢放、朱九、白执、许煜紧随其后,再往后,是魏州和营中两位副将带领二百来号亲兵。

大黑像个探路的先锋,忽前忽后,带着众人在深山老林中绕了几圈,突然停了下来,冲着一个丛林后的山洞一阵狂叫。

赵胤勒住缰绳:"过来。"

大黑冲他摇了摇尾巴,一边往后退到赵胤身边,一边朝洞中咆哮。

赵胤绣春刀出鞘,在微雨暗光中发出冰冷的光芒:"上去看看!"

谢放跃下马,举起火把照向前方漆黑的洞口。那是一个不规则的石洞,没有门,什么也看不到。他朝赵胤摇了摇头。

大黑狂躁起来，不再听话，撒开腿就要往里面冲——

"呜——"一道低沉的啸声响起。像营中吹响的军号。大黑一怔，退了回来，但叫得越发疯狂。赵胤抬头，四周是遮天蔽日的密林，那啸声是从洞里传来的。

"保护大都督！"侍卫们自动散开，将赵胤围在中间。魏州则将带来的副将和亲兵们，扩散到四周，将此处团团围住。那呜咽般的啸声越发低哑，敲在耳里、心上，毛孔都不适地紧闭起来。

"唉！"一道幽冷的叹息后，啸声戛然而止。那个人仿佛就藏在洞门口，声音低哑怪异，不是正常人说话的语速和语调，每个音符发出来都让人难受，"这女子有什么好，值得大都督以身犯险？"洞中没有火光，看不到说话的人在哪里。

赵胤问："人呢？"

那人低低沉沉地一笑，随风吹来的声音刺破肌肤般幽凉："还活着。可大都督欺到头上来了，我也不能轻易将人交给你。英雄救美是要付出代价的。"

赵胤冷冷道："你待如何？"

"人生在世总得放肆一回，我本无意与大都督作对，可大都督步步紧逼，不容我好过。那我……便要大都督一颗项上人头如何？"

许煜是个暴脾气，见状忍不得了："大都督，属下这就去逮了这装神弄鬼的烂人，拧下他的人头……"

"呵！"那人又是冷冷一笑，慢条斯理地说，"大都督，你的人若是再往前一步，我不保证你的美人，还能不能活着等你来救。"

赵胤抬手制止。许煜的脚步生生止在洞口。

里头又传来一声笑。不是凉笑，而是放肆的、尖厉的长笑："性情中人。这真是比发现了价值连城的宝藏还要让人快活啊。"冷心冷性，心狠手辣，毫无人性、杀人如麻……这些全是世人眼中的赵胤，他不好财富、不好女色、没有嗜好、无所诉求，几乎是没有破绽的一个男人。这样的人是可怕的，无欲则刚，没有任何人可以打破他的壁垒，进入他的内心，左右他、打败他。今日，他有了破绽。这个发现让那人狂欢了许久，等笑声落下时，声音变得阴森恐怖："要救你的美人，一个人进来。"顿了顿，又是一声冷笑，"绣春刀很锋利，我不喜欢。别带进来。"

一听这话，素来冷静的谢放都慌了："爷，不可！"

赵胤没有说话，黑色大氅被寒风卷起，绣春刀锋寒光闪闪，被他推入鞘中："一言为定。一人换一人。"沉声说着，赵胤将绣春刀递给谢放，"调兵合围，不放走一个。"

"爷，我替你去——"谢放的话卡在喉咙。

赵胤不待他说完，已经跃下马去，从一群侍卫中间穿过，步行向洞口。长风肆虐而过，他面无表情，在纷扬飘落的雨中，双腿走得笔直，一身甲胄，铁骨铮铮。

"爷！"谢放的喊声有些悲愤。连绵阴雨，他知赵胤的腿疾什么样子，更知道他要这般走得笔直，空手走入洞中多么不易。这无疑是去送死呀。

第三十二章　黑袍人

一只秃鹰阴鸷地叫着,在树顶的天空盘旋。洞里传来那人疯狂尖锐的笑声:"无情无欲一身轻,有情有义无好死。可惜了,大都督空有一身本事,没有马革裹尸死在战场,到头来竟会葬身大青山……唉,本君迫不及待了。怎么杀好呢?刨心剖肚,挖眼拔舌……怎生的死法才配得上大都督这一缕英魂?"

赵胤一言不发。黑色披风闪入洞中,消失在众人眼前。可是,洞里没有人。赵胤就着火把的光,看到一排延伸往外的竹筒,还有几面镜子。他微微皱眉。这声音是从竹筒里传出来的?赵胤慢慢往前,脚下突然一滑,地面像是涂了什么打滑的东西,鞋在上面根本就站不稳。

"汪!"偷偷跟进来的大黑,狗爪子抓不住地面,一个滑溜便整个儿往前滑了出去,转眼已去两丈开外。赵胤眉色一沉,足尖点地,借着那滑动的力道往前急掠,一把抓住大黑的尾巴。狗子没站稳,一个趔趄翻了个儿,肚皮往上,呜呜两声不悦地看他。赵胤顺势拍了拍它的头,将它捞起来,抱在怀里往前通过这个山洞,才将它放下。

"不愧是锦衣卫指挥使。"那人声音泛冷,话锋突然一转,"本君说让你一个人进来,没说狗可以进。"

赵胤低头看大黑:"你出去。"

大黑愤愤地看着他,冲着洞口狂叫,就像一个有许多话说又被蒙住了嘴的人,委屈又无奈。

"她人呢?"

"果真是色令智昏。人啊,当然是不在这里了。"那人轻轻笑着,"哪承想大都督真会单枪匹马入洞来。既然你不怕死,那我就成全你吧。来人,把赵胤拿下。每人赏灵水一壶。"山洞里响起激烈的吼声。一群修炼人从中扑了出来。

赵胤冷声:"言而无信,别怪我大开杀戒了。"

"哈哈哈哈哈!"风声送来那人狂乱的笑声,"大都督未免太过自信,就凭你一人敢大言不惭开杀戒?"

赵胤一只手负在身后,掌心微握:"就凭我一人。"

"真是不知死活。修炼人们,速速上前,生啖赵胤,增长灵寿,缩短飞升日子……"

"杀啊!生啖赵胤!"

"杀!增长灵寿!杀赵胤,增灵寿!"

一群修炼人如同疯魔一般从四面八方扑过来,手上刀枪棍棒无所不有。赵胤肃然而立,突然解下肩上大氅,泼墨般朝冲上来的人挥过去。黑色的大氅被舞得虎虎生风,在风里猎猎作响,衬得他杀气冲天,手上分明没有尖利的武器,可是那种肃杀和睥睨天下的气势,让他笔直修长的身形如天神降临。一批人冲来,一批人倒下去。霎时间,洞中飞沙走石,惨叫阵阵。

"怎么回事？"

赵胤抢过一把刀，顺势送回对方的肚腹，冷眼环视周围如同蚂蚁一般上来送死的人。没有见到邪君，他放缓动作，沉声道："放人！饶你一命。"

"笑话！"那人怒不可遏，"我就不信，单你赵胤一人，今日能活着走出去。"

"再加一个我呢？"娇俏悦耳的声音传来，如血的火光中，女子提着一把钢刀，单薄的身影从一群修炼人背后的侧洞中走出来。披头散发，面带寒光，眼神极是凌厉。

"你怎么出来的？"那个声音尖厉质问，激烈又愤怒，在山洞的回响中格外惊悚。

"小小山洞竟想困住姑奶奶？"时雍缓缓扬起脸，看向赵胤冷漠的面孔，如同飞星箭矢一般急冲上去，将钢刀塞在赵胤手上，又一把抓住他的手腕，低声说："跟我走。"没有人想到困在山洞的时雍会跑出来，就连赵胤也意外。分明是他来救人，如今被一个小女子抓住手满山洞跑，何其怪哉？

"去哪儿？"赵胤挥手劈开冲上来的修炼者，低头问。

"当然是逃命。"时雍百忙中抽出时间看了他一眼，这才发现大都督眼神有些古怪。她一怔，"你不会当真一个人来的吧？"

洞中火光微弱，时雍眼睛却亮晶晶，灿若星辰。她整个人似乎都在发光。赵胤向来不好女色，第一次发现女子确是柔美，与营中的大老粗十分不同。可这么纤弱柔美的女子，偏生有颗熊胆，一个人也敢闯入邪君的山洞。若是出点什么意外……赵胤突然心浮气躁，眼睛冷了下来："魏州和谢放领兵在外。"

时雍诧异他平静的脸为什么会突然变色，好像还有点不待见她的样子。不过，她来不及多想，只是哼了声。

"那太好了。"

"如何好？"

"瓮中捉鳖，一把火就能把他们逼出去。"

赵胤眉头跳了跳，看向那些陆续从洞中出来正与修炼者缠斗的东厂番役："白马扶舟来了？"

这么一说，时雍想起自家大侄子了："对哦。还不能放火。一烧，不是连他也烧死了吗？"两人对视，片刻没动，背后又有人冲了上来。时雍回头一看，是谢放和朱九领着的人。他们并不放心赵胤一个人入洞，时刻关注着洞里的动静。大黑也是个机灵鬼，一看情况不对，甩着尾巴就跑了出去，冲他们吼叫，他们便跟了上来。大黑是个天才，带路不绕路，直端端就把他们带过来了。

谢放看到赵胤好端端站在那里，紧绷的心弦一松："爷，接刀！"

绣春刀抛了过来，赵胤伸手接住。

时雍道："这下烧不成了。这么多人进来。"

赵胤低头看一眼她的手："要活的。"

他这眼风太邪行了。时雍顺着低头，这才发现自己还牢牢抓住他。刚才是为了逃命，眼下他的人都来了，似乎用不着。她淡定缩回手："走，抓邪君。"

这里的山洞四通八达，如同迷宫一般，大黑再次发挥了它"寻路小天才"的本领，带着时雍和赵胤很快又回到白马扶舟失踪的那个山洞，在石台的附近找到一个机括，闯入了内洞。白马扶舟被人捆缚着，倒在地上。反剪手，堵了嘴，一身衣衫凌乱不堪，活脱脱一副被人欺凌过的样子。时雍怔了怔，扑哧就笑了出来。白马扶舟瞪圆眼看她，时雍笑得更厉害了。赵胤走近，手抬起，绣春刀寒光一闪，绳子断了。白马扶舟扯掉嘴里的破布，眼里的羞恼和愤慨几乎溢出："人呢？本座要亲自宰了他。狗娘养的小人！"

赵胤微微眯眼："没人看见。"

时雍接上："倒也不必恼羞成怒。"

赵胤平静地道："玩鹰的被鹰啄了。"

时雍接上："属实悲愤。"

白马扶舟看看时雍，再看看赵胤："你们……"这是在说风凉话吗？

时雍朝他翻了个眼皮："可有哪里不适？"

白马扶舟哼了声，已然淡定下来，揉了揉胳膊，云淡风轻地道：

"那平台有暗门，白烟有毒。我与他交手时，不慎着了他的道儿。如今这胳膊，似是提不起力气了。"

时雍懒洋洋斜他一眼："那你要拿什么去宰了他？"

赵胤看她一眼："放的狠话，不必当真。走。"

白马扶舟满脸疑问，最后是两个东厂番役进来扶着白马扶舟出去的。看他那虚弱的样子，时雍不由有点同情，堂堂厂督，出师未捷身先死，看那衣衫不整的样子，说不准还发生过什么。或许邪君也是好奇太监长什么样，是不是也去瞧过？时雍这么想，再看白马扶舟的眼神就充满了探究，看得白马扶舟极为不适，可眼风飘过去，哼了声，什么都没说。时雍又忍不住笑了声。

赵胤道："走，那边。"

时雍看他板着脸极为严肃，收敛了笑意，环视着四周："邪君此人最邪之处，恐怕就是没有人见过他的真面目了吧。"目前，除了知晓是个男人，他们对邪君一无所知。

"前头看看。"

洞里还在做最后的清理。和时雍一起困在洞中的东厂番役被放出来，加上赵胤的亲卫，还有魏州和两位副将和围在外面的亲兵，这个洞里的人，插翅难逃。邪君只要在洞里，就一定能把他翻出来。

大黑始终跟在时雍的身边，左嗅嗅，右嗅嗅，时不时发出呼呼的声音。

"大都督！"一个校尉大步向前，禀报，"没有找到邪君。"

赵胤沉下眉："继续找。"

时雍最担心的事情，还是出现了。没有人见过邪君，只要他脱下衣服混入修炼人里，谁又知道谁是谁呢？想了想，她不由咬牙："都怪你来晚了。"若是他同白马扶舟一起来，当面抓邪君一个正着，那不就好了？可赵胤也冤。他接到消息就马不停蹄地过来了，永

201

平卫离这里几十里路啊。他看了时雍一眼,没有说话,却发现她面色突然变得极其古怪。

"那里,那里……"时雍手指的地方,大黑正在一个石洞的角落里拼命用前爪刨土。它十分焦灼,爪子刨得又快又急,土的下方是岩石,非常坚硬。它分明已经刨不动了,可仍然在刨,嘴里呼呼喘着气,很是急切。时雍怕它伤了爪子,走过去拍拍它的头:"让我来。"

大黑听时雍的话,退到后面围着她转。时雍走近查看,这只是一块普通的石壁,与其他山洞中的石壁没有半分区别。她伸手摸了摸,也没有摸到异常之处,便又低头看大黑。

"汪汪,汪汪汪。"大黑一边叫,一边夹着尾巴绕圈。

赵胤道:"让我看看。"方才白马扶舟说他中招是因为交手时,石台有暗门,那么这洞中的暗门或许不止一处。大黑对这个地方如此在意,肯定有异常之处。时雍查看的时候以为石壁上有门或者有别的东西,可赵胤与她的思路不一样。他走近,拔出绣春刀,像大黑一样刨土,将地上那一层附着在岩石上的浮土慢慢刨开。洞里寂静无声。随着绣春刀刨开的地面越来越大,一个四四方方的石盖出现在面前。赵胤一言不发,将耳朵贴上去。

没有声音。他直起身子:"谢放!"

谢放拱手:"爷!"

赵胤道:"揭开。"

"是!"

这块石板又大又厚,重量可不简单,在没有找到任何机关巧术的情况下,单靠人力揭开很难。幸好,时人也深谙杠杆原理,找来木棒石头,生生撬了开。一股恶臭传出来。下方是一个巨大的黑洞。谁也没有想到,山洞底下,还会有一个人凿的地窖。此时,石窖里面安静得一点声音都没有,黑暗、诡异。

谢放深吸一口气:"爷,我下去看看。"

"慢!"时雍制止了他,"火把。"

听她说完,谢放眼睛斜向赵胤,用眼神请示他的意见。

赵胤面无表情:"给她。"

许煜赶紧上前,将一个点燃的火把递给她。

时雍道:"不够。"

许煜困惑不解,时雍却不解释,将面前的几个火把都收集到一起,束成一朵巨大的火把,又找来一条绳子,将火把倒吊着往石窖下面放——火光越来越往下,越来越下。

"嗡!"一阵嘈杂声突然震开。

安静的石窖里,无数张脸齐齐抬头,望着洞口上方的他们,表情是惊诧的、恐慌的、无助的,有男人,有女人,有老人,有孩子。这些脸出现在火把的光线里,随着那一声骇惧的惊叹,很快又趋于平静。他们的视线,齐刷刷调转,望向洞中的石台。上面盘腿坐着一个黑衣黑袍黑面具的男子。

时雍望向赵胤:"我低估他了。"

赵胤看过来，眉目微沉。

时雍冷笑："我以为他会混迹于修炼人中逃匿，不承想，他居然不屑于这么做。"

赵胤平静地道："脱掉衣服，何来邪君？"

"有道理。"

不是邪君，又如何掌驭众人？有些人，是宁死也不愿放弃手上权势的。

时雍点点头，朝洞中朗声一笑："各位，事到如今你们还相信邪君能带领你们修炼成仙吗？连他自己都只能钻洞做老鼠，何况你们？我可从未听过哪个仙人是住在洞里的，洞里的不是妖魔就是鬼怪。"

"嗡！"洞中响过一阵紧张的抽气声，接着有人小声议论起来。

黑袍人懒洋洋道："太吵了。"冰冷冷的声音响过，洞中又恢复了平静。

看来邪君在这些人心中确有威信，修炼人怕他，惧他。时雍道："都这样了，你还要什么威风？困于山洞，我只须一把火，你们全都得死。"

黑袍人冷笑："肉身不过一个媒介，灵魂永生。"

"呵！"时雍拍了拍石板，回望赵胤："大人，既然他们都不畏死，烧了吧。你也别要什么活口了。"

她说得平淡之极。很少有女子能像她这般，毫不畏惧地说出这么惊世骇俗的话来。众人看着她，嘴上不说什么，内心却惊到了。赵胤却是平静，看了她一眼："烧。"

"嗡！"洞中第三次响过众人惊惧的声音。然后，是邪君的大笑："哈哈哈哈哈！烧啊，烧啊！火一点，今日大家一起飞升。"

一听这话，时雍内心隐隐闪过一丝不祥的预感。在青山镇，时雍见过邪君有火器，那这个山洞里会不会有火药？他若是抱洞据守，或者与大家同归于尽，那还真的是可怕。

赵胤与她对视一眼："你先退下！"

时雍还未开口，耳边突然传来一道轻扬婉转的笛声。在寂静的山洞中，这笛声如同敲在心上，沉甸甸的让人无端生出恐惧。那不是杀戮的声音，但听入耳朵，眼前却仿佛出现了鲜血的颜色。

时雍大骇，四周张望。没有人，声音却仿佛是从四面八方传出来的。

赵胤的声音落在洞顶的竹筒上："是此物。"

时雍一怔，突然明白了。

"吹笛的人，是邪君。这个竹筒，是传声之用。"

可是邪君吹笛子做什么呢？为什么又要用洞中的传声之物？时雍大惑不解。

突然，身边的朱九大叫一声："快看。"

众人循声望去，只见石壁狭窄的缝隙里，钻出了一条蛇来。一条，再一条，一条接一条。那蛇与普通的毒蛇长得大不相同，浑身是诡异的黝黑，只是安静地爬行便足够让人汗毛倒竖，实在丑陋之极，恶心之极。

"是它！"时雍倒吸一口凉气。这蛇她见过，张芸儿死的时候，床上就有一条。张捕快一家九口身上的未知蛇毒，或许也出自于它。她曾托雍人园的人去打听，没有半点消息。为什么蛇会在大青山的山洞里出现，还一次出现这么多——密密麻麻的蛇从山洞的石缝中爬出来，一条挤一条，一片挤一片，有些从洞顶掉落，有的排列整齐，仿佛一条诡异的血线，以极快的速度蜿蜒爬行。时雍倒吸一口凉气，头发绷紧，身上阵阵发凉：

"蛇太多了。"

"朱九，白执，保护爷撤退！"谢放拔剑在前，与许煜对了个眼神，挡在他们背后一边杀蛇一边后退。

笛声更急！

如同鸣咽一般，变得悲切、凄厉，仿佛苍鹰的鸣叫，嘹亮、高亢、苍凉、尖厉，摄人心魄。

随着那催动血脉的笛声，从缝隙里钻出来的蛇更多了。它们挤在一起，密密麻麻地遍布在山洞中，往前涌动时像荡开的血色波浪，嘴里吐着蛇芯子，齐齐发出奇异的"咻咻"声，和笛声一起钻入毛孔，极是恐怖。

"灵蛇！"

"灵蛇来了！"

一些修炼人认识这种蛇，似乎很畏惧，大喊着纷纷往外奔跑，有人跑得太慢被咬中，翻腾着倒入蛇阵中，很快被毒蛇绞缠淹没……

时雍回望一眼，"蛇吃人肉？"一般蛇咬人只为自保，可是受笛声催动的蛇群却会撕咬人肉。

"天啦！"朱九也失声叫了起来，看到落入蛇群的人，大喊，"快！大家快快退出去。"

吃到人血的蛇群异常兴奋，它们从各个地方滑落、爬行，主动攻击人，不管是晏军还是修炼人，都无差别地攻击，不过转瞬间，已有十来人成了蛇口中的大餐。被蛇咬中的人不会马上死去，会发出撕心裂肺的嘶吼和惨叫。

"救命呀！"

"邪君！弟子无辜……"

"呜呜……呜呜……呜……"

笛声催急。蛇一直追着人跑。偏生他们不敢放火阻断，怕引发爆炸。不过，这些都是赵胤亲兵，训练有素，阵形未乱，很快就从内洞退到了外洞。

赵胤看了一眼："可以放火了！"

时雍天不怕地不怕，却怕蛇怕老鼠，浑身鸡皮疙瘩如今还没有缓过来，闻言吐了口气，四下张望一眼，脸色突然一变："大黑！"刚才退出的时候，她看到大黑就在身边，怎么眨眼就不见了？时雍大喊："大黑！"没有听到狗叫，外洞中也没有大黑的身影。火把的光线照在时雍冰冷的脸上，她披头散发，拎着带血的钢刀，模样极是骇人。从来没有人见过她这副模样，容色美艳却狠戾如魔："大黑！！"她大叫着，反身入洞，冲着那会传音的竹筒大喊，"大黑要是有事，我一定会将你剥皮抽筋，碎尸万段，我说到做到！"

"去哪儿？"赵胤上前一把抓住她，冷冷道，"去找死吗？"

"我的狗在里面！"时雍目光绯红，"松手！"

十来个亲卫将他们围在中间。赵胤更没有放手的意思："我去！"说出这些话，他朝谢放使了个眼色，示意他把时雍带出洞去。

时雍却是不肯，冷着脸提起钢刀，眼中满是杀气："不用大人犯险。快走！"说着，她身子已往前撞了过去。侍卫怕伤到她，赶紧闪开。时雍就势掠出两丈开外，头也不回地道："我去找狗，你们退出去。"

赵胤寒着双眼，一言不发跟了上去。

谢放和朱九几个对视一眼，冷冷道："你带人出去，准备接应，我去看看。"

"谢放！"朱九大喊一声，跺脚，"这叫什么事？撤！"

时雍没有原路返回，她救大黑心急，但是没有丧失理智，而是选择了一条尚没有被毒蛇侵占的侧洞，赵胤默不做声地靠近她。两人对视一眼，皆是沉默。前方这条路极是狭窄，两人背靠背防御，一点点慢慢往里走。

路上尸横遍地，尖叫着从里面逃出来的修炼人，疯了般地撞上来，嘴里大喊大叫。时雍和赵胤好不容易才穿过这一条狭窄的石洞甬道，刚刚站稳，便见一条黑影从角落里蹿了出来。

"大黑！"时雍惊喜大叫。赵胤一脚踹向大黑背后的修炼人，将大黑健硕的身子捞了起来，再往它的背后看去，密密麻麻的蛇阵，已经冲过来了。

"走！"赵胤推了时雍一把，挡在她背后。时雍回望一眼，头皮麻了麻，举着火把朝涌上来的蛇群威胁。蛇群却没有惧怕，继续往前。从这条狭路退出去极是不容易，中间又挤了不少仓促逃窜的修炼人。时雍看见其中一个跑得慢了，被蛇群卷进去，扑倒在地，惨声大叫。

"汪汪！汪汪！"大黑边跑边叫。突然，它一个俯冲回去，一口咬向赵胤腿边的毒蛇。咻！那蛇挣扎几下成了蛇尸。赵胤的脸色却变了。

"大人——"时雍看了看他的腿，大叫一声，"你受伤了？"

"快走！"赵胤咬牙，手起刀落，再次斩杀几条蛇。

这时谢放赶上来就看到这情形，脸色一变，挡刀在前："你们走，我断后。"

时雍看了一眼密密麻麻的蛇阵，衡量了一下彼此的形势，突然把心一横："谢放，你和大人走，带上我的大黑。"话音未落，她冲到前面，飞身掠起，将石壁上油灯倾倒在地上，将桐油淋成一个封闭洞口的弧线，直接用火把点燃。之前邪君威胁过洞中有火药，时雍准备赌一把。看着桐油燃烧，时雍深吸一口气，闭上双眼。

一阵疾风袭过来，腰上一紧，她整个儿离地而起。

"轰！"火势蔓延，烧到里面，突然炸裂。黑漆漆的山洞大亮开来。热浪冲天，时雍被赵胤带着往后急退，速度快得眼前的景物模糊不清，唯一能看到的是赵胤冷冰冰的侧脸。在蛇群古怪而痛苦的嘶声里，赵胤将她夹在腋下，一只胳膊将绣春刀舞得风雨不透……

"爷。后面全是蛇！"谢放突然抽了一口气。

赵胤脚步一停。追出来的蛇被大火阻止了，可后路也被蛇断掉了。前有燃烧的火药，后有密密麻麻的蛇。四面楚歌，没有生路。谢放脸上第一次露出惊恐："怎么办？"

冷风起，山洞中凄厉的咻咻声，令赵胤的脸瞬间沉了下来，突然一言不发地将时雍扛在肩膀上，如一头厮杀猎物的野兽，迎着蛇群杀了过去。谢放一看，脸色一变，抿着嘴跟上。

　　蛇尸遍地，堆放的蛇尸几乎掩埋了他们的脚，路上偶尔遇上的尸体已分不清是谁。时雍看着这景象，浑身激灵，被腥膻的气味儿熏得昏昏沉沉。

　　"闭上眼！"赵胤沉声。在连续不断的砍杀中，他腿被蛇咬中，气息略有不顺，但声音一如既往地冰冷平稳，将时雍濒临极限的神思拉了回来。

　　她道："放我下来。我可以。"

　　赵胤紧紧抿住嘴唇，脸上沾了血，不发一言，依旧扛着她往前，不让她的脚沾上让她恶心的蛇。这条路似乎没有终点。继续，往前，再往前继续杀……无穷无尽。

　　"汪汪，汪汪。"大黑突然狂叫起来。借着一盏昏暗的油灯，一扇石门出现在眼前。赵胤扛着时雍疾冲过去，一看，不是他们进来的石洞。石门下方黑漆漆的，离地不知多高。

　　时雍脸色一变，赵胤侧头看她："别怕。"话未说完，一阵冷风迎面刮了过来，赵胤紧紧抱着时雍，一跃而下。

　　"大黑，来！"谢放站在洞口，朝大黑伸手想要抱它。

　　"呜——"大黑低吼一声，谢放只觉眼前黑影一闪，大黑已从身边急掠出去，于半空中发出类似野兽的咆哮声。

　　耳边冷厉的风声响过，等时雍双脚踏实落在地上，鼻子痒得结结实实打了个喷嚏。一张洁白的绢子递过来，时雍看到赵胤修长的手指。她没抬头，接过擦了擦："大黑……"

　　啪！话音未落，一条狗落在面前，往前顺惯性跑几步才停下，四条腿趴在地上直喘气。

　　时雍激动了，走上去揉了揉它的头："英雄！"

　　大黑起身傲娇地抖了抖毛，丝毫不觉得其实它是摔下来的，伸出舌头舔了舔时雍，又摇着尾巴走到赵胤面前，去嗅他的腿。

　　他腿上有伤，血迹已凝固了。赵胤望望时雍。这一眼，让时雍捏了把汗。狗子是她的命，落地第一反应就是大黑的安危。毕竟赵胤能带着她脱离那个蛇洞，足以证明他暂时没有危险，她也没有第一时间去考虑他的伤情。

　　眼看大黑去嗅，她才反应过来，这是一个被毒蛇咬伤的男子。

　　"大黑。"时雍低呵一声，"小心有毒！"

　　赵胤呼吸一紧。

　　谢放落地就听到这话，心疼主子了，赶紧冲过来："爷，你的腿没事吧？"

　　"我看看——"时雍把大黑挥开，看了看一身狼狈的谢放，示意他警戒四周，自己则扶了赵胤坐下，撩开他的袍角，脱下革靴，将裤腿往上卷高。毒蛇咬伤与别的外伤不同，齿印清晰。伤口呈紫黑和青黯色，有紫黑色的血液溢出，呈青黑色的肿胀。

　　时雍喃喃："奇怪！你怎么还活着？"

　　赵胤居高临下看她："我该死？"

　　"不不不不。"时雍惊觉这话不妥当，赶紧摇头求生，"这蛇极毒，换了旁人，肯定支撑不到现在。大都督神人。"时雍不着痕迹地夸奖他一句，迅速从怀里掏出他给的那把匕首，"忍着！"

她没有抬头，注意力集中在赵胤的伤口上，似乎也没有考虑过赵胤会有忍不住疼痛的可能，平静地用锋利的刀刃划破了他肿胀的伤口。

赵胤一动不动，垂目看她。

时雍划了个"十"字，开始为他挤毒。她面色冷静，从用刀子划破他的肌肤到为他挤毒，眉头都没有皱一下，好似在她的眼里，他那条腿只是一块死肉，而他根本就不会疼痛一般。片刻，时雍松口气，将自己的袍角撕下，将他的伤口两端扎紧："目前只能这样阻止毒性蔓延，我们得尽快出去。"

谢放探过头来看，只见赵胤的小腿上，一片淤黑，看得人心惊肉跳。"爷，可还撑得住？"他担心地看着赵胤。

赵胤点点头，面不改色："这是何处？"

谢放举起火折子，四周观察一下："好像也是石洞。"从一个石洞中跳下来，到了更低处的一个石洞。

时雍想到了那个邪君所在的地下石窖："会不会是相连的？"

"嗯。"赵胤说着，用绣春刀撑地站了起来。

时雍看他一眼："能走吗？"

赵胤道："你想背我？"

见状，谢放自告奋勇："我可以……"

"走吧，痛麻木了。"赵胤面无表情地走在前面，留给他们一个挺拔的背影，那条腿站得笔直，谁敢相信被毒蛇咬过，还有腿疾？

服！时雍跟了上去。

这是一个宽敞的山洞，与之前的山洞不同的是，这里没有那么多恐怖的东西，却有一些散落的锅台、陶罐、碗碟，还有桌椅，有石凿的通风口，可以透气，相对而言，舒适了很多。

"难道是修炼人的住处？"三人在石洞里绕了一圈，发现一条平整的石凿甬道，不知通往何方。大黑在门口嗅了嗅，急得团团转，却苦于说不出来话。

时雍看向赵胤："走吧。应当没有危险。"

赵胤皱了皱眉头："它说什么？"

时雍道："我又不是狗，我哪会知道？"

赵胤沉默。谢放问："那你怎知没有危险？"

时雍道："我嗅到胭脂味了。"

这几个山洞应该是邪君手底下那些执事者的生活区。他们属于修炼人中的上层阶级，看得出来邪君为了笼络人，待他们不薄，里面不仅囤了古玩、字画和金银器具，竟然还养了些珍禽异兽……和女人。这些女修炼人容色姣好，似乎精神有些不正常，外面出了事也不知道跑，一看到赵胤和谢放出来，就撞击栏杆，用一种如饥似渴的眼神看着他们。

207

洞里气息浑浊，满是难以形容的膻腥味。

谢放望了赵胤一眼，走近一个女子："这里出路在何处？"

火折子的光线昏暗异样，灯下看郎，谢放英挺的身材、俊朗的眉目很是惹眼，那女子嘴巴一张一合，狂乱地爬到他的面前，抱紧他的腿，喉头"啊啊"有声，却没有说出半个字。

谢放眉头一皱，捏住她的下巴，抬高头。女子张开嘴，瞪大眼睛望他。谢放看了一眼，震惊回头："她的舌头被剪去了。"

时雍咬牙："畜生。"

谢放唏嘘："她们似是神志不清。"

时雍道："可能被喂药了。放了她们吧……"

谢放看赵胤没有说话，正要挥刀斩断那女子身上长长的链子，却见赵胤袍袖一抬，手上的火折子熄灭了："有人。"三人迅速退到一个靠石壁的屏风后面。

漆黑的石洞中，脚步声清晰可闻。很快，石壁上的油灯亮了，一个身影出现在了石洞里。他走路沉而重，似乎很是着急，没有注意到石洞里有外人存在，走进来点燃石壁上的油灯，将其中一个女子拎起来，丢到石榻上。女子尖叫。那男子没有说话，只能听到一阵衣料窸窣的声音。

屏风外是一片通明火光，屏风里面是黑暗，于是，时雍三人藏在后面看屏风，就有了看皮影戏一样的效果，影影绰绰间，看到那男子揽住女子的腰……女子细微的喘声，带着一种娇气难耐的压抑，环绕在这如妖魔地府般的石洞之中，有阵阵回响，那古怪异常的香味再次在风中蔓延开。时雍屏气凝神，大念《心经》。

"死了，都死了……通通都要死……"那男子喘息着，突然野兽般低吼，仿佛那个女子是他将要撕碎的猎物，他将所有的不甘与愤怒都化作了叫骂声，原始而野性，"死又如何……我，灵魂不灭。"那人边叫边说，浓重的呼吸里有一种变态的亢奋，"死亦不灭。灵魂永生……"

零零碎碎的喃喃声和着一种奇异的拍打声，春光隐秘在屏风后，又给人带来无限的遐想，很是诡异，以至时雍很难静下心来思考，这个人为什么要说这样的话，这个人又是谁，为何会在邪君的"后宅"干这样的事情。

"啊！"女子突然妩媚地娇哦，引得时雍汗毛一竖，条件反射地绷起身子，这是她第一次得见这样的现场，何况，旁边还有两个男子。

谢放已是面红耳赤，而赵胤……时雍没胆去看他的表情，只是觉得这么藏在屏风后实在不合时宜。那骂声、叫声、喘声容易让人破功。不行，不能等下去。时雍低头看一眼毫无反应的大黑，悄悄拉一下赵胤的袖子，是为请示他，要不要行动。赵胤微微低头，因为身高的关系，时雍又刚好仰着头，他的呼吸就那么温热地落在时雍的脸上……时雍身子绷紧，眼神凄厉，意思是说"你不动手，我就动手了"。赵胤好像没有理解，眉头皱了皱，头更低了一些，似乎想要了解她要说什么。时雍脑门炸了，神经绷紧，瞪他一眼。

空气里那撩人的香味还在扩散，混合着那令人头皮发麻的古怪膻腥味儿，令人不忍直视。时雍怀疑，这空气里的香味有问题，那些女子就是因为吸了这个东西才变成这样的……时雍平静一下，抬袖掩住鼻子，手握匕首就要冲出去。没有想到，赵胤的动作比她更快，绣春刀泛着冰冷的寒光，从屏风后疾射出去。石榻上的人正到关键处，甚至都没有反应过来，只短促地"啊"了一声，便扑倒在女子身上。

少顷，他动了动，恶狠狠掐住女子。"你——"声音戛然而止，他终于发现石洞里有外人了。看一眼身上滴落的血迹，在女子惊恐的眼神里，他一点一点转过头。

时雍走出屏风，看到的是一张戴着鹰隼面具的脸。黑衣、黑袍、黑色面具！他就是邪君？